claudie / guy

Humus

Du même auteur

Romans

L'Enfer, L'Observatoire, 2021.
Kidnapping, Grasset, 2016.
La Nuit de la faillite, Grasset, 2013.
Un baiser à la russe, Grasset, 2006 (prix Publicis).
Octave avait vingt ans, Grasset, 2004 (prix Jean-Freustié).

Essais

Contr'un. Pour en finir avec l'élection présidentielle, L'Observatoire, 2022.
Simplifions-nous la vie !, avec Nicolas Gardères, L'Observatoire, 2021.
Notre vagabonde liberté. À cheval sur les traces de Montaigne, L'Observatoire, 2021.
Tracts de Crise (N° 48) - Ralentir, Gallimard, 2020.
La Fin de l'individu. Voyage d'un philosophe au pays de l'intelligence artificielle, L'Observatoire, 2019.
Voyages d'un philosophe aux pays des libertés, L'Observatoire, 2018.
Time to Philo, Larousse, 2017.
Les Aventuriers de la liberté, Plon, 2016.
Le Révolutionnaire, l'Expert et le Geek. Combat pour l'autonomie, Plon, 2015 (prix Turgot, prix Zerilli-Marimo de l'Académie des sciences morales et politiques).
Leçons sur la philosophie de Gilles Deleuze, Ellipses, 2013.
Leçons de conduite, Grasset, 2011.
Les Discrètes Vertus de la corruption, Grasset, 2009.

Gaspard Kœnig

Humus

Éditions de
L'Observatoire

ISBN : 979-10-329-2782-3
Dépôt légal : 2023, août
7e tirage : 2023, novembre

170 *bis* boulevard du Montparnasse, 75014 Paris

I

« Ver de terre, d'abord, ce n'est pas très gentil comme nom, c'est fait pour blesser. Il vaut mieux parler de lombrics pour leur redonner un peu de dignité scientifique. Famille : *lombricidae*. Espèce : *lombricus terrestris*. Et ces lombrics représentent la première biomasse animale terrestre. Autrement dit, si on les met tous sur une balance, ils pèseront plus lourd, et de loin, que les *Homo sapiens*, les éléphants et les fourmis réunis. Pour donner un ordre de grandeur, il y en a entre une et trois tonnes à l'hectare, en tout cas dans les sols où l'homme n'a pas posé ses sales pattes. »

Cette courte vidéo du professeur Marcel Combe qui circulait sur Youtube avait donné envie à Arthur de venir assister à sa conférence. Mais en entrant dans l'immense amphi quasi vide et qui sentait le neuf, entre ces murailles de bois reconstitué qui voulaient donner un cachet « nature » et ne parvenaient qu'à souligner le squelette de verre et d'acier des bâtiments alentour, parmi ces étudiants dispersés dans les travées et qui n'échangeaient pas un regard, Arthur se sentit découragé. Ce n'était pas ainsi qu'il avait imaginé ses études d'agronomie.

Arthur se demandait par quelle aberration on avait déménagé AgroParisTech dans le désert bétonné du plateau de Saclay.

La promo précédente avait encore pu passer sa première année d'école au château de Grignon, au milieu de trois cents hectares de champs et de forêts. Des générations d'étudiants avaient appris là-bas à traire les brebis et à baiser dans les taillis. Au lieu de quoi, Arthur devait badger vingt fois par jour sur les portiques et se repérer dans un dédale de couloirs anonymes où seuls changeaient les numéros sur les portes. Depuis six mois qu'il avait intégré l'école, il n'avait jamais aussi peu vu la nature. Dehors ne gazouillaient que les bulldozers éventrant le sol. Les chambres étudiantes ressemblaient aux salles de cours qui elles-mêmes ressemblaient à des vestiaires de gym. Il est certain que l'on gagnait du temps sur ce campus où tout était à disposition, mais du temps pour quoi faire ? Pour mater du porno, pour travailler encore et encore sur les meilleures formules chimiques ? Qui avait envie de boire un verre dans une cafèt nettoyée deux fois par jour ou de chanter dans un bureau des élèves posé au milieu du terre-plein central comme un bocal à poissons ?

Dès le premier jour, Arthur s'était considéré en exil. Autrefois une des terres les plus fertiles de France, le plateau de Saclay avait été transformé en désert fonctionnel, une interminable zone commerciale où les enseignes auraient été remplacées par « Polytechnique », « Télécom » ou « École normale supérieure ». On prétendait y rassembler les meilleurs cerveaux de France, étudiants comme chercheurs. Mais que devient un cerveau prisonnier d'un espace implacablement géométrique, aveuglé par les néons blafards des couloirs, immergé dans une forêt de grues ? Une supermachine atrophiée, prête à se reproduire avec d'autres supermachines pour concevoir un monde de supermachines. Était-ce la mission que l'on fixait désormais aux futurs ingénieurs agronomes d'AgroParisTech ? Apprendre les bons éléments de langage sur l'agriculture régénérative pour transformer en toute bonne conscience les fermes françaises en usines à viande couvertes de panneaux solaires ?

Le plus pervers dans cet aménagement consistait à introduire quelques touches champêtres, comme un regret. Après avoir monté un interminable escalier depuis l'arrêt du RER B, l'étudiant haletant avait la surprise de pénétrer dans un petit bois puis dans un champ de roseaux avant de retrouver les allées pavées et le gazon tondu à ras. Sur le campus lui-même, une noue soigneusement délimitée préservait quelques mètres carrés de nature sauvage. Autour de la minuscule plage de gravier s'étaient réfugiés des touffes d'herbes hirsutes, des joncs lançant leurs fleurs havane en bouquets et quelques renoncules flottant sur l'eau comme des marguerites géantes. Mare au diable pour promeneur de l'anthropocène.

De toute façon, Arthur s'était juré que cet exil serait provisoire. Une fois obtenu le diplôme que la société exigeait de lui, il serait quitte. Quand on lui demandait dans quel secteur d'activité il envisageait de se lancer à la sortie de l'école, il répondait : « cultiver mon jardin ». C'était flou mais sincère.

Arthur se trouvait toujours à l'entrée de l'amphi, hésitant. Il aurait sans doute tourné les talons s'il n'avait aperçu ce garçon aux cheveux blonds bien peignés et aux pommettes marquées. Tout en lui respirait la bonne santé et la paix d'esprit : son T-shirt gris qui laissait deviner un corps fin et musclé ; son ordinateur sagement fermé sur la table devant lui ; son air impassible, attendant les événements sans se dandiner sur son siège ni tripoter son téléphone. Arthur le trouva singulier, très différent de la foule de leurs semblables qui s'agitaient sur eux-mêmes. Il s'avança jusqu'à lui et déplia le siège d'à côté. Le garçon blond déplaça son ordinateur pour faire de la place et tendit sans façon la main à Arthur, comme s'ils se croisaient sur un stand de foire agricole. Une telle spontanéité n'était pas habituelle, même parmi les étudiants. Surtout parmi les étudiants.

– Salut. Kevin. Kevin sans accent sur le « e ».

C'est drôle, se dit Arthur, il n'a pas une tête de Kevin, encore moins de Kevin sans accent sur le « e ». Il se reprocha immédiatement cette pensée stupide et se présenta à son tour. Kevin lui sourit sans rien dire. Ils ouvrirent tous les deux leur ordinateur. La conférence allait commencer. Titre : « Avancées et défis de la géodrilologie ». Géodrilologie, la science des vers de terre. Autant dire que, pour cet exposé qui ne figurait dans aucune partie du cursus obligatoire, il n'y avait pas foule.

– Je n'aurais peut-être pas dû venir, murmura Arthur pris d'un dernier remords. J'ai un TD à rendre pour demain.

– Il ne faut pas dire ça, intervint Kevin. C'est très cool, les vers de terre.

– Pourquoi ? Parce qu'on peut les couper en petits morceaux ?

– Non. On les tue en faisant ce genre de bêtises.

– Alors, pourquoi c'est cool ?

– Déjà, ils sont hermaphrodites. Pas très fréquent chez les animaux. C'est ce qui me fascinait quand j'étais gosse. Mâle et femelle à la fois.

– À ce compte-là, les escargots aussi... dit Arthur en se levant.

Trop tard. Marcel Combe, « spécialiste mondialement reconnu », comme prétendait l'affiche qui annonçait la conf, fit son apparition. Arthur reprit sa place. Après tout, pourquoi pas. Il était déjà intrigué par le conférencier. Il aurait imaginé un laborantin au teint cireux. C'était un vieux lion de plus de quatre-vingts ans, crinière bouclée, regard clair, gueule de boxeur, larges épaules. Il était vêtu avec soin. Son costume sombre lui donnait un air d'importance. Sa cravate à pois était retenue par une pince en argent. Les vers de terre avaient leur Jean Gabin.

Le professeur Combe savoura son effet. Il parcourut d'un regard blasé l'assistance clairsemée puis contempla le dispositif électronique dernier cri incrusté dans le bureau en bois massif de l'estrade.

– Mazette ! Vous êtes gâtés, commenta-t-il d'une voix éraillée.

Murmures dans la salle. Les étudiants des grandes écoles adorent secrètement qu'on leur rappelle leurs privilèges.

– Ils ont dû en tuer des vers de terre, pour construire ce campus !

Silence. Arthur pensa à la scène de *Sept ans au Tibet* où les moines bouddhistes de Lhassa sauvent à la main les vers de terre avant de couler les fondations d'un bâtiment. Les architectes occidentaux ne prenaient pas ces précautions. Arthur guetta la réaction de Kevin qui restait droit sur sa chaise, les doigts prêts à frapper le clavier à la première information digne d'être notée.

– Je me présente. On va aller vite sur les diplômes : je n'ai pas été plus loin que le certificat d'études. J'ai commencé comme jardinier. Je me suis fait sur le tas. Et puis j'ai été directeur de recherche à l'Inra, qui si j'ai bien compris va déménager ici, à côté de chez vous. Ils auront de très jolis labos et pourront passer encore moins de temps sur le terrain, dans les champs. Comme ça, ils diront encore plus de conneries.

Léger hoquet. L'Inra, Institut national de la recherche agronomique, ce n'est tout de même pas rien. Arthur se demanda s'ils avaient affaire à un génie des sciences ou à un complotiste taré. Kevin attendait toujours face à son écran, la barre du curseur clignotant sur le document vierge.

« Ce sont les lombrics, vous le savez, qui assurent l'essentiel de la vie du sol. Grâce à leur incessante digestion, qui leur permet d'ingérer chaque jour l'équivalent de leur propre poids, ils décomposent les matières organiques en éléments biogènes qui pourront ensuite alimenter les plantes. On estime que les lombrics avalent et rejettent chaque année trois cents tonnes à l'hectare. Oui, vous avez bien entendu, trois cents tonnes ! En fait, la terre sur laquelle vous marchez, la terre qui nous donne à manger, c'est en bonne partie du lombrimix, c'est-à-dire du caca de ver de terre. Voilà pourquoi le grand Charles Darwin estimait que notre lombric est l'animal le plus important de l'évolution naturelle. Sans lui, tout s'écroule. »

– Ah oui, Darwin, murmura Arthur.

De vieux souvenirs d'une biographie de Darwin lui revinrent.

– C'est son dernier livre, expliqua-t-il d'autorité à son voisin. Il a passé des années à étudier les vers de terre dans son jardin.

Kevin hocha la tête.

« ... deux cent soixante-dix tonnes par hectare et par an ! », s'exclama le professeur.

Arthur avait perdu le fil du cours. Il nota le nombre mécaniquement.

« Darwin s'était contenté de calculer le poids des excréments déposés à la surface. Je suis le seul à avoir calculé le poids total du lombrimix, y compris sous terre. Le seul depuis Darwin ! »

Arthur et Kevin échangèrent un regard amusé.

« ... donc j'espère que vous serez désormais plus polis avec les lombrics. »

Marcel Combe avait planté le décor avec ses chiffres, ses références et ses formules mille fois assénés, probablement suffisants pour ébaubir des salles de béotiens. Mais son auditoire restait sceptique. Les études d'agro consistent en bonne partie à écouter des spécialistes expliquer l'importance vitale de leur domaine et l'injustice qui le frappe, avant de plaider pour davantage de financements. Marcel Combe sortit alors sa carte maîtresse : la reproduction du ver de terre.

« Les mœurs des lombrics sont tout à fait fascinantes. Contrairement à leurs ancêtres marins, les lombriciens terrestres sont hermaphrodites. Chaque individu est doté d'un sexe mâle, parfois sous la forme d'un minuscule pénis, et d'un sexe femelle. »

Kevin eut un sourire entendu à l'attention d'Arthur.

« La copulation se fait tête-bêche. La chose peut durer plusieurs heures, ce qui met en perspective nos performances, à nous autres humains ! »

À peine deux ou trois gloussements étouffés. Les blagues de Marcel Combe n'étaient à l'évidence pas adaptées aux étudiants d'AgroParisTech. Arthur n'avait qu'une obsession, celle de ne pas finir comme ça. En vieux scientifique paillard.

« Les deux partenaires vont échanger leur sperme sans le mélanger. Ensuite, côté femelle, chacun va fabriquer des ovules puis empaqueter le tout dans un cocon qu'il déposera sur le sol. Il ne reste plus à la fécondation qu'à advenir toute seule si je puis dire, en tout cas à l'extérieur du corps parental. Ensuite, l'embryon deviendra larve et le vermisseau percera son cocon comme des milliards de milliards de vermisseaux depuis plus de deux cents millions d'années, accomplissant sa mission d'entretien de notre terre pour laquelle nous lui sommes si peu reconnaissants. »

La chute était assez jolie. Mais il fallut que Marcel Combe gâche tout.

« Au fond, la reproduction du ver de terre, c'est du sexe homo suivi par une PMA entre filles. »

L'amphi se réveilla enfin. « Mais c'est qui, ce vieux con ? », s'exclama Arthur auprès de son voisin qui rigolait franchement.

Plusieurs étudiants se levèrent, scandalisés. Ils firent comprendre en termes crus à Marcel Combe qu'on ne plaisantait pas avec ces sujets-là. Et surtout pas de cette manière.

« Mais n'y voyez aucun jugement de ma part... », se défendit-il maladroitement. Il était davantage habitué à un public d'agriculteurs âgés qui se régalaient de ses sorties « politiquement incorrectes », comme il disait lui-même avec fierté.

Personne n'aurait pensé qu'une conférence sur les vers de terre puisse susciter une telle effervescence. Comme les étudiants d'AgroParisTech sont bien élevés, la plupart se contentèrent d'envoyer des tweets furieux #lombrifacho. Certains sortirent de la salle en menaçant Marcel Combe des pires rétorsions. Arthur hésita à les suivre. Mais un coup d'œil à son voisin qui attendait posément la suite, l'air ravi, l'en dissuada.

– Ça ne te choque pas ? demanda-t-il quand même à Kevin.

– Non, c'est plutôt drôle.

Le professeur passa une main hésitante dans sa crinière blanche. Avec leurs taches et leurs plis, les mains trahissent ceux qui ne font pas leur âge. Elles prennent les rides qu'on économise ailleurs. Le spectacle de Jean Gabin ainsi défait, sorti de scène, n'était une victoire pour personne.

Marcel Combe soupira. « Je vais à présent partager avec vous les résultats de cinquante ans de recherche... », reprit-il en s'accrochant à ce qui, dans ce monde qu'il ne comprenait plus, pouvait encore lui valoir d'occuper une place. Cinquante ans dans les champs et les laboratoires, à tripoter, observer, mesurer, disséquer des vers de terre. Cinquante ans à publier des articles de recherche lus par une poignée d'obscurs géodrilologues. Cinquante ans à essuyer des quolibets ou des regards gênés à chaque fois qu'on lui demandait son métier.

Son exposé, décliné avec une rigueur froide, chiffres et graphiques à l'appui, enchanta Arthur. Il découvrit tout un univers souterrain. Les espaces infinis qui fascinent les philosophes ne se trouvent pas au-dessus de nos têtes mais sous nos pieds. Les vers de terre transforment le sol en un dédale de chemins, de croisements, de puits et de cachettes. Chaque mètre carré de sol dissimule cinq mètres de galeries, un réseau encore plus dense que celui des pyramides. Ce sont elles qui permettent de remonter depuis les entrailles de la Terre les éléments nutritifs nécessaires à la vie et, inversement, qui drainent l'eau de pluie pour la garder en réserve. Sans cette architecture complexe, les sols se tassent, l'eau ruisselle en surface et les plantes restent affamées.

Les vers de terre sont des pharaons aveugles. Ils prennent le temps de vivre, souverains d'eux-mêmes et maîtres de leur horloge biologique. Fuyant la lumière, ils sillonnent lentement leur royaume, se rétractant et s'allongeant comme des accordéons. Ils ne risquent pas de s'étouffer : ils respirent par la peau. Pour ne manquer de rien, ils entreposent leurs propres déjections et les réingèrent après fermentation. L'hiver, ils hibernent, roulés en boule dans une léthargie profonde. L'été, ils fuient la chaleur et se regroupent dans des chambres au frais, descendant plus profond à mesure que la température du sol augmente. Ils discutaillent en laissant passer la sécheresse. À leur mort au bout de deux ou trois ans, lorsqu'ils comparaissent devant Osiris qui pèse les cœurs, ils sont les champions : ils en possèdent cinq.

Naturellement, il y a ver de terre et ver de terre. On en recense plus de cinq mille espèces réparties sur tous les continents. Le professeur Combe les avait étudiées en détail. Il avait minutieusement reconstitué leur destin biopaléogéographique en fonction de la tectonique des plaques. Il était allé les palper aux quatre coins du monde. Il avait inventé d'innombrables expérimentations. Kevin tapait sans discontinuer sur son clavier. Ce qui séduisait le plus Arthur, c'était l'humilité scientifique qui perçait sous les rodomontades du vieux tribun. Marcel Combe ne cessait de rappeler le caractère balbutiant de la géodrilologie et, plus largement, de l'étude des sols. Il est certain que la pratique intensive de la géodrilologie, discipline ignorée du grand public et méprisée des autres chercheurs, doit inviter à la modestie.

« Personne ne peut décrire aujourd'hui le fonctionnement d'une motte de terre, expliqua le professeur. Le microscope révèle une diversité invraisemblable. Pas un millième de millimètre qui ressemble à un autre. On trouve des bactéries, des levures, des molécules organiques mortes, des particules minérales, bref des millions d'éléments disparates dont la plupart nous sont encore totalement inconnus. Et pourtant, la motte fonctionne ! Elle respire de l'oxygène et exhale du gaz carbonique. Comment ? Par quel miracle biophysicochimique ? Nul ne peut le dire. »

À une époque où le moindre geek prétend réinventer le monde, Arthur trouvait réconfortant de découvrir en Marcel Combe un vrai savant : un esprit curieux qui sait ce qu'il ne sait pas.

Après plus d'une heure trente d'une conférence assez technique, l'incident était oublié mais l'attention des étudiants d'AgroParisTech avait sensiblement chuté. En jetant un regard à la ronde, Arthur constata que la plupart des ordinateurs étaient ouverts sur une page Facebook ou Insta. Lui-même avait commencé à traiter ses mails.

L'amphi fut ranimé par la longue péroraison de Marcel Combe, qui décrivit avec une emphase de vieil acteur le désastre écologique en cours. Labour profond et épandage de pesticides ont décimé la population lombricienne dans la plupart des cultures, la réduisant à quelques dizaines de kilos par hectare. Le sol devient alors hors-sol, un support compact et dévitalisé, une étagère géante où l'on déverse des engrais pour récupérer des produits commerciaux sous forme de plantes sans goût. D'où les glissements de terrain, l'épuisement des nappes phréatiques, et bien sûr l'appauvrissement vertigineux des écosystèmes. La « technoscience », comme disait Marcel Combe, avait tourné le dos à la science ; le productivisme agro-industriel avait ruiné la fertilité naturelle ; et l'humanité était parvenue à détruire en quelques décennies le subtil équilibre obtenu par des millions d'années d'évolution biologique. « Sans vers de terre, résuma Marcel Combe, plus de terre. Ce n'est pas un hasard si l'astrophysicien Hubert Reeves explique que la disparition du ver de terre est au moins aussi préoccupante que la fonte des glaciers. » Arthur se sentit accablé. Voilà qui n'allait pas arranger ses crises d'éco-anxiété.

Pourtant, à en croire Marcel Combe qui n'aimait pas désespérer son auditoire, le ver de terre pourrait devenir notre meilleur allié. Il est d'abord possible de le réintroduire dans les sols par inoculation, une méthode découverte il y a un siècle par un certain Mr Ashmore, fermier de Nouvelle-Zélande. Mieux encore, on peut le mettre au travail pour traiter les déchets de l'humanité. Le professeur Combe se lança dans un éloge du vermicompostage, qui consiste à nourrir une colonie de lombrics avec nos rebuts de matière organique, du carton aux épluchures de patates ; quelques mois plus tard, les voilà transformés en vermicompost fin et inodore, une poudre noire prête à l'emploi pour engraisser les plantes en pot comme les cultures en champs. « Pour les particuliers, il existe aujourd'hui des petits meubles très élégants que l'on peut mettre dans sa cuisine, précisa Marcel Combe : on empile des tiroirs les uns par-dessus les autres, en mettant les déchets en haut, et en extrayant tout en bas du compost sous forme solide et liquide. »

– Imagine ce truc dans nos turnes, glissa Arthur.

– À tous les coups, un teubé finira par shooter dedans, compléta Kevin. Va expliquer ça au gérant. Des milliers de petits vers roses qui se baladent partout.

Arthur partit d'un rire forcé, s'attirant un froncement de sourcils réprobateur de Marcel Combe.

« Vous rirez moins, continua le professeur, en découvrant les potentialités industrielles du vermicompostage, que je rebaptiserai alors : une lombripolytechnique. »

C'était le moment du rêve. Le rêve de Marcel Combe et de ses lombrics sauvant l'humanité pécheresse.

« On pourrait construire de véritables usines où des milliards de vers s'activeraient dans des bacs géants pour notre bien à tous. Lombricompostage, lombrifiltration, lombritri : tout est possible avec ces animaux-là. Les expériences, je les ai faites. Elles sont concluantes. Il suffirait d'investir un millième, un millionième des sommes qui sont aujourd'hui consacrées à créer des idioties numériques pour fertiliser les sols, recycler les ordures des villes, épurer les eaux usées, traiter les effluents d'élevage et éliminer le lisier. En un mot, pour résoudre l'essentiel de nos problèmes. Une seule chose me désole : ne pas voir ça de mon vivant. Je nourrirai les vers avant que les vers ne vous nourrissent. »

Arthur entendit quelques ricanements. Marcel Combe s'était redressé et portait son regard au loin, au-dessus des étudiants occupés à se gratter le nez ou à liker un post. Il était tout seul sur son estrade. Il savait que personne n'y croyait. Trop simple pour être vrai.

« Qu'est-ce que l'Homme ? s'exclama Marcel Combe que plus rien ne pouvait arrêter. Étymologiquement, rien d'autre que de l'humus. Voilà pourquoi c'est l'humus qui sauvera l'Homme. »

Une salve d'applaudissements ennuyés salua cette dernière phrase. Arthur claqua énergiquement dans ses mains. Kevin aussi. Leur gentil tapage consola peut-être un peu le patriarche des vers de terre.

« Je ne prends pas de questions », dit hautainement Marcel Combe en rassemblant ses feuillets.

*

Les deux garçons restèrent papoter à la sortie de la conférence. L'enthousiasme de l'un renforçait celui de l'autre. S'ils ne s'étaient pas rencontrés, cette conférence se serait probablement fondue dans le flot des enseignements quotidiens. Mais ils avaient trouvé là le prétexte parfait pour nouer une amitié.

Les longues soirées du plateau de Saclay furent ainsi consacrées à approfondir leur connaissance des lombrics. Ils s'abonnèrent aux quelques rares blogs spécialisés et lurent la bible publiée par Marcel Combe. Ils farfouillèrent dans les publications spécialisées et s'échangèrent leurs rares trouvailles. Arthur élargit ses recherches à l'histoire et aux lettres, longtemps ses matières de prédilection. Il en ressortit bredouille. Après Cléopâtre qui, consciente du rôle du ver de terre pour fertiliser la vallée du Nil, lui octroya un statut semi-divin, les rois du monde lui préférèrent l'aigle, le lion, l'abeille ou la salamandre. Quant aux écrivains, ils ne semblaient guère plus intéressés. Même l'alexandrin que lui offrit Victor Hugo, en donnant une vie littéraire à un « ver de terre amoureux d'une étoile », n'était guère flatteur. Le ver de terre désignait

Ruy Blas, l'obscur valet ; tandis que l'étoile figurait, bien sûr, la reine d'Espagne. Il fallait vraiment un écrivain romantique pour préférer un astre mort à la source de toute vie.

Arthur et Kevin partageaient le sentiment rare de découvrir un domaine de recherche quasi vierge. Ainsi se forgea vite entre eux une complicité d'explorateurs. Ils se jurèrent solennellement de ne jamais abandonner les vers de terre. De leur consacrer, d'une manière ou d'une autre, leur carrière et leur vie.

Les deux garçons prirent l'habitude de s'enfuir ensemble le soir de leurs mornes turnes de la Maison des ingénieurs agronomes pour aller prendre une bière sur la terrasse de l'école, au dernier étage du bâtiment principal. Ils passaient les espaces réservés aux maigrichons potagers urbains et s'accoudaient à la rambarde. De là, ils devinaient les bois qui jouxtaient une vieille abbaye bénédictine ayant miraculeusement survécu à la périurbanisation de l'Essonne. La masse sombre de la forêt était barrée devant eux par les rails suspendus du futur métro du Grand Paris Express, et auréolée au loin par le halo lumineux de la ville. La nature en sursis les invitait à philosopher. Ils ne refaisaient pas le monde, comme les générations précédentes. Ils le regardaient se défaire et tentaient de se trouver un rôle dans l'effondrement à venir.

Arthur dissertait ainsi sur les fléaux de l'abondance avec ce faux désespoir de la vingtaine, quand on peut s'amuser à ne croire à rien parce qu'on croit encore en soi-même. Enfant unique, habitué depuis toujours aux monologues solitaires, il avait enfin trouvé un public. Debout dans la nuit, le visage éclairé en contre-plongée par les spots du plancher, il fustigeait le productivisme, condamnait la multiplication infinie de nos besoins et prônait la sobriété en tout. Pour décrire le monde d'aujourd'hui, Arthur récitait les chiffres de Jean-Marc Jancovici dit « Janco », l'ingénieur idolâtré par toute une jeunesse très sérieuse, cherchant à comprendre l'ampleur du désastre légué par leurs parents. Pour imaginer celui de demain, il invoquait Épictète, Rousseau, Élisée Reclus. Il n'y avait chez lui aucun pédantisme. Les auteurs classiques faisaient simplement partie de son environnement familier ; il les citait comme on rapporte les propos d'un copain bourré, sans trop savoir s'il faut les prendre au sérieux.

Arthur avait une prédilection pour Henry David Thoreau, qui était parti vivre quelques années en semi-ermite sur les berges de l'étang de Walden, au fin fond du Massachusetts. En voilà un qui avait poussé le dépouillement jusqu'à ses ultimes conséquences. Il passait son temps à éliminer plutôt qu'à accumuler, vivant dans une seule pièce avec trois chaises (« une pour la solitude, deux pour l'amitié, trois pour la société »), abandonnant tout excitant (y compris le café qui lui gâchait la lumière du matin), refusant même l'offrande d'un paillasson (pour quoi faire ? la terre n'est pas sale). En cultivant son petit coin de potager, il avait même inauguré sans le savoir la technique du semis direct, sans labour. Thoreau était-il libertarien ou anarchiste, poète ou philosophe ? Arthur s'en fichait bien. Il représentait pour lui l'idéal d'un homme libre.

De son père avocat, Arthur avait hérité l'aisance rhétorique, le goût des questions en points de suspension, et un certain cynisme en matière politique qui lui faisait fuir le militantisme. Après son bac général au lycée Henri-IV, il avait intégré une prépa agro un peu par forfanterie, cultivant sa personnalité d'intello singulier. On lui avait dit : prépa lettres et Normale Sup, ce qui correspondait naturellement à son goût prononcé pour les auteurs morts depuis plus d'un siècle, dont l'ego ne gênait plus personne et dont la pensée vivait d'autant mieux. Mais Arthur n'aimait pas les chemins trop bien tracés. Il tenait en piètre estime ses futurs camarades, apprentis philosophes déblatérant sur la décroissance tout en demeurant incapables de planter un poireau. Il redoutait de voir ses convictions intimes galvaudées par le panurgisme des faux rebelles. Surtout, il ne se voyait pas gagner son pain à produire de la pensée critique. Il ne voulait pas devenir un professionnel de l'exégèse ni un frénétique de l'injonction. Si la philosophie, après avoir longtemps interprété le monde, avait désormais pour mission de le transformer, il était temps de se retrousser les manches.

Arthur avait donc bifurqué en section BCPST pour étudier la biologie et les sciences de la terre. Il avait intégré sans trop de difficulté AgroParisTech. Au moins, là-bas, il était maître de ses idées, sans devoir les transformer en croisade ou en plan de carrière. Comme Thalès fier du rendement de ses oliviers ou Montaigne du bel alignement de ses melons, il aimait finir ses journées avec de la terre sous les ongles. Même s'il était convaincu qu'au final ses efforts seraient vains et qu'une bonne partie des espèces disparaîtraient dans la sixième extinction de masse, il ferait sa part, en première place sur la ligne de front et non planqué dans les livres et les colloques.

Kevin, aussi taciturne qu'Arthur était volubile, écoutait les déblatérations de son camarade avec la curiosité d'un enfant qui observe une mouche se cogner la tête contre une vitre. Il admirait sa culture sans trop en comprendre l'intérêt. Il se sentait toujours d'accord sans avoir envie d'explorer la contradiction. Il imaginait combien cette indignation permanente devait être fatigante et offrait à son ami ce qu'il possédait de plus précieux : une présence épaisse, fidèle, rassérénante. Il absorbait les mots d'Arthur comme une bonne terre boit l'eau.

Rien non plus n'avait prédestiné Kevin à devenir ingénieur agronome, mais pour des raisons différentes. Ses parents étaient de simples travailleurs agricoles, sa mère en CDD dans une fromagerie où elle empaquetait tous les jours le lait de brebis fermenté, son père conducteur de tracteurs pour une coopérative, où il était payé en fonction des saisons et des besoins. Ils louaient une maison en parpaings quelconque dans une bourgade quelconque du Limousin, une région où malgré toutes ces années ils se sentaient encore de passage, comme ils se sentiraient toujours de passage dans la vie. Ils étaient issus de générations de tâcherons et de chemineaux, ballottés au gré des transformations économiques, toujours prêts à venir boucher les trous de la société. Ils avaient en eux la mémoire du baluchon et savaient qu'ils pourraient reprendre le leur si le travail venait à manquer. Ils ne nourrissaient donc aucune inquiétude. C'était un couple sans histoire, sans attaches, sans ambition, sans ressentiment. Il ne leur arrivait jamais rien de notable et ils ne s'en plaignaient pas. Comme si le destin avait concentré toute leur part de chance dans cet enfant à la beauté grecque, placide et besogneux. Ils l'avaient éduqué de loin, sans trop y toucher, de peur de gâcher par maladresse cette graine hors norme qui ne demandait qu'à croître toute seule.

C'est ainsi que Kevin, sans vraiment le vouloir, réussit tout ce qui se présenta à lui. Après le collège, il intégra un lycée agricole, suivant la trajectoire normale de la plupart des enfants du coin. Comme il était bon, on l'envoya en section techno étudier les sciences et technologies du vivant. Comme il était bon, il prépara un DUT à Limoges plutôt que le traditionnel BTS. Comme il était bon, un de ses professeurs l'inscrivit au concours C2 d'AgroParisTech : quinze places par an réservées à la « filière pro ». Comme il était bon, il fut admis. Et le voilà mêlé contre toute attente à la future élite. Il n'en faisait pas grand cas mais profitait avec bonne grâce de son nouveau milieu. Un peu à l'image de ses parents, Kevin vagabondait, mais d'une manière qui passait aux yeux des autres pour de l'ambition.

Sa seule déception fut de ne pas s'installer à Paris, qu'il lui tardait de mieux connaître ; il renonça presque à intégrer l'école quand il apprit qu'elle quittait la rue Claude-Bernard pour déménager sur le plateau de Saclay. Comme la procédure d'inscription était déjà engagée et que tout le monde le félicitait, il n'osa pas décevoir. De toute façon, une bonne moitié de la formation se déroulait sur le terrain, dans les entreprises, les labos ou les fermes. Et il n'allait pas refuser la bourse qu'on lui offrait, une fortune à ses yeux.

Kevin était spontanément économe. Tandis qu'Arthur prônait la sobriété dans ses Camper fluo et se torturait à définir les compromis acceptables, Kevin n'éprouvait pas de besoins particuliers. Quelques paires de jeans, son ordi, la cantine du CROUS : il ne manquait de rien. Le reste de son pécule allait dans les bières du soir. Pour certains, c'était la précarité étudiante. Pour lui, la belle vie.

Arthur trouvait en Kevin un sage, qui sans le secours des livres ni même de la réflexion suivait instinctivement les règles de la vertu. Il en était admiratif et légèrement amer. À quoi bon tout ce cheminement intérieur, ponctué d'angoisses et d'épiphanies, si l'on pouvait atteindre le même résultat aussi tranquillement, sans effort apparent ?

Quand leurs discussions se prolongeaient le soir sur la terrasse, Kevin et Arthur se faisaient souvent surprendre par le couvre-feu de vingt-trois heures. Les vigiles effectuaient une ronde rapide pour vérifier que l'école était vide avant de verrouiller les portes. Les premières fois, les deux amis obtempérèrent. Puis ils s'enhardirent et, dissimulés dans un recoin, se laissèrent enfermer. La nuit était claire et chaude. Il leur restait un pack de bières et mille sujets de discussion. Ils pissèrent tour à tour par-dessus la rambarde. Vers une heure du matin, ils tentèrent de se frayer un chemin à travers les couloirs déserts. Ils s'amusèrent à rôder dans les salles de TD où mijotaient les éprouvettes et sautèrent par-dessus des portiques désactivés comme des resquilleurs du métro. En cherchant à sortir, ils se firent une frayeur devant les portes vitrées fermées à clé avant d'en trouver une qui s'ouvrait de l'intérieur.

Une fois dehors, il leur restait à franchir les grilles extérieures du campus. Ils déambulèrent au milieu des arbrisseaux fraîchement plantés et se retrouvèrent devant la noue. C'était le moment ou jamais de faire ce dont tous les étudiants rêvaient par ces journées déjà caniculaires. Ils s'assirent sur la petite plage, ôtèrent leurs chaussures et se trempèrent les pieds. Arthur bredouilla quelques sornettes sur Bachelard et la poétique de l'eau pendant que Kevin s'assoupissait à moitié. La fraîcheur de l'eau les dégrisait en douceur. Au-dessus d'eux, le ciel encore relativement épargné par la pollution lumineuse laissait voir quelques étoiles. On entendait même un hululement de chouette du côté du futur « lab » EDF en construction. En remuant ses orteils, Arthur créait un clapotis méditatif.

– Allez, on y va, dit soudain Kevin en sortant de sa torpeur.

Il ôta son T-shirt puis se mit entièrement nu, avec cette absence de pudeur qui est de rigueur dans les vestiaires de sport. Arthur détourna le regard, un peu gêné, mais l'imita tout de même. La noue était juste assez large pour qu'ils puissent y barboter tous les deux.

– Le meilleur endroit de cette école, dit Arthur.

Leurs jambes s'enfonçaient dans la vase jusqu'à mi-mollet. C'était une drôle d'impression, celle d'être tiré vers un fond sans fond, spongieux et organique, une terre vivante qui pourrait les aspirer et les digérer en un instant. La berge dégageait une odeur âcre, comme de la sueur végétale. Des libellules volaient en rase-mottes sans se soucier des nouveaux occupants de la noue. Arthur faisait couler entre ses doigts des lentilles d'eau, pièces d'or vert. Même rejetée dans un espace aussi étroit, la nature avait repris sa liberté.

Kevin signala soudain le faisceau discontinu d'une torche électrique. Les deux garçons se précipitèrent hors de l'eau en étouffant leur rire, se rhabillèrent tout dégoulinants puis s'allongèrent sur les graviers. Ils entendirent des pas qui se rapprochaient.

– C'est le gars du PC sécurité, murmura Kevin.

– On se croirait dans *La Grande Évasion.*

– Il faut bouger !

Kevin s'élança hors de la noue en direction du bureau des élèves. Arthur le suivit. Ils parvinrent à se cacher derrière le mur juste au moment où la lumière allait les surprendre. Ils attendirent que le gardien s'éloigne vers le bâtiment D et coururent jusqu'aux grilles du jardin, hautes de deux bons mètres.

– Je te fais la courte échelle, dit Kevin en lui offrant la paume de ses mains comme marchepied.

– Et toi ?

– On verra.

Arthur se hissa maladroitement en empoignant les barreaux. Alors qu'il tentait de se redresser par une traction des bras, ses doigts trop humides glissèrent. Il lâcha prise et tomba en arrière en poussant un cri sonore. Kevin parvint à lui saisir la taille pour amortir sa chute. Ils se retrouvèrent ensemble par terre.

– Ça va ? demanda Kevin en se relevant.

Il tendit la main à Arthur pour l'aider à se remettre sur pied.

– Ça va, mais on est grillés.

Le gardien avait braqué sa torche sur eux. Dans cette lumière crue, la peau pâle et luisante de Kevin lui donnait une allure de nymphe des eaux. Le gardien accourut dans leur direction en hurlant. S'ensuivirent de longs palabres au terme desquels Kevin et Arthur purent se faire ouvrir le portail principal en jurant solennellement de ne pas recommencer, promesse qu'ils s'empressèrent naturellement de trahir. Ils multiplièrent les virées nocturnes. Ils plantèrent au milieu des plates-bandes de l'école des boutures de cannabis. Ils poussèrent aussi jusqu'à Paris pour crever les pneus des SUV, activité très en vue qui générait parmi leurs camarades une saine émulation. Peu à peu, Kevin et Arthur devinrent inséparables. Tout le monde à l'école les associait l'un à l'autre. Aux soirées comme aux examens, ils venaient en paire.

À cette paire étaient satellisées des ombres féminines invariablement attirées par Kevin. Alors qu'Arthur, pauvre mâle errant de la génération Z, tout honteux de ses désirs, déployait sans grand succès des stratégies de séduction byzantines pour draguer sans importuner, insister sans harceler, caresser sans brusquer, jouir sans dominer, il suffisait à Kevin de s'asseoir à la table de la cafétaria pour se retrouver entouré d'un aréopage d'étudiantes. Son aimable indolence, renforcée par un incurable manque d'imagination, passait pour de la distinction. À ses côtés, les étudiantes semblaient soudain oublier toutes les préventions rigides de MeToo et redevenir avec insouciance des jeunes filles légères et pépiantes. Alors qu'à Limoges, les camarades de Kevin étaient souvent en couple, certains même déjà parents, ici personne n'avait aucune raison de craindre l'avenir, et la jeunesse se vivait plus franchement. Kevin n'avait donc plus qu'à choisir, privilège démodé qu'il exerçait avec une certaine délicatesse, mais qui privait Arthur de ses nuits de discussion et de jeu. Arthur se sentait légèrement jaloux, sans savoir exactement de qui. De Kevin et de ses amours faciles, ou des filles que son ami lui préférait ?

*

Arthur eut vite l'occasion de voir Kevin à pied d'œuvre. Tous deux avaient reçu par amis d'amis une de ces invitations ouvertes où, d'incruste en incruste, convergent les heureux élus des écoles parisiennes. Pas de post Facebook ni de boucle Telegram : le bouche-à-oreille reste le meilleur moyen trouvé par l'évolution pour assurer l'endogamie des élites.

« Chez Anne, rue Gay-Lussac » : Arthur connaissait ça par cœur. L'appartement des parents provisoirement transformé en camp hippie, les playlists hasardeuses mais pas trop fort pour les voisins, les joints qui tournent mais s'il vous plaît, utilisez les cendriers. Arthur traînait les pieds à la perspective d'entreprendre la longue et incertaine traversée de l'Essonne, à coups de RER et de bus de nuit. En revanche, Kevin était enthousiaste, d'autant qu'il avait vu sur Google Maps que la rue Gay-Lussac était toute proche de l'ancien bâtiment d'AgroParisTech. Il voulait sa part de la montagne Sainte-Geneviève. C'était l'occasion rêvée. Arthur servirait de guide.

Ce fut Anne qui leur ouvrit. Une brune au corps débordant, avec une bouille ronde et jolie qu'elle s'efforçait maladroitement de profaner. Elle s'y était planté autant de piercings qu'elle pouvait et portait dans ses cheveux aux boucles andalouses un bandana siglé du « A » anarchiste. Elle les accueillit avec un rictus blasé. En trois phrases, Arthur comprit à qui il avait affaire. Une gentille deuxième année de Sciences Po prête à tout pour s'encanailler et qui professait un anticapitalisme proportionnel à la hauteur sous plafond. « Ça sera pour Kevin », se dit-il.

Ils burent, firent semblant de danser et s'écroulèrent au fond d'un gigantesque canapé en velours, parfaitement adapté aux discussions sans queue ni tête. Dans ce milieu étudiant tout sauf insouciant, où l'on guettait déjà les esquisses de carrière des uns et des autres, les agros avaient un statut particulier. Ils étaient passés par la même sélection impitoyable que tous leurs camarades de soirée et personne ne disputait leur valeur intellectuelle. Mais ils semblaient condamnés à s'occuper de la formule du lait en poudre ou des rendements du maïs. Alors que les autres acquéraient une forme d'incompétence généraliste qui leur permettrait ensuite d'occuper n'importe quel poste avec assurance, les agros avaient déjà les mains dans la glaise. C'étaient les paysans des ingénieurs, le tiers état des énarques. Ce qui leur valait une sorte d'aura ambiguë.

Anne vint s'asseoir entre les deux garçons.

– Alors, vous faites quoi exactement en agro ? demanda-t-elle à Kevin en lui posant une main sur la cuisse. C'est vous qui allez sauver la planète ?

– On étudie essentiellement les vers de terre, répondit Arthur qui était résolu à saboter par tous les moyens les succès trop faciles de son ami.

– C'est une blague ? rigola-t-elle sans lâcher Kevin du regard, comme si elle parlait à un ventriloque.

– Les vers de terre, c'est l'avenir de l'humanité, continua Arthur. Et puis ce sont de petits êtres adorables et sensuels. Ils devraient se plaire dans cet appart. Bonne température, taux d'humidité idéal...

Cette fois, Anne n'eut d'autre choix que de se tourner vers Arthur. Il continua sur ce ton moqueur qui, à sa grande surprise, ne semblait pas irriter sa cible, toujours heureuse d'être fustigée pour son mode de vie. Elle ne demandait qu'à expier son enfance parisienne, ses week-ends en Italie et ses études payées par Papa-Maman.

– L'agro-industrie a massacré les pauvres vers de terre, lança Arthur.

– Ça, c'est vrai ! s'exclama Anne qui n'en savait rien mais n'imaginait pas que l'agro-industrie puisse faire autre chose que du mal. L'agro-industrie et le néolibéralisme, précisa-t-elle car, tout de même, elle ne faisait pas Sciences Po pour rien.

Pendant ce temps, Kevin s'était mis à discuter avec son voisin de canapé, un minet d'école de commerce aux cheveux luisants de gel. Arthur n'avait pas une seconde à perdre.

– Ma vocation, confia-t-il à Anne d'un air pénétré, c'est de réintroduire des vers de terre dans les sols dévastés. Par inoculation, ajouta-t-il en se rappelant les propos de Marcel Combe.

– Chanmé ! approuva-t-elle. Moi j'y crois trop, à l'agriculture rénégé... géréné...

– ... régénérative.

– Voilà ! Pardon, je suis un peu pompette, mentit-elle. Tu vas devoir te battre contre les porcs de la FNSEA, tu sais.

– Eh oui, mentit-il à son tour, sachant pertinemment que les syndicats agricoles se fichaient comme d'une guigne des doux poètes qui essayaient des méthodes alternatives.

– Et comment on fait ça ?

– Comment on fait quoi ?

– Eh bien, comment on réintroduit des vers de terre ?

Arthur se sentit pris de court. Il bredouilla quelques explications en plaçant un peu aléatoirement des termes scientifiques. Tout en parlant, il se demandait quel effet pouvait bien faire son labret, une branche de métal qui ressortait de part et d'autre de sa lèvre inférieure et se terminait par deux petites boules scintillantes. Puis brusquement, il s'interrompit. Anne suivit son regard. Juste à côté d'eux, Kevin embrassait le minet à pleine bouche.

Anne retira sa main, toujours distraitement posée sur la cuisse de Kevin, et se tourna résolument vers Arthur. Ainsi commença leur histoire.

Une demi-heure plus tard, Arthur et Kevin se croisèrent dans la cuisine au milieu des polytechniciens ivres qui tartinaient du tarama.

– On ne va peut-être pas tarder, suggéra Kevin très naturellement.

Arthur ne sut que dire. Il se posait mille questions. Kevin semblait aussi frais et propret qu'à l'ordinaire.

En sortant, les deux garçons passèrent devant les anciens bâtiments d'AgroParisTech, faiblement éclairés. « INSTITUT NATIONAL AGRONOMIQUE », pouvait-on encore lire sur le fronton, en belles lettres capitales. Ce qui était encore quelques mois auparavant un fier signe de ralliement relevait désormais des monuments historiques. Un échafaudage avait été dressé sur la façade de la rue de l'Arbalète. Le nouvel occupant, une école de formation privée, allait tout rénover à grands frais. C'était la mort sous vitrine.

– On dirait un château, s'émerveilla Kevin. En plein cœur de Paris.

Il est vrai que le portail monumental, la combinaison de pierre de taille et d'une brique couleur pain d'épices, et même le bulbe de la toiture, donnaient aux anciens locaux un air de pavillon de chasse du XVIIe siècle.

– Il ne faut pas exagérer, tempéra Arthur. Ça date de la fin du XIXe, quand l'Institut a pris la place de l'École de pharmacie.

Encore avant, il y avait ce qu'on appelait le jardin des apothicaires. Plein de plantes bizarres...

– Tu sais vraiment tout, toi, dit Kevin en lui caressant l'épaule.

Arthur se crispa.

– Écoute, il faut que je te pose une question, se lança-t-il. Je suis désolé si...

Il fut interrompu par une voiture de police qui remonta en hurlant la rue Claude-Bernard. Quand elle eut disparu, la ville parut soudain silencieuse.

– T'es gay ?

– Mais non, pourquoi tu dis ça ? répondit Kevin en souriant.

Arthur était au supplice. Devant eux, un feu changea de couleur, maintenant un semblant de normalité dans cette nuit déréglée.

– Tout à l'heure, sur le canapé...

– Ah oui, de temps en temps, je change. Sinon ça devient un peu monotone, toutes ces chattes.

– Et tu...

Il y avait des choses qu'Arthur ne voulait pas se représenter.

– Tous les corps sont faits pour le plaisir, conclut Kevin. Il faut en profiter, non ?

– Alors, tu es bi ?

– Je sais pas, il faudrait que je me renseigne. Je ne pensais pas qu'on me bassinerait avec ça à Paris.

Arthur se tut, penaud. Ils se remirent silencieusement en marche vers Port-Royal pour prendre le Noctilien. Kevin musardait. Arthur commentait laconiquement les monuments de Paris tout en ruminant ses pensées. Il regrettait ses questions déplacées, lui qui avait été élevé dans la culture de la lutte contre les discriminations, au gré des procès où plaidait son père.

– Ici, le jardin des Grands-Explorateurs. Dans le prolongement du Luxembourg. Tu peux voir le Sénat, tout au fond. J'aime bien cette perspective. Elle m'apaise.

Arthur se sentait ringard. La lutte contre les discriminations, ce n'était plus le sujet. Kevin n'appartenait à aucun groupe et ne revendiquait nul droit particulier. Il se contentait d'être lui-même, « homme universel » comme il l'avait lu dans la correspondance de Machiavel. Kevin accédait ainsi aux yeux d'Arthur à un statut supérieur, par-delà les classifications, les tabous et les interdits. Il était, dans sa simplicité même, dans son ouverture au moment présent, dans sa totale acceptation des désirs qui le traversaient, au-dessus de l'humanité commune.

Homme universel, sagement assis dans l'abribus du boulevard de Port-Royal.

II

Kevin s'était installé dans le fond de la salle, côté couloir. Il gardait à côté de lui un siège libre pour Arthur, au cas où. Cette soirée de remise des diplômes ne l'amusait guère, mais au moins elle se déroulait sur les Grands Boulevards, dans le centre de Paris, où il n'avait pas eu l'occasion de se rendre aussi souvent qu'il l'aurait voulu durant ces trois années de scolarité, entre les cours à Saclay et les stages sur le terrain. Les dorures chantournées du théâtre à l'italienne le ravissaient. Il se sentait là comme dans un cocon, pris dans les plis et les replis des balcons et des faux plafonds. Il en sortirait définitivement adulte, titulaire d'un diplôme d'ingénieur agronome. Il était impatient de ne plus avoir de comptes à rendre.

Comme chaque année ou presque, un groupe de « bifurqueurs » profiteraient de la scène pour dénoncer l'agribusiness et présenter leurs projets alternatifs en ferme autogérée ou à la Confédération paysanne, sous les applaudissements de leurs camarades qui, eux, auraient déjà signé leurs contrats chez Danone. C'était devenu une tradition depuis le coup d'éclat de 2022, quand huit étudiants avaient détourné la cérémonie pour exposer l'hypocrisie d'une formation qui les encourageait à participer, selon eux, aux « ravages sociaux et écologiques en cours ». Cheveux longs, sandales ouvertes, T-shirt à fleurs ou robe longue à rayures, ils avaient fustigé la bonne conscience des entreprises, l'inaction des gouvernements et l'inertie de la société, en incitant leurs camarades à trouver chacun leur manière de bifurquer. En guise de projet professionnel, ils avaient annoncé leur engagement dans des mouvements de lutte, leur installation sur des ZAD ou leur participation à des collectifs agricoles. Leur appel à la désertion, jailli du cœur du système, lancé par ceux-là mêmes dont on attendait des réponses, avait suscité une émotion considérable dans l'opinion publique. Ils ne s'étaient pas collés aux grilles du théâtre, ils n'avaient pas hurlé des slogans grossiers, ils n'avaient pas montré leurs seins. Ils avaient posément pris le micro en égrenant pendant sept longues minutes des arguments précis et raisonnables. On aurait dit l'exposé d'un travail de groupe, déclamé avec une application timide. C'est ce qui l'avait rendu si puissant. Si les bons élèves rejetaient leurs études, si les ingénieurs renonçaient à trouver des solutions, si les agronomes ne croyaient plus en l'agriculture, n'était-ce pas vraiment la fin ?

Naturellement, la fin se faisait toujours attendre. Une fois la vidéo YouTube dûment visionnée et partagée, chacun avait repris le cours de sa vie. Désormais, cet appel à la désertion avait été institutionnalisé. La direction de l'école consacrait un quart d'heure aux « autres futurs ». Une dizaine d'étudiants appelaient à renverser le capitalisme, les journalistes présents notaient les meilleures punchlines puis la cérémonie reprenait tranquillement son cours, enchaînant présentations sur le développement durable et témoignages d'alumni ayant fondé des start-up à succès dans la greentech. Admirable manière pour le système d'absorber sa propre contestation.

Kevin voyait autour de lui de nombreux parents, graves et endimanchés car cette cérémonie marquait pour eux le début très officiel de leur propre chemin vers la vieillesse. Lui n'avait même pas pensé à inviter les siens, qui venaient de déménager à l'autre bout du Limousin où son père s'était vu offrir une place dans une coopérative. Sa mère recommencerait comme saisonnière, fidèle à la précarité qui avait toujours été son lot. Ils s'étaient installés dans une maison aussi moche que la précédente et projetaient de s'acheter un camping-car pour passer leurs vieux jours sur les routes. Qu'auraient-ils bien été faire dans ce théâtre à l'italienne ? Ils se désintéressaient superbement de la carrière de leur fils unique, « du moment qu'il a de quoi bouffer et qu'il ne va pas en prison », comme avait dit son père un jour. C'était leur manière de l'aimer.

Le directeur apparut au pupitre dans un costume sans cravate qui se voulait décontracté mais ne parvenait qu'à donner une désagréable impression d'incomplétude. Les lumières se tamisèrent et le silence se fit. Arthur n'était toujours pas apparu. Kevin ne l'avait presque pas vu au cours de leur troisième année. Ils avaient tous deux choisi la dominante « biologie et biotechnologies pour la santé et les productions microbiennes ou végétales » mais avaient été envoyés dans des labos éloignés. Kevin poursuivait sa vie d'homme facile, s'offrant sans difficulté à celles et ceux qui n'étaient ni trop laids ni trop stupides. Le hasard le soumettait parfois à de longues semaines d'abstinence qui ne le dérangeaient aucunement. Il devait cependant admettre que, pour la première fois, quelque chose lui manquait : Arthur, ou plus exactement la voix d'Arthur qui le berçait de concepts, qui le soir lui parlait de la définition aristotélicienne de l'économie, de l'échange et de l'accumulation, de la phronésis et de la médiété. C'était bien mieux qu'une série.

Kevin redoutait de voir Arthur s'afficher avec les bifurqueurs. Il n'aimait pas l'idée que son ami s'abaisse à un discours où il ne serait pas question d'Aristote mais de désertion et de lutte, des slogans que Kevin trouvait bas de gamme. Tous les deux avaient échangé de nombreux WhatsApp sur le sujet.

Ils m'ont proposé de les rejoindre 🙈

Évidemment, ils le proposent à tout le monde 😠

Ils ont raison.

Oui. Et alors ?
Pourquoi le dire comme ça ?
Pourquoi gâcher la fête ? 🤔

Kevin partageait sans réserve les inquiétudes des camarades de sa génération sur le réchauffement climatique, la perte de la biodiversité ou l'appauvrissement des écosystèmes. Il ne comprenait simplement pas le sens du combat qu'ils prétendaient mener. Même si, pour le moment, il n'avait pas d'autre solution à offrir.

Pour aider à la prise de conscience.
Pour ne pas cautionner le blabla RSE 🤬.

La responsabilité sociale et environnementale,
c'est comme le sexe : plus on en parle,
moins on le fait. Et inversement.

Kevin prit cette dernière considération pour un compliment à son égard. Il n'en conservait pas moins ses doutes.

C'est un peu facile de dire tout ça
quand on sort d'AgroParisTech.

Au contraire. C'est courageux.
Plus personne ne voudra les embaucher.

Ils ont sans doute les moyens de vivre sans boulot. Moi pas.

👍

Depuis qu'il fréquentait le milieu des écoles parisiennes, Kevin avait appris à manier en cas de nécessité l'argument social, arme de destruction massive qui réduisait à néant toute conversation.

Il faudra qu'on parle vers de terre. J'ai un projet.

Moi aussi ! 🤪

😍

Kevin poussa un soupir de soulagement quand Arthur vint s'asseoir à ses côtés. Il n'allait donc pas envahir la scène avec les bifurqueurs.

– Tu avais raison, glissa Arthur, ils font un peu enfants gâtés.

Sur scène, le directeur s'adressait aux nouveaux ingénieurs agros comme aux « talents d'une planète soutenable ».

– Ça ne veut vraiment rien dire, pesta Arthur. Ce n'est pas la planète qui est ou qui n'est pas soutenable, elle s'en fiche la planète : elle existe, c'est tout.

– T'inquiète...

Kevin lui passa une main autour de l'épaule. Arthur se détendit et s'enfonça dans son fauteuil. Un agro de dix ans leur aîné, en jean et micro-serre-tête, venait à présent vanter son dernier produit, une sonde connectée d'analyse des sols. Il marchait à grandes enjambées en jetant à la salle des regards possédés, comme on le lui avait sans doute appris lors de sa formation aux TED Talks, ces conférences-spectacles américaines faites pour émouvoir plus que convaincre. « Soltech permet de suivre en temps réel l'évolution des propriétés du sol et envoie des recommandations en fonction du stade des cultures. Humidité volumétrique, pH, quantité de lumière et même densité... tout est processé. » Il faisait défiler les slides avec des visages souriants de céréaliers barbus, l'air juste assez campagnard pour faire authentiques, mais équipés du dernier Mac Pro pour suivre leurs cultures depuis leur salon. « La question n'est pas la quantité d'engrais, osait-il prétendre, mais la capacité d'administrer la bonne dose au bon moment. » Des graphs s'affichaient à l'écran, montrant la hausse des rendements conjointement à la baisse des intrants chimiques. « Le jour où les courbes se croisent, c'est gagné ! » Kevin entendait Arthur pouffer. Il trouvait pour sa part la techno intéressante mais se gardait bien de le montrer.

« Notre ambition, conclut leur aîné : révolutionner la qualité de vie des agriculteurs. Plus besoin de parcourir des kilomètres dans les champs tous les matins pour tâter la motte de terre. Soltech est plus précis et plus fiable que l'œil humain. Une meilleure connaissance de son environnement pour un traitement plus responsable des sols ! »

– Et rien sur les vers de terre, bien sûr, grommela Arthur. Ça sert à quoi de voir le pH si on ne connaît pas le nombre de lombrics au mètre carré ?

D'un point de vue scientifique, Kevin admettait que Soltech présentait des limites évidentes. La qualité du sol ne peut se résumer à une poignée de paramètres. Elle dépend de milliers de facteurs, de millions de micro-organismes qui nous sont encore pour l'essentiel inconnus. Comme le leur avait répété

Marcel Combe, personne n'est aujourd'hui en mesure d'analyser de manière complète les propriétés biophysicochimiques d'une motte de terre. Et c'est à proportion de cette ignorance fondamentale que l'intuition humaine, produit d'une longue évolution qui dépasse largement la partie émergée de notre conscience, reprend un sens.

– Il faudrait inventer le radar à vers, dit Kevin en plaisantant à moitié.

– Je suis sûr que les braves vers de terre vont bouffer sa sonde.

Kevin connaissait l'obsession d'Arthur et en avait suivi tous les développements. Depuis cette soirée rue Gay-Lussac, il n'avait pas dévié de son idée d'inoculation de lombrics. Sa relation avec Anne l'avait piégé dans ce projet ; peu à peu, il s'était pris au jeu. Ce qui avait commencé comme une vague tentative de drague était devenu une vocation. Il avait rapidement fait le tour des rares publications sur le sujet. Elles tenaient en une bibliographie de quelques pages. Tout restait à découvrir : Arthur avait l'impression, si rare à une époque blasée où tous les horizons semblaient avoir été explorés, de pénétrer sur un nouveau continent où les pionniers restaient rares et se connaissaient tous. Contrairement à la plupart de ses camarades qui rejoignaient des communautés de dizaines de milliers de chercheurs pour quémander des miettes de questions irrésolues, il ne rencontra aucune difficulté à accéder aux meilleures conférences où se retrouvait toujours la même douzaine de spécialistes, conscients de leur marginalité mais persuadés d'incarner l'avant-garde du progrès scientifique. L'humanité s'était ruée pour comprendre l'infiniment grand des cieux mais restait balbutiante devant l'infiniment petit des sols.

Selon Arthur qui ne manquait jamais une occasion d'assommer Kevin de références culturelles, les vers de terre démentaient La Bruyère affirmant : « Tout est dit, et l'on vient trop tard depuis plus de sept mille ans qu'il y a des hommes et qui pensent. » Tout ? Non. Sept mille ans n'avaient pas suffi aux hommes pour regarder sous leurs pieds.

Après son stage de master sur la dégradation des matières organiques, Arthur s'était donc inscrit en doctorat à l'Inrae - l'Institut national de la recherche agronomique, récemment remaquillé, pour se plier à la mode de l'époque, en Institut national de recherche pour l'agriculture, l'alimentation et l'environnement... Arthur avait trois ou quatre ans devant lui pour étudier et surtout expérimenter le repeuplement des vers de terre. Son sujet de thèse faisait vibrer Anne : « Solutions agronomiques dans le cadre de la transition agroécologique : revitalisation des sols par inoculation de lombriciens ». Pourtant, Anne se gardait bien de mentionner les lombrics dans les assos écoféministes qu'elle avait rejointes à Sciences Po. Il fallait se battre pour le partage des tâches domestiques et contre la déforestation de l'Amazonie. Les vers de terre, tout hermaphrodites qu'ils fussent, ne faisaient pas partie des priorités.

– J'ai trouvé des terres, déclara Arthur qui semblait suivre les pensées de Kevin.

– Des terres bien dégueulasses où tu vas pouvoir faire tes miracles ?

– Exactement. Il ne fallait pas chercher trop loin, en fait. Je t'ai déjà parlé de mes grands-parents ?

– Je croyais qu'ils étaient morts.

– Oui. Mais avant ça, ils possédaient une exploitation agricole en Basse-Normandie.

– Je ne savais pas. Tu m'as juste dit que tu passais tes vacances à la campagne.

Kevin se sentait presque déçu. La terre, les bêtes, c'était le sort de ses parents à lui. Un sort pas désagréable, mais qui n'avait rien d'enviable non plus, et dont il imaginait Arthur divinement préservé.

– Je n'en suis pas très fier, poursuivit Arthur. Le Papi faisait de la polyculture-élevage, comme tout le monde. Son métier consistait à calculer le point d'équilibre entre le coût des intrants, les subventions de la PAC, le taux d'intérêt de son emprunt et le cours mondial des céréales. Il s'en est sorti, tout juste. Mais sa terre n'y a pas survécu.

– Il a trouvé un repreneur ?

– Non. Mon père a quitté tout ça pour faire son droit à Paris et n'a jamais eu la moindre envie d'y replonger, ni de près ni de loin. Le salarié de la ferme, qui avait commencé comme apprenti et aurait pu reprendre l'affaire les yeux fermés, a finalement suivi sa femme en Bretagne. Papi a fini par mettre l'exploitation en vente sur des sites spécialisés. Il a eu quelques visites, mais ça le déprimait, ces inconnus qui posaient des questions sur l'étanchéité de la stabulation. Alors, il a vendu l'essentiel des terres au connard de voisin qui continue à s'agrandir. Il s'appelle M. Jobard, ça ne s'invente pas. Tu sais le premier truc qu'il a fait ?

– Arracher les haies pour faire passer le tracteur.

– Oui. Tu te rends compte ! On pense que ça n'existe plus, ce genre de comportements. Eh bien, si.

– Sans blague ! murmura Kevin.

Ado, il connaissait bien les conducteurs d'engins agricoles qui venaient déjeuner à la maison pendant leur pause.

– C'est quand même chiant, les haies, ajouta-t-il.

– Comment ? sursauta Arthur.

– Je rigole.

– Papi a juste gardé le corps de ferme et quelques hectares avec un peu de matériel, « pour ne pas perdre la main », comme il disait. C'est sûr qu'il n'a pas perdu la main. Il a continué à déverser des pesticides jusqu'à son dernier souffle. Je lui ai pourtant expliqué mille fois. « On nourrit le monde », qu'il disait. Tu parles. Il tuait la terre qui nourrit le monde, voilà ce qu'il faisait. Il était gentil, pourtant.

Kevin se tut. Même si, incontestablement, Arthur avait raison, il n'aimait pas qu'on manque de respect aux anciens. Surtout à ces agris qui avaient vingt ans dans les années soixante-dix et qui avaient tout changé à leur manière de faire. On leur avait vendu le progrès et ils l'avaient acheté comptant. C'était le pari le plus fou jamais tenté par une génération. Pari perdu, peut-être. Mais comment leur reprocher leur audace, leurs machines aux formes de vaisseaux spatiaux, leur soif de savoir inextinguible, leur espoir fou en un monde sans guerre ni famine ? De paysans, ils étaient devenus mécanos, chimistes, juristes, financiers et géopoliticiens. Leur échec était aussi celui de l'humanisme.

– Mon père me laisse la propriété. Elle ne vaut pas grand-chose, s'empressa d'ajouter Arthur pour minimiser ses privilèges, mais quand même.

– Pas grand-chose, c'est-à-dire ?

– Je ne sais pas. Cent, deux cent mille à tout casser.

Kevin sourit. Ses parents n'avaient probablement jamais eu dix mille euros de côté. Devenir propriétaires ne faisait pas partie pour eux de l'horizon des possibles. Ils étaient de simples fétus, trimbalés au gré des vents. Ils laissaient à d'autres le soin de prendre racine.

– On va s'y installer avec Anne. À partir de cet été.

– Comment ça, pour les vacances ?

– Non, pour la vie.

Kevin le regarda avec incrédulité. Il ne l'imaginait pas une seule seconde en cotte à bretelles et bottes en caoutchouc à réparer les clôtures.

– Moi aussi, je peux vivre à la campagne, déclara sèchement Arthur.

– Et tu vas y faire quoi ?

– On en a déjà parlé mille fois ! Réintroduire des vers de terre.

Kevin connaissait les fantasmes d'Arthur. Il adorait les écouter. Mais il ne lui avait jamais traversé l'esprit qu'il pourrait les mettre en œuvre. Avec sa barbe de trois jours, son T-shirt décoré d'une feuille de chanvre et sa veste en velours côtelé, Arthur ressemblait à tout sauf à un paysan.

– C'est pas un métier, ça.

– C'est une activité. Je le ferai en TCS.

– En quoi ?

– Tu as raté les cours d'agroécologie ? Technique culturale simplifiée.

– Ah, le truc sans labour...

– Exactement.

– Bonjour les adventices !

Arthur se contenta de hausser les sourcils. Il refusait l'idée qu'il existe de « mauvaises » herbes. Il semblait sûr de son affaire. Kevin savait qu'on disposait aujourd'hui de toutes sortes de techniques, des cultures en association qui permettaient d'établir une sorte d'équilibre naturel entre céréales et adventices. Mais pourquoi se compliquer autant la vie ?

– Tu vas bifurquer, en somme.

– Si tu veux. Je vais bifurquer sans le dire.

– Je ne vois toujours pas comment tu gagneras ta croûte. Avec quelques hectares sans labour...

– L'année prochaine, on aura vingt-cinq ans.

– Et alors ?

– On pourra se mettre au RSA.

– Belle ambition.

– Je préfère être payé par la société pour faire du bien au vivant qu'être rémunéré par une boîte pour le détruire. Et puis, ajouta Arthur comme pour s'excuser, je ferai ma thèse.

– Et Anne ?

– Elle veut écrire des romans.

– Toute la journée ?

– On est très amoureux.

– Vous ne tiendrez pas six mois.

Kevin se reprocha immédiatement sa méchanceté. Cette histoire le peinait. Il ne comprenait pas qu'Arthur gaspille ses meilleures années avec une seule fille, un seul corps, un seul avenir possible. Il trouvait ce genre de relation hétérosexuelle incroyablement rébarbative. Tout était couru d'avance : le désir, le couple, les enfants, la fatigue, l'ennui, puis une seule alternative : le divorce ou la résignation, aussi appelée « amour de ma vie ».

– Tu peux venir avec nous, suggéra timidement Arthur.

– Tenir la chandelle ?

Malgré tout le prix qu'il accordait à leur amitié, Kevin ne s'imaginait pas un instant vivre en Basse-Normandie avec deux néo-ruraux émerveillés par les papillons.

– Et toi alors ? demanda Arthur. Tu ne vas pas me lâcher ? Tu vas continuer de t'occuper de nos vers de terre ?

Kevin s'apprêtait à répondre quand il fut sauvé par les bifurqueurs qui montaient sur scène. C'était le moment que toute la salle attendait. Arthur les observait intensément, d'un air légèrement envieux. Depuis 2022, ils s'étaient améliorés. Ils étaient une vingtaine et se tenaient la main. Ils portaient tous des T-shirts verts avec le symbole de l'extinction, un sablier dans un cercle. Munis de micros-cravates, ils se partageaient un texte appris par cœur et entrecoupé de slogans en anglais chantés en chœur : « Extinction rebellion ! » ou « One Planet ! ». Leur discours s'était politisé. Ils voulaient frapper plus fort que leurs prédécesseurs, trop timides. Sauver la planète ne leur suffisait plus. C'était désormais le capitalisme qu'il fallait détruire, à la plus grande joie de leurs copains de promo. Banques, multinationales, Europe, gouvernements, lobbyistes, tous des ennemis. Même l'ONU était complice.

– Ça va trop loin, dit Arthur comme pour se rassurer. Moi, je vais déjà réparer les dégâts causés par mon grand-père. Pour le reste, on verra après.

– Ils sont plutôt mignons. Une bonne bande de partouzards.

– Agriculture minimale, éthique minimale, poursuivit Arthur sur sa lancée. D'abord s'occuper de son jardin.

Kevin abandonna son ami à ses pensées. Ce n'était clairement pas le moment de lui faire part de son propre projet. Il avait l'intention de lancer sa petite entreprise de vermicompostage pour particuliers. Il existait bien déjà sur le marché des boîtes à compost qui permettaient de décomposer certains déchets grâce aux vers de terre, mais rien de pratique ni d'élégant. Kevin était persuadé que l'on pouvait faire mieux, à peu de frais. Avec son expertise d'ingénieur agronome, il rendrait le produit plus simple et attractif. Le but était que le bobo aux mains lisses, soucieux de préserver notre terre commune mais dégoûté à l'idée d'y mettre les doigts, ne soulève jamais le capot où grouillent les lombrics. « L'écologie sans se salir », tel aurait pu être le slogan.

Kevin avait noué un contact épisodique avec Marcel Combe après sa conférence. Il lui avait demandé des conseils pour identifier les meilleures espèces de lombrics. Le vieux professeur aurait rêvé qu'un jeune homme reprenne son projet de vermicomposteur industriel, mais les ambitions de Kevin restaient plus modestement commerciales. Vendre des vermicomposteurs design aux urbains culpabilisés par leur montagne de déchets quotidiens lui permettrait d'être indépendant, de gagner sa vie et, surtout, de s'installer à Paris, qu'il imaginait encore comme une Babylone des nuits et des plaisirs, grouillante de vermisseaux insatiables. Ainsi satisferait-il sa principale préoccupation : ne dépendre de rien ni de personne - ni homme ni femme ; ni professeur ni patron ; ni idéal ni doctrine.

Les lumières s'étaient rallumées et la salle acclamait les bifurqueurs, poings levés. Puis le directeur s'avança sur la scène et reprit la parole. « Merci à nos jeunes ingénieurs de nous avoir présenté cette vision alternative... »

– Allez, viens, on se casse, enjoignit Arthur en bondissant de son siège.

Et ainsi les deux garçons franchirent-ils d'un pas décidé les portes matelassées à double battant qui les séparaient de la vie adulte.

Sur les boulevards, il faisait déjà nuit. Ils achetèrent un pack de bières dans la première épicerie venue et descendirent vers la Seine. Kevin repérait les terrasses qu'il fréquenterait bientôt ; Arthur, lui, disait adieu à sa ville, tête baissée. Au pont Royal, ils descendirent les escaliers qui menaient au quai des Tuileries. Dès les premières marches, ils entrèrent dans un autre monde. Les lampadaires espacés ménageaient des flaques d'ombre profonde. La rumeur de Paris, soudain estompée, laissait place à des bribes de conversations ; des rires et des insultes rebondissant sur les pavés et finissant à l'eau. On devinait des petits groupes de fêtards, des promeneurs solitaires, des SDF avec leurs chiens. Il fallait faire attention à ne pas glisser sur des bouteilles vides ou trébucher sur un corps allongé. À deux pas des grands magasins, l'horizon obstrué par les façades monumentales du musée d'Orsay et de l'Assemblée nationale, la vie reprenait son cours à l'abri des lumières et des jugements. Le clapotis du fleuve s'immisçait dans l'univers si bien organisé des hommes. De manière extravagante, la ville moderne, illuminée et quadrillée, avait préservé ce lieu interlope, qu'un doux parfum de marginalité rendait encore plus excitant. Seuls les projecteurs des péniches surprenaient parfois ces errants nocturnes et les immobilisaient, comme des fugitifs pris dans le faisceau d'un mirador.

Les deux amis s'assirent sur un banc en pierre. Ils n'avaient pas pensé à l'ouvre-bouteille. Kevin se saisit des bières et, utilisant l'arête du banc comme levier, les décapsula d'un geste habile. Ils entrechoquèrent leurs bouteilles, trinquant à l'avenir.

– Salut, les mecs ! Vous m'offrez à boire ?

Surgit de l'obscurité une punkette aux mèches roses, naïade percée de partout, cadeau du fleuve. Kevin sentit Arthur se crisper, mal à l'aise.

– Assieds-toi, lui dit tranquillement Kevin.

Ils papotèrent tous les trois. La punkette se promettait visiblement une nuit de défonce. Elle racontait des histoires décousues de gares, de deals foireux et, bizarrement, d'arrêts de droit public, matière qu'elle avait étudiée quelques années et dont elle conservait un souvenir ému. Kevin entreprit alors de lui exposer ses projets de vermicompostage. Elle disait oui oui sans bien comprendre, vexée de trouver, selon son expression, un keumé encore plus chelou qu'elle. Des vers de terre dans le salon, c'était chelou, sans aucun doute. Face à elle, Kevin trouva le courage de dérouler tout son plan. Il ne regarda pas une seule fois son ami, qui ne pipait mot.

– Tous les déchets de Paris, résuma-t-il en embrassant la ville d'un vaste geste du bras, toutes les matières qui suppurent du corps de Paris, toutes les bouffes et toutes les baises de Paris, transformées en bonne terre par des milliards de milliards de lombrics ! Les excès de la ville rendus à la nature...

Kevin ne se reconnaissait pas. Il se laissait envahir par l'atmosphère du moment. Il était persuadé que tout serait facile. Il lui suffirait de se laisser porter, comme ces péniches qui glissaient entre les arches des ponts.

– Écoutez le Rastignac des quais de Seine, commenta finalement Arthur.

Kevin ne sut qu'en penser.

– C'est super, mon pote, ajouta Arthur sans aucune ironie.

Enfin soulagé, Kevin posa sa main sur celle d'Arthur. Il sentit sous sa paume des doigts osseux et velus.

– Vous êtes vraiment chelous, tous les deux, conclut la punkette en reprenant son chemin titubant vers le pont Royal.

III

Arthur et Anne avaient chargé dans le coffre une quinzaine de sacs-poubelle contenant d'après eux tout ce dont on a besoin pour vivre. Ils avaient décidé de consacrer l'essentiel de leurs émissions carbone de l'année à ce long trajet en sachant que, sur place, ils auraient inévitablement besoin d'une voiture. La vieille Volvo du père d'Arthur, au toit bas et aux formes rectangulaires, semblait sortie d'un film de Claude Sautet. Après avoir quitté l'A88 au niveau de Falaise, ils coupèrent le GPS pour « apprendre à connaître la région », comme avait dit Anne en disparaissant derrière sa carte routière dépliée. Elle avait entouré de rouge leur destination : Saint-Firmin-sur-Orne, où les attendait la ferme abandonnée du Papi. Par cette tiède journée de fin de printemps, ils prirent le temps de se perdre lentement sur les départementales qui s'enfonçaient dans le pays comme des galeries lombriciennes. Ils passaient ainsi leur rituel initiatique de néoruraux, drainés dans les profondeurs du territoire où ils se donnaient pour mission d'apporter un peu de vie nouvelle.

Ils découvraient par la fenêtre ouverte de la Volvo la vraie Normandie, celle qui n'a pas de nom. Prise entre le bocage virois, la plaine de Caen, le Domfrontais et la campagne de

Falaise, on la surnomme parfois « Suisse normande » à cause de ses dénivelés. Arthur n'aimait pas cette expression inventée pour les besoins du tourisme. Il n'en était pas moins vrai qu'entre Pont-d'Ouilly, Clécy, Athis-de-l'Orne et Condé-sur-Noireau, là où le Massif armoricain rencontre le bocage, le paysage se creuse, se froisse et se chiffonne. À l'aplomb des falaises comme sur les façades des maisons, le granit vient casser la capiteuse douceur normande. Il dégrise les esprits. Dans les rues des bourgs, les douillets colombages sont remplacés par des pierres sombres, lourdes, menaçantes. Les fronces des roches obligent les rivières à méandrer, les pommiers à forger de grosses racines noueuses, les vaches à s'accrocher aux pentes des pâtures et les villages à se lover à l'ombre. Chaque vallon en cache un autre, à peine signalés par des clochers d'église jetés dans le ciel comme des bouées dans la mer, pour qu'on n'oublie pas les âmes dispersées qui les peuplent. Celles-ci s'en accommoderaient pourtant fort bien. Elles ont tout pour trouver le bonheur. Chaque hameau possède sa vue imprenable, sa portion de monde, ce qui donne au moindre villageois des manières de seigneur.

En cette saison, le paysage était jaune et rose. Sur les côtes les plus abruptes, les aplats de genêts sauvages étaient ponctués par des tourbillons de salicaires. Arthur remarquait entre les champs les haies intactes et, croisant régulièrement la route, des chemins creux couverts d'une frondaison compacte ; autant de veines qui continuaient à nourrir la terre. Dans ces terrains escarpés, destinés pour la plupart aux pâturages, le remembrement avait été plus timide qu'ailleurs. Même si Arthur et Anne ne croisaient guère d'autres véhicules, ou alors des utilitaires lancés à fond de train, ils voyaient partout une campagne habitée, délicatement parsemée de maisons de pierre où le schiste rose égayait les linteaux en granit. Comme si les hasards de la topographie avaient miraculeusement préservé la région du trio fatal métropoles-pavillons-vieilles ruines.

Alors que la France connaissait un énième épisode de sécheresse et que l'on traversait par endroits la Loire à pied, ici les ruisseaux sourdaient à chaque tournant, les nappes restant régulièrement alimentées par les pluies venues de l'Atlantique. Après une matinée passée à emballer leurs affaires et quatre heures de route depuis Paris, Arthur et Anne ne résistèrent pas à l'envie de se tremper les pieds. Ils arrêtèrent la voiture sur un bas-côté près d'un pont en pierre. Une pancarte délavée indiquait *Moulin de Taillebois*. Ils firent quelques pas sur un chemin empierré puis descendirent dans une jungle d'herbe grasse jusqu'à la rive. Il n'y avait ni barbelés, ni table de pique-nique aménagée, ni balise de randonnée : l'espace était libre. Ils s'agenouillèrent et caressèrent prudemment l'eau de la main, comme des animaux qui reniflent avant de boire. La Rouvre, revendiquant pompeusement son titre d'affluent de l'Orne, se contentait à cet endroit d'être un ru clair et peu profond. Son lit était tendre et alluvionneux, les rayons du soleil jouaient au stroboscope dans les feuilles des hêtres et le courant chuintait sur les galets. Arthur et Anne se regardèrent et, sans avoir besoin de dire un mot, se déshabillèrent. Ils s'allongèrent nus dans le ruisseau comme s'ils entraient dans des draps, le dos bien calé contre le matelas de sable. De minuscules poissons venaient les chatouiller. Tous leurs sens étaient comblés. Chose rare, il n'y avait rien, strictement rien pour gâcher la fête : pas un bruit de moteur, pas un remugle d'épandage, pas un parpaing en ciment dans leur champ de vision, pas un caillou trop coupant sous leurs fesses. Même le désir, l'entêtant désir, était éteint par la fraîcheur de l'eau.

– C'est le paradis, dit Arthur. Tous les besoins que l'humanité se crée…

– Ta gueule, dit Anne le plus gentiment possible.

Ils restèrent ainsi de longues minutes, sans se toucher, perdus en eux-mêmes, la pensée ralentie, à goûter l'accueil que leur faisait leur nouvel habitat. La réfraction de la lumière rendait leurs corps pâles et difformes. On aurait dit que leurs têtes flottaient sur l'eau, deux masques à la dérive.

*

Arthur avait appréhendé l'arrivée à Saint-Firmin. L'exploitation, située un peu en retrait du village, était baptisée « Ferme des Bois ». À l'époque, on ne se tracassait pas à donner des noms sophistiqués pour touristes Airbnb, du type « Clé des songes » ou « Paradis du bocage » ; le langage prenait naturellement la voie la plus efficace, la plus courte et, de ce fait, la plus authentiquement poétique. Il n'y avait plus de bois depuis longtemps, mais la Ferme des Bois restait isolée. On y accédait par une petite route derrière l'église. Cinq cents mètres de montée en pente douce suffisaient pour que disparaisse toute trace d'urbanisation. Le corps de ferme au toit d'ardoise conservait une certaine tenue mais les granges adjacentes, qui abritaient encore du matériel agricole dont un vieux tracteur McCormick aux jantes cabossées, étaient déjà fortement dégradées. Tout autour, on ne voyait que les champs, dont la plupart appartenaient désormais à M. Jobard. Sur ce plateau haut perché, le bocage avait disparu ; blé, orge et avoine en herbe déclinaient leurs monotones nuances de vert. Arthur aurait bien aimé y trouver au moins un vieux chêne vénérable, intouchable, sauvé par les vieilles croyances normandes.

Mais non. Au milieu d'une mer de céréales flamboyantes et bien peignées n'avait poussé qu'une verrue de deux hectares : les derniers terrains conservés par le Papi, en passe de devenir une friche, déjà assombris par les buissons de ronces, d'ajoncs et de fougères. Ils étaient attenants à la ferme : on devait pouvoir se rendre directement de la cuisine aux champs. Sauf qu'à présent, il fallait franchir des barrières d'épines.

C'était là qu'Arthur voulait faire son Walden.

Arthur peinait à se représenter Anne dans cet environnement. Leur relation reposait sur le fil ténu de leurs idéaux et il y avait tout à parier que le réel viendrait vite le briser. Malgré tout son enthousiasme de future romancière du terroir, Anne avait grandi sur la montagne Sainte-Geneviève et considérait la campagne comme une sorte de banlieue lointaine peuplée d'électeurs d'extrême droite à l'état sauvage. Elle allait se retrouver dans une bâtisse assez vétuste, encombrée de meubles en formica des années soixante et imprégnée de l'inexplicable odeur d'oignon frit que l'on retrouve dans tous les foyers paysans, aussi high-tech soient-ils. Quant à Arthur, il n'imaginait pas comment, concrètement, il allait occuper ses journées. Il avait emporté une bibliothèque entière de classiques pour se prémunir contre l'ennui. Son directeur de thèse à l'Inrae lui avait fortement conseillé de ne pas « s'enterrer dans ce trou » et de venir aussi souvent que possible à Saclay poursuivre les expériences en labo. On lui avait raconté mille histoires d'idéalistes dans son genre qui se soldaient par des échecs rapides, fruits de l'inadaptation, de l'impatience ou de l'hostilité du voisinage. De plus, il avait suivi une formation d'agronome, pas de technicien agricole, et il redoutait de se trouver seul face à une terre, une vraie terre bien tangible, où il lui faudrait mettre les mains, qu'il devrait inspecter et soigner tous les jours, et qui lui demanderait d'imaginer des remèdes qui ne se trouvaient pas dans les manuels.

À sa grande surprise, les premières semaines passèrent dans une sorte d'harmonie laborieuse. Anne prit immédiatement au sérieux les travaux de remise en état et, à grand renfort de tutos YouTube, se lança dans le jeu de l'électricité, du plâtrage et de la plomberie, toujours revêtue d'une salopette en jean qui bâillait autour de sa poitrine et laissait voir la toison bouclée qui ornait ses aisselles. Elle semblait étonnamment douée et promenait partout sa trousse à outils, portée en bandoulière dans un vieux sac en cuir. Dans cette maison isolée où personne ne pouvait l'entendre, elle se mit à jurer avec un plaisir évident. « Ça m'casse les couilles » figurait au premier rang de ses expressions favorites, trop longtemps refoulée parmi ses camarades de Sciences Po. Elle ouvrait sa bière à la fin de la journée en s'affalant sur le vieux canapé Chesterfield du salon et envoyait son homme aux fourneaux, ce qu'il acceptait avec une certaine fierté, poussant le zèle jusqu'à se nouer un tablier de cuisine autour de la taille.

Anne prenait un plaisir visible à poursuivre sur son corps le travail de scarification commencé au sortir de l'adolescence avec les piercings. Ses mains étaient tachées d'enduit, ses bras entaillés par les mille blessures du bricolage, son visage de chat durci par un mélange de sueur et de poussière. Arthur ne l'avait jamais trouvée aussi attirante.

Le soir venu, tous les deux s'effondraient sur un matelas posé à même le sol. Anne reportait systématiquement au lendemain ses pages d'écriture ; elle prétendait que les heures passées avec tournevis et truelle lui permettaient de progresser dans l'élaboration de son intrigue.

Le partage des tâches s'effectua naturellement, sans aucune discussion. Tandis qu'Anne faisait vibrer la perceuse rouillée du Papi, Arthur devait commencer à nettoyer le terrain où il voulait faire pousser une prairie naturelle, parfait biotope pour ses vers de terre. Il se voyait déjà au prochain printemps, courant avec Anne dans des graminées montant jusqu'à la taille. Réticent à l'idée d'utiliser un tracteur et s'estimant de toute façon incapable de le manœuvrer, il avait décidé d'entreprendre le défrichage de manière traditionnelle. Il s'était muni d'une simple faux récupérée dans la grange et avait poussé le dandysme jusqu'à choisir une vieille chemise à carreaux qui serait désormais son habit des champs. N'était-ce pas dans l'ordre des choses ? Une terre ravagée par la mécanisation ne devait-elle pas renaître par la main de l'homme ? Arthur se souvint du passage d'*Anna Karénine* où Lévine, propriétaire terrien riche et désœuvré, passe une journée extatique à faucher le blé, fraternisant avec ses paysans. Pourquoi ne connaîtrait-il pas à son tour l'ataraxie du fauchage ?

Les débuts furent décevants. Arthur s'avança avec détermination vers le premier roncier, convaincu de pulvériser l'ennemi en quelques coups bien ajustés. Il fut arrêté net par la résistance d'une matière dure et enchevêtrée, bien résolue à proliférer, pointant tous ses piquants contre l'envahisseur. Arthur dut s'y reprendre à vingt fois avant de couper la première brassée de lianes, en s'acharnant d'un mouvement maladroit qui ressemblait davantage à une bastonnade qu'à la calme oscillation de la faux. Il acheva son meurtre sale au sécateur avant de jeter de côté le cadavre végétal, boule informe et dérisoire. Ses mains saignaient, lacérées par les épines. Il s'arrêta, essoufflé, et leva les yeux sur son terrain qui lui sembla soudain immense, un véritable camp fortifié dont il parvenait à peine à franchir la première barrière.

Il mâchonna un bourgeon de mûrier, dont il se rappelait qu'il était doté de propriétés médicinales, même s'il avait oublié lesquelles exactement. Le goût en était terriblement âcre. Vertus médicinales ou pas, il le recracha. La tâche qui l'attendait lui semblait impossible, inhumaine. Les coups de marteau victorieux venus du salon lui commandaient néanmoins de ne pas se décourager. C'était sans doute, se dit-il, une question d'affûtage.

Arthur passa les jours suivants à chercher une pierre à aiguiser. Il ne connaissait encore personne dans le village et se refusait à demander le moindre service à M. Jobard, dont il voyait régulièrement passer le tracteur bleu fluo dans les champs alentour mais qu'il s'était bien gardé de saluer. Arthur découvrit que les magasins spécialisés se trouvaient tous à plusieurs dizaines de kilomètres et qu'ils fermaient sur l'heure de midi. Après quelques premières déconvenues dans les boutiques de jardinage d'Athis-de-l'Orne et de Thury-Harcourt, il se résolut, la mort dans l'âme, à se rendre au Brico Cash de la zone commerciale de Flers. Tout juste s'il ne fallait pas conduire jusqu'à Caen pour trouver ce qui constitua durant des millénaires la pièce la plus élémentaire de l'outillage paysan. Plus personne ne fauche-t-il son herbe de nos jours ?

Arthur trouva une certaine satisfaction revancharde à s'escrimer sur sa lame, jusqu'à la transformer en rasoir.

– Ça, c'est de la faux, annonça-t-il triomphalement à Anne. On couperait du granit avec.

– Je pense que j'ai terminé la salle de bains, répondit-elle en souriant, maculée de plâtre de la tête aux pieds.

– Viens, je te montre.

Ils sortirent de la cuisine et s'avancèrent vers les broussailles.

– Regarde !

Arthur donna un grand coup d'épaule circulaire. Les ronces volèrent devant lui.

– Voilà ! À l'ancienne !

Il recommença son geste qui s'acheva sur un cri de douleur. Anne courut chercher les pansements.

Le lendemain, Arthur parvint à éclaircir en boitillant quelques mètres carrés. Il y passa près de huit heures d'affilée, s'interrompant à peine pour casser la croûte. Sous le soleil du solstice, le labeur était éreintant. Rien d'hypnotique ni de méditatif.

– Tolstoï est vraiment un con, murmura-t-il en étirant ses muscles endoloris par cette activité soudaine. Il sentait bien que, pour un résultat aussi mince, l'effort qu'il fournissait était démesuré.

Il se remit alors à étudier le geste. Il trouva des sites consacrés à la faux et à son renouveau.

« Économique et agréable à utiliser, la faux est un outil efficace, totalement écologique et respectueux de l'environnement. » Voilà qui confortait au moins Arthur dans son projet.

« C'est la faux qui doit travailler et non vous. » Il était bien d'accord.

« Votre faux étant à plat sur le sol, posez un point de repère quelconque au point "A" au ras de la lame. Tout en maintenant la pointe du manche contre votre botte, saisissez la poignée du milieu et faites pivoter la faux au ras du sol, sur la droite jusqu'à ce que le point "p" vienne jusqu'au repère "A".

– Si "p" arrive au-dessus de "A", l'angle est trop ouvert : il faut le diminuer.

– Si "p" est au même niveau que "A", on dit que la lame est emmanchée dans un cercle. Ce réglage est conseillé pour une herbe de faible densité, avec un point "p" situé jusqu'à 3 centimètres sous "A".

– "p" doit arriver de 4 à 6 centimètres au-dessous de "A" pour faucher les herbes épaisses ou emmêlées. »

Pourquoi tout était-il si compliqué ? Les paysans du Moyen Âge savaient-ils faire le rapport entre « A » et « p » ? Arthur apprenait l'agriculture comme un adulte s'attelle à une langue étrangère. Il avait besoin d'étudier son vocabulaire et de comprendre sa grammaire. Rien ne lui était naturel.

À force d'ajustements et de persévérance, Arthur parvint à défricher quelques ares de terre en un mois, le temps de se laisser pousser un début de moustache. Il approcha par moments cet état de félicité où le corps trouve son équilibre, où la lame semble se mouvoir toute seule, où l'esprit vaque dans le vide. Mais très vite un mauvais mouvement imperceptible le ramenait à son combat maladroit, au corps à corps. Il ne ressentait alors plus, dans la violence du geste, qu'un vague plaisir d'assassin, massacrant méthodiquement des centaines de ronces.

Arthur s'efforça aussi de déterrer les plus grosses racines, celles qui mettraient plusieurs années à se décomposer. Plonger la bêche dans le sol lui causait toujours une certaine tristesse. Car il voyait cette lourde terre argileuse, naturellement fertile, réduite à des blocs compacts dégageant une odeur désagréable et acide. Le moindre choc la réduisait en poussière, la moindre averse la transformait en une gigantesque flaque de boue, forçant Arthur à interrompre ses travaux. C'était une terre de désert, une terre vidée par quarante ans de pesticides, de labour et d'engrais. Arthur connaissait par cœur la recette du Papi : amendements en mars, la trinité NPK, azote-phosphore-potassium ; et puis quand les plantes poussaient mal ou trop vite, un bon régulateur de croissance au printemps pour les arrêter dans leur course. Le Papi était très fier de ses dosages, qui nécessitaient en effet une expertise avancée et une mise à jour permanente. Sa terre n'était plus qu'un récipient à produits chimiques. Quand il la tenait entre ses mains, Arthur avait l'impression d'être en laboratoire. Il n'avait pas encore aperçu un seul ver de terre.

Le spectacle de cette parcelle nue était assez répugnant. Elle était d'un brun très clair : une teinte de court de tennis, pas de champ cultivé. Constellée de débris épars, hérissée de radicelles toutes tordues, elle paraissait encore plus sale que la friche. On imaginait mal comment cette dépouille pourrait jamais reprendre vie.

Pour en avoir le cœur net, Arthur délimita un mètre carré de terrain et y versa un mélange de moutarde et d'eau. Puis il attendit.

– Petits, petits !

Les minutes passèrent. Rien ne venait. Le principe de cette technique bien connue était que les lombrics écœurés sortent à l'air libre. Arthur avait préparé plusieurs gamelles pour les trier en fonction de leur taille et de leur couleur, et commencer à identifier les espèces et sous-espèces présentes sur le terrain. Il rajouta un peu de liquide. L'odeur de moutarde montait jusqu'à ses narines.

– Alors, vous faites la tête ?

Il appela Anne, tout juste de retour d'Athis munie de nouveaux disques à poncer. Elle posa son sac de cuir et vint s'agenouiller aux côtés d'Arthur. Ils s'enlacèrent comme deux nouveaux parents devant un berceau.

– Petits, petits !

Arthur se fendit d'une longue explication pour mieux associer Anne au spectacle qui se préparait, en s'inspirant largement du cours de Combe. Les lombrics étaient répartis en trois catégories principales. Les endogés, tout pâlots, très timorés, ne sortent jamais de terre. Il est quand même assez navrant, quand on a la chance de vivre sur cette planète, de ne jamais avoir la curiosité d'aller faire un tour dehors. À l'inverse, les petits épigés surexcités et rougeoyants sautillent à même le sol, jamais plus heureux que dans un tas de fumier. Leur agitation perpétuelle confine à la vanité. Sans conteste, le boss des vers de terre, *primus inter pares*, est l'anécique. Majestueusement étendu sur plusieurs centimètres, la queue en fer de lance, il va et vient entre son antre souterrain et la surface. Il fait de prudentes incursions à l'air libre pour consommer quelques produits frais, ou à l'inverse pour déposer ses crottes sous forme de turricules de quelques centimètres de haut, comme des pâtés de sable. On le voit même tirer des feuilles avec sa bouche pour les entraîner dans ses galeries. Cette opération n'est pas aisée : il lui faut enrouler la feuille pour la glisser dans le sol, où elle doit servir de réserve de nourriture ou de matériau de consolidation pour les galeries. Comme Darwin le remarquait, l'anécique a l'intelligence, quand il rencontre un obstacle, de ne pas recommencer la même manœuvre mais de tenter des solutions différentes. Combien d'humains peuvent-ils en dire autant ?

– Ensuite, compléta Arthur, il faut opérer d'autres distinctions, entre géophage, rhizophage ou carnivore, puis entre différentes sous-espèces, comme *Ailoscolex lacteospumosus* ou *Agastrodrilus monicae*...

– Regarde, l'interrompit Anne, ça bouge, là !

Ils se penchèrent tous les deux. En effet, la terre remuait par à-coups. Quelque chose poussait en dessous.

– Le voilà !

La tête commençait à émerger.

– Un endogé ? demanda Anne tout excitée.
Arthur fit une moue dubitative.
– Tout ce que je peux dire, c'est qu'il n'a pas l'air en forme.
Le ver mit de longues minutes à se dégager entièrement puis resta gisant à la surface, comme épuisé par son effort. Il faisait deux à trois centimètres. Arthur le prit entre ses doigts et l'examina avec attention.
– Franchement, je n'en ai jamais vu dans cet état. Généralement, ils se tortillent quand on les attrape.
Le ver était quasi inerte. Sur son corps grisâtre, on distinguait à peine le clitellum, ce renflement qui apparaît à la puberté sur le corps des lombrics. Le ver semblait tout dégonflé.
– Je ne trouve même pas le sens.
– La bouche est là, non ?
– Ou l'anus. Pas sûr.
Arthur réfléchit à voix haute :
– Ce n'est pourtant pas encore le temps de l'estivation, même s'il commence à faire vraiment chaud.
Depuis quelques jours, l'été s'était installé pour de bon. En cette fin de matinée, le soleil tapait à la verticale.
– Le temps de quoi ? demanda Anne.
– De l'estivation. C'est une diapause : le ver tombe en léthargie. Une sorte d'hibernation d'été, si tu veux. Mais si tôt dans la saison, ce n'est pas normal.
Au cours de leur observation, une poignée d'autres vers étaient apparus. Ils gisaient eux aussi sur la terre dénudée, tout flappis, comme des cotillons retombés après une fête. Arthur attendit encore une dizaine de minutes, qui permirent à trois de leurs congénères de les rejoindre. Il ne reconnaissait rien des caractéristiques habituelles des lombrics.

Il n'était plus question d'anécique ou d'endogé, mais de pauvres loques épuisées.

– On a fait le plein, là. C'est ridicule. Une dizaine d'individus au mètre carré. Ça doit faire dix kilos à l'hectare. Autant dire, rien.

– C'est plutôt bien pour toi, non ? demanda Anne.

– Comment ça ?

– Pour tes expériences ? Tu vas pouvoir partir d'une vraie *tabula rasa*. Un milieu complètement mort.

– Pas complètement mort, nuança Arthur, disons très appauvri. Mais c'est triste quand même.

Il sentit sa bouche qui vint presser la sienne et glissa sa main dans l'échancrure de la salopette, directement sur son sein. Elle soupira et allongea son baiser. Elle commença à déboutonner la chemise d'Arthur, qui accrochait ses lèvres au labret comme un goujon pris à l'hameçon.

– Si on nous voit... objecta-t-il sans conviction.

– Il n'y a jamais personne, ici. Seulement tes vers de terre.

– Qui sont aveugles.

Elle l'étendit sur le dos d'une vigoureuse pression des bras. Arthur eut seulement le réflexe de se décaler sur le côté pour ne pas écraser ses pauvres lombrics. Elle fit glisser sa salopette pendant qu'il baissait son pantalon et s'installa sur lui à califourchon. Elle empoigna l'instrument de son plaisir, le fit tourner contre les lèvres qui s'humectaient entre ses cuisses, puis le glissa dans sa fente jusqu'à sentir sous ses fesses les deux coussinets familiers par lesquels les hommes ressemblent tellement aux bêtes. Arthur aimait l'idée de n'être dans ces moments qu'un simple mammifère, comme tous les autres mâles de toutes les espèces. Elle se redressa, la tête levée vers le ciel, les mains posées en arrière sur les jambes de son partenaire. Son regard était fixé au loin, vers les falaises de granit dont on apercevait les sombres arêtes. Son bassin ondulait sans à-coups, avec une régularité apaisante. En dessous, Arthur se laissait pétrir avec délice. La branche de ronce qui lui déchirait le bas du dos ne faisait qu'augmenter son plaisir. À moitié ébloui par le soleil, il voyait au milieu d'une constellation dansante de points jaunes la poitrine d'Anne, tendue et souveraine. Ils jouirent vite et en même temps, égayant le plateau de leurs gémissements.

IV

– Mais… il n'y a pas d'odeur ?

– Absolument pas. C'est un fantasme. La propreté de l'usage fait d'ailleurs toute la différence avec un compost classique.

– Pourtant, j'ai vu sur un blog que beaucoup de clients s'en plaignent. Un fantasme aussi répandu, ça devient un problème pour le business, non ?

Bon évidemment, quand il fait trop chaud, trop longtemps, ça peut arriver. Idéalement, la température de la pièce doit rester entre 15 et 25 degrés.

– Alors il faut mettre la clim tout l'été pour le confort de ces délicates petites bêtes ?

– Non, ce n'est pas aussi mécanique… avec le vivant, tout est toujours un peu flou… il suffit de faire attention…

– Quand on voit ce que les gens font de leur chien pendant les grandes vacances, je doute qu'ils accordent une grande attention à leurs lombrics !

Après avoir essuyé les refus de toutes les banques classiques, Kevin avait mis quatre mois à obtenir ce rendez-vous avec la BPI, Banque publique d'investissement, créée par l'État pour « servir l'avenir », si l'on en croyait son slogan. Il avait été convié au siège, boulevard Haussmann. Après être passé entre les deux colonnes en marbre de l'entrée, il s'était trouvé dans un hall monumental, avec mur végétal et canapés sinusoïdaux. Une jeune femme qui se présentait comme « assistante » l'avait ensuite accompagné dans des couloirs labyrinthiques en badgeant à chaque porte.

Face à lui se tenait à présent un quinquagénaire à l'allure distinguée, mèche poivre et sel assumée, lunettes rondes à fine monture argentée, pochette de couleur sur sa veste en tweed. Il lui avait d'emblée précisé qu'il était « chargé d'affaires », pas banquier : trop vulgaire, sans doute. Il ne se départissait pas d'un sourire ironique et prenait un plaisir visible à tourmenter les jeunes entrepreneurs paumés qui défilaient dans son bureau. Kevin avait déjà appris à connaître ce personnage très parisien : cadre à la carrière linéaire, à l'esprit agile mais étroit ; soutier anonyme du capitalisme n'en récoltant que les miettes, et compensant la médiocrité de son parcours par la conviction de se trouver à l'avant-garde du progrès social. Révolutionnaires à cinq mille euros par mois, ils étaient les hérauts de la disruption, les pythies de la responsabilité d'entreprise, les prophètes du monde de demain, toujours en avance d'une innovation. Là où le grand public découvrait encore l'intelligence artificielle, ils s'enflammaient déjà pour l'ordinateur quantique. À force de s'abonner à des newsletters et d'assister à des conférences, ils finissaient par acquérir un échantillon de références et de citations suffisant pour alimenter un dîner en ville. Les plus persévérants avaient passé quelques semaines de retraite déconnectée à élaborer leur propre théorie de l'univers, une centaine de feuillets hélas trop innovants pour intéresser les éditeurs et qui les amenaient à développer une ultime vertu : la modestie. Autant dire que tout ce génie méconnu ne pouvait pas être gâché longtemps à discuter d'un prêt de soixante mille euros pour du lombricompostage.

– J'ai simplement besoin de financer la conception et la fabrication des moules, tenta d'expliquer Kevin. Ensuite, je pourrai produire les boîtes à la demande.

– Les boîtes de quoi ? Les boîtes de vers de terre ?

Kevin réalisa que les lunettes rondes ne s'étaient guère attardées sur son dossier. Il tenta l'exercice périlleux d'exposer à nouveau son projet, sans faire comprendre à son interlocuteur qu'il avait compris que l'autre n'avait rien compris.

– C'est une bonne question ! En fait, et je m'excuse si ce n'était pas clair dans mes schémas, le vermicomposteur est composé de plusieurs boîtes.

– Oui, j'ai bien vu ça.

– On place un premier bac collecteur avec les vers et les biodéchets. On referme, et on continue à l'alimenter régulièrement. Quand le bac est plein, on en place un deuxième par-dessus, percé de trous afin que les vers puissent y accéder d'eux-mêmes. Et ainsi de suite. Au bout de quelques mois, le premier bac sera rempli du meilleur engrais possible, un terreau noir et fin : on retire le bac, on le vide, et il est tout prêt à revenir sur le dessus.

– Mais il y aura des vers dans le terreau.

– Non, ils seront partis.

– Partis où ? Ils ne s'échappent pas de la boîte, quand même ?

– Non, non, partis dans le deuxième bac.

– Ils ne peuvent pas sortir ? On ne va pas retrouver des petits vers en train de se tortiller sur le tapis du salon ?

– Ils restent bien tranquilles dans leurs boîtes. À l'extérieur, ils mourraient desséchés en quelques dizaines de minutes.

– Bon, je vous fais confiance. L'essentiel, c'est que les déchets deviennent du terreau, *right* ?

– Comment ?

Kevin ne s'était toujours pas habitué aux anglicismes de la capitale, dont il ne comprenait ni le sens ni l'utilité. Le chargé d'affaires prit un air navré mais compréhensif.

– Du terreau et aussi du lombrithé, poursuivit Kevin. Un engrais très puissant, à diluer.

– *Cup of tea* ! s'esclaffa le chargé d'affaires.

Kevin n'avait pas l'esprit de repartie. Il le savait et préférait rester coi, le visage inexpressif, en attendant que son interlocuteur ait fini de s'amuser tout seul. Le chargé d'affaires se résigna.

– Et les vers, ils ressemblent à quoi ?

– D'abord, ce ne sont pas n'importe lesquels. Il faut des épigés : des vers de fumier. Et plus précisément, des *Eisenia*. Les mêmes que pour la pêche. Une espèce très pigmentée, rouge vif. On peut commencer avec deux cent cinquante grammes.

– Ça fait combien de vers ?

– Entre cinq cents et mille. Ensuite, ils prennent leur rythme et autorégulent leur population en fonction de la nourriture. Il faut quatre-vingt-dix jours à un ver pour devenir adulte. En six mois, chacun peut avoir une centaine de descendants. On atteint facilement trois à quatre mille vers dans un lombricomposteur en pleine activité.

– Je préfère ne pas y penser. Et qui fournira la souche originaire, les Adam et Ève du lombricomposteur ?

– J'ai déjà contacté des partenaires dans la lombriculture. Ils peuvent les livrer par la poste. Vingt euros les deux cent cinquante grammes. Il y a même des associations qui font ça gratuitement.

– La lombriculture ! À mon âge, j'en découvre encore tous les jours.

– Regardez, je vous en ai apporté un paquet...

Kevin sortit de son sac à dos une pochette plastique hermétique et la posa sur le bureau. Le chargé d'affaires écarta légèrement sa chaise. Il avait soudain perdu sa faconde.

– Je vous montre ?

– Ce n'est vraiment pas la peine, merci.

– Vous allez voir, ils sont adorables.

Le chargé d'affaires protesta vivement, mais Kevin avait déjà fait glisser le zip et plongé ses mains dans la pochette. Il en retira une poignée de terre où s'agitaient des dizaines de petits serpents emmêlés les uns aux autres en une pelote mouvante et rougeoyante. Le chargé d'affaires laissa échapper un cri de dégoût.

– Vous pouvez toucher, ils ne vous feront rien.

– Non, non !

– Ils ne mordent pas, ils ne piquent pas, ils ne salissent rien...

– Ce n'est pas la question.

Le chargé d'affaires passait nerveusement la main dans ses cheveux, découvrant un crâne qui serait bientôt chauve. Quelle était alors la question ? Kevin comprenait mal cette phobie envers des animaux parfaitement inoffensifs. Surtout ici, dans ce temple de la rationalité économique.

– Il y a trois sous-espèces dans ce lot, poursuivit imperturbablement Kevin : *Eisenia foetida*, *Eisenia andrei* et *Eisenia hortensis*. Avec un peu d'habitude, vous parviendrez à les distinguer. Vous voyez les nuances dans la coloration ?

– Pas vraiment.

– À présent, ils cherchent à revenir à l'intérieur. Ils sont photosensibles. Pauvres petites bêtes.

– Oui, pauvres petites bêtes. Rentrez-les vite.

Kevin laissa encore durer le supplice quelques secondes, pour le plaisir de voir tout sarcasme disparaître de la figure de son interlocuteur. Il imagina un instant quelle joie ce serait de lui lancer les vers en pleine figure. On l'entendrait hurler jusqu'au boulevard.

Une fois les petites bêtes rangées dans leur pochette, le chargé d'affaires poussa un soupir de soulagement et garda le silence. Il se remettait de ses émotions, les mains jointes, la bouche en cul de poule. Kevin en profita pour jeter un œil autour de lui. Les lambris disparaissaient sous une collection désordonnée d'affiches, de prix et de photos où s'inscrivaient en gras les adjectifs à la mode : les investissements de la BPI étaient soutenables, innovants, solidaires, responsables, engagés, sobres, bienveillants, globaux, stratégiques, humains et performants. Même les patrons y devenaient « militants ». L'atmosphère baignait dans la couleur jaune pisse dont la BPI avait fait son identité visuelle. « On dirait du colza », pensa simplement Kevin.

– En tout cas, c'est intéressant votre truc, lâcha le chargé d'affaires.

Il se demandait si, finalement, et malgré les apparences mal dégrossies de Kevin, il n'y aurait pas là une disruption insoupçonnée.

– Et on peut y mettre tous les déchets ?

– Presque.

– C'est-à-dire ?

– Il faut éviter les laitages, les restes de viande, les matières grasses, les agrumes...

– Vous plaisantez ?

Le chargé d'affaires, comprenant que cette fois encore il n'y aurait pas de miracle, changea d'expression.

– Mais c'est beaucoup trop compliqué ! Vous savez combien de gens savent reconnaître un agrume, de nos jours ?

– On leur fournira une notice avec des dessins. C'est un tri assez facile. On prend vite l'habitude.

– Et que peut-on mettre alors, hormis ses croûtons de pain ?

– Ah non, le pain, il ne vaut mieux pas.
– Écoutez, jeune homme...
– Mais le marc de café, les coquilles d'œufs broyées, le...
– Ils sont vraiment trop difficiles, vos vers de terre. Je ne vois pas qui va s'amuser à broyer les coquilles d'œufs. Soyons réalistes.
« Soyons réalistes. » C'était généralement mauvais signe. Kevin entreprit tout de même son baroud d'honneur.
– Même si tout le monde ne le fait pas, il y a une population jeune et urbaine qui ne demande qu'à s'impliquer. Sur Facebook, il y a déjà six mille membres dans le groupe « Les Lombricomposteurs ». Il me suffirait de vendre deux cents boîtes par an pour être à l'équilibre.
Le chargé d'affaires regarda distraitement son téléphone, posé en évidence sur le bureau. Il n'aimait pas les projets modestes. Kevin tenta le tout pour le tout.
– Enfin, n'est-ce pas le cœur de la mission de la BPI ? Financer la transition vers un monde plus...
Il cherchait ses mots. Il jeta un œil sur une affiche en face de lui, antisèche grandeur nature.
– ... vers un monde plus durable, plus sobre, plus engagé ?
– Vous savez, s'enflamma soudain le chargé d'affaires piqué au vif, personne n'est plus conscient que moi de l'enjeu environnemental. J'en parlais déjà il y a vingt ans. La situation est grave. Très grave, ajouta-t-il en baissant la voix, d'un ton pénétré.
Kevin hocha la tête.
– L'humanité doit se réinventer. Complètement. C'est un changement de paradigme, au sens de Kuhn. Vous connaissez les paradigmes de Kuhn ?
– Non...
Kevin se sentit désemparé, la gorge sèche. Arthur, lui, aurait su quoi répondre.

– C’est très complexe… Je ne pourrais pas vous l’expliquer en trente secondes… Enfin, pour faire vite, c’est un système de représentations où chaque chose renvoie à une autre. Tout est signifiant, n’est-ce pas ? Donc il ne peut y avoir de transformation partielle. C’est tout ou rien. Comme l’a dit notre directeur général à notre événement annuel, le Big, « plus rien ne sera comme avant, jusqu’à la prochaine métamorphose ». Fort, non ?

Kevin bredouilla. Il ne pensait qu’à son prêt. Il savait que celui-ci venait d’être refusé, mais que les bonnes manières lui commandaient de ne pas exiger de réponse explicite. À la BPI, on est trop polis, trop gentils pour annoncer de mauvaises nouvelles. Kevin aurait pourtant voulu dire qu’en plus des coquilles d’œufs broyés, on pouvait aussi jeter les restes de repas, les papiers, les légumes, les fruits… Il n’y parvint pas.

– Vous devriez aller au Big. Mille intervenants, cinq cents ateliers ! Ça vous mettrait à la page. Je peux vous faire inviter, l’année prochaine ?

– Avec plaisir.

– Faisons ça ! N’oubliez pas de me relancer si j’oublie.

Le chargé d’affaires se leva à moitié et lui tendit la main. Kevin le remercia bêtement et se dirigea vers la porte. Avant de sortir, il hésita puis se retourna une dernière fois vers le chargé d’affaires, déjà en train de répondre à ses multiples boucles WhatsApp, un sourire aux lèvres. Kevin inspira profondément pour se donner du courage.

– Et le fonds Innovation ?

– Comment ?

– Je croyais qu’il existait des subventions spéciales…

– Mon jeune ami, il faudrait que votre projet soit innovant ! Il n’y a pas un début de commencement de tech, dans vos boîtes pleines de vers. La prochaine fois, faites-nous un smart vermicomposteur !

*

Kevin décida de marcher jusque chez lui. Il ne voyait pas l'intérêt de se presser. Pour faire quoi ? Après ce dernier rendez-vous, il ne lui restait plus aucune piste à explorer. Il se laissa happer par la foule des Grands Boulevards, traversa la place de la République où une douzaine de manifestants derrière des drapeaux inconnus scandaient des slogans incompréhensibles, puis remonta le long du canal Saint-Martin en direction des Buttes-Chaumont. Il sous-louait dans le haut du XIXe arrondissement une chambre sans fenêtre au sein d'une colocation miteuse qui lui convenait fort bien. Il y disposait des deux seuls éléments qui lui fussent essentiels : un lit et la wifi.

Depuis qu'il habitait dans le quartier, Kevin se sentait à la fois attiré et rebuté par le canal. Quand il étudiait à Limoges, il aimait se promener sur les bords de la Vienne. La vieille ville plongeait directement dans la nature ; le fleuve en mouvement promettait une fuite toujours possible. Il aurait suffi de se laisser porter par le courant pour s'échouer quelques minutes plus tard dans les champs. Le canal ne remplissait pas la même fonction. Son eau était stagnante, comprimée entre les écluses, simple miroir pour immeuble en pierre de taille. Le canal ne fuyait pas la ville, il la piégeait. D'ailleurs, les Parisiens ne marchaient pas le long de ses rives ; ils s'y agglutinaient et s'y engourdissaient, les jambes jetées par-dessus le parapet, perdus en d'interminables conversations. Celui qui tombe à l'eau peut bien s'y noyer, mais il ne partira nulle part.

Kevin s'assit sur la pierre froide et observa son reflet immobile et sérieux, craquelé par les ridules du canal comme une fresque antique. Il n'éprouvait pour lui-même aucune passion particulière. Il ne prenait pas soin de son apparence et laissait la paille de ses cheveux en désordre. Il acceptait les compliments en s'imaginant que tout un chacun en recevait de semblables. Depuis son installation à Paris, il avait rejoint sans trop savoir comment la farandole des soirées et des boîtes. Il passait entre toutes les mains et finissait rarement la nuit seul. Il avait l'impression que son corps était devenu une sorte de bien public, palpé, exploré, manipulé par tant de mains et de bouches différentes. Comme si son esprit s'en était dissocié et contemplait cette débauche de plaisirs avec un léger voyeurisme.

Dans l'appartement qu'il partageait avec trois autres jeunes actifs, bien déterminés à poursuivre leur mode de vie étudiant avec tous les avantages d'un petit salaire. Les petits déjeuners étaient souvent l'occasion de faire connaissance avec des hôtes de passage, sortis d'une chambre ou d'une autre. Chacun finissait par identifier les goûts de ses colocataires, barbus tatoués, métisses à dreadlocks ou Asiatiques enrobées. Kevin sentait bien qu'il avait créé un malaise avec ses mélanges. Dans l'atmosphère clémente des Buttes-Chaumont, les homos étaient parfaitement acceptés, compris, fêtés. Les hétéros, quant à eux, représentaient une survivance plaisamment désuète. Mais ceux qui n'estimaient pas nécessaire de choisir un camp étaient considérés au mieux comme des procrastinateurs, au pire comme des renégats. En ne prêtant allégeance à aucune communauté, en se glissant hors des catégories édictées par les normes sociales, y compris les plus progressistes, ils plaçaient chacun en face de sa propre incomplétude. On n'osait pas les interroger mais on ne savait pas comment leur parler. Leur liberté était insupportable à tous.

À Limoges, Kevin restait aussi discret que possible sur ses fréquentations. Ici, à Paris, il s'était cru autorisé à les afficher simplement, sans fierté ni honte. Le regard de ses camarades de petit déjeuner lui fit comprendre que le chemin serait encore long. En partageant un croissant, un des colocs lui avait sérieusement demandé, avec les meilleures intentions du monde, s'il fallait l'appeler « il » ou « elle ». Kevin s'était contenté de hausser les épaules. Il n'avait jamais eu le moindre doute à ce sujet et trouvait étrange d'être soudain sommé de s'en expliquer.

La même gêne se manifestait avec ses partenaires. Les hétéros couchent avec des hétéros, les homos avec des homos. Ils se ressemblent et se comprennent. Mais les indifférents couchent rarement avec leurs semblables. Il leur faut constamment éluder certaines questions, par délicatesse, pour ne pas froisser. Ils vivent dans un mensonge par omission si pesant qu'il leur interdit toute relation véritable.

Kevin se voyait souvent rangé parmi les « bisexuels ». Il trouvait le mot assez ridicule. Il aimait les corps, voilà tout, quel que soit l'organe qui se trouvait entre leurs cuisses. Il aimait les êtres, quelle que soit l'idée qu'ils se faisaient d'eux-mêmes. Il n'avait pas l'impression de se métamorphoser en passant d'un garçon à une fille. Il adoptait les mêmes gestes, les mêmes caresses, les mêmes tendresses, avec quelques menues adaptations. On fait beaucoup trop de cas de la différence des sexes ; la nature a simplement varié les combinaisons à partir de la même pâte. Kevin savait qu'entre deux turgescences, celle d'un mamelon ou celle d'un gland, il n'y avait aucune différence, ni de forme ni de couleur. Il fallait en prendre soin de la même façon : la faire vibrer, la laisser s'impatienter, la dévorer soudain ; et recommencer. Kevin savait qu'au toucher, tous les plis, toutes les fentes de la chair se ressemblent, sensibles et brûlants. Kevin savait qu'à la pointe du désir on ne distingue plus qui pénètre, qui est pénétré ; comme l'androgyne de Platon injustement tranché en deux par Zeus, on retrouve son tout, sans prêter trop d'attention au rivet qui nous lie l'un à l'autre, et qui pourrait appartenir à l'un comme à l'autre. Par quelle hypocrisie a-t-on décidé que des amants aussi formidablement prodigues d'eux-mêmes devaient être ramenés à une sèche dualité, bis plutôt qu'unis ?

S'il fallait adopter une catégorie, Kevin préférait celle de « pan ». Pansexuel, celui qui aime sans se préoccuper du genre. Pan, le dieu aux jambes de bouc, protecteur des bergers. Peter Pan, qui refuse de grandir, qui à la fin de l'histoire ne se marie pas et n'a pas beaucoup d'enfants. Surtout, l'avantage d'être pan, c'est que personne ne connaissait. Le P ne figurait pas dans LGBT ni même dans sa version longue, LGBTQIA+. Kevin n'était ni lesbienne, ni gay, ni bi, ni trans, ni queer, ni intersexe, ni asexué. Il se glissait dans le +. Cette discrétion lui convenait bien.

Kevin pensa à tous ces vers grouillant dans leur pochette, qui à cet instant même copulaient langoureusement sans craindre le regard de personne. Il fallait qu'il les libère, car ils ne survivraient pas plus de quelques jours sans apport de nourriture. De toute façon, ils ne lui étaient plus d'aucune utilité. Les colocs s'étaient montrés assez fermes dans leur refus d'installer le vermicomposteur que Kevin se proposait de bricoler avec des vieux bacs à fleurs en plastique. Après avoir manifesté leur enthousiasme pour une technique aussi écologique, ils avaient émis les objections habituelles sur l'odeur, puis prétexté le manque de place. Décidément, les préjugés se nichaient partout.

Il s'arracha à son parapet et se remit en marche. Il emprunta un des ponts métalliques qui faisaient la joie des touristes puis marcha jusqu'au parc des Buttes-Chaumont. Le jour baissait déjà en cet automne tiède et les grilles ne tarderaient pas à fermer. C'était l'heure où les nannies anglophones des bobos du quartier sortaient en trombe en se servant de leurs poussettes comme de béliers pour fendre la foule. Kevin se faufila à contre-courant et parcourut d'un bon pas les allées à la recherche d'un habitat pour les *Eisenia*. Il se dirigea vers un bosquet d'arbres et sortit sa pochette plastique. Les regards soupçonneux de deux joggeurs interrompirent son geste. Il fit le tour du lac et remarqua un tas de feuilles mortes dans un renfoncement du chemin. L'endroit était idéal.

– Vous allez vous régaler, murmura-t-il.

Puis il ajouta à l'attention des jardiniers :

– Vous voulez du compost, vous en aurez !

Il vida rapidement sa pochette sur les feuilles et regarda les *Eisenia* se tortiller, affolés, avant de trouver le chemin du banquet qui les attendait. Il fit quelques moulinets avec les bras pour dissuader d'éventuels oiseaux prédateurs et resta jusqu'à voir disparaître le dernier ver, comme un bon pâtre qui veille sur ses bêtes.

Les gardiens sifflèrent la fermeture. Kevin fit demi-tour et longea à nouveau le lac à une allure plus tranquille. Les encoignures des rochers disparaissaient peu à peu dans l'obscurité, dessinant des formes incohérentes ; plus haut, les immeubles chics qui dominaient le parc illuminaient leurs fenêtres. C'était comme si, à cette heure entre chien et loup, la ville reprenait le dessus. On avait bien joué à la nature toute la journée. Le spectacle était terminé.

Kevin n'était pas d'un tempérament mélancolique. Pourtant, ce soir-là, il se sentait seul et désemparé. Il avait aussi jeté dans ce tas de feuilles ses premières illusions. Malgré son mode de vie si économe, l'argent de sa bourse s'épuisait et il devrait mettre fin à ce projet qui ne menait à rien. Son humble et sympathique vermicomposteur n'intéressait personne : ni les banquiers ni les clients. À force d'entendre que ses vers puaient, il avait l'impression que c'était lui qui puait. Son échec entrepreneurial se mêlait dans son esprit avec cette sensation diffuse de ne pas coller aux définitions, de ne pas accomplir ce qu'on attendait de lui. Il ne demandait pourtant qu'à vivre paisiblement sa vie. Mais parce que ses ambitions restaient limitées, elles étaient vouées à l'échec. Faute de conquérir Paris, il n'aurait bientôt plus les moyens d'y vivre.

V

– Bientôt le regain ! claironna Arthur en poussant la porte de la Lanterne.

Quelques habitués partageaient une bière sur la planche de bois qui servait de comptoir. Ils levèrent leurs canettes à sa santé.

– Bravo !

– Tu as mis des légumineuses, finalement ?

– Du trèfle, répondit fièrement Arthur.

– C'est bon pour l'azote, ça.

– Quand il n'y a pas de vers de terre pour pisser de l'ammonium, il faut bien compenser !

Arthur avait passé la journée à semer. Il s'était finalement résigné à remettre en service le vieux McCormick 553 qui ressemblait à un tracteur de dessin animé avec ses minuscules roues avant, sa calandre épatée et ses deux phares écarquillés comme des yeux de hibou. La cabine, ouverte à tous les vents, était chapeautée par une tôle légère, l'ombrelle du cultivateur. Arthur avait surnommé son tracteur Iron Man, en hommage à Jancovici qui répétait, livre après livre, entretien après entretien, que le pétrole avait donné à l'humanité un costume de superhéros. Un Iron Man 1.0 à la retraite, branlant et ronchon.

Il avait fallu trouver un broyeur de la même génération qu'Iron Man. Par fierté, Arthur n'aurait jamais rien demandé à M. Jobard. Il avait heureusement fait la connaissance de Louis, paysan-boulanger dont le Papi s'était toujours méfié. Louis vivait dans une longère à l'écart du village et cultivait depuis plus de trente ans du blé et du sarrasin bio dont il faisait lui-même du pain, vendu sur place chaque vendredi. Longtemps considéré comme un marginal, il était devenu à son corps défendant un précurseur. Avec sa barbe blanche, son épaisse carrure de travailleur de la terre et ses tatouages dont personne ne connaissait la signification, il avait régulièrement droit à un portrait dans l'édition locale de *Ouest-France*. Chaque vendredi, Saint-Firmin se transformait en parking pour accueillir les clients de Louis, qui venaient de vingt ou trente kilomètres à la ronde. Ce succès tardif ne lui avait jamais fait changer ni ses méthodes ni ses rythmes de production. Il refusait fermement de s'agrandir. Quand il n'y avait plus de pain en magasin, il n'y avait plus de pain. Repassez la semaine prochaine.

Arthur avait parlé de ses projets à Louis en achetant sa boule aux graines, qu'il tâchait de faire durer la semaine. Depuis, Louis venait régulièrement fureter à la ferme et prêter main-forte, que ce soit pour passer de l'enduit ou pour graisser les vieux os d'Iron Man. Il ne demandait rien en échange, pas même un semblant d'affection. C'était pour lui aussi naturel que de nourrir les poules ou de tailler les haies.

Louis avait donc déniché chez une de ses connaissances un broyeur compatible avec le modèle du McCormick, et même un semoir à disque. Arthur aurait rêvé de semer à la main, de ce geste ample qui répand la vie, mais il n'osa pas faire le difficile. Louis aida Arthur à installer le broyeur au cul d'Iron Man ; en une journée, les deux hectares furent défrichés. Arthur contempla cette terre nue et sèche, presque impudique au milieu de ce chatoiement de cultures. Son directeur de thèse lui avait recommandé de la découper en quatre parties égales pour mener des expérimentations différentes, en conservant une parcelle témoin en jachère perpétuelle. Il exposa cette difficulté à Louis, qui n'en voyait pas l'intérêt : la prairie naturelle était évidemment le meilleur moyen de revitaliser le sol et d'accueillir tous les lombrics possibles. À quoi bon sacrifier un demi-hectare ? On savait bien ce que donne une friche. Arthur ne pouvait lui donner tort. Il n'insista pas et, emporté par la joie enfantine de conduire un tracteur, ensemença tout son terrain avec de l'herbe de prairie couplée à du trèfle. Pour protéger les vers, il se refusait au labour ; de toute façon, le semis direct revenait à la mode. Arthur épargna seulement la bande de terre devant la cuisine, celle qu'il avait défrichée de ses mains et où il avait l'intention de cultiver un potager. Iron Man remplit fidèlement sa mission, répartissant cinquante kilos de graines sur l'ensemble de la surface. Il n'y avait plus qu'à attendre.

À la Lanterne, Arthur et Anne avaient découvert une communauté insoupçonnée. L'ancien bar-tabac de Saint-Firmin, fermé du temps où Arthur passait ses vacances chez le Papi, avait en effet rouvert l'année précédente sous forme d'épicerie bio. Sur la place en face de l'église, ses planches de bois clouées aux fenêtres avaient déprimé les Saint-Firminois pendant plus de vingt ans. Puis un beau matin, un couple de trentenaires avait débarqué de Caen dans une camionnette pleine de cartons et d'enfants en bas âge. Ils ne connaissaient personne dans la région, avaient trouvé le projet de reprise sur Internet et s'étaient lancés sans aucune préparation. Laurent était développeur dans l'informatique et continuait son activité à distance ; Maria, une Roumaine venue en France pour ses études, errait de contrats postdoctoraux en vacations sous-payées après sa thèse de sociologie et ne demandait qu'à faire un « vrai travail », comme elle disait. En arrivant, ils avaient eu l'intention d'ouvrir l'épicerie sous une forme coopérative, mais leurs premières discussions avec les habitants de Saint-Firmin les en avaient rapidement dissuadés. Entre les ouvriers qui n'avaient pas le temps de s'impliquer dans le magasin et les agris qui n'aimaient pas l'idée de recevoir des parts strictement égales, ils avaient conclu que vendre des produits bio dans une commune de cinq cents habitants représenterait un défi suffisant. Ils avaient baptisé leur épicerie en souvenir de l'ancienne lanterne des morts qui, selon la légende locale, se trouvait autrefois accolée au bâtiment. Ainsi toutes les âmes mortes de Saint-Firmin, venues de siècles où la place était toujours bruyante de cris d'enfants, de crissements de charrettes et de tintements d'enclume, pourraient-elles trouver un peu de réconfort dans les bras de Maria, derrière la caisse.

Timidement, les clients avaient fait leur apparition. Ils venaient là comme au spectacle, par curiosité, accordant une seule et unique chance aux fromages frais et aux tomates bio avant de retourner au Leclerc. Maria le savait et tâchait de les amadouer avec son accent roulant. Elle disposait parfois une assiette de sarmale, ces feuilles de vigne farcies qu'elle avait appris à préparer en grande quantité dans son enfance, et que les Normands goûtaient non sans appréhension. Elle rendait tous les services possibles, mettant de côté les cagettes pour ceux qui avaient besoin de conserver leurs pommes, aidant les anciens à régler leurs problèmes informatiques et organisant parfois des crèches improvisées où ses enfants se mêlaient à ceux des autres. Au début, on lui demandait d'où venait son accent charmant mais clairement « pas d'ici » ; petit à petit, l'amélioration incontestable qu'elle apportait dans la vie quotidienne des Saint-Firminois triompha des préventions les plus tenaces. La caisse se retrouva ensevelie sous les petites annonces et les murs tapissés d'affiches annonçant les diverses activités de la région, treks, concerts, compétition de canoë-kayak ou baptême de l'air en parapente. C'était là qu'on laissait des nouvelles et qu'on venait en prendre. Certains faisaient même le déplacement depuis les villages alentour, intrigués par cette résurrection inespérée. Ils voulaient voir pour croire.

Laurent et Maria avaient découvert que, faute de licence IV, sésame administratif hors de portée du commun des mortels, l'épicerie n'avait pas le droit de servir des boissons. Mais qui pouvait empêcher les clients qui prenaient des bières dans le frigo de les consommer sur place, dans un recoin où traînaient par hasard des planches, des tréteaux et des chaises ? Le hasard voulait que se trouvât là une fenêtre donnant sur la vallée d'où l'on pouvait contempler le long cotillon bleuté de l'Orne, et en arrière-plan le damier irrégulier du bocage. La vue se prêtait aux discussions lentes, aux monologues et aux syllogismes. C'est ainsi que la Lanterne renouait progressivement avec sa fonction première de café du village.

Ce soir-là étaient attablés autour des tréteaux trois fidèles qu'Arthur avait déjà appris à connaître. Matthieu d'abord, éleveur de brebis qui transformait le lait pour faire son propre fromage et se passionnait pour la menuiserie. Il chérissait plus que tout son indépendance, déclinant avec entêtement les propositions pour rejoindre la coopérative laitière et refusant de vendre ses produits aux grandes surfaces. Quand il n'était pas à la bergerie, il écumait la région à la recherche de bois brut qu'il entreposait ensuite en réserve. Il chinait des bonnes affaires dans les scieries ou sur leboncoin et trouvait régulièrement des miracles, des planches de chêne plus hautes qu'un homme ou des mètres cubes d'orme cédés par des ébénistes à la retraite. Matthieu avait mis cinq ans à restaurer une grange située non loin de son étable, construisant lui-même tous les éléments, des placards à l'escalier en passant par le bardage extérieur. Pour s'amuser, il confectionnait aussi des bols et des lampes avec un vieux tour à bois. En assemblant plusieurs essences, il parvenait à composer des objets aux teintes contrastées, qu'il vendait parfois au marché de Flers au milieu de ses fromages. Matthieu avait le visage changeant des quarante ans ; un jour jeune homme, les joues encore teintées de reflets vermillon ; le lendemain robuste berger aux rides déjà creusées. On ne voyait pas souvent sa femme, toujours d'astreinte à la traite du soir.

À côté de Matthieu se tenait Salim, aussi loquace que le premier était taiseux. C'était l'éternel saisonnier, participant aux récoltes des fruitiers à l'automne, conduisant un taxi semi-clandestin durant l'hiver, prêtant main-forte aux beaux jours sur différents chantiers de construction. Il parvenait toujours à décrocher une alloc pour compléter. Il connaissait toutes les bonnes astuces : quel jour glaner les patates dans les champs, comment récupérer des frigos en état de marche à la déchetterie, où se procurer des T-shirts et des jeans tombés du camion pour quelques euros. Il vivait encore dans le pavillon de ses parents, des immigrés turcs qui faisaient les trois-huit dans l'usine automobile voisine. Il ne s'en plaignait pas. Il avait un toit sur la tête, mangeait à sa faim et disposait d'un temps considérable pour se gaver d'émissions politiques et de réseaux sociaux. Même si son compte Twitter, @Enragé205, ne comptait qu'une trentaine d'abonnés, Salim postait des dizaines de messages par jour, s'insurgeant à la moindre polémique et se répandant en théories anticapitalistes de deux cent quatre-vingts signes maximum. À force de visionner des entretiens-fleuves sur Thinkerview, il avait développé tout un vocabulaire savant. Il possédait une réponse pour chaque problème du monde et savait qu'un jour, ses cris lancés dans le vide de la Toile seraient entendus. Le but auquel tendait toute son existence était de susciter des likes, un clash, une storm qui entraînerait dans la révolution les masses enfin éclairées. Il s'endormait le soir sur cet espoir, le visage illuminé par la lumière blafarde du téléphone.

Léa complétait la bande. Après avoir interrompu ses études de médecine, elle s'était installée voilà une dizaine d'années comme naturopathe et avait constitué au fil du temps une clientèle suffisante pour vivre confortablement. Elle préparait toutes sortes de décoctions avec les plantes locales aux noms de sortilèges, reine des prés, eupatoire chanvrine, oprin réfléchi ou ombilic des rochers. Elle complétait son offre par des séances d'hypnose, des consultations d'auriculothérapie ainsi que des massages zen avec encens et musique tibétaine. Ceux qui s'étaient sentis guéris, réconciliés avec leur énergie vitale, avaient convaincu les sceptiques d'essayer. Dans une région où les médecins étaient rares et où le premier hôpital se trouvait à une heure de route, à Caen ou à Falaise, le cabinet de Léa offrait un espace d'écoute providentiel, situé dans une ruelle sombre et étroite à une centaine de mètres de l'église. On y venait avec un mal de dos et on finissait par raconter sa vie. Léa espaçait ses consultations de plusieurs heures, pour récupérer son « espace mental » comme elle disait ; aussi prenait-elle le temps de laisser s'épancher ceux qui le souhaitaient. Elle était devenue *de facto* confidente, confesseuse et psy. Rares étaient les habitants de Saint-Firmin qui ne s'étaient pas laissé tripoter l'oreille ou n'avaient pas plongé dans un bain de gongs. Pendant la pandémie de Covid, Léa en avait convaincu une bonne moitié de refuser le vaccin, au motif qu'un organisme bien équilibré devait générer ses propres antipoisons. La préfecture avait identifié le village comme un centre de résistance et y avait dépêché tout spécialement une unité de pompiers mobile qui était venue toquer aux portes, sans grand succès.

Léa en imposait. Pâle et filiforme, elle avait un visage sans âge, en deux dimensions, semblable aux représentations de la Vierge dans les peintures byzantines. Sa voix si douce, un murmure presque indiscernable, imposait le silence. Elle portait comme seule parure un tatouage en V dans le bas de la nuque. Salim prétendait qu'il figurait la langue d'un serpent, dont le corps se déroulait entre les omoplates de Léa et dont les anneaux caudaux se glissaient entre ses fesses. Le village était assez partagé sur cette hypothèse, sur laquelle chacun avait un avis tranché et entendu.

Arthur s'efforçait de lutter contre son propre scepticisme. Tout dans sa formation intellectuelle et scientifique le poussait à ranger la naturopathie au rang des charlatanismes. Mais il se reprochait sa fermeture d'esprit et s'imposait le doute. Il savait combien l'agronomie occidentale s'était éloignée du savoir véritable et ne pouvait exclure qu'il n'en fût de même pour la médecine. Les médicaments issus des laboratoires pharmaceutiques n'étaient peut-être, après tout, que de mauvais engrais.

À l'arrivée triomphale d'Arthur, Maria sortit des canettes du frigo.

– C'est ma tournée ! annonça-t-elle gaiement en les posant sur la planche.

Comme souvent, Maria portait au-dessus de son jean un gilet de sa région natale, brodé de couleurs vives, qui faisait ressortir son décolleté. Sa poitrine faisait des vagues à chaque pas, promesse de consolation.

– Le regain... dit pensivement Matthieu. Ça faisait longtemps que j'avais pas entendu ce mot. L'herbe qui repousse après la première fauchaison.

– L'énergie qui revient, compléta Léa.

Arthur hocha vigoureusement la tête. Durant ces premiers mois à Saint-Firmin, il avait eu le sentiment de renaître entièrement. Ses amours avec Anne, jusqu'ici hésitantes, guidées par un certain intérêt mutuel, avaient soudain pris une extravagance charnelle. Anne le convoquait de manière insatiable ; il se prêtait à ses désirs les plus surprenants, sex-toy à forme humaine, et trouvait dans cette soumission totale une fierté nouvelle, celle de faire jouir. Son corps toujours repu, parfois endolori, lui imposait une certaine placidité dans sa vie quotidienne. Il acceptait les difficultés, les retards, les privations avec équanimité. Paradoxalement, alors même qu'il mettait son projet de régénération des sols à exécution, il ne s'était jamais aussi peu soucié du sort de la planète. Vue depuis Saint-Firmin, elle semblait moins cabossée. Pas impossible à réparer, en tout cas.

Contrairement à leurs appréhensions, Arthur et Anne avaient noué au village des amitiés sincères, d'égal à égal, affranchies de tous les calculs que la ville impose. Des amitiés d'entraide, où chacun donne ce qu'il peut. Car pour choisir le moindre matériau, pour réparer le moindre outil, pour préparer la moindre culture, ils étaient constamment à la recherche d'aide et de conseils, en particulier auprès de Louis et de Matthieu. Jamais durant leurs études ils n'avaient fourni un tel effort intellectuel, empruntant à tous les domaines de la connaissance et exigeant une perpétuelle adaptation aux besoins du bricolage.

Rien ni personne ne manquait à Arthur. Même Kevin, qui lui racontait au moins une fois par semaine ses histoires de business model et de prêts bancaires, lui paraissait loin.

– En fait, dit Salim, ils sont un peu comme nous.

– Qui ça ? demanda Arthur.

– Bah, tes vers de terre. C'est pour eux que tu fais tout ça, non ?

– Oui, bien sûr, mais on n'a pas des gueules de lombrics, quand même.

Maria s'esclaffa. Elle était revenue à la caisse pour servir un client mais continuait à suivre la conversation.

– Je suis sérieux, poursuivit Salim. Qui bosse vraiment dans ce pays ?

– Sûrement pas toi ! chambra Matthieu.

– Tu rigoles, j'ai fait les pommes tout le mois à Caligny !

– Un mois de pommes, deux ans de chomdu...

– Ça marche pas comme ça. Et toi tu touches pas la PAC, peut-être ?

– C'est pas pareil. Si on pouvait vendre nos produits au vrai prix, on s'en passerait bien, de la PAC. C'est une subvention pour le consommateur, pas pour le producteur.

– De toute façon, t'es un gros con de droite.

– Et fier de l'être.

Matthieu n'avait jamais caché qu'il votait alternativement pour la droite et l'extrême droite. Il voulait juste qu'on le laisse vendre ses fromages, qu'on arrête de subventionner les fainéants avec ses impôts et qu'on lui fiche la paix pour le reste. Or, les pouvoirs publics le tourmentaient en permanence. La DGCCRF le torturait sur des questions d'étiquetage, la DDPP lui demandait de remplir une « déclaration de manipulation de denrées alimentaires » sans queue ni tête, et les contrôleurs de la PAC se mêlaient de compter son troupeau. La dernière fois, ils lui avaient fait une scène parce qu'une brebis née avec des oreilles atrophiées ne portait pas la boucle d'identification réglementaire.

– Puisqu'elle n'a pas d'oreilles, où voulez-vous que je lui colle sa boucle ?

– Peut-être, mais c'est obligatoire.

Matthieu avait l'impression d'être pourchassé jusque dans sa maison. Le service d'urbanisme de l'intercommunalité lui avait refusé un permis de construire pour percer deux ouvertures à l'étage de sa grange. « Dans ce cas, avait-il calmement expliqué à son interlocutrice de l'interco qui était aussi une de ses clientes, vous direz à vos chefs que je les emmerde. » Matthieu avait construit lui-même le cadre pour ses fenêtres avec le douglas qu'il avait en réserve, une essence naturellement imputrescible ; il avait récupéré un double vitrage flambant neuf sur un gros chantier de Caen où les gars vendaient au noir tous les rebuts ; et il avait posé le tout en profitant de quelques jours de beau temps. La dame de l'interco continuait à venir acheter ses fromages à la ferme comme si de rien n'était, sans jamais lever les yeux vers ses fenêtres. Matthieu en avait tiré des conclusions politiques définitives. Il n'avait jamais lu un seul prospectus du Rassemblement national, se fichait comme d'une guigne de l'immigration, mais accordait sans hésitation sa voix à ceux qui, d'après lui, mettraient « un boxon du feu de Dieu ». Sa haine de l'administration, de ses diktats, de ses intrusions et de ses lâchetés l'emportait sur toute autre considération. Tous ceux qui en profitaient étaient rangés parmi les collabos sans autre forme de procès.

– Ça va bien, vos histoires ! interrompit Maria qui n'avait pas envie d'entendre à nouveau la même dispute.

– Ce que je veux dire, poursuivit Salim, c'est que nous aussi on vit sous la terre. On se débrouille comme ci, comme ça, on avance et on recule dans nos petites galeries, sans déranger, sans se faire remarquer. On grappille les restes qui tombent au sol. Les autres nous marchent dessus sans s'en apercevoir. On ne leur en veut même pas.

– C'est qui, les autres ? demanda Léa.

– Je sais pas, ceux qui ont un CDI et qui vont au supermarché le week-end. Ceux qui habitent en ville et qui travaillent dans des bureaux en verre. Et puis ceux qui passent à la télé pour nous expliquer ce qu'on devrait penser. Tous ceux-là se baladent à l'air libre en faisant des phrases. Ils croient que sans eux, le monde s'arrêterait de tourner. Mais la vérité, c'est que sans nous, ils n'auraient rien à bouffer.

Arthur écoutait en silence. Il se méfiait de lui-même, de sa propension à faire des phrases. Il redoutait de passer pour un imposteur. Rien ne le rendait plus fier que de se sentir ainsi adopté, sans que personne l'ait jamais interrogé sur ses origines ni sur ses études. Il était installé pour de bon à Saint-Firmin, il rénovait une vieille ferme, il avait un projet un peu bizarre : on ne lui en demandait pas davantage.

– C'est vrai ce que tu dis, réagit Léa d'un air réfléchi. Moi je les soigne, Matthieu il les nourrit, Maria elle résout leurs petits problèmes, toi tu leur prêtes tes bras. Ils nous méprisent peut-être. N'empêche qu'on rend leur environnement vivable.

– Nous sommes des vers de terre ! claironna Salim.

– Allez, ça me va, dit Matthieu.

Ils entrechoquèrent leurs canettes.

– Et moi ! dit Maria en les rejoignant.

– Un jour, reprit Salim, nous sortirons tous en même temps, nous boulotterons leurs petits jardins bien proprets, nous écumerons leurs placards, nous ramperons dans leurs chambres à coucher. Qu'avons-nous à craindre ? Nous sommes plus nombreux, plus lourds, plus forts. J'imagine leurs têtes dégoûtées. « Ah bon, il y avait quelque chose, là-dessous ? » Eh, oui ! C'est nous ! Regardez-nous bien ! Après tous ces siècles de labeur clandestin, nous venons prendre notre dû.

Salim avait tourné son regard vers la fenêtre. Au loin, les rayons du soleil couchant illuminaient les falaises.

– Ça y est, il recommence... soupira Matthieu. Moi, je veux bien être un ver de terre, mais qu'on ne me demande pas de venir à la surface. Je reste dans ma merde.

VI

Il s'était pourtant juré de ne pas y remettre les pieds. Et le voilà de nouveau sous le vent du plateau de Saclay, à quelques kilomètres à peine d'AgroParisTech. À travers les fenêtres du bus, il vit au loin les gigantesques herses en train de déchaumer les champs après la moisson. Dérisoire tentative de réinjecter de la matière organique dans un sol depuis longtemps épuisé et de toute façon promis au béton. Autant faire du bouche-à-bouche à un cadavre. Puis Kevin aperçut une constellation de bâtiments rectangulaires, aussi accueillants que les entrepôts d'une zone industrielle. Hauts dans le ciel battaient les drapeaux bleus de son nouveau pays : HEC.

Kevin en avait repris pour un an. Faute de vendre des vermicomposteurs à la sauvette, il avait conclu qu'il lui fallait acquérir une attitude, un vocabulaire, un réseau sans lesquels il ne pourrait jamais lancer la moindre entreprise. Il avait donc candidaté au « Master of Science X-HEC Entrepreneurs » où de jeunes diplômés issus des meilleures familles apprennent à jouer à la marchande en psalmodiant les mots-clés du globish. Pendant son entretien d'admission, Kevin était parvenu à expliquer sans rire que les lombrics pouvaient changer le monde. Il s'était ensuite débrouillé pour obtenir une bourse grâce à son statut magique « CROUS échelon 7 ». Dispensé de frais d'inscription, logé sur place, il n'aurait besoin que d'un modeste prêt conso pour financer le reste de ses dépenses.

– « Master of Science », c'est vraiment pas sympa pour les sciences, avait ricané Arthur au téléphone.

– Je sais bien. Mais que veux-tu que je fasse d'autre ? Je suis coincé. Tout le monde se fiche de mes *Eisenia*. Je ne peux même plus payer le loyer de la coloc.

– HEC comme hébergement d'urgence, c'est pas banal.

Kevin se sentait meurtri. Comme s'il n'avait pas le droit de bricoler ses petites affaires dans son coin. Comme si on le forçait à être ambitieux.

– Tu crois que ça m'amuse de me retrouver avec ces gars-là ? Papa-Maman ont casqué trente mille balles et ils se prennent pour des stars. La moitié des mecs en costume, les nanas en talons comme dans les années quatre-vingt. Tous hyper-coinços. Et quand ils se lâchent en soirée, ils vomissent partout.

– Tu n'as qu'à venir à Saint-Firmin. On accueille tous les lombrics, ici.

– On en a déjà parlé cent fois.

– On en a parlé, mais je n'ai jamais compris.

– Ce n'est pas mon truc, c'est tout.

En vérité, Kevin se désolait que son ami gâche son intelligence sur deux hectares qui ne rapporteraient jamais rien. Il restait persuadé que ce projet s'arrêterait de lui-même et qu'Arthur reviendrait à Paris. En attendant, il avait mieux à faire que de compter des vers de terre. Quoi, exactement ? Il n'aurait pas su dire. Un truc. Rien de précis. Kevin ne recherchait pas la célébrité, certainement pas non plus la fortune. Mais il gardait ce truc en tête, cette vague idée d'une vie plus folle. Tant pis si, pour y voir clair, il fallait passer par le Master of Science X-HEC Entrepreneurs.

*

Kevin se plia donc sans joie aux cours de compta, de retail, de négo et de data management. Des intervenants extérieurs grassement rémunérés venaient annoncer tous les jours une nouvelle révolution, celle des robots conversationnels, de l'entreprise horizontale ou de la société participative. Aucune innovation, aucun progrès n'échappait à la puissance rédemptrice du business. À les entendre, HEC était une pépinière de saints prêts à tout pour aider leur prochain et sauver la planète.

L'année était partagée en quatre phases qui semblaient à Kevin aussi lunaires les unes que les autres. Learning Phase : start-up mission. Testing Phase : project development. Fastening Phase : soft skills. Launching Phase : growth. Ses camarades en parlaient très sérieusement, sans qu'il parvienne à comprendre s'ils faisaient semblant d'y croire ou si, le soir en se couchant, ils s'interrogeaient réellement sur leurs soft skills. Et la directrice du master au brushing impeccable, pensait-elle sincèrement, comme elle le leur avait annoncé dès le premier jour, que cette nouvelle année d'études « vise une transformation personnelle grâce à un apprentissage dans et par l'action, soutenu par des apports méthodologiques », alors que tout son programme était si savamment conçu en vue d'un objectif unique : que l'argent continue de circuler entre les mêmes mains ? Les novices devaient se poser des questions similaires en rentrant dans les ordres monastiques pour échapper à la famine : le frère Gauvain qui prie à mes côtés a-t-il vraiment la foi, imagine-t-il en son for intérieur que le Dieu unique s'est divisé en trois entités distinctes, le Père, le Fils et le Saint-Esprit ? Le temps passant, tous continuant à se copier les uns les autres, ces questions s'évanouissaient d'elles-mêmes. Ce qui avait commencé comme une douce hypocrisie collective finissait par devenir le substrat des croyances intimes.

Les nuits de Kevin devinrent solitaires. Comme si son pouvoir d'attraction, qui lui avait toujours paru si naturel, s'était soudain évanoui. Sa beauté placide ne suffisait plus. Les couples se formaient selon des stratégies sans doute inconscientes mais néanmoins efficaces, en fonction des projets et des centres d'intérêt de chacun. Dans ce partnership que l'amour était devenu, Kevin n'avait rien à offrir. Cette abstinence soudaine ne lui déplaisait pas mais rendait ses soirées sur le plateau longues et monotones.

Malgré toutes les préventions qu'Arthur lui avait mises en tête, Kevin se surprenait parfois à s'intéresser à ses cours. À mesure que le capitalisme prenait un visage humain, celui des alumni qui défilaient devant eux, il le trouvait moins intimidant. À mesure qu'il en comprenait les mécanismes, il le trouvait aussi moins critiquable. Comme l'avait expliqué le prof de macroéconomie, le seul que Kevin respectât véritablement, « le principe du capital est de mettre le monde en mouvement, en permettant à des nouvelles idées de trouver du vieil argent ». Kevin ne voyait pas ce qu'on pouvait reprocher à cette définition. Vue sous ce prisme, l'idée de « développement durable », tant décriée par ses camarades d'AgroParisTech, ne paraissait plus si ridicule. S'il était tellement coûteux de défaire les erreurs que l'humanité avait faites, pourquoi ne pas aller chercher des financements auprès des premiers responsables ?

Kevin s'était hélas vu attribuer un tuteur moins inspirant. M. Vlaminck, sexagénaire gras et sautillant, se présentait comme « expert en stratégie et en accompagnement du changement ». Son métier consistait à convaincre les chefs d'entreprise de leur propre ringardise et à leur livrer des process tout neufs. Il visionnait compulsivement les TED Talks américains pour ne rater aucun embryon de concept. Après la disruption économique était venu le temps de la singularité informatique puis de l'effondrement écologique. Il modifiait ses slides en fonction de ses trouvailles, enthousiaste une année sur les progrès du deep learning, déprimé la suivante devant le recul de la biodiversité. Comme n'importe quel nécromancien, il devait se montrer aussi assertif et tranché que possible. Le moindre doute, la moindre nuance l'auraient immédiatement mis à la retraite.

Autant dire que le projet de Kevin ne l'inspirait guère. L'idée d'effondrement commençait déjà à se périmer et le compostage avait connu son heure de gloire dans les années deux mille. Surtout, Kevin ne parvenait pas à voir les choses en grand. Il continuait à s'accrocher à son minable vermicomposteur et s'enfermait dans ses histoires de prêt bancaire. Son seul projet pour la Launching Phase était de fabriquer un prototype.

– Évidemment, ce n'est pas Google, ricana M. Vlaminck. Mais on peut sans doute en faire quelque chose de plus hype.

M. Vlaminck se mit donc en tête de faire travailler Kevin sur un vermicomposteur connecté, un « smart worm » comme il proposait de le nommer. Il suffirait qu'une app puisse communiquer en direct les variations de température, le niveau de remplissage des bacs, le nombre de vers au travail, l'état de dégradation de la matière, etc. Plus besoin de soulever le couvercle pour apprécier l'évolution du compostage : on recevrait directement sur son téléphone une notification avec des instructions précises. Plus besoin de voir ces lombrics dégoûtants, encore moins de les toucher : on pourrait tout contrôler depuis un écran bien propre. Ce serait plus ludique pour le client, qui partagerait en temps réel son expérience avec la communauté des vermicomposteurs ; plus rentable pour l'entreprise, qui revendrait les données agrégées à des organismes de recherche ; et plus attirant pour les investisseurs, à qui l'on pourrait enfin parler de big data et d'agritech. Au sein du master, le projet de Kevin, faute d'accéder au graal de la « deep tech », pourrait rentrer dans la catégorie « high touch ». On pourrait même imaginer que les utilisateurs reçoivent des recommandations nutritives fondées sur la qualité de leur compost !

– Je vois d'ici le logo sur l'App Store, rêva tout haut M. Vlaminck, tout émoustillé par son talent visionnaire.

Kevin peinait à comprendre l'intérêt du smart worm. Rien n'était plus simple que de jeter de temps en temps un œil au compost ; quelques semaines de pratique suffisaient pour acquérir toute l'expertise nécessaire. Kevin se rappela néanmoins la réflexion du chargé d'affaires de la BPI sur l'innovation et accepta de tenter l'expérience. Il travailla dans le fab lab d'HEC sur un modèle de vermicomposteur connecté. Il apparut rapidement que les capteurs ne pouvaient donner qu'une mesure très approximative de la décomposition, inférée à partir du poids de chaque bac ainsi que du taux d'humidité, et que l'ensemble du dispositif nécessitait une batterie assez puissante, à recharger régulièrement. Le smart worm deviendrait un objet encombrant et onéreux, à l'opposé de sa promesse initiale. Quant aux recommandations nutritives, elles ne pouvaient répondre au moindre critère tant soit peu scientifique.

M. Vlaminck balaya ces objections. Une bonne intelligence artificielle, entraînée d'abord sur des données de laboratoire puis directement sur celles issues de la commercialisation des produits, pourrait améliorer progressivement la précision des mesures. Ce serait même, tout bien réfléchi, un argument supplémentaire en faveur du projet : « à la croisée du deep learning et de l'agriculture régénérative ». Quant à son prix, il ne serait jamais trop élevé. Le smart worm devait s'apparenter à un objet de luxe, au design impeccable, que l'on exhibe fièrement dans son salon.

– Le smart worm, s'enthousiasma M. Vlaminck, sera pour les déchets ce que les baffles Phantom sont pour la musique. Une preuve de bon goût et une marque de statut. Il y a un marché pour ça ; un marché de niche mais un marché juteux. Les riches ne savent plus quoi faire de leur argent. Il faut se positionner très fort, très vite !

Ces perspectives de marché juteux laissèrent de marbre Kevin, qui leur opposa un refus courtois et buté. Il savait bien que le smart worm n'avait aucun sens sur le plan agronomique et que ses vertus de recyclage seraient largement annulées par son coût énergétique. M. Vlaminck lui reprocha son arrogance. Qui était-il pour faire ainsi la morale ? Kevin ne revendiquait pourtant aucune morale particulière. Il ne pouvait se consacrer à un projet qui ne l'intéressait pas, voilà tout. Il s'excusa auprès de son tuteur de son manque de sens commercial. « Je suis professeur en stratégie et en accompagnement du changement. Vous n'incarnez ni l'un ni l'autre », conclut M. Vlaminck dans un ultime échange d'e-mails.

Kevin s'interrogea sur le sens de cette phrase. Il étudia avec attention ses camarades qui possédaient, eux, cette double qualité de la stratégie et du changement, et qui s'apprêtaient à investir toute l'énergie de leur jeunesse dans la finance responsable ou l'automatisation des procédures de ressources humaines. Kevin avait beau se forcer, se convaincre des vertus du capitalisme, rien de tout cela ne le faisait rêver. Il obtiendrait son master comme tout le monde mais craignait de revenir à la case départ.

Ce fut au cours de l'hiver, quand la plupart de la promo était partie en stage à Hong Kong ou San Francisco, que Kevin rencontra Philippine. Il avait tout de suite remarqué cette rousse aux yeux verts, menue et nerveuse, jolie sans être belle, toujours habillée en noir avec un trait de khôl sur la paupière pour tout maquillage. Elle marchait dans les couloirs d'un pas vif, comme s'il y avait la moindre urgence à passer d'un module de droit des affaires à un groupe de discussion sur l'engagement. Elle semblait déterminée, mais à quoi ? Sa manière de lever les yeux au ciel, de secouer la jambe avec impatience, de gribouiller des figures géométriques sur une feuille devant elle trahissait une saine indifférence à ce qu'on lui enseignait. Plusieurs fois, elle s'était permis en classe des remarques cyniques sur l'abêtissement des consommateurs ou l'hypocrisie de la RSE. Kevin s'amusait de cette voix rauque et forte, presque masculine, qui venait troubler la paix feutrée des futurs seigneurs de l'économie mondiale. Il remarqua que Philippine élisait régulièrement tel ou telle camarade pour l'entraîner dans ses conciliabules et lui servir de complice. Ils formaient alors un duo bruyant mais éphémère. Philippine changeait régulièrement de partenaire de moquerie.

Faute de choix peut-être, il semblait que, en cette triste semaine de janvier, le rôle revînt à Kevin. Pendant quelques jours, elle ne le lâcha plus. Kevin se laissa entraîner de bonne grâce, sans trop savoir ce qu'elle pouvait lui trouver, lui qui se sentait souvent si terne. Il savait qu'elle se lasserait vite et profitait de sa compagnie virevoltante comme d'une distraction bienvenue. Un jour, à la sortie d'une conférence sur le capitalisme social où elle avait redoublé de railleries, elle lui proposa une partie de baby-foot.

Lourd, encombrant, cher, obstinément rétif à toute numérisation, le baby-foot avait bizarrement conquis les bureaux de la Silicon Valley et les espaces de coworking, comme une Némésis du monde ancien. HEC se devait donc d'en agrémenter ses bâtiments.

Ils se retrouvèrent face à face, prêts à dégainer, dans un silence recueilli. Kevin prit une balle dans la goulotte et dévisagea son adversaire. Philippine avait un regard fixe derrière la meurtrière du khôl. Elle ne clignait pas des yeux. On ne lui voyait pas l'âme.

Kevin lança la balle au centre, en s'arrangeant pour qu'elle tombe du côté de Philippine. Il avait acquis dans les bistrots de Limoges, où le baby-foot reste un important rite initiatique, une solide technique. Il connaissait toutes les subtilités du tacle, de la gamelle ou de la braille. Il n'allait certainement pas les mobiliser pour cette partie tranquille qu'il avait l'intention de concéder à son adversaire. Mais dès la balle retombée, Philippine se déchaîna. Elle effectua une féroce roulette depuis ses milieux de terrain et marqua directement en poussant un cri victorieux. Kevin resta interdit.

– Demi, nuança-t-il.

Il déplaça deux pions sur les tiges disposées de chaque côté du baby. Le prochain but vaudrait deux, comme le veut la règle.

– Rien du tout, un but c'est un but.

Philippine s'attribua autoritairement le point en faisant glisser un pion rouge et en ramenant la tige de Kevin à zéro. Avant qu'il ne pût protester, elle avait déjà relancé une balle sur le terrain. Son jeu tout en furie était désordonné mais difficile à contenir. Elle bondissait d'un bout du baby à l'autre, effectuait des râteaux frénétiques en secouant ses poignées et hurlait dès que la balle franchissait sa ligne de défense.

– C'est interdit, ça, sourit Kevin après une pissette tirée depuis l'ailier avant.

– Ne m'emmerde pas ! lui répondit-elle sans une once d'ironie.

Philippine était entièrement concentrée sur le jeu, exubérante à chaque point qu'elle marquait, rageuse dans le cas inverse. Elle s'adressait à ses joueurs en acier comme un coach depuis le banc de touche, les invectivant quand ils rataient les passes ou les encourageant au moment où Kevin s'apprêtait à tirer. Quand la balle était morte, indécise entre deux joueurs, elle soufflait dessus sans aucune vergogne pour se l'approprier. Des gouttelettes de sueur perlaient sur son front et des taches de rousseur apparaissaient sur son visage. Kevin la trouvait mignonne. Il défendait ses buts du mieux qu'il pouvait mais réfrénait ses attaques. Philippine menait au score.

– Yes, yes, yes ! s'exclama-t-elle en prenant son sixième point. Avoue que je te déchire !

Malgré tout son flegme, Kevin commença à se sentir piqué. Il décida de passer à l'action. Il faisait désormais passer la balle à ses avants, la contrôlait en l'empêchant de venir rebondir contre les bords du plateau, et s'amusait à la tapoter de manière rythmée avant de tirer. Son coup de poignet était sec et ajusté. Il marquait presque à chaque fois, repérant sans difficulté les ouvertures dans la défense fébrile de Philippine. La balle faisait au fond des cages un bruit net et sourd. Kevin remonta vite au score tandis que Philippine, qui avait cru la victoire proche, se débattait rageusement avec ses roulettes et ses râteaux. Il encaissa encore un but par inadvertance puis enchaîna les points rapides.

– Balle de match, annonça-t-il.

– Tu la mettras jamais.

Kevin récupéra à nouveau la balle sous les pieds de ses attaquants et multiplia les passes en faisant durer cruellement ses tapotis. Philippine, arquée sur ses poignées, devenait folle.

– Mais tire, putain !

Il tira. Bruit sourd.

– Une autre, exigea-t-elle, la mâchoire serrée.

Ils changèrent de côté sans un mot. Kevin ne l'avait jamais vue aussi sérieuse. Un peu irrité par toute cette dramatisation, il décida cette fois de faire au plus vite. Même en soulevant le baby pour faire rouler la balle dans la bonne direction, même en écrasant les doigts de Kevin quand il remettait la balle en jeu, elle ne marqua pas un seul but.

– Fanny paie un pot !

– Je n'étais pas en forme… maugréa-t-elle.

Kevin lui passa un bras amical autour des épaules.

– On le refera…

– Non. Pas question.

– Mais c'est un jeu !

– Et alors ? lui rétorqua-t-elle vivement. La vie aussi est un jeu. Ce n'est pas une raison.

Kevin se recula. Elle semblait sérieuse.

– D'accord pour le pot, dit-elle en retrouvant soudain son air dégagé.

Ils marchèrent en silence jusqu'à la cafétéria où seules traînaient trois étudiantes chinoises, absorbées dans une discussion animée et rigolarde. Ils prirent chacun un smoothie et se dirigèrent vers la caisse. Kevin sortit son badge HEC pour payer sa boisson.

– Non, non, non ! s'interposa Philippine. Fanny paie un pot.

– Je plaisantais…

– Hors de question.

Elle le poussa d'un coup de coude et régla avec son propre badge. Kevin remarqua sa photo où elle arborait un sourire plein d'empathie, un sourire de profil LinkedIn qu'il ne lui avait jamais vu. Ils s'attablèrent non loin des Chinoises dont le pépiement égayait cette morne buvette. Philippine sortit de son sac un paquet de grains de café enrobés de chocolat. Kevin avait déjà remarqué cette manie en cours. Elle s'en empiffrait toute la journée.

– Je m'appelle Philippine.

– Je sais bien !

– Attends, ce n'est pas tout : Philippine, avec deux p. Il ne faut jamais oublier les deux p.
– Moi, c'est Kevin avec un K. Mais je crois que tout le monde est au courant.
– On a de drôles de prénoms, toi et moi. On ne peut pas nous louper.
– Qu'est-ce que tu veux dire ?
Elle soupira sans rien répondre. Il savait bien ce qu'elle voulait dire. « Philippine », c'était un blason. On y déchiffrait sans peine l'appartement haussmannien dans l'Ouest parisien, la maison de campagne en Normandie et les vacances d'hiver à Courchevel.
– Alors dis-moi, poursuivit-elle, c'est quoi ton projet pour la phase Launch ?
Kevin trouva la question abrupte mais répondit sans sourciller. Le vermicompostage. Le moule à soixante balles (Kevin avait bien compris que, dans la métrique HEC, une balle valait mille euros). Le « potentiel de marché », comme disait le prof de microéconomie. À sa grande surprise, Philippine semblait captivée. Elle l'interrogea davantage, entrant dans les moindres détails sans détacher son regard du sien. Kevin avait du mal à s'habituer à ces yeux qui ne cillaient jamais, à ces iris verts parfaitement immobiles qui l'entraînaient dans un monde froid et lointain. Fanny paie un pot, mais ce pot prenait une forme étrange, à mi-chemin entre la séance d'hypnose et l'entretien d'admission.

Philippine voulait tout savoir des lombrics. Leur capacité d'ingestion, leur vitesse de reproduction, leur résistance aux variations de température. Kevin utilisait naturellement un vocabulaire scientifique qui semblait la rassurer. Philippine aborda la question des déchets : quel type, quelle quantité ? Elle trouvait invraisemblable, après tout l'engouement pour les méthaniseurs qui se révélaient à l'usage peu rentables économiquement et discutables écologiquement, que personne n'ait pensé aux vers de terre. C'était une idée simple et puissante telle qu'en rêvent les entrepreneurs.

– C'est sensass, conclut-elle en cherchant le tout dernier grain de café au fond de son sachet.

– Comment ?

– Sensass. Sensationnel. Mais tu sors d'où, mec ?

– Plus personne ne dit ça.

– Eh bien moi, si. Sensass, sensass, sensass ! Tu n'entends pas les serpents qui sifflent ? Ça ne te rappelle pas les vers de terre ?

Philippine siffla entre ses dents, se leva et partit en trombe sans même le saluer. Il resta assis un moment, un peu groggy. Sensass ?

Philippine disparut quelques jours. Elle n'était pas la plus assidue dans le master et personne ne s'en formalisa. Kevin retourna à sa solitude habituelle. Il entendait parler de soirées auxquelles il n'était pas invité, de boucles WhatsApp où personne n'avait pensé à l'intégrer, de rumeurs dont il ne connaissait même pas les protagonistes. Personne ne témoignait de la moindre animosité à son égard. On se contentait de l'ignorer poliment. Au grand jeu de qui-va-devenir-millionnaire-en-premier, il ne figurait pas sur la ligne de départ. Quand il fallait vraiment le désigner, on disait « l'agri » ou « le boursier ». Il ne s'en offusquait pas. Il n'avait aucune envie de devenir millionnaire. Il commençait néanmoins à trouver le temps long.

Au bout d'une semaine, Philippine revint s'asseoir tout naturellement à côté de Kevin en plein cours sur le calcul d'une balance sheet. À sa respiration rapide, il la sentit toute bouillonnante.

– Il faut qu'on se parle, murmura-t-elle.

À la pause, elle le prit par le bras et l'entraîna comme la fois précédente à la cafét. Elle ouvrit un paquet de grains de café et se lança d'un air décidé.

– J'ai lu le bouquin de Marcel Combe dont tu m'as parlé, dit-elle. C'est sensass, son truc. La lombripolytechnique. Ça digère quasiment tout !

– Les boues des eaux usées, les ordures ménagères, les déchets des zones commerciales, les lisiers des élevages... récita mécaniquement Kevin. Il ne reste que les matières non organiques, prêtes à être recyclées.

– Apparemment, Combe avait construit un prototype pour le traitement des déchets urbains.

– Oui, apparemment. Il montre quelques photos dans ses présentations. Il dit qu'il a dû s'arrêter faute de financement.

– Et personne n'a réessayé depuis ?

– Comme j'ai pu m'en rendre compte, le lombric n'est pas très à la mode...

Philippine prit une longue inspiration.

– Tu sais que dans deux ans, la loi va rendre obligatoire le tri des déchets organiques ?

– Ah non, j'ignorais. C'est bien. Ça incitera les ménages à acheter mes vermicomposteurs...

– Pas seulement les ménages. Tout le monde. Les collectivités, les industriels. C'est un marché gigantesque.

– C'est un autre sujet. Mes vermicomposteurs sont faits pour les particuliers.

– Oublie tes vermitrucs en plastoc à deux balles !

Sa voix grave résonna dans la cafét. Un groupe d'étudiants se retourna à la table d'à côté. Ils espéraient une scène de ménage.

– Il faut passer à l'échelle industrielle, reprit-elle sur un ton plus confidentiel. Construire une usine. Des usines, partout sur le territoire. Peut-être un jour, partout dans le monde. Y installer des milliards de milliards de vers de terre. Digérer des poubelles nuit et jour. Produire des milliers de tonnes de terreau. Sauver l'humanité de ses déchets. Sauver la terre de l'humanité. Adieu les décharges, adieu l'incinération, adieu la méthanisation !

Kevin s'esclaffa. Déjà qu'il n'arrivait pas à trouver soixante mille euros...

– C'est ça, la révolution. Pas les gadgets en silicone de tous ces connards, dit-elle en désignant la table d'à côté.

Elle n'avait pas tort sur ce dernier point, Kevin le reconnaissait volontiers.

– C'est jouable, non ?

Elle le dévisagea avec une telle intensité qu'il détourna le regard. Si personne n'avait mis en place la lombripolytechnique telle que la décrivait Marcel Combe, il y avait peut-être une raison. Ou peut-être pas.

– Il faudrait d'abord...

– Ce que je te propose, l'interrompit-elle, c'est de créer cette boîte ensemble. Tous les deux.

– Je...

Elle prit les mains de Kevin dans les siennes.

– On va changer le monde, mec.

VII

Peu après l'ensemencement de la prairie, Arthur eut une conversation fort déplaisante avec son directeur de thèse. Celui-ci le rappela sur son portable alors qu'il conduisait la Volvo sur une étroite départementale qui longeait l'Orne. Arthur s'arrêta sur le bord de la route et descendit de voiture. À cet endroit, le fleuve se cachait derrière un rideau d'arbres aux couleurs de l'automne. En s'avançant à travers les branches basses, on se trouvait soudain sur la rive. Quelques tourbillons paresseux s'étaient formés sur l'eau, éparpillant la lumière. Des vols de moucherons striaient l'air. Le lit du fleuve, caillouteux, peu profond, était visible à l'œil nu. Impossible de s'y noyer. Sur l'autre rive, des pâtures montaient en pente douce. Un troupeau de vaches normandes y paissait nonchalamment. Leurs taches rousses inégales dessinaient sur chacune la carte d'un monde unique. Certaines broutaient, d'autres restaient allongées à profiter des derniers rayons de soleil de la saison. C'était un tableau propice aux décisions importantes.

Arthur dut avouer à son directeur de thèse qu'il n'avait pas varié le protocole expérimental sur différentes parcelles ni conservé de zone témoin. Il tenta de lui expliquer les raisons avancées par Louis, qui lui semblaient parfaitement valides :

pourquoi fatiguer un sol avec des techniques que l'on sait vouées à l'échec ? Il dut écouter un long prêche sur la rigueur scientifique. Arthur osa répondre que ladite rigueur scientifique n'empêchait pas qu'aujourd'hui encore, les vers de terre qui vivent dans les sols ne soient pas pris en compte dans les critères d'homologation des pesticides. N'avaient-ils pas enfin droit à un peu de considération ? Le bon sens paysan, hérité de myriades d'expérimentations conduites par des générations entières, ne possédait-il pas intrinsèquement une valeur scientifique ?

– Vous filez un mauvais coton, Arthur, gronda son directeur.

– Non, monsieur, je vous assure. Je me sens très bien.

Arthur remarqua quelques libellules qui bravaient la fraîcheur de l'air et faisaient de la voltige au-dessus de l'eau.

– Il est impossible de poursuivre votre travail dans ces conditions. Même si vous parvenez à reconstituer la population lombricienne sur vos deux hectares, vous n'aurez rien prouvé du tout.

– J'aurais néanmoins réussi.

– Réussi quoi ?

Le troupeau de normandes, sans doute attiré par la voix d'Arthur, se rapprocha de la rive d'un pas lent. Arthur expliqua qu'il lui était de toute façon impossible de changer le cours de la nature. Les graines étaient semées et il faudrait attendre au moins une année pour modifier ses cultures. Le directeur de thèse en convint à contrecœur puis somma Arthur de se rendre rapidement au siège de l'Inrae pour discuter de l'avenir de son protocole, et de reprendre en attendant le travail en laboratoire. Il n'arracha qu'une vague promesse à son doctorant.

Après avoir raccroché, Arthur inspira l'air à pleins poumons, s'assit sur une souche au bord du fleuve, ôta ses chaussures et trempa ses pieds dans l'eau. Il s'amusa à écarter et refermer ses orteils en se laissant masser par le courant. La perspective de revenir sur le plateau de Saclay, fût-ce pour quelques semaines, lui semblait insoutenable. D'autant que Louis venait de lui donner quelques jeunes poules dont il fallait s'occuper, et que Matthieu et Salim devaient l'aider à construire un poulailler rudimentaire à partir de vieilles planches de pin récupérées dans la grange du Papi. Arthur ne pouvait pas trahir leur confiance naissante et disparaître à la capitale. Il n'avait même pas la curiosité de revoir Kevin dans son costume d'HEC. Il avait trop peur de ne pas le reconnaître.

Ce soir-là, Arthur écrivit un mail très formel à son directeur, en prenant soin de mettre en copie toutes les équipes. Avec une déférence académique où pointait une ironie un peu juvénile, il expliquait interrompre son projet de thèse pour se consacrer à la régénération des sols. S'y consacrer « authentiquement », ajouta-t-il après réflexion. À l'avenir, écrivit-il en post-scriptum, on pourrait suivre ses travaux sur le blog qu'il venait de créer : « En vers et contre tous ». Il fit relire le tout à Anne.

– J'envoie ?

– Oui, dit-elle en l'embrassant dans le cou. Je suis tellement fière de toi.

– Bon, j'envoie, alors, répéta-t-il, l'estomac serré, espérant secrètement en être dissuadé.

– Envoie, susurra-t-elle en lui grignotant le lobe de l'oreille et en glissant ses doigts sur son torse. Tu as vraiment pris des muscles, tu sais, ajouta-t-elle.

Enveloppé par la molle chaleur du désir, il pressa du bout du pouce la touche qui mettait fin à sa carrière universitaire.

*

Les jours suivants, Arthur n'ouvrit sa boîte de réception qu'avec parcimonie et appréhension, avant de se rendre compte, mi-vexé, mi-soulagé, qu'il ne recevrait jamais de réponse. Il publia dans la foulée son premier post de blog, une longue dissertation sur son projet de régénération lombricienne encore empreinte de toute la phraséologie agronomique. Il diffusa le lien sur Facebook, conscient de l'importance de ce geste inaugural qui allait déclencher la grande révolution des sols. Il recueillit six likes et trois commentaires : l'un de sa cousine qui se demandait s'il pourrait lui céder le vase en céramique qui ornait la cheminée du salon dans la ferme de Saint-Firmin où, comme elle le rappelait avec insistance, ils avaient passé ensemble de nombreuses vacances ; l'autre de l'un de ses anciens futurs collègues de l'Inrae qui contestait son graphique sur le rythme de reproduction des lombrics ; et enfin un dernier d'un parfait inconnu expliquant que la disparition des vers de terre faisait partie d'une stratégie de destruction de la planète mise en œuvre par les laboratoires pharmaceutiques et pilotée depuis Davos par Klaus Schwab. « La révolution prendra du temps », pensa Arthur.

À la Lanterne, la petite bande des vers de terre, comme ils se surnommaient désormais, célébra la nouvelle par une tournée de bières. Délivré du dernier lien qui le rattachait à l'élite, Arthur se sentait enfin à même d'achever son intégration à Saint-Firmin, un exercice plus délicat et ardu que tous les concours de la République. Il abandonnait son statut d'observateur infiltré pour devenir véritablement l'un des leurs. Seule Maria, qui avait tout de même soutenu son doctorat en Sorbonne, sembla regretter la précipitation d'Arthur. Mais ayant abandonné elle-même la voie universitaire pour devenir épicière et, de surcroît, tenancière d'un bistrot semi-clandestin, elle n'allait pas lui donner de leçons.

La grande occupation de ce premier hiver fut de planter une haie autour du terrain. C'était pour Arthur une évidence.

L'arrachage des haies lors des opérations de remembrement des années soixante, pour faciliter le passage des tracteurs sur les surfaces agrandies des exploitations, était aujourd'hui unanimement considéré comme une erreur considérable, responsable d'inondations et de glissements de terrain. Même les plus productivistes des enseignants d'AgroParisTech convenaient du rôle majeur que jouaient les haies pour assurer la biodiversité. Sur le plateau, c'était le Papi lui-même qui avait procédé à cette œuvre destructrice ; on butait d'ailleurs ici et là sur des souches qui indiquaient les anciennes limites des parcelles. Arthur avait retrouvé dans un carton du grenier des photos en noir et blanc de la ferme datant de l'après-guerre, qui montraient un paysage de bocage beaucoup plus intime et varié que le monochrome céréalier d'aujourd'hui. Voilà ce qu'il voulait retrouver.

Arthur se représenta le Papi au volant de son tracteur, peut-être le même McCormick qu'il conduisait aujourd'hui, transformé en engin de mort, lancé à pleine vitesse contre les épais buissons qui résistaient encore après la décapitation des arbres à la tronçonneuse. Il imagina la panique, le massacre et l'exode pour la faune qui y vivait. Les musaraignes, campagnols et crapauds furent probablement anéantis les premiers. Les orvets et les belettes, soudain unis face à l'attaque, plongèrent dans leurs bunkers souterrains pour y trouver un bref répit. Les fauvettes, grives, merles et pies-grièches, abandonnant leurs nids et leurs oisillons, s'enfuirent à tire-d'aile dans un désordre épouvantable. Les adorables bruants avec leur tête jaune de poussin ne survécurent pas à l'exil en forêt. Quant aux hérissons, ils se recroquevillèrent jusqu'à la nuit tombée, avant d'avancer pas à pas parmi les cadavres, dans le silence soudain des ruines. Et si les vers de terre, ces vautours du sous-sol, se précipitèrent goulûment sur toutes ces matières organiques en décomposition, leur festin fut de courte durée. Quelques années après l'arrachage, ils furent progressivement réduits à la famine, et éradiqués de cette portion de l'écorce terrestre.

Arthur était donc décidé à racheter les fautes de sa famille. Grâce aux contacts de Louis, il trouva une association soutenue par de grandes entreprises qui finançait de tels projets ; la seule obligation consistait à envoyer régulièrement des photos de la haie, de préférence en posant devant avec un sourire béat, pour illustrer les rapports RSE. Fort de son savoir agronomique, Arthur sélectionna sans difficulté des essences d'arbres variées qui puissent constituer au fil du temps une communauté harmonieuse. Des hauts-jets qui formeraient dans une vingtaine d'années les voûtes de cette cathédrale champêtre : bouleaux, charmes, chênes et noyers. Des arbres en cépée à croissance très rapide, aux avant-postes pour arrêter l'eau et le vent, et qui offriraient un gîte aux premiers occupants : aulnes, hêtres, saules blancs. Et enfin des arbustes pour étoffer cette ligne trop droite, pour créer des cachettes où viendraient se lover les rongeurs : houx, néfliers, sureaux. Arthur savait que certains de ses plants ne se plairaient pas dans cette terre et se laisseraient dépérir. Mais d'autres moins difficiles allaient étendre leurs branches comme on s'étire après un long sommeil et feraient des petits alentour. Ils seraient sans doute rejoints par des nouveaux venus, des intrus débarqués au gré des brises, qui sauraient se faire accepter en prenant soin de ne pas faire trop d'ombre aux anciens. Quand il imaginait sa haie dans la force de l'âge, Arthur avait moins en tête des images que des sons. Le vent affolant les feuilles, les oiseaux se causant d'une branche à l'autre, le bruissement de la vie dans les fourrés. Arthur avait hâte d'atteindre la quarantaine. Il n'aurait plus qu'à s'allonger pour écouter le concert.

En attendant, il lui fallut creuser des centaines de trous, muni d'une simple bêche. Il avait dessiné un plan et ne laissait rien au hasard. Il calculait soigneusement ses espacements : six mètres pour les arbres de haut-jet, un et demi pour les arbustes. Il y passa des journées entières, trouvant dans la répétition de ce geste le contentement qu'il n'était pas parvenu à obtenir avec la faux. Sa sueur se mêlait au crachin presque incessant ; il avait l'impression de se fondre dans ce décor gris, humide et doux. Il constata sans surprise combien le sol était pâle et cassant sous la couche de boue. À chaque coup de bêche, une explosion de poussière. Et aucun lombric en vue.

Anne venait parfois l'aider, creusant en silence à ses côtés. Elle aussi était très attachée à la haie, mais pour des raisons différentes. Elle caressait en effet l'espoir de rendre un jour autonome leur domaine, leur « cellule de vie » comme elle l'appelait parfois pour faire moins propriétaire. Elle voulait atteindre l'auto-subsistance. Elle raffolait de l'idée si romantique du grand effondrement, dont de nombreux podcasts l'avaient persuadée qu'il se rapprochait à grands pas. Elle avait déjà installé des bacs de récupération d'eau de pluie et était parvenue après moult bricolages à raccorder une éolienne miniature aux lumières du salon, dont elle jugeait le fonctionnement aléatoire très poétique. Elle avait le projet de forer un puits et était entrée en contact avec un sourcier sur Facebook. Dans sa stratégie, la taille de la haie pourrait un jour fournir les copeaux de bois nécessaires au chauffage ; ainsi la cellule de vie ne générerait que le carbone qu'elle aurait préalablement capté. Encouragée par ses recherches sur Internet, Anne se faisait fort de transformer leur vieille chaudière à mazout en chaudière à bois. Arthur la trouvait ambitieuse sur ce point mais n'estimait pas urgent de la détromper.

De temps à autre, perdue au loin dans la grisaille, apparaissait la silhouette furtive de M. Jobard. Arthur n'y accordait pas d'importance. Il n'avait pas adressé la parole à son voisin depuis son arrivée six mois auparavant. Il ne lui pardonnerait jamais d'avoir racheté les terres du Papi à si bas prix. Arthur contemplait son œuvre qui avançait de jour en jour comme la forêt de Macbeth marchant vers l'ennemi, tiges de bois encore si frêles mais déjà protectrices, barricades vivantes contre les poisons déversés dans le champ d'à côté.

Le soir même où le dernier arbre fut planté, Arthur et Anne reçurent la visite de M. Jobard. Après avoir sommairement toqué à la porte et sans même attendre qu'on l'y invite, il entra dans le salon, seulement éclairé par le feu de la cheminée car le vent était tombé depuis la veille. Dans cette semi-pénombre aux reflets orangés, sa silhouette paraissait difforme, un cylindre monté sur des bottes en caoutchouc. Les années passées sur son tracteur à écouter RMC lui avaient donné un physique de culbuto, une corpulence sans force qui l'obligeait à se déplacer au ras du sol, en se balançant plutôt qu'en marchant.

– Ah, les jeunes ! dit-il en observant le désordre dans la pièce, sans prendre la peine de saluer personne.

Il se dandinait sur place. Sa voix de flûte était troublante et désagréable. Le couple lui fit face sans un mot. Il dévisagea Anne avec une insistance pesante. Puis il se tourna vers Arthur, comme s'il avait décidé d'en faire son seul interlocuteur.

– T'as bien grandi. J't'ai connu bézot.

La dernière fois qu'Arthur avait croisé M. Jobard, lors de ses ultimes vacances à la ferme, il devait avoir quatorze ans et ne sortait pas la tête de ses livres. Le Papi et son voisin prenaient régulièrement un verre de pommeau pour le plaisir de se dire à mi-mot les pires horreurs. Arthur n'aurait jamais imaginé que, dix ans plus tard, ce serait son tour de faire le taiseux devant M. Jobard.

– T'as repris la ferme, alors. Ce qu'il en reste. Je me demande bien ce que vous bouinez toute la journée, là-dedans.

– Nous essayons de réparer les dégâts, dit tranquillement Arthur.

– De quoi tu causes ?

– Mon grand-père a détruit les sols. Comme vous, d'ailleurs.

M. Jobard poussa un soupir méprisant.

– Tu vas pas m'apprendre mon métier.

– Je vois ce que je vois.

– Et c'est pas avec de la fléole que tu vas réparer quoi que ce soit, ricana M. Jobard. Tu aurais mieux fait de mettre du ray-grass. Fléole et trèfle, ça marchera pas. C'est du couru d'avance.

Arthur resta interdit. Pour choisir ses graminées, il avait suivi à la lettre les préconisations de ses cours d'agroécologie.

– Louis met de la fléole dans ses herbages...

– C'est plus humide par là-bas. On est sur le plateau, ici. Je parie que c'est lui qui t'a donné les graines.

– Et alors ?

– Va un peu voir son blé, au Louis. Tu me diras s'il ne met pas un coup de glypho de temps en temps. Ça doit donner du goût au pain ! Ah les écolos, tous les mêmes.

Arthur se sentait déstabilisé. Il craignait plus que tout de passer pour un amateur. Alors qu'il réfléchissait à une réponse plus accommodante, Anne intervint.

– Vous êtes juste venu pour nous faire chier, en fait ?

– Je suis venu pour la haie, dit M. Jobard sans même lui adresser un regard.

– Il fallait le faire, réagit immédiatement Arthur. C'est parfaitement adapté au biotope. Pour la régénération des sols...

– Tu es chez toi, le coupa M. Jobard, tu peux faire pousser des orties si ça te chante. Il va juste falloir replanter tout ça un peu plus loin.

Arthur sourit, devinant une plaisanterie qu'il ne comprenait pas.

– Merci d'être passé nous voir, M. Jobard...

– Je dis qu'il faut replanter tout ça un peu plus loin, répéta-t-il d'un ton déterminé. C'est trop près de mes champs. Ça m'empêche de faire des manœuvres. Je vais perdre au moins un mètre de cultures. Sur environ un demi-kilomètre de haies, ça fait entre cinq et dix ares. Presque un quintal de blé.

– C'est que dalle, murmura Anne.

– J'en suis désolé, reprit Arthur, mais cette haie est là pour quelques siècles encore.

Arthur tenta d'éconduire leur visiteur en s'avançant vers la porte, mais M. Jobard restait les bras croisés, toujours à se balancer d'une jambe sur l'autre.

– Tu as fait des études, continua-t-il. Ils doivent vous apprendre la loi, dans ces grandes écoles, non ? Eh bien la loi, elle dit qu'il faut replanter tout ça un peu plus loin. Et la loi, c'est la loi.

– Quelle loi ? s'énerva Arthur. C'est chez nous, ici. C'est tout ce qui nous reste, mais c'est chez nous.

– D'accord, mais il faut replanter tout ça un peu plus loin.

Toujours le même refrain avec la même voix irritante. Arthur perdit ses nerfs.

– Cette haie est chez nous, d'accord ? Pile sur la limite. J'ai vérifié sur le cadastre.

– C'est bien le problème. Je pensais quand même que tu étais au courant. Sinon, qu'est-ce qu'on apprend dans ces grandes écoles ?

– On apprend la structure des sols !

– Ce qu'on aurait dû t'apprendre, c'est qu'une haie comme ça, avec des hautes-tiges, doit être plantée à deux mètres en retrait de la propriété.
– N'importe quoi.
– C'est écrit dans le Code rural.
– J'y crois pas ! hurla Anne. Quel connard !
M. Jobard s'immobilisa un instant pour encaisser le choc.
– Heu là ! On ne s'affole pas, reprit-il sans quitter Arthur des yeux. Il faut juste replanter...
– C'est totalement exclu. Je ne peux pas...
La voix d'Arthur se brisa. Il ne savait plus s'il était énervé contre M. Jobard qui poursuivait méthodiquement son œuvre de persécution envers sa famille, contre lui-même qui n'avait pas pensé à effectuer une vérification aussi élémentaire, ou contre Anne qui ne facilitait pas la discussion.
– La loi, c'est la loi, répéta M. Jobard. Ça ne fait pas un pli. On ne va quand même pas déranger le juge pour une histoire aussi simple, hein ?
– Et pourquoi ne pas être venu nous en parler avant ? demanda Anne.
– Je n'ai pas eu le temps.
Il se foutait vraiment d'eux.
– Je suis certain qu'on peut trouver une solution, dit Arthur en tâchant de se contrôler.
– Bien sûr. Je n'ai rien contre les haies. Elles mangent du terrain, mais ça te regarde. Je peux t'aider à la déplacer avec ma transplanteuse.
Arthur vit du coin de l'œil Anne secouer violemment la tête. Ses piercings scintillaient à la lumière du feu.
– Une transplanteuse ? demanda Arthur.
– Je monte la bêche derrière le tracteur. Trois pales à vingt-cinq degrés, comme des grosses cuillères à soupe. Je les ajuste

autour de l'arbre, les bras hydrauliques les enfoncent sans effort, en quelques secondes je prends la motte avec les racines et je la remets en terre deux mètres plus loin. C'est propre, ça ne casse pas une branche. On peut finir le travail en une journée.

Arthur hésitait. Il avait l'impression qu'on lui volait sa haie, sa haie plantée à la sueur de son front au cours de longues semaines, sa haie dont les racines exploraient déjà en tâtonnant leur nouvel habitat. Ce n'était pas un préfabriqué que l'on pourrait déplacer à volonté.

– Je prends l'essence à ma charge, précisa M. Jobard en accélérant son mouvement de balancier.

Fallait-il en plus le remercier ? Arthur hésitait en écoutant le feu crépiter derrière lui. Sa fierté lui commandait de refuser, la même fierté qui avait poussé le Papi à chercher désespérément un repreneur, repoussant jusqu'au dernier moment l'offre de M. Jobard. Tandis que sa prudence lui enjoignait d'éviter un conflit qui serait épuisant et où ses torts ne faisaient aucun doute. Ce serait une mauvaise journée à passer.

« C'est le dilemme d'Antigone », pensa Arthur.

Ce fut Anne qui le trancha.

– On a planté cette haie là où elle doit être, dit-elle froidement. On ne va pas encore agresser ce sol qui a déjà suffisamment souffert. Cette haie, c'est un cadeau à la nature.

Cette fois, M. Jobard se tourna vers Anne en plissant les yeux.

– Qu'est-ce que tu y connais, à la nature ?

Puis il s'avança vers Arthur. Une flamme soudaine éclaira son visage adipeux. Il donnait une impression de renfermé, comme une bête élevée en batterie.

– C'est elle qui porte la culotte ?

Arthur n'avait plus le choix. Un mot de conciliation, et il perdait Anne.

– Nous parlons d'une seule voix, dit-il à regret.

– Pourquoi tu veux jouer alors que tu ne peux pas gagner ?
– Maintenant, cassez-vous ! bondit Anne.
– À tantôt, la jeunesse ! On se voit au tribunal, lança M. Jobard en se reculant lourdement vers la porte.
Il jeta un dernier coup d'œil vers Anne et ajouta dans un murmure :
– Chez nous, les anneaux dans le nez, c'est pour les velles.
– Les vieilles ? demanda Anne ulcérée tandis que la porte claquait. Pourquoi les vieilles ?
– Les velles, rectifia Arthur. Ça ne se dit plus beaucoup.
– C'est quoi ?
Anne ne lui pardonnerait jamais de laisser une telle insulte sans réponse. Arthur sortit de la maison en courant et cria :
– Jobard, connard !
Le mauvais temps noircissait la nuit et Arthur ne distinguait aucune silhouette. Il entendit seulement des pas qui s'éloignaient sur le sentier. Il hurla à nouveau, cette fois de toutes ses forces :
– Jobard, connard !
Pour toute réponse, une chouette hulula. Arthur resta un moment immobile. Il était parti sans se couvrir et ses membres tremblaient. Pourtant, il se sentait soulagé, rasséréné. Il venait de faire ce dont le Papi avait sans doute toujours rêvé. Il était entré en résistance, sans se préoccuper de l'avenir. Il embrassait désormais pleinement son existence, hors les murs, fouettée par les vents. Comme si par le biais M. Jobard, c'était avec tous les connards de la société qu'il venait de rompre. Pas seulement les connards de Paris, les connards de profs et les connards d'ingénieurs, mais aussi les connards de voisins, les connards d'agriculteurs, les connards de juges, les connards qui foulaient au pied la vie pourtant si pure et si simple qui s'offrait à eux comme à n'importe quel être humain. Il se sentait parfaitement

dépourvu d'ambition et incapable de ressentiment. Après bien des tourments, il était désormais sûr de ses choix.

Arthur ferma les yeux pour mieux sentir le froid qui s'infiltrait dans sa chair. Il respira profondément. Peu à peu, il parvint à maîtriser son grelottement jusqu'à l'interrompre. Il laissa ses pensées aller et venir. Son corps lui paraissait à la fois étrangement insensible et terriblement lourd. Il eut l'impression de s'enfoncer dans le sol du plateau. L'obscurité autour de lui, était-ce le ciel ou déjà la terre ?

Quand il rentra, Anne s'était entièrement déshabillée. Elle était alanguie sur le Chesterfield qui faisait face à l'âtre, légèrement tournée sur le côté. Ses seins s'avachissaient comme des fruits trop mûrs. Arthur la contempla, ému par tant de beauté, traversé de fourmillements à mesure que le sang reprenait sa circulation normale dans ses veines. Il récita à voix basse les vers de Baudelaire qu'il chérissait tant et dont la réalité se montrait enfin digne.

« Comme le foyer seul illuminait la chambre,
Chaque fois qu'il poussait un flamboyant soupir,
Il inondait de sang cette peau couleur d'ambre ! »

VIII

En moins d'un an, les deux jeunes associés avancèrent au-delà de toutes leurs espérances. Philippine créa en un temps record les bonnes conditions pour lancer leur projet. Elle baptisa leur entreprise Veritas, « car les vers d'aujourd'hui sont la vérité de demain ». Elle réunit un premier million d'euros auprès de ses parents et des amis de sa famille, ce qui permit de salarier Kevin comme directeur technique et de louer des bâtiments pour construire les prototypes. Elle dénicha une vieille usine désaffectée sur les bords de Seine, non loin de Mantes-la-Jolie. Kevin y passait ses journées tandis qu'elle travaillait depuis chez elle, dans un vaste appartement du VIIe arrondissement de Paris, en décortiquant tous les aspects légaux et commerciaux.

La vie à l'usine convenait parfaitement à Kevin. Il était aux prises avec des problèmes techniques dont la résolution lui semblait un jeu de tous les instants. Aucune difficulté ne le rebutait ; il retrouvait le plaisir du bricolage, commandant des machines d'occasion qu'il reconfigurait avec un fer à souder. Il aimait sa solitude sous ces voûtes de béton aux échos profonds. Quand il avait besoin de faire une pause, il s'asseyait sur le ponton désaffecté, deux mètres au-dessus du fleuve, et regardait passer les péniches. Elles transbahutaient depuis

Le Havre les matières premières dont l'économie était assoiffée, et redescendaient pleines de marchandises à destination du monde entier. Leur rythme tranquille était le métronome du commerce mondial. Contrairement aux voitures, si tristes et monotones, elles possédaient chacune leur identité, faite de couleurs vives et de formes irrégulières. En étudiant le pont, Kevin essayait de deviner la vie du capitaine d'après le fil à linge, les plantes en pot ou la niche du chien. Il recevait parfois des éclaboussures sur les pieds quand les remous du fleuve venaient gifler les berges. Il retournait au travail vivifié.

Au cours de sa transhumance quotidienne entre Mantes et les Buttes-Chaumont où il avait réintégré sa coloc, Kevin croisa le prolétariat moderne étouffé dans des trains de banlieue surchargés et aléatoires : secrétaires, personnel de ménage, agents d'accueil, flics et ouvriers du bâtiment, tous les damnés de la mégalopole, obligés d'y travailler et incapables d'y vivre, levés aux aurores et rentrés dans les cohues de la gare Saint-Lazare. Il régnait dans ces rames sales et trop éclairées un calme gêné, comme si tous avaient honte de porter sur eux un peu de la laideur du monde. Après quelques semaines, Kevin préféra emménager dans un studio au centre de Mantes, au-dessus d'un kebab où il prenait la plupart de ses repas. Il était de toute façon trop absorbé par son travail pour renouer avec sa vie nocturne et avait conservé de ses six mois de master à HEC des habitudes monacales.

À force d'expérimentations, Kevin était parvenu à développer un processus qui lui semblait viable et reproductible à grande échelle. Le fumier brut des déchets organiques était d'abord versé avec un peu d'eau dans un mélangeur où une vis sans fin le transformait en une sorte de pâte gluante. Une trémie se déplaçant sur deux rails répartissait ensuite cette pâte sur toute la longueur de la « Ligne », ainsi que Kevin nommait le long bac rectangulaire où prenait place le vermicompostage. Pourquoi ce mot ? Kevin n'aurait su le dire. Ligne d'horizon, ligne de coke, ligne de vie : le vermicomposteur était tout cela à la fois. La Ligne s'étendait sur une vingtaine de mètres et pesait près d'une centaine de tonnes. Plusieurs millions de vers y œuvraient discrètement. Une fois la trémie passée, Kevin recouvrait la Ligne d'une bâche pour les protéger de la lumière et du froid. Il tirait le rideau sur leur intimité dévorante.

Kevin était allé chercher le premier lot d'épigés chez un fournisseur espagnol, en expliquant aux douaniers qu'il en avait besoin pour la pêche ; les vers s'étaient ensuite démultipliés en quelques mois. Pour récolter le fruit de leur travail, il suffisait de passer une lame au fond de la Ligne, comme on découpe un gâteau. Le compost tombait sur un tapis roulant et, une fois sec, partait vers l'affinage. Il fallait alors casser les agglomérats encore trop durs à la main. Puis le tapis montait vers un tamiseur récupéré d'une usine à charbon, dont les vibrations éliminaient les rebuts, cailloux et résidus. Seul le meilleur compost passait à travers les trous métalliques. Il ne restait plus qu'à le mettre en sacs pour servir de terreau.

Tout le génie de ce système tenait en son extrême simplicité. Il y avait à peine besoin de main-d'œuvre et la Ligne pouvait être étendue ou reproduite indéfiniment. Homme minuscule dans cette cathédrale de béton et d'acier, seul parmi les murs tagués et les vitres brisées, Kevin contemplait son assemblage de bric et de broc avec une satisfaction prométhéenne. La digestion des vers, en accélérant la circulation des bulles d'air, faisait un bruit discret et continu de champagne qui pétille. Dans cet espace délabré, vestige d'une civilisation industrielle disparue, la Ligne était comme un moteur vivant, produisant de l'énergie à volonté.

Kevin travaillait en parallèle à améliorer le lombrithé liquide résultant du compostage pour le transformer en biostimulant de qualité, directement utilisable dans les buses des épandeurs agricoles. Mais cette ultime étape mobilisait des processus chimiques plus complexes qui nécessitaient d'autres intrants, bien choisis et bien dosés. Derrière la Ligne était ainsi né un mini-laboratoire avec cuves, tambours, filtres et centrifugeuses, le tout raccordé par un labyrinthe de tubes en acier ou, parfois, de simples bouts de gouttière recyclés. Kevin n'était pas encore parvenu à une formule entièrement satisfaisante ; il restait toujours des particules trop compactes qui risquaient de boucher les buses. Philippine, consciente de l'immense marché qui s'ouvrait à eux, l'encourageait à accélérer ses recherches. Elle avait déjà prévu une place pour le biostimulant sur le futur site internet : « Vino Veritas ».

Marcel Combe, que Kevin avait tenu dûment informé, passait de temps à autre. Son savoir n'avait plus d'utilité réelle pour Kevin, qui faisait désormais face à des questions touchant à l'ingénierie davantage qu'à l'agronomie. Mais il aimait ces moments de complicité presque filiale. Le Jean Gabin des lombrics tournicotait dans l'usine, l'air ravi. Il saisissait les vers pour inspecter leur couleur, humait le terreau à plein nez, tapotait la trémie comme pour la faire roter. Il racontait ses souvenirs de profil cultural, des décennies à creuser des trous et à s'y plonger pour fouiller les sols. Une vie en tranchée. Marcel Combe semblait ravi d'avoir enfin trouvé un héritier qui poursuive son œuvre et, surtout, la mette en pratique. Le milieu académique le boudait, comme s'il ne lui pardonnait pas d'avoir commencé jardinier. Avec Kevin, ils se comprenaient.

Philippine, quant à elle, ne se rendait que rarement à l'usine. Elle appréhendait de prendre le train pour Mantes « avec toutes les racailles », disait-elle malgré les protestations de Kevin. Elle trouvait les bâtiments eux-mêmes sales et glaciaux ; elle ne s'y rendait que munie d'une thermos et d'une doudoune noire.

Surtout, elle détestait se trouver en présence des vers. Elle ne s'approchait de la Ligne qu'à contrecœur. Quand Kevin soulevait la bâche, découvrant une soupe de boue noirâtre, grumeleuse et luisante, ainsi que des dizaines d'asticots rougeâtres affolés par cet éblouissement soudain, Philippine se figeait, écœurée.

Kevin aimait jouer avec les délicatesses de sa partenaire. C'était l'une des rares occasions où il pouvait prendre le dessus. Lors d'une visite de Philippine, il lui tendit une poignée de terre ; elle se recula instinctivement. Il prit alors un ver entre ses doigts.

– Regarde, lui dit-il, il est tout mignon.

– Remets-le d'où il vient !

– Tu le rends tout triste... plaida-t-il en approchant le ver du visage de Philippine.

– Arrête ! hurla-t-elle.

Elle s'était empourprée ; ses taches de rousseur s'illuminaient comme des lampions. Kevin comprit qu'elle ne plaisantait pas. D'ailleurs, Philippine ne plaisantait jamais. Il n'insista pas.

– Ne fais plus jamais ça, lui intima-t-elle d'une voix saccadée. Je suis...

« Chiante ? », pensa-t-il.

– ... je suis ophiophobe.

– Quoi ?

– J'ai la phobie des serpents, des vers, de tout ce qui luit et glisse. Ça s'appelle l'ophiophobie.

– Il suffit de s'habituer. Regarde, si on y va doucement...

– Non, non ! Il n'y a rien à faire. C'est dans les gènes. Un héritage des chasseurs-cueilleurs, apparemment. J'ai lu ça sur Internet.

Kevin restait sceptique. Comme ils s'éloignaient à pas lents de la Ligne, elle retrouva son calme.

– Un tiers de l'humanité est ophiophobe. C'est pour ça, continua-t-elle d'un ton décidé, que les vermicomposteurs à domicile, ça ne marchera jamais. Même pour les entreprises. On ne vendra jamais nos lignes.

– Ce serait pourtant l'option la plus simple... Fabriquer les lignes et les installer directement chez les clients.

– Les gens ne veulent pas voir, pas savoir. Toutes les études que j'ai commandées le confirment. Il faut traiter les déchets nous-mêmes.

Kevin sentit que la discussion prenait une autre tournure. Philippine ne disait pas ça au hasard. Il fit un rapide calcul dans sa tête. La France produisait vingt millions de tonnes de biodéchets par an, dont sept millions déjà traités par compostage traditionnel, et quelques millions de plus par méthanisation. Une ligne de vingt mètres pouvait traiter environ cent tonnes par an ; en admettant que le vermicompostage parvienne à s'emparer d'environ la moitié du marché restant, il faudrait...

– Cinq millions divisés par cent... murmura Kevin.

– J'ai déjà fait les comptes, dit Philippine. À terme, on a besoin de cinquante mille lignes.

– C'est absurde.

– Il suffit de les empiler par cinq.

– Quelle idée !

Tout en conversant, ils étaient sortis de l'usine et se dirigeaient vers le ponton.

– Possible techniquement ?

– Peut-être, mais...

– Une ligne occupe cent mètres carrés, et je compte large. Donc cinquante mille lignes, ça tient sur cent hectares. Avec l'équivalent d'une grosse exploitation agricole, on recycle un quart des déchets organiques du pays.

– Ça me paraît fou.

– Pourquoi ?

– Rien que la logistique...

– Un détail.

Ils se faisaient face, immobiles devant la Seine. Au bruit du ressac contre la rive, Kevin devina qu'une péniche venait de passer. Philippine le regarda de ses yeux fixes et lui prit les mains.

– Kevin, on peut le faire. On va le faire. Et une fois qu'on l'aura fait en France...

Il comprit alors ce qui occupait tant Philippine ces derniers temps. Elle ne se contentait pas de gérer l'administratif et de mettre au point la stratégie commerciale. Elle se préparait à bâtir un empire. L'empire mondial du ver de terre.

– Pour quelqu'un qui est opiophobe... sourit-il.

– Ophiophobe, le reprit-elle très sérieusement.

Il détourna le regard et aperçut une autre péniche pointer sa proue, noire et jaune avec deux ancres comme des canines acérées. Elle se tenait haute, la ligne de flottaison bien au-dessus de l'eau, signe qu'elle revenait à vide. Kevin réfléchit un moment en la regardant s'avancer. Les lignes de vermicompostage ne généraient aucune chaleur et fonctionnaient de manière autonome. Comme ingénieur, il n'avait aucune raison de s'opposer à leur déploiement à grande échelle. Il imaginait déjà comment le tapis roulant pourrait serpenter entre les lignes, fournissant de la matière en continu pour l'atelier d'affinage. Pourtant, il se sentait mal à l'aise, piégé dans une ambition qui n'était pas la sienne.

– Évidemment, précisa Philippine en accrochant à nouveau son regard, on va commencer plus modestement. Et puis, on verra !

– Oui, on verra... répéta-t-il pour se rassurer.

Au fond, Kevin savait que tout était vu. Philippine avait déjà dû rédiger des slides bien formatées qui plaçaient leur start-up sur des courbes exponentielles.

– Il faut de toute façon raconter une histoire. Je vais la tester avec quelques investisseurs potentiels. Je te laisse faire toutes tes expériences avec ces horribles vers. Fais-moi confiance pour le reste.

Kevin observa le sillage creusé par la péniche. Comme toujours, avec un mélange d'inertie et de curiosité, il se laissait entraîner.

– OK.

*

Kevin avait pris l'habitude de raconter ses journées au patron du kebab, un Marocain qu'on appelait le Barbier à la manière qu'il avait de tailler délicatement les broches d'agneau, avec des gestes de coiffeur réalisant un dégradé. Dans ses meilleurs jours, il pouvait sculpter dans le relief de la viande des formes éphémères : un triangle, une moto, un visage même. Il avait tenté de portraiturer Kevin mais avait dû reconnaître que son esquisse saignante et graisseuse rendait mal justice aux traits si réguliers et harmonieux de son client. Il l'appelait « chef », une manière pudique d'exprimer son affection pour ce jeune homme tellement plus calme que les autres du quartier.

Le Barbier avait le sens du commerce. Il avait monté un atelier de réparation de motos dans sa jeunesse à Rabat, puis avait utilisé ses économies pour s'installer en France à la faveur du regroupement familial. Il avait d'abord racheté une épicerie avant de conclure que les marges se trouvaient dans la transformation des produits. À présent, il possédait trois kebabs à Mantes où sa réputation de qualité et son sens du service avaient peu à peu détrôné ses nombreux concurrents. Deux fois par semaine, il partait sur la route à deux heures du matin pour aller chercher la viande à Rungis chez ses fournisseurs habituels.

Il négociait âprement les prix, allant et venant d'un grossiste à l'autre dans la forêt de carcasses du pavillon des viandes, guettant les fluctuations du marché et l'état des invendus, revenant avec des offres de dernière minute alors que l'aube se levait. C'était la règle du jeu à Rungis, où payer sans discuter aurait été considéré comme amateur voire insultant. Le Barbier ne repartait jamais sans la conviction d'avoir fait une bonne affaire, qu'il célébrait généralement par un petit déjeuner d'abats dans une des brasseries du marché.

Le Barbier transposait sans mal son expérience de marchand aux questions macroéconomiques et boursicotait avec un certain succès. Quand il n'y avait pas de match de foot, la télé du kebab était toujours branchée sur BFM Business. Le Barbier suivait donc avec attention l'entreprise de Kevin. Produire du lombric ne lui paraissait pas plus idiot que vendre de l'agneau. Conscient que l'avenir n'était pas à la consommation de viande, il proposait déjà les premiers kebabs veggies de Mantes. Il avait maintes fois promis à Kevin que, le jour où s'ouvrirait le capital de Veritas, il serait parmi les premiers investisseurs. Il mettrait cinq mille, même dix mille euros ! « Compte sur moi, chef », lui répétait-il.

Ce soir-là, Kevin confia ses soucis au Barbier. Il ne savait plus que penser de son associée, qui concoctait depuis Paris des stratégies extravagantes dont il était explicitement exclu.

– C'est bien de vouloir s'agrandir, dit le Barbier. Regarde, moi : un, deux, trois kebabs, peut-être cinq ou six un jour, peut-être jusqu'à Rouen ! Si on ne grandit pas, on rapetisse, voilà la vérité. C'est fini, le temps où on pouvait rester tranquille dans son coin.

– Oui, peut-être. Mais on n'est pas prêts.

– Dans nos métiers, on n'est jamais prêts. On apprend en marchant. Si elle n'était pas là, ta copine, tu en serais encore à vendre tes boîtes en plastoc à la sauvette.

– Ou je serais parti aider mon pote dans sa ferme.
– Bien sûr ! se moqua le Barbier. Comme les jeunes d'ici qui rêvent du bled toute la journée. Quand ils y vont, au bled, ils tiennent deux jours.

Arthur tenait pourtant depuis près d'un an.

« De toute façon, je pourrai toujours le rejoindre. Je suis libre. »

Cette pensée le rassurait. Comme si le projet Veritas était une simple gageure, une parenthèse qu'il pourrait clore à tout moment.

– Remets-moi des frites, conclut-il.

Quelques jours plus tard, Philippine appela Kevin pour le prévenir qu'une délégation de L'Oréal viendrait visiter l'usine le lendemain. Il était au laboratoire en train de diluer un mélange d'algues pour essayer d'améliorer la qualité de Vino Veritas.

– Pourquoi L'Oréal ?
– L'Oréal, quinze grammes de déchets en moyenne pour chaque produit commercialisé, des matières organiques à gogo, une politique de RSE hyper-agressive. Le client idéal.
– Ça doit être bourré de produits chimiques.
– Tu m'as bien dit que les vers bouffaient tout, non ?
– Il faudra vraiment qu'ils aient faim...
– Tu peux être sérieux, une minute ? C'est notre premier contrat.
– Mais quel contrat ? On n'a qu'un prototype...

Il n'avait jamais été question du moindre contrat dans leurs discussions pourtant quotidiennes. Philippine le mettait devant le fait accompli.

– Alors premièrement, ce n'est pas un prototype, c'est un MVP, minimum viable product. Il faudra parler la bonne langue demain.
– Je te fais confiance. Tu es bilingue en bullshit.

– Et deuxièmement, continua Philippine sans relever, c'est un contrat POC.

– POC ?

– Tu n'as rien retenu du cours de disruptive innovation ? POC, proof of concept.

– Ah, oui. Les contrats tests.

– Voilà. S'ils sont convaincus demain, ils nous filent deux cent mille balles pour un essai d'un an.

– Deux cent mille !

– C'est pas grand-chose. Ce qui vaut de l'or, c'est de pouvoir mettre L'Oréal comme client sur mes slides. Ils seront trois demain : la patronne de la RSE, le chief innovation officer et un ingénieur de la R&D. Tu me laisses parler aux deux premiers et t'occupes de l'ingénieur.

Kevin regarda autour de lui les cartons éventrés, les sacs-poubelle à moitié remplis et les résidus de terreau au sol qui formaient par endroits une véritable gadoue. Il lui faudrait passer la journée à nettoyer.

– Et comment tu as dégoté…

– À demain, quinze heures, l'interrompit-elle avant de raccrocher.

La visite se déroula sans incident. Kevin avait pris soin de découper la veille une tranche de compost qui avait eu le temps de sécher et qu'il passa au tamis. Cette démonstration fut suffisante pour convaincre l'ingénieur qui, comme il le reconnaissait lui-même, était « plutôt spécialisé dans le packaging » et qui semblait intimidé par Madame RSE, membre du comité exécutif du groupe. Philippine était solaire, telle que Kevin avait pu la connaître dans les premiers jours de leur rencontre. D'une voix plus grave et forte que jamais, elle faisait résonner sur les murs de béton des chiffres et des projections dont Kevin ignorait tout. Elle fournissait tant de détails techniques sur la Ligne qu'on aurait pensé qu'elle l'avait construite elle-même, boulon après boulon. Elle parla aussi des vers de terre avec une passion et même une empathie qui arrachaient des sourires émus et indulgents à Madame RSE. Quant au chief innovation officer, placardisé depuis quelques années après une carrière sans accrocs à la direction Europe de L'Oréal, il se gratta longuement le menton avant de déclarer le vermicomposteur « innovant », à la satisfaction générale.

Au bout d'une petite heure, alors que le groupe s'apprêtait à partir, Madame RSE se tourna vers Kevin.

– Et vous, alors ? Quel est votre parcours, mon cher Kevin ?

On sentait qu'elle se forçait pour prononcer ce prénom. Kevin surprit le visage soudain décomposé de Philippine.

– Nous nous sommes rencontrés à HEC, s'empressa-t-elle d'intervenir.

Kevin décida pour une fois de ne pas se laisser faire. Elle pouvait bien lui voler son travail, mais pas son identité.

– J'ai commencé par faire un DUT biologie à Limoges, dit-il simplement.

– Ah, bon ? s'écria Madame RSE. Pourquoi Limoges ? Il y a une filière spéciale, là-bas... ?

– C'était près de chez moi.

Madame RSE le regarda avec étonnement. Si l'idée qu'on puisse naître et grandir dans le Limousin était une vérité théorique incontestable, elle n'avait encore jamais rencontré de cas pratique.

– Je suis un gars de la campagne, vous savez. Mon père conduit des engins agricoles, insista Kevin pour le plaisir d'agacer Philippine.

– Et après le DUT... interrogea Madame RSE, qui perdait un peu ses repères.

Kevin raconta son parcours de boursier, une école après l'autre.
– C'est absolument mer-veil-leux ! Il y a quand même encore un ascenseur social dans ce pays, lança-t-elle à l'attention du reste du groupe.
Tous opinèrent consciencieusement du chef. Kevin resta muet. Il ne comprenait pas cette histoire d'ascenseur qu'on lui répétait si souvent. Il avait plutôt l'impression de marcher d'une aventure à l'autre, sans monter ni descendre.
– Kevin n'aime pas se mettre en avant, dit Philippine en lui prenant tendrement le bras, mais c'est un vrai génie.
La visite se conclut sur un long silence ému. Philippine venait de comprendre et de réparer son erreur d'analyse. En quelques phrases, Kevin était devenu le capital le plus précieux de Veritas.

Après avoir raccompagné les cadres de L'Oréal jusqu'à leur voiture, Philippine rejoignit Kevin à l'usine. Il était déjà en train de manipuler une des vieilles trémies qui s'était avérée trop étroite pour la Ligne, et que le loueur devait venir reprendre dans l'après-midi.
– Yes ! s'exclama-t-elle en serrant le poing. C'est dans la poche.
Elle ne dissimulait pas son excitation. Kevin poursuivit sa tâche sans un mot. Elle vint se glisser à ses côtés, en s'accoudant sur les bords de la trémie.
– Ils veulent faire un essai sur un an, avec cinq cents tonnes de déchets.
– Il faudrait construire de nouvelles lignes, dit-il.
Tous les muscles de ses bras étaient bandés par l'effort. Leur duvet blond scintillait sous les néons du hangar.
– Je sais. J'ai monté le prix à six cent mille. Ça n'a pas eu l'air de les affoler.
Kevin s'arrêta pour souffler et réfléchir à la nouvelle. Il fit quelques pas en regardant l'usine autour de lui : l'espace serait suffisant.

Il fallait commander le matériel au plus vite. Éventuellement, rajouter cinq mètres au bout de chaque ligne. Concevoir un tapis roulant unique. Déplacer le labo. Rien d'impossible.

Quand il se tourna vers Philippine pour lui faire part de ses réflexions, il la trouva cul nu, slip et pantalon baissés jusqu'aux chevilles, toujours accoudée à la trémie dans la même position. Il resta interdit. Le changement d'ambiance était un peu brutal.

– Qu'est-ce que tu attends ? demanda-t-elle avec un léger agacement.

Kevin ne trouvait absolument rien d'érotique à cette paire de fesses pâle et immobile au milieu des machines. Philippine n'avait même pas ôté sa doudoune. C'était un spectacle froidement anatomique.

– Je n'ai pas de capote... dit-il piteusement.

– Ce n'est pas comme si on baisait souvent, ni toi ni moi.

Ce n'était pas un argument très valable mais Kevin n'eut pas la force de s'y opposer.

– Bon, alors ? intima-t-elle.

Kevin s'approcha par politesse. Après tout, il n'avait jamais été très exigeant dans le choix de ses partenaires. Philippine creusa ses reins en entendant ses pas. « Une vraie rousse », pensa-t-il. Tout en avançant, il porta sa main à son entrejambe en tentant d'obtenir une réaction. Peine perdue. Il défit tout de même son jean et vint coller son sexe ratatiné contre les fesses de Philippine. Elle ne bougeait pas et avait enfoui sa tête entre ses mains, comme pour éviter tout regard. Il se frottait vainement contre elle. Il tenta de glisser une main sous sa doudoune, en cherchant le chemin des seins, mais elle se tortilla pour lui signifier d'arrêter.

– Allez !

Elle s'impatientait. Comment pouvait-elle s'offrir sans tendresse, jouir sans caresses ? La colère de Kevin le sauva. Il sentit enfin son sexe se dresser, non pour aimer mais pour blesser. Il l'empoigna comme une arme et l'enfourna dans la chair humide de Philippine, qui poussa un soupir rauque. Plutôt que de laisser leurs reins ondoyer, il saisit les fesses de Philippine et les fit violemment aller et venir contre lui.

– Voilà, comme ça... bredouilla-t-elle.

Ce mouvement demandait à Kevin une énergie soutenue. Il regardait droit devant lui, vers la Ligne. Dans ce long bac en métal d'apparence si mécanique, les vers devaient se livrer à des activités similaires. Il trouva dans cette pensée une sensualité que ni le corps quelconque de Philippine ni ses cris impudiques ne lui offraient.

Enfin il se contracta en un dernier soubresaut, s'enfonçant en elle aussi loin et aussi longtemps que possible. Philippine se tut brutalement, toujours agrippée à la trémie. Il se retira vite. Les fesses de Philippine portaient les traces de leur combat. Elle resta un moment inerte, reprenant ses esprits, puis se renculotta sans se retourner.

– Ça va ? demanda-t-il.

Il se retint d'ajouter : « Ça va mieux ? », comme un kiné après la séance.

– Ça va, dit-elle aussi négligemment que possible. On le refera, d'accord ?

Ce n'était pas une question qui appelait la moindre réponse. Elle se dirigea vers la porte d'un pas vif.

– Je te tiens au courant pour le deal avec L'Oréal.

Le souvenir de la visite sembla lui revenir.

– Yes ! murmura-t-elle à nouveau en serrant le poing.

Kevin la regarda disparaître sur le chemin du ponton, éclair roux grillant tout sur son passage.

IX

À l'arrivée du printemps, Arthur se sentait prêt. Il avait profité des dernières semaines de gel pour aménager un potager d'une centaine de mètres carrés et construire une serre attenante, censés suffire à nourrir deux adultes. Il était déjà convenu avec Maria que le surplus serait vendu à la Lanterne. Près de cinq cents abonnés suivaient désormais son blog « En vers et contre tous » et attendaient avec impatience le moment de la résurrection des sols. Arthur avait même eu droit à un entretien dans la revue *Reporterre*, sous le titre : « Quand un ingénieur agro réinvente... la vie ! » Quant à Anne, sa suractivité commençait à porter ses fruits, transformant leur campement de fortune en un début d'habitation douillette. Elle avait désormais entrepris de repeindre les murs et barbouillait sa salopette de toutes les nuances d'enduit et d'acrylique. Tous les matins, Arthur prenait son café devant sa future prairie, guettant l'apparition de chaque brin d'herbe. Les premières pousses percèrent en temps et en heure, emplissant Arthur d'une émotion paternelle.

Au fil des semaines, il devint évident que la fléole connaissait des difficultés. Les brins d'herbe restaient ras et épars. Le trèfle ne sortait toujours pas de terre, privant le sol de l'azote nécessaire. Arthur mit tous ses espoirs dans des feuilles plus épaisses, semblables à de l'oseille, qui surgissaient par endroits. Hélas, il vit croître au milieu de ces touffes vertes une tige dure et ramifiée qui ne tarda pas à produire des petites fleurs couleur bordeaux : du rumex, une adventice très invasive, le cauchemar des cultivateurs bio. C'était ce qu'on appelait dans les cours de première année à AgroParisTech un « bioindicateur », révélateur d'un sol trop tassé où l'oxygène circule mal et où l'activité bactérienne est faible. Arthur avait beau en arracher les pieds un à un, les racines semblaient déjà solides et commençaient à former des rhizomes. À la place de la haute chevelure de graminées dont il avait rêvé, le terrain d'Arthur ressemblait à un crâne dégarni, ponctué de taches vineuses.

« C'est la guigne, avait dit Louis en venant examiner les progrès d'Arthur. Ça repousse et ça se resème tout seul, c'te doche. » Arthur comprit que la doche était le nom local du rumex. Doche, dèche, boche : la sonorité ne présageait rien de bon. Louis avait alors rapporté de son atelier un drôle d'outil, comme un crucifix inversé, dont la pointe était constituée de deux dents en acier parallèles l'une à l'autre.

– C'est un arrache-doche, expliqua-t-il. Tu le plantes tout droit, aussi profond que possible, et ensuite tu fais remonter la motte et tu en extrais la racine. Attention, si tu la coupes, si tu en laisses le moindre bout dans la terre, elle repartira aussitôt. Je te montre.

Louis s'exécuta. Malgré toute son expérience, il dut s'y reprendre à plusieurs fois pour dégager la racine entière. Elle faisait un demi-bras de long et pendouillait comme une longue carotte malade, maigre et grise.

– Tu vas être bien occupé, dit Louis en jetant un œil sur le terrain.

Il lui tendit l'arrache-doche et partit. Arthur resta les bras ballants. D'abord la lutte contre les ronces, ensuite la plantation de la haie. Fallait-il qu'il passe de nouveau des journées, des semaines entières à creuser ?

Pour en avoir le cœur net, Arthur entreprit de compter à nouveau les vers de terre, cette fois en essayant de se filmer avec son téléphone pour alimenter son blog.

– Et c'est le moment tant attendu... dit-il à la caméra avec un sourire forcé.

Il délimita un mètre carré, versa son mélange de moutarde et d'eau, puis attendit en tenant son téléphone à un mètre du sol.

– Les graminées ont naturellement alimenté les vers et favorisé leur reproduction, expliqua-t-il.

Les lombrics sortirent au compte-gouttes.

– Les voilà, hourra !

Au bout de dix minutes, il en dénombra neuf. Soit un de moins que l'été précédent. Arthur coupa l'enregistrement et s'assit par terre. Les larmes lui montaient aux yeux. Il avait échoué. Tous ses sacrifices apparaissaient, pour le moment, complètement vains. Il redoutait aussi la réaction de ses abonnés, dont il anticipait sans mal les quolibets. Il fut pris d'un brusque dégoût pour ces neuf vers amorphes qui languissaient devant lui. Il les ramassa dans le creux de sa main et les jeta plus loin d'un geste rageur. Ce fut le vol plané de leur vie. « Que pense un ver de terre en s'élevant dans le ciel ? », se demanda Arthur. Ressent-il au moins le frisson de l'inconnu ?

C'est alors que surgit sur le chemin qui montait vers la ferme une fine silhouette cintrée dans un costume noir. Cet accoutrement était fort inhabituel à Saint-Firmin. Arthur se leva, intrigué.

– Bonjour. Je suis maître Frédéric de Lansdale, huissier de justice. Je me suis garé plus bas, j'espère que ça ne vous gêne pas. Je me suis si souvent embourbé en entrant dans ce genre de fermes...

« Ils en sont là, les fins de race ? », pensa Arthur. Vu de plus près, le costume de maître de Lansdale était bien élimé. Son col de chemise flottait autour d'un cou trop maigre. Arthur ne pouvait détacher son regard des poissons colorés qui ornaient sa cravate.

– Bonjour, maître, répondit Arthur en retrouvant immédiatement son urbanité. Comment puis-je vous être utile ?

À la demande de maître de Lansdale, Arthur confirma son identité.

– J'ai de la chance de vous trouver en personne. Ce n'est pas toujours si facile, vous savez. Je dois vous remettre ceci, dit l'huissier en farfouillant parmi les liasses de paperasse qui encombraient son cartable en cuir.

Arthur prit la feuille qui lui était tendue. C'était une assignation en justice devant le tribunal de grande instance de Caen. Requérant : M. Jobard. Objet de la demande : déplacer la haie jouxtant le terrain du requérant et réparer le préjudice subi à hauteur de dix mille euros. Rappel des faits : plantation illégale, en contravention de l'article 671 du Code civil, d'une haie supérieure à deux mètres de hauteur, sise à moins de deux mètres de la propriété voisine. S'en suivait un épais dossier contenant des plans des parcelles et des photos de la haie. Arthur passa à la dernière page. Par ces motifs, le requérant demandait au tribunal de constater les faits, de dire et juger l'infraction, et enfin d'enjoindre sous astreinte. Arthur tremblait de colère.

– C'est mignon, chez vous, dit maître de Lansdale en regardant alentour. Mais vous devriez nettoyer ce champ, là. La doche, c'est une vraie saloperie.

– À notre époque, explosa Arthur, on m'accuse d'avoir planté une haie ! C'est lui qui devrait être condamné pour extermination des sols !

Maître de Lansdale prit un air contrit. Il avait l'habitude de servir de défouloir et considérait même cette fonction comme l'attribut le plus noble de son métier. Présenter un visage à haïr, n'était-ce pas la dernière trace d'humanité dans un processus juridique formalisé à l'extrême ?

– Je vous conseille de prendre un avocat, dit-il laconiquement.

– La justice sert les intérêts des pollueurs. L'État détruit ce sur quoi il est fondé. Cette société est pourrie ! Fondée sur l'exploitation de l'homme et de la nature, elle sera soit renversée par l'homme, soit anéantie par la nature.

Arthur se débattit tout seul dans un monologue désespéré où il glissait inconsciemment les expressions de Salim. Élevé dans le respect du droit, il n'admettait pas de se retrouver du mauvais côté du prétoire. Il s'était jusque-là imaginé que sa rébellion écologique restait tolérée voire discrètement encouragée par son milieu d'origine. Il avait en tête son père qui attaquait régulièrement l'État devant le tribunal administratif et posait ensuite dans les médias ou les dîners en ville comme un intrépide défenseur des droits. Si Arthur avait choisi le militantisme, s'il s'était acoquiné avec les scientifiques d'Extinction Rebellion ou les bifurqueurs de sa promo, il aurait sans doute eu droit lui aussi aux honneurs. Mais ce qu'on ne lui pardonnait pas aujourd'hui, c'était d'avoir rejoint les autres, les petits, les complotistes, les citoyens qui votent mal, les vers de terre. Il avait trahi.

– Tous ceux qui participent à ce système sont des collabos, conclut Arthur en dévisageant l'huissier.

Maître de Lansdale savoura l'attaque et lissa sa cravate, faisant trembler tous ses petits poissons. Il sortit de son cartable une feuille intitulée « Signification de l'acte », cocha la case « Remise au destinataire, personne physique », et apposa dans le cadre réglementaire une signature ample et chantournée, survivance de son aristocratique lignage.

– Je vais à présent placer l'assignation au tribunal. Vous aurez un délai de deux mois pour présenter vos conclusions en défense à l'audience de mise en état. Ensuite, la procédure suivra son cours.

– Vous êtes un robot ou un être humain ? s'emporta Arthur.

Sans trop savoir pourquoi, Arthur fit quelques pas et saisit l'arrache-doche qu'il avait fiché en terre après le départ de Louis. Puis il revint vers l'huissier. Il se sentait comme un paysan en armes, prêt à la jacquerie. Maître de Lansdale se recula prudemment. Son abnégation n'allait pas jusqu'à prendre des risques physiques. Il connaissait des collègues qui avaient reçu de sales coups de fourche.

– Tout ce que je puis vous signifier, c'est que généralement un litige comme le vôtre finit par se régler à l'amiable. Vous devriez trouver un compromis avec votre voisin...

– Jamais ! Je suis dans mon droit, affirma Arthur malgré l'évidence.

– À votre service, dit maître de Lansdale en s'éloignant.

Arthur resta seul avec son ressentiment. Il ne pouvait pas regarder sans haine les champs de M. Jobard. Le paysage, si paisible aux yeux du promeneur, était désormais entaché de violence. Arthur entreprit rageusement de déterrer une pousse de rumex mais ne parvint qu'à retirer une racine sectionnée. Il jeta son outil au loin. À travers les carreaux de la fenêtre, il aperçut Anne en train de passer la deuxième et ultime couche de peinture. Il craignait de la décevoir.

Arthur marcha vers le village sans trop savoir où le mèneraient ses pas. Il s'approcha de la Lanterne. Maria avait abandonné la caisse pour faire un puzzle sur la table du bar avec deux enfants du village. Arthur prit conscience qu'on devait être mercredi. Il avait perdu le fil du calendrier ; plongé d'une aube à l'autre dans la marche continue des saisons, il ignorait désormais la monotone succession des semaines et des week-ends. Il hésita puis rebroussa chemin. Il devinait ce que Maria lui dirait : déplacer la haie, reprendre sa thèse. Il n'avait pas envie d'entendre cette voix trop raisonnable. Il s'engagea dans la ruelle pavée qui serpentait vers le bas du village et où les voitures pouvaient à peine se faufiler. Il remarqua une porte basse encastrée sous un épais linteau de granit, comme l'entrée d'un terrier. Vissée sur le côté, une plaque : « NATUROPATHIE ». Il ne s'était jamais aventuré chez Léa auparavant. Il appuya sur la sonnette et la porte s'ouvrit.

– C'est toi, dit-elle comme si rien n'était plus naturel. Je te préviens, je suis en pleine recharge énergétique. Mon dernier patient m'a vidée.

Il la suivit le long d'un étroit couloir jusqu'à la pièce saturée d'encens et de bibelots scintillants où elle exerçait sa pratique. Le plafond originel avait été ôté ; il n'en restait que les poutres qui donnaient à la pièce un volume rare dans cette région. Les tapis suspendus aux murs tamisaient les sons ; leurs couleurs vives donnaient le tournis. On entrait dans une vieille maison de village normande et on se retrouvait dans un ashram. Léa lui indiqua un coussin devant une table basse. Il s'assit en tailleur.

– Je vais nous faire une infusion de sureau. Ça t'aidera à éliminer les toxines.

– Mais je me sens en pleine forme !

– Tu as des soucis, Arthur, dit-elle en mettant la bouilloire en marche. Le stress génère des toxines. Fais-moi confiance.

Elle apporta deux tasses en porcelaine richement décorées et toutes fumantes. Arthur remarqua ses longs doigts fins ornés de bagues bien trop lourdes. Ses gestes étaient précis et feutrés, comme si les objets risquaient de se briser entre ses mains. Il lui raconta ses mésaventures de la journée, ses doutes au sujet des vers de terre, sa haine envers M. Jobard et « le système ». Elle sirotait son infusion sans lui adresser un regard.

– Tu as besoin d'un bain de gongs, dit-elle après un silence.

– C'est de la musique ?

– On appelle ça un nettoyage holistique. Les vibrations alignent les chakras, épurent le champ magnétique et réorganisent les flux émotionnels. Une méthode empruntée à la tradition du kundalini yoga, introduite en Europe il y a un siècle par Carl Jung.

Arthur retint son ironie. Elle jeta un coup d'œil à sa montre.

– On a juste le temps. Allonge-toi sur la natte.

Arthur s'exécuta courtoisement.

– Laisse les vibrations t'envahir. Elles vont libérer le sushumna, le canal de l'énergie. Tu peux penser à ce que tu veux.

– Je préférerais ne penser à rien...

– Ce n'est pas aujourd'hui que tu vas atteindre la pleine conscience, dit-elle d'un ton expert.

Arthur sourit. Sa formation d'ingénieur lui interdisait d'accorder le moindre crédit à tout ce verbiage. Mais il s'était tellement pénétré, en étudiant les vers de terre, des limites de la science moderne, qu'il s'efforçait d'accorder le bénéfice du doute à des pratiques millénaires ayant surmonté l'épreuve du temps. Chakras ou pas, les gongs devaient bien avoir une utilité puisqu'ils s'étaient perpétués de génération en génération.

Léa se tourna vers le mur où étaient suspendues deux soucoupes dorées d'environ un mètre de diamètre. Il crut discerner sous sa chemise en lin une forme sombre : le serpent tatoué ? Elle saisit un maillet et frappa un coup ferme au centre du gong. Arthur eut le souffle coupé par la puissance du son. Il ferma instinctivement les yeux, comme projeté en lui-même. Il sentit les vibrations pénétrer son corps de bas en haut, comme si ses organes se dépliaient et se repliaient en accordéon. L'expérience était nouvelle. Elle lui faisait presque peur. Il avait l'impression que son organisme pourrait à tout moment se briser en morceaux, se dissoudre dans le son.

Léa savait ménager ses effets. Telle une percussionniste effectuant un decrescendo, elle diminua l'intensité de ses coups de maillet. Puis elle posa un bol tibétain sur la paume d'une main et le fit résonner en le caressant avec une baguette de bois, d'un mouvement lent et circulaire. Arthur s'apaisa. Le son, moins grave, plus familier, semblait désormais lui tourner autour, d'une oreille à l'autre, comme s'il cherchait à l'entraîner dans son orbite. Arthur se laissa emporter. En quelques minutes, Léa avait brisé ses résistances.

Pendant près d'une heure, Arthur fut ainsi traversé par toute la gamme des gongs que Léa maniait avec dextérité. Il pensa d'abord à ses soucis, financiers, juridiques, agricoles. Puis il fit défiler devant lui les paysages des environs, parcourant à toute vitesse les pâturages, les bois de feuillus et les berges des rivières. Enfin, sombrant dans un demi-sommeil, il imagina un ver géant qui s'approchait de maître de Lansdale et se coulait autour de lui comme un serpent. L'huissier étouffait sans un cri, un sourire niais éclairant son visage gris. Puis une forme encore plus imposante surgit. Le ver fuit en rampant, bientôt rejoint par des dizaines, des milliers d'autres vers, affolés et grouillants. Ils semblaient en pleine santé, désireux de vivre, et glissaient avec agilité les uns sur les autres, magma vivant aux reflets ocre. Ces vers-là, lancés dans le sol de Saint-Firmin, auraient fait des merveilles. La forme s'approchait toujours davantage et les vers accéléraient éperdument leur mouvement. Une main musclée en saisit une poignée et doucement, implacablement, se referma en les écrasant. Les vers se tortillaient d'effroi avant de se mélanger aux autres en une pâte visqueuse qui venait alimenter une sorte de chaudron infernal. Comme dans un travelling de cinéma, Arthur vit apparaître au bout de la main un bras nu, une épaule, et enfin un visage aux pommettes prononcées. Kevin. Ses lèvres remuaient mais ses phrases restaient inaudibles à cause du gong. Arthur voulait à tout prix l'entendre. Il fixait avec une intensité désespérée ses lèvres charnues, sans parvenir à déchiffrer le moindre mot.

– Stop ! cria Arthur.

Léa reposa son maillet et appliqua sa main sur le gong pour étouffer progressivement le son. Arthur se redressa, l'air ahuri. Léa s'agenouilla près de lui et lui prit la main.

– Ce salaud de Kevin...

– Qui est-ce ? demanda Léa.

– Un ami, répondit Arthur d'un air évasif.

Arthur ne s'était jamais représenté aussi clairement le fossé qui s'était ouvert entre lui et son ami. Ce n'était plus un jeu.

– Un camarade agro qui s'est vendu, poursuivit mélancoliquement Arthur.

– Vendu à qui ?

– Au système. Il veut faire du fric avec les vers.

Léa se leva pour ranger ses instruments.

– Il ne faut pas juger. Chacun sa vision du monde, dit-elle en refermant la boîte dorée qui contenait les maillets.

Sa douceur surprit Arthur. Il n'était guère habitué à la tolérance.

– Kevin n'est pas un mauvais bougre, concéda Arthur.

Léa s'inclina, les mains jointes, devant une statuette du Bouddha installée sur un tabouret de tracteur récupéré. Elle marmonna des paroles inintelligibles mais bien rythmées. Puis, d'un signe de tête, elle invita Arthur à la rejoindre.

– Dis-lui merci, toi aussi.

– Mais comment ?

– Comme tu veux. L'essentiel est d'exprimer sa reconnaissance. Pour être en vie, en équilibre.

Arthur bredouilla à son tour quelques mots, sans conviction.

– L'essentiel, c'est d'assumer ses choix, dit-elle en le raccompagnant vers l'entrée. Quels qu'ils soient.

Au lieu de remonter vers la ferme, Arthur emprunta la ruelle jusqu'à la sortie du village. Il contourna le cimetière et prit un sentier embroussaillé, un GR jalonné de balises délavées qui menait jusqu'aux falaises. C'était un chemin creux, évasé par des générations de paysans mais guère pratiqué par les marcheurs du XXIe siècle avec leurs sacs à dos fluo. Au fil des siècles, les arbres avaient naturellement formé une voûte quasi hermétique, ombreuse et protectrice. Leurs racines s'accrochaient sur les bords du chemin, parfois à nu, formant une tresse indestructible. Faute d'être taillées, de nombreuses branches s'étiraient à mi-hauteur, sondant l'espace comme des cannes d'aveugle. Arthur ne chercha pas à les écarter et se laissa fouetter le visage par les jeunes feuilles vert tendre, encore humides de la rosée du matin. Il marchait comme on nage, en s'immergeant dans les éléments, les yeux mi-clos. Il butait parfois sur des cailloux et plongeait en avant sans ralentir son pas, en apnée. La lumière, filtrée par la voûte, coloriait l'air d'un blanc écru. Arthur se laissait aspirer, tournant dans les méandres du chemin comme dans un toboggan.

Chênes, hêtres, frênes, bouleaux, tous se relayaient pour lui donner des gifles dans un bruit de papier froissé. La douleur était délicieuse. Le visage égratigné, les vêtements trempés, Arthur se sentait vivre avec intensité. Il avait l'impression de prendre part à une conversation séculaire, semblable au brouhaha qui, une fois poussée la porte d'un bar, nous enveloppe et nous réconforte.

Louis soutenait que les arbres se parlaient entre eux, toute la journée. Après avoir lu des articles de recherche sur les vibrations végétales, émises à des fréquences inaudibles pour l'oreille humaine, Arthur s'était laissé convaincre. À présent, il les percevait dans sa chair. Il ne comprit pas ce que les arbres lui racontaient, mais le ton lui parut courtois et guilleret. Il était accueilli sans réserve. Il n'en demandait pas davantage.

Revenu à la ferme, Arthur parvint non sans mal à arracher Anne à ses travaux de peinture.

– J'ai bientôt fini, dit-elle avec une excitation non feinte.

– Bravo. Écoute, j'ai réfléchi...

Arthur lui exposa franchement ses difficultés ainsi que sa volonté d'y faire face. Le temps des compromis était terminé. Il allait déraciner les plants de rumex un à un, puis procéder à une inoculation directe de lombrics dans le sol. Il se consacrerait très sérieusement au potager pour leur assurer une subsistance minimale. Il ne céderait pas aux pressions de M. Jobard et forcerait la justice à lui donner tort. Il ferait plier le système. Anne parut décontenancée par cette détermination soudaine. Elle était en vacances ici, pas en lutte.

– Enfin, conclut-il de manière inattendue, on a tous les deux vingt-cinq ans maintenant. Il faut que nous allions à la CAF de Caen demander notre RSA.

– Pourquoi ? Mon père continue à m'envoyer un peu d'argent...

– Justement. On ne peut plus en dépendre. La société nous donne ce droit. Un droit de rien du tout, d'accord, le droit de ne pas crever de faim. Mais il faut quand même le prendre. C'est une question de principe. À deux, ça nous fera mille euros par mois. De quoi tenir.

– Quand même, le RSA...

– C'est ce que nous avions prévu, non ?

– Oui, oui.

– Qu'est-ce qui te dérange ?

Arthur savait bien ce qui la dérangeait. Anne avait beau clamer son désir de marginalité, elle n'avait aucune envie d'être officiellement ravalée au rang de pauvre.

– Rien, d'accord.

Elle reprit son rouleau de peinture d'un air triste et attaqua sans un mot le dernier mur.

X

Kevin n'osa pas avouer à Philippine qu'il n'avait jamais pris l'avion. Même à AgroParisTech, ses stages s'étaient toujours déroulés dans les frontières de l'Hexagone et il s'y rendait aisément en train. L'étranger restait pour Kevin une notion assez abstraite, qu'il considérait avec une bienveillante indifférence. Il s'y serait volontiers rendu s'il avait eu une bonne raison de le faire. À défaut, il ne voyait pas l'intérêt de consacrer tant de temps, d'argent et d'énergie à se translater d'un point à l'autre du globe. Pour qui avait la patience de regarder autour de soi, l'exotisme se trouvait partout. Le moindre cours d'eau ressemblait aux chutes d'Iguazú, la moindre rencontre aurait rempli un roman : question d'échelle.

Pendant ses vacances, Kevin randonnait dans son Limousin natal, souvent seul, campant sur le bord des chemins. Pour le prix d'un casse-croûte, il parcourait des paysages sans cesse changeants, écoutait les ragots de village en remplissant sa gourde, étudiait le chassé-croisé des animaux la nuit venue. D'une vallée à l'autre, il changeait de monde. Comme disait Arthur en citant Leibniz (ou un autre de ces philosophes), il n'y a pas deux brins d'herbe identiques dans l'univers. Pourquoi serait-il allé chercher les brins d'herbe au Pérou ou en Thaïlande ? Examinant ses cartes IGN, Kevin s'était rendu compte non sans mélancolie qu'il n'aurait pas assez de toute une existence pour explorer les sentiers de la région. Quant à la France avec tous ses recoins, elle semblait infinie, hors de portée. Alors, l'étranger, ce serait pour d'autres vies.

Kevin suivit Philippine dans les dédales de Charles-de-Gaulle et imita scrupuleusement ses gestes. Il avait parfois attendu des amis à l'aéroport mais n'avait jamais franchi les portiques de contrôle des billets. Il fut surpris de découvrir, de l'autre côté, non pas un tourbillon de voyageurs pressés, mais une foule de consommateurs oisifs, flânant d'une boutique à l'autre comme des enfants à la fête foraine. L'espace était saturé de signaux, portes d'embarquement, pubs, panneaux de direction, promotions commerciales, tableaux d'affichage, flèches en tous sens. À peine avait-on fait un pas qu'on était happé par un tapis roulant, titillé par une enseigne de magasin ou menacé par une injonction à se rendre ici ou là. C'était le mouvement perpétuel.

– Tu as l'air tout perdu ? ironisa Philippine.

– Tu imagines, être enfermé ici pour toujours ? C'est l'enfer. L'enfer moderne.

Philippine ne releva pas et trouva vite son chemin vers le lounge. Sa carte Gold lui donnait droit à un refuge provisoire. Elle parvint à y inviter Kevin après une brève joute verbale avec les réceptionnistes.

En s'installant dans la cabine de l'A350, Kevin n'éprouva aucune appréhension. Passer douze heures sur un siège de quarante centimètres de large lui semblait parfaitement anodin. Il n'avait pas besoin de distractions ; il lui suffisait d'attendre en regardant fixement la trajectoire de l'avion sur l'écran face à lui, dans cet état semi-méditatif qu'Arthur lui enviait tant lorsqu'ils devaient suivre les cours de structuration des matériaux alimentaires. Alors que Philippine tressaillait à chaque turbulence et s'empiffrait de grains de café pour calmer son angoisse, Kevin se laissait paisiblement bercer par la danse de l'appareil au-dessus de l'Atlantique. Durant la traversée, il fut seulement dérangé par sa voisine de siège qui insista pour le faire encore et encore répéter son rôle.

– Surtout, sois naturel, totalement naturel, lui serinait-elle avec anxiété. Tu te présentes très simplement. Tu racontes ton enfance dans la cambrousse, tes études de biologie...

– Agronomie.

– ... et puis, ta passion pour les lombrics. Comme avec la fille de L'Oréal. En revanche, pas la peine de parler de tes débuts avec les vermicomposteurs de cuisine. Ça ne fait pas très sérieux.

Kevin obtempéra. Il s'exprimait dans un anglais médiocre mais assuré, sans les balbutiements intempestifs de ceux qui essayent de reproduire les finesses de leur langue natale. Il ne cherchait même pas à adopter le moindre accent. Il se contentait de prononcer les syllabes avec une exactitude scolaire et efficace.

– C'est parfait. Et puis là-bas, ajouta-t-elle pour se rassurer, ton prénom fera couleur locale.

« Surtout avec un e sans accent », pensa ironiquement Kevin.

À l'arrivée à l'aéroport de San Francisco, Philippine se jeta avec effusion dans les bras de Zoe, une lointaine cousine qui devait les héberger une semaine dans sa maison de Redwood City. Kevin attendit un moment que toutes les deux aient fini de se papouiller aux cris de « *Oh my god !* ». Connaissant Philippine, il ne pouvait soupçonner chez elle une once d'émotion sincère. Il constata avec un certain soulagement que la cousine Zoe, élevée aux États-Unis par deux parents français, parlait plus volontiers américain ; il fallait d'ailleurs prononcer Zo-iii, pas Zoé. Kevin tenait là un excellent prétexte pour rester à l'écart de toute conversation.

Redwood City se situait sur la baie de San Francisco, tout près de Palo Alto. En découvrant la ville depuis le siège arrière du Hummer électrique, Kevin se serait cru dans la zone pavillonnaire de Limoges. Les maisons basses étaient disposées en rectangles monotones. Chacune possédait sa porte de garage et son jardinet, une pelouse tondue à ras qu'égayait exceptionnellement un bosquet d'hortensias. « Il ne doit pas y avoir beaucoup de lombrics là-dedans », pensa-t-il. Aucun commerce ne venait troubler cet ordonnancement à la géométrie implacable ; tout au plus apercevait-on quelques squares pour les enfants, tous déserts. Des lacs artificiels ponctuaient la zone résidentielle sans parvenir à donner la moindre impression de nature : les berges étaient trop lisses, trop propres, trop géométriques. De nombreux panneaux en barraient l'accès : ne pas nager, ne pas pêcher, ne pas jouer au ballon, ne pas laisser les enfants sans surveillance, etc. Seuls quelques Latinos à l'air ennuyé, tenant chacun en laisse une demi-douzaine de chiens, témoignaient d'une présence humaine.

– Dog walkers, expliqua Zo-iii.

Philippine prit la peine d'expliquer ce détail à Kevin, qui en fut stupéfait. On pouvait donc rémunérer des êtres humains pour promener des bêtes. À moins que ce ne soient les bêtes qui les promènent.

Réflexion faite, il existait tout de même deux différences avec Limoges. D'abord, la couleur, vestige de la fantaisie des premiers colons. Les façades semblaient participer à une féroce compétition de tons criards. « Tu as peint ta maison en bleu ciel ? Je fais la mienne en rose ! » Ensuite, le prix. Zo-iii expliquait fièrement à sa cousine les différences de valorisation d'un pâté de maisons à l'autre. Les estimations tournaient autour de deux millions de dollars. C'est ici qu'habitait le lumpenprolétariat de la Silicon Valley, travaillant sans relâche pour s'offrir simplement le droit de vivre ici : ingénieurs, informaticiens, designers, managers divers et variés. De dix ans plus âgée que Philippine, Zo-iii avait travaillé chez Google comme avocate spécialisée dans le droit du travail (autrement dit, experte en licenciements express) avant de créer une agence de chasseurs de têtes. Elle passait donc son temps dans les conférences et les cocktails à scruter qui pourrait débaucher qui. D'un physique avenant sans être remarquable, elle était en passe de devenir la mère maquerelle de la Valley. Déjà divorcée, elle ne voulait plus entendre parler d'amour et envisageait de recourir dans quelques années à une mère porteuse pour élever un enfant, ou plutôt le faire élever par des baby-sitters philippines, l'équivalent des *dog walkers* mexicains pour l'espèce humaine.

En échange d'une promesse de participation dans Veritas, Zo-iii avait organisé pour Philippine une tournée des plus importants fonds d'investissement californiens. Kevin connaissait désormais l'exercice, qu'ils répétaient depuis six mois à Paris. Avec un réel succès, puisqu'ils étaient déjà parvenus à rassembler plusieurs millions d'euros en ouvrant 20 % du capital de Veritas. Kevin trouvait ces chiffres extravagants et avait hâte de clore cette levée de fonds pour reprendre ses travaux à l'usine dans de meilleures conditions. Il avait commandé le matériel pour construire de nouvelles lignes mais, faute de temps, le montage était à l'arrêt. Quant à Vino Veritas, censé devenir à terme le produit phare de leur entreprise, sa formule restait à tester. Kevin avait d'ailleurs appelé Arthur à ce sujet, en le convainquant sans difficulté d'utiliser le mélange avec les algues pour stimuler sa prairie. De retour de San Francisco, Kevin passerait livrer à Saint-Firmin les bonbonnes de biostimulant. Bon prétexte pour se revoir.

Même si Kevin considérait les capitaux réunis largement suffisants pour initier la croissance de leur entreprise, Philippine rêvait de trouver un « lead investor » américain qui donnerait d'emblée à Veritas une image internationale. Elle avait travaillé d'arrache-pied sur sa présentation en anglais, son « pitch », engageant même un coach via le réseau HEC. Elle avait préparé plusieurs versions suivant le temps dont elle disposerait et l'attitude de ses interlocuteurs. Elle pouvait exposer le projet de Veritas en trois ou quinze minutes, avec ou sans blagues, en utilisant un langage d'ingénieur ou de poète. Rien n'avait été laissé au hasard, même pas son col roulé noir qui évoquait maladroitement Steve Jobs.

Zo-iii avait arrangé une série d'entretiens à Menlo Park, selon elle « l'endroit sur la planète où il y a le plus de fric ». Pour leur premier rendez-vous de la journée, Kevin et Philippine se rendirent à l'hôtel Rosewood Sand Hill, au milieu de la réserve naturelle de Jasper Ridge. Ce n'était pas ainsi que Kevin imaginait l'épicentre mondial du capital-risque. Depuis la terrasse, on voyait les cyprès qui descendaient jusqu'à la piscine, puis plus loin les forêts de séquoias qui moutonnaient à perte de vue. Il n'y avait ni immeuble de quinze étages, ni banquier en costume, ni écran diffusant les cours de Bourse. C'était plutôt une paisible et luxueuse retraite dans une nature épargnée par l'homme. Certains séquoias séculaires au tronc rougeoyant avaient dû grandir au temps des tribus amérindiennes. Comme si, au cœur du capitalisme le plus déchaîné, il fallait ce calme soudain. L'œil du cyclone, sans un brin de vent.

Après avoir analysé le trentenaire mal rasé en T-shirt *Star Wars* qui était assis face à elle, Philippine choisit la version poète.

– *Worms will save the world*, annonça-t-elle d'emblée.

L'autre l'écoutait d'une oreille distraite en sirotant de l'eau de coco, les yeux rivés sur sa montre connectée où les messages vibraient constamment. Il ne posait aucune question, ne la relançait pas, ne hochait même pas la tête. L'enthousiasme étudié de Philippine, qui séduisait si efficacement les Français, tombait à plat. Elle ne laissa rien paraître de son désarroi, enchaîna quelques formules ronflantes en decrescendo, puis se rabattit vite sur la version ingénieur.

– Je peux vous montrer quelques images de notre prototype... dit-elle en sortant sa tablette.

– *No. This is bullshit.*

On sentait qu'il aurait aussi bien pu dire : « *This is genius.* » Question d'humeur et de hasard. Il posa deux billets de vingt dollars sur la table pour les boissons, se leva et partit sans saluer. Philippine resta un moment pétrifiée.

– *Welcome to America*, dit ironiquement Kevin.

– Au moins, ils ont le mérite de la franchise, rétorqua-t-elle en reprenant ses esprits. Il faut s'y prendre plus en douceur. C'est une bonne leçon.

Immédiatement, Philippine replongea dans ses notes préparatoires, les couvrant de flèches et de commentaires avec le stylo du Rosewood Sand Hill Hotel. Dans ces moments-là, Kevin ne pouvait s'empêcher de l'admirer.

Ils déambulèrent ensuite dans les allées adjacentes de l'hôtel, en direction de leur prochain rendez-vous. C'était là, entre les pins et les oliviers, dans des bungalows d'un étage tout au plus aux façades en verre et aux toits en pente douce, qu'étaient nichés les plus gros fonds de la planète. Kevin découvrit leurs noms inscrits sur d'élégants panneaux de bois : Sequoia, Schlumberger, Makena Capital, Andreessen Horowitz, Silver Lake Partners, Kleiner Perkins... Les dispositifs de sécurité restaient extrêmement discrets. On avait l'impression que n'importe qui pouvait entrer et tenter sa chance. Dans ce décor de Club Med cinq tridents étaient tapis des dizaines de milliards de dollars, prêts à se déverser aux quatre coins de la planète, là où des êtres humains tentaient de créer du nouveau, pour le meilleur comme pour le pire.

Les investisseurs que rencontrèrent Kevin et Philippine étaient à l'image de cet environnement : directs, détendus, insouciants presque. Il y avait tous les sexes, toutes les couleurs de peau, tous les styles : jeune et vieux, survêt et costume-cravate, geek et surfeur, sans que rien laisse présager de leur rôle ni de leur position dans la hiérarchie. C'était comme si tous les codes avaient été abolis, plongeant les quémandeurs dans l'incertitude face aux gardiens des dollars.

Ceux-ci commençaient toujours par évoquer avec Philippine leurs relations communes, Zo-iii et parfois quelques autres. On sentait que ces réseaux partagés les mettaient en confiance ; au moins, l'argent circulerait entre des mains amies. Ensuite, leurs questions restaient assez vagues. La plupart découvraient le dossier. Ils semblaient prendre tout leur temps, se lançant dans des monologues hors sujet sur l'impuissance des gouvernements face au changement climatique ou la disparition des abeilles. Philippine hochait la tête avec conviction avant de trouver l'interstice où elle pouvait reprendre le fil de sa présentation. Chaque phrase terminée était une victoire.

Kevin fut d'abord étonné par cette ambiance de buvette de plage ; tout l'inverse du professionnalisme maladif que lui avaient enseigné les petits marquis de HEC avec leurs méthodes si scrupuleuses de *due diligence*. Puis il comprit que les lurons de Rosewood Sand Hill avaient dépassé ce stade primitif de la stratégie commerciale. Ils savaient que leurs investissements avaient toutes les chances d'échouer. À quoi bon alors perdre son temps et son énergie à les analyser ? Il leur suffisait de parier qu'une graine sur cent deviendrait un géant et paierait largement pour les autres, un peu comme un chêne déverse des dizaines, des centaines de milliers de glands dans l'espoir d'obtenir un ou deux descendants. Tous avaient en tête la participation de Sequoia Capital dans Facebook, qui avait rapporté plus de quatre cent mille fois la mise. La seule chose dont Philippine et Kevin devaient absolument convaincre les lurons, c'était que le lombricompostage pourrait faire leur fortune. Que ce fût hautement improbable importait peu du moment que le rêve restait permis. L'essentiel était de garder la foi.

Philippine avait réponse à tout. Pas d'innovation ? « La nature fournit la technologie la mieux testée de l'histoire. » Pas de clients ? « Vous connaissez L'Oréal ? » Pas de précédents ? « C'est à ça qu'on reconnaît l'avenir. » Quant à Kevin, caution morale et scientifique de l'entreprise, il avait l'impression d'être la boule lancée sur la roulette. Tout le monde l'observait en espérant qu'il tomberait sur le bon numéro.

Les lurons mettaient généralement fin aux entretiens de manière abrupte. Ils se concertaient d'un regard puis formulaient une réponse claire et négative, à peine plus aimable que celle du barbu en T-shirt *Star Wars*. Ils congédiaient leurs invités avec le même sourire qu'ils les avaient accueillis. « À la prochaine ! », lançaient-ils sans y penser. Kevin et Philippine souffraient de se sentir rejetés de ce monde heureux où coulait l'argent.

Le dernier fonds de la journée était Sequoia Capital. Philippine avait encore une fois réécrit sa présentation pour mieux mettre en avant les brevets sur lesquels travaillait l'équipe de R&D.

– Quels brevets ? lui demanda Kevin.

– Le lombricomposteur.

– Des bouts de métal soudés à l'arrache...

Le contraste entre d'un côté l'usine de Mantes, à peine plus perfectionnée qu'un atelier de ferrailleur, et de l'autre les salles de réunion en acier chromé et chêne massif de Rosewood Sand Hill, lui apparut soudain vertigineux.

– Alors, le biostimulant ! s'agaça Philippine.
– Il n'est pas prêt.
– C'est ce que je dis. Tu y travailles.
La lumière baissait déjà, allumant des brasiers dans les forêts alentour. Kevin se demanda un instant s'il fallait accepter toutes ces approximations. Mais il ne trouvait aucune volonté pour y résister. Il continuait à être le spectateur curieux de sa propre existence et trouvait le scénario mis au point par Philippine merveilleusement divertissant.
L'entrée du bâtiment de Sequoia, plus monumentale que les autres, faisait penser à une pagode japonaise. Le dessin stylisé de la feuille de sequoia, des aiguilles réparties de chaque côté d'une nervure centrale, contribuait à une sorte de mystère idéogrammatique. La plupart des équipes étaient déjà parties. Ils montèrent dans un salon plongé dans une semi-pénombre, sans aucune lumière artificielle, où les attendait un sexagénaire replet enveloppé d'un peignoir. Il était assis sur une sorte de pouf, les jambes croisées sous lui. Son crâne était entièrement rasé. De la fenêtre, on voyait se balancer les cimes des sequoias, diffractant les rayons ras du soleil couchant. « Et voilà le Bouddha », pensa Kevin.
– Désolé, je sors de la gym.
Il s'exprimait avec un fort accent germanique ; allemand ou peut-être suisse, imagina Kevin. Sans se décontenancer, Philippine entreprit son exposé à toute vitesse. Elle ne rencontra cette fois qu'un long silence concentré. Le Bouddha soutenait son regard et l'invitait à continuer. Elle ralentit son débit puis céda la parole à Kevin, selon le scénario qu'ils avaient répété sans avoir encore eu l'occasion de le mettre en pratique. Elle entama la dernière partie sur les perspectives internationales en jetant un œil à sa montre : quinze minutes pile.

– Le Canada, les pays scandinaves et la Chine ont été identifiés comme des marchés prioritaires. Le gouvernement chinois est particulièrement volontariste dans la gestion des déchets, en augmentation constante, et dont moins de la moitié est aujourd'hui recyclé. Sachant que le ver de terre reste très utilisé dans la pharmacopée chinoise, les résistances culturelles devraient être moins fortes.

Kevin sentit Philippine hésiter avant de conclure par sa formule choc.

– *Worms will save the world.*

Le Bouddha haussa les épaules.

– C'est tout ? demanda-t-il.

– Oui, dit fièrement Philippine avec la satisfaction d'avoir, quoi qu'il arrivât, donné le meilleur d'elle-même.

– *I love it !*

Philippine resta interdite.

– *I love it !* répéta-t-il. J'en ai tellement marre du bullshit de la tech. Je passe ma journée à écouter des jeunes gens de bonne famille qui veulent mettre des capteurs partout. Je vois passer l'oreiller connecté, le sex-toy intelligent, le frigo diététicien. Le pire, c'est que ça marche. Les gens paient pour se mettre des fers aux pieds. Alors, qu'est-ce que je fais ? Je finance. Nous sommes les banquiers de l'esclavage moderne.

– C'est un peu exagéré, protesta sans conviction Philippine.

– Exagéré ? Regardez.

Il montra son téléphone.

– C'est une app pour prévoir l'heure de sa mort. Elle propose ensuite de stocker ses meilleurs souvenirs dans un cloud éternel. Et vous savez quoi ? Ça cartonne. Moi, par exemple, dit-il en ouvrant l'app, je vais mourir vers 2039. Et tous les jours quand je me lève, bim ! une petite notification de compte à rebours.

On n'a même plus le droit de se croire immortel. Vous voulez essayer ? demanda-t-il à Kevin.

– Non, merci. Je préfère l'ignorance.

– Vous avez bien raison. Croyez-moi, je n'en peux plus. Je voudrais qu'on laisse les gens tranquilles. Qu'ils puissent vivre et mourir sans être en permanence surveillés, mesurés, conseillés, guidés, gouvernés. Vous n'êtes pas d'accord ?

– Si, si ! s'impatienta Philippine.

– Et vous voilà, avec vos vers de terre tout bêtes qui font un travail de génie. C'est l'avenir.

– Le vermicompostage, c'est l'avenir ? demanda Philippine, incrédule.

– La terre. Ils produisent bien de la terre, les vers ? De la bonne terre qui coule entre les doigts ?

– Les grains sont si fins qu'on pourrait les mettre dans un sablier.

Le Bouddha fit mine de saisir de la terre entre ses doigts et leva ses paumes au-dessus de son crâne, comme s'il s'en couvrait de la tête aux pieds.

– De la bonne terre qui nourrit ?

– C'est comme du terreau à l'état pur, hyper-nutritif, expliqua Kevin. Bourré d'azote, de phosphore, de potassium et même de nitrate. Sans compter tous les micro-organismes.

Le Bouddha poussa un soupir de contentement.

– Cette terre-là, mes amis, c'est de l'or. Je suis persuadé que la terre va redevenir le centre de l'économie. Pas demain : dans cinq ans, dix ans peut-être. Qu'importe, grâce à tous les crétins qui nous rapportent des millions en faisant joujou avec les data, nous pouvons investir sur le long terme. Les physiocrates du XVIIIe siècle avaient raison : toute la valeur provient ultimement de l'agriculture. Quand il n'y aura plus d'énergie, quand les chaînes d'approvisionnement seront rompues et les réseaux de télécommunication coupés, quand les voitures n'auront plus d'essence ni de batterie, à quoi penseront les gens ? À poster un commentaire scandalisé sur leurs écrans éteints ? Non. Ils penseront à survivre, le lot commun de l'humanité avant la révolution industrielle. Ils fuiront les villes comme des rats. Ils voudront de la terre. De la terre pour vivre et pour se nourrir.

Le Bouddha déplia ses jambes et se leva. Il était rond et imposant. Seuls ses mollets nus, sur lesquels battait sa ceinture de peignoir, donnaient une impression de fragilité, comme s'ils étaient trop minces pour porter toute cette masse. Il haussa soudain la voix.

– Alors, j'achète ! J'achète des champs, des forêts, des terrains en friche, des maisons en ruine, j'achète tout ! Et vous aussi, tonna-t-il en pointant son doigt vers Philippine et Kevin prostrés sur leurs sièges, je vous achète ! J'achète votre or !

La nuit était tombée à présent. On distinguait à peine les visages. Par la fenêtre, on devinait la masse sombre de la forêt puis, au loin, le halo de lumière émis par San Francisco.

– Bien, dit Philippine après un silence, alors je vous envoie ce soir une proposition de term sheet, avec notre estimation de valorisation et toutes les clauses de gouvernance. Nous pourrons en discuter à votre convenance, mais je dois vous signaler que nous restons seulement deux jours dans la Valley. Nous devons absolument regagner nos headquarters provisoires en Europe pour superviser la production. Je ne vous cache pas enfin que nombre de vos confrères ont déjà exprimé un intérêt.

Kevin la regarda avec effroi. Pourquoi ce bluff ? Et quels étaient ces headquarters dont il n'avait jamais entendu parler ? La chambre de Philippine dans l'appartement du VIIe ? Le Bouddha alluma les lumières. La représentation était terminée et les acteurs reprenaient leur véritable visage.

– Allez, je vous aime bien, dit-il en souriant, mais n'abusez pas. Je sais bien qu'ils sont trop cons.

Kevin remarqua les taches de rousseur sur le visage de Philippine : elle rougissait.

– Ravie de vous avoir rencontré, dit-elle en lui tendant la main. Je vous envoie la term sheet aussi vite que possible.

En les raccompagnant à la porte du salon, le Bouddha saisit Kevin par l'épaule.

– Elle ira loin, votre copine, lui glissa-t-il. Ne la lâchez pas !

Les jours suivants se passèrent à négocier les clauses de la term sheet. Le Bouddha, que cette tâche répugnait, avait délégué ses juniors, qui considéraient ce contrat comme un caprice de leur fantasque boss et le traitaient par-dessus la jambe. Philippine en profitait pour introduire toutes sortes de conditions avantageuses, sur lesquelles les juniors renonçaient vite à se battre. En revanche, dans le huis clos de Redwood City, les relations entre les deux cousines se tendaient. Zo-iii, surprise par la tournure si rapide des événements, insistait pour formaliser par écrit sa commission sur l'éventuelle prise de participation de Sequoia. Philippine multipliait les manœuvres dilatoires. Elle n'avait aucune intention de tenir parole et de débourser le moindre centime pour « trois petits coups de téléphone », comme elle disait à Kevin qui se permettait des objections d'ordre moral. Zo-iii essayait toutes les stratégies, de l'intimidation à la flatterie, sans comprendre à quelle volonté de fer elle se heurtait.

Tous les soirs, après avoir affronté les récriminations de sa cousine devant deux tasses fumantes de verveine bio, Philippine passait dans la chambre de Kevin. Elle entrait sans frapper, se tournait contre la commode, baissait son pantalon de pyjama en soie et écartait les jambes. Conformément à leurs habitudes, Kevin venait se coller à elle et ils se satisfaisaient mutuellement.

Jamais elle ne lui avait accordé un regard, ni avant ni après. Elle lui avait fait comprendre que son ophiophobie s'étendait au sexe masculin et qu'elle préférait ne pas voir en face ce long serpent tordu qui se déroulait par à-coups.

À l'usage, Kevin trouvait de nombreuses vertus à cet amour bestial. Il jouissait d'être ravalé au statut d'un simple objet de plaisir, homme parmi tant d'autres, réduit à l'essence biologique de sa masculinité. Et il s'estimait autorisé, dans les strictes limites fixées par Philippine, à toutes les indélicatesses. Il maniait le cul qui s'offrait à lui en pratiquant les quelques variantes que son expérience œcuménique lui avait apprises. Philippine semblait apprécier cette inventive dextérité. En tout cas, elle ne s'en plaignait pas et gémissait sans retenue, les yeux clos, le visage généralement enfoui dans le creux de son coude. Ses soupirs étaient comme sa voix, graves et rauques. Des bruits de phoque. Kevin n'avait pas l'impression de faire l'amour avec une fille ou un garçon, mais avec une paire de fesses qui aurait pu appartenir à n'importe qui. Cette indifférenciation lui convenait parfaitement. D'autant que Philippine n'attendait de lui ni serments, ni fidélité, ni explication d'aucune sorte.

Leurs brefs et bruyants ébats ne faisaient qu'accroître le malaise de Zo-iii, seule au salon à finir sa verveine. Kevin pensa bien à l'inviter mais pour Philippine, le partage des plaisirs supposait celui du capital. Il avait été choisi comme partenaire d'affaires et de sexe. Zo-iii ne serait jamais ni l'une ni l'autre. Elle s'enferma donc au fil des jours dans un ressentiment de plus en plus palpable, au point d'écrire à Sequoia pour tenter de freiner les négociations et de s'imposer dans le contrat. Philippine en fut alertée par le Bouddha qui lui communiqua les échanges de mails. Loin d'en être peinée, elle se réjouit immédiatement de disposer ainsi d'un prétexte idéal pour crier à la trahison. Zo-iii s'était dévoilée la première, laissant des traces écrites maladroites et définitives. Philippine pouvait désormais la priver de sa commission en toute bonne conscience.

– Quand je pense que j'avais préparé ton contrat, dit Philippine à sa cousine avec un surcroît de cruauté. Comment as-tu pu me tirer dans le dos ?

Le matin du départ, Kevin partit se promener vers ce qu'il imaginait être les rives de la baie. Jusqu'au bout des terres, il trouva des pavillons. Limoges à perte de vue. Arrivé à la toute dernière rue qui ceinturait Redwood Shores, il lui fallut encore emprunter un pont en bois pour accéder à une première digue. Il monta sur le talus. De là, on distinguait enfin la baie. La vue restait cependant barrée par une île artificielle, inaccessible à pied. Kevin apercevait bien à quelques centaines de mètres les moutonnements de l'eau, mais il demeurait privé de ses embruns. Comme si, en colonisant ce qui avait été pendant plusieurs millénaires des marécages et des marais, les bâtisseurs des années soixante avaient voulu mettre le plus à distance possible ce qui restait de sauvage et d'incontrôlable.

Kevin put néanmoins se promener sur le talus dans un semblant de nature. Il avait besoin de mettre au clair les sentiments confus qui l'assaillaient après ces journées passées en réunions à Rosewood Sand Hill, aux côtés d'une Philippine plus concentrée et nerveuse que jamais. De ce qu'il avait pu voir de la dernière term sheet, le Bouddha avait mis dix millions sur la table en échange de 20 % du capital, valorisant donc Veritas à cinquante millions. La pensée initiale de Kevin fut pour le Barbier de Mantes, qui pour cinq, dix ou même quinze mille euros ne pourrait jamais participer à la levée de fonds. Il avait mentionné sa promesse à Philippine qui s'était contentée de hausser les épaules. Les vendeurs de kebabs de Mantes ne rentraient pas dans son business model. Cette première trahison, aussi modeste fût-elle, chagrinait Kevin.

Sa deuxième pensée fut pour lui-même. Avec les parts qu'il possédait, il allait devenir du jour au lendemain multimillionnaire. Virtuellement multimillionnaire, puisqu'il lui faudrait attendre de longues années avant de toucher son dû, à la revente de Veritas ou à son entrée en Bourse. Mais multimillionnaire quand même. Son travail des derniers mois sur le vermicomposteur lui paraissait sans rapport aucun avec les sommes en jeu. Kevin n'avait jamais rêvé de s'enrichir et aurait été bien incapable de dépenser une fraction de cette fortune. Pourtant, ces chiffres extravagants commençaient à le tarauder. Il avait l'impression lancinante d'avoir volé quelqu'un sans le faire exprès, sur un malentendu. Mais qui ? Qui avait-il volé ? Personne. C'était le plus étrange : un délit sans victime, des profiteurs sans exploités.

Philippine ne partageait pas ces scrupules. Une fois la première surprise passée, elle avait vite repris ses esprits. Elle envisageait déjà la suite. Entre deux réunions, Kevin l'avait surprise en train de rechercher sur Internet des bureaux au centre de Paris pour Veritas. Le dernier soir de leur séjour dans la Valley, Philippine avait décoché la flèche du Parthe à Zo-iii en lui assurant que l'investissement de Sequoia était après tout bien normal pour assurer le début de croissance d'une start-up prometteuse. Elle espérait bien que ces premiers millions seraient multipliés par dix ou cent. Il fallait au moins atteindre le milliard et devenir une licorne.

Kevin saisit son téléphone et fit défiler les quelques noms qui s'y trouvaient. Il ne pouvait partager ses tourments ni avec sa partenaire qui ne l'aurait pas compris, ni avec ses parents qui ne l'auraient pas cru, ni avec Arthur qui ne lui aurait pas pardonné. Il voulut au moins regarder la ligne d'horizon. Même cette maigre consolation lui fut interdite. Le San Mateo Bridge fermait impitoyablement la vue.

XI

– Je vous présente Kevin, dit Arthur d'un air embarrassé. Il est venu m'apporter du biostimulant liquide fabriqué à partir de vermicompost. Je vais l'utiliser pour mon sursemis. Ça devrait plaire aux graminées. Et puis ça tombe bien, Kevin est venu le jour de notre battue. Il va nous donner un coup de main.

– Bienvenue !

Dans le champ pelé d'Arthur était rassemblée toute la bande de la Lanterne, Matthieu, Maria, Salim et Léa, à l'exception de Laurent qui avait remplacé sa femme à la caisse, et de Louis qui était accaparé par la première fenaison de printemps. Anne, désœuvrée depuis qu'elle avait terminé ses travaux de peinture, les avait rejoints. Tous découvraient Kevin, plus sculptural que jamais dans cette lumière poussiéreuse de fin d'après-midi.

Les retrouvailles entre les deux amis, plus tôt dans la journée, étaient restées hésitantes. Arthur prétendait que ses expérimentations suivaient très normalement leur cours tandis que Kevin demeurait évasif sur les activités de Veritas. Après avoir fait le tour de Saint-Firmin, ils en furent réduits à des discussions assez techniques sur la composition du biostimulant et les meilleures méthodes pour l'épandre. La présence d'Anne, qui ne détachait pas les yeux de Kevin, ne contribuait pas à alléger l'atmosphère. Arthur trouvait son ancien camarade de promo fuyant, comme s'il avait perdu la tendre insouciance qui faisait tout son charme. Le temps où ils rêvaient à l'avenir sur la terrasse d'AgroParisTech était bien révolu.

Arthur distribua le matériel pour la battue. Chacun avait droit à une lampe frontale, à une fourche ainsi qu'à un seau rempli de terre et de feuilles mortes.

– Je vous rappelle le principe, expliqua Arthur. Vous pouvez tous constater que ce sol a toutes les peines du monde à revivre.

– Normal, avec ce que ton papi lui a mis !

– J'ai donc décidé de procéder à une inoculation directe de lombrics. Le sursemis devrait leur permettre d'avoir de la nourriture.

– J'espère que tu planteras du ray-grass cette fois.

Arthur s'attendait à être constamment interrompu. Il écoutait chacun sans aucune trace d'agacement. Il avait trop besoin d'eux.

– Oui, c'est prévu. Et pour lancer le processus, nous allons aller chercher des vers dans le voisinage. Des espèces indigènes qui devraient bien s'adapter à cet environnement.

– Il y a différentes espèces de vers ?

– Plus de cinq mille. Je vous propose donc d'aller dans la forêt, dit Arthur en pointant du doigt les arbres à un bon kilomètre de distance. C'est là que nous aurons le plus de chances d'en trouver.

– Derrière le champ du père Jobard ? Il va être pétard.

– C'est un bois communal, il n'a rien à dire. Arrivés là-bas, on pourra s'éparpiller, rien ne sert de rester groupés. Il faut si possible repérer les turricules, des mottes de terre pas plus grosses que le pouce, pures déjections lombriciennes...

– Je vois bien. C'est gras comme de la boue. Ça colle aux doigts.

– Ensuite, pour faire sortir les vers...

– C'est facile. On met du détergent.

– Pour faire simple, je vous propose la méthode vibratoire. On prend une fourche...

– Le détergent, c'est ce qui marche le mieux.

– C'est vrai, mais ça prend plus de temps, et qui va trimbaler les barriques d'eau savonnée ? Donc on prend une fourche, on la plante et on balance le manche des deux côtés pour envoyer des ondes dans la terre. Les vers détestent ça. Ils vont se précipiter à la surface.

– Marrant. Comme les pommiers à l'automne. On secoue et on attend que ça tombe. Sauf que là, ça tombe d'en bas.

– Si tu veux. Ensuite, on les attrape délicatement entre deux doigts, de préférence par l'extrémité la plus claire.

– Par le cul, en fait ?

– Voilà. Le ver de terre rentre souvent dans le sol par l'arrière. Mais attention, quand vous le prenez, il faut faire attention de ne pas le casser en deux.

– Je croyais que les anneaux repoussaient.

– Difficilement. Ensuite, vous les mettez dans le seau où ils trouveront tout seuls leur chemin. Si chacun pouvait en rapporter entre deux et trois cents, ce serait idéal.

– On va en avoir pour la nuit !

– Justement. D'ici une petite heure, vous allez devoir allumer vos lampes frontales. J'ai mis des ampoules à faible luminosité pour ne pas effrayer nos petits amis.

– On ne pourrait pas remettre ça à demain, en plein jour ?

– Les vers sortent plus volontiers au crépuscule et à la nuit tombée.

– Ça va te coûter le poids des lombrics en bière, Arthur !

Ils s'esclaffèrent et se mirent en route, fourche à l'épaule. L'air était léger. Tous partageaient l'enthousiasme d'une aventure inhabituelle et collective. Arthur prit place entre Kevin et Anne.

– C'est en pensant à Mr Ashmore que j'ai eu cette idée.

– Qui ça ? demanda Kevin.

– Tu ne te souviens pas ? Dans le cours de Combe ?

– Peut-être, oui. Le fermier d'Australie ?

– De Nouvelle-Zélande.

Mr Ashmore, précurseur génial et méconnu de l'inoculation lombricienne. Combe avait été particulièrement éloquent à son sujet.

– Qui donc ? demanda Anne.

– Je vais t'initier à notre grand secret.

Arthur se lança dans une imitation de Combe, en prenant une voix de conteur :

– « En plein territoire maori, au milieu des volcans et des fleuves méandreux, il faut imaginer Mr Ashmore parcourant d'un air perplexe ses prairies desséchées par la canicule australe. Il s'inquiète pour ses bêtes qui commencent à maigrir. Il se dit que cet Éden riche en wallabies et en hermines, dont on vante en Europe l'éternelle luxuriance, ne tient pas ses promesses. Il a fait trop de sacrifices pour accepter l'idée de repartir ; pourtant, son sort n'est guère plus enviable que celui d'un paysan du Kent. Et voilà que, tout à ses pensées noires, il remarque sur une parcelle proche de la forêt des taches d'herbe verte et humide. Il s'approche, s'agenouille et gratte le sol, moins par curiosité que par tendresse, pour tirer un peu de réconfort de cette terre grasse et meuble. Il sent alors sous ses doigts une matière vive et gluante. Il gratte encore et se saisit d'une pleine poignée de terre. Qu'y découvre-t-il ? Une dizaine de petits asticots affolés et grouillant. Pourquoi Mr Ashmore, au lieu de reposer là sa motte et d'amener pâturer ses vaches, s'est-il mis à raisonner ? Pourquoi lui, parmi les milliers, les millions d'agriculteurs qui ont déjà pu faire des observations similaires, a-t-il décidé de ne pas en rester là ? On ne saura jamais ce qu'il se passa dans la tête de Mr Ashmore. On sait juste qu'il réintroduisit des lombrics à la main sur ses terrains, que plus jamais l'herbe ne jaunit, que les autorités locales s'intéressèrent après la guerre à ces expériences, et que la Nouvelle-Zélande a développé une expertise unique dans l'inoculation de lombriciens à des fins de régénération des sols... »

Marcel Combe s'était visiblement reconnu dans le destin de Mr Ashmore, autodidacte comme lui, et devait nourrir l'espoir qu'un jour la postérité rende l'hommage qui leur revenait aux précurseurs de la science des sols. En attendant, Arthur s'était renseigné auprès d'anciens collègues de l'Inrae qui lui avaient assuré que l'inoculation était expérimentée avec succès dans les vignobles du sud de la France, cramés par les insecticides.

– Tu seras le Mr Ashmore normand, commenta Kevin.

– Et Mrs Ashmore ? demanda froidement Anne. On n'en parle pas ?

– Non, admit Arthur. Elle n'est pas dans l'histoire.

Après un court silence embarrassé, Arthur tenta de ranimer la conversation.

– Thoreau disait que le ramassage des vers de terre était un sport aussi amusant que la pêche. On va voir ça.

– Ah, ton Thoreau ! rigola Kevin. Il me manquait.

Arthur saisit la main d'Anne. Elle la retira et il n'insista pas. Par jeu, il prit à la place celle de Kevin, qui la lui abandonna très naturellement. Ils marchèrent ainsi gaiement, librement, comme deux écoliers, au milieu des tiges vertes des céréales dopées au fertilisant.

Le bois ne couvrait pas plus de cinq hectares et les seuls sentiers qui s'y trouvaient avaient été tracés par le passage des animaux. En y entrant, le groupe se dispersa spontanément. On entendit le bruit des fourches qui se fichaient dans la terre, suivi de quelques exclamations.

– J'en ai un ! s'exclama Maria en riant. C'est drôle, poursuivit-elle en caressant sa proie du bout du doigt. Dans un sens il est lisse, dans l'autre rugueux.

– Ce sont les soies, dit Arthur. Des petits poils qui lui permettent de s'accrocher d'un côté et de glisser de l'autre. Comme des peaux de phoque sous des skis.

Au début de la battue, Arthur s'efforça de passer de l'un à l'autre, pour s'assurer que tout se déroulait bien et encourager ses troupes. Il constata que chacun avait sa méthode. Léa avait enfilé des gants en plastique et saisissait les vers en luttant contre son dégoût instinctif. Salim, habitué au glanage, farfouillait d'abord sous les pierres et les feuilles. Matthieu donnait plusieurs violents coups de fourche, au risque de ne pas pouvoir attraper tous les vers qui sortaient en même temps. Maria prenait son temps, inspectant chaque ver avec attention. Quant à Kevin et Anne, qui étaient partis en duo, ils s'amusaient à faire osciller ensemble le manche de la fourche comme la barre d'un voilier.

Arthur se mit à son tour à la tâche. La méthode vibratoire était efficace pour faire sortir les vers. Les ramasser intacts demandait cependant une certaine délicatesse. Les vers, prudents, laissaient l'extrémité de leur queue dans le sol comme une ancre bien arrimée. Dès qu'ils sentaient les doigts d'Arthur se poser sur eux, ils se rembobinaient à toute vitesse dans leurs galeries. Il fallait donc soit les attraper par surprise, soit les tirer hors du sol en prenant soin de ne pas les briser. Dans ce corps-à-corps, Arthur sentait toute la force de leurs muscles bandés contre le prédateur, chouette, bécasse, blaireau ou *Homo sapiens*. Parfois, le ver enduit de mucus lui glissait entre les doigts, victorieux. Quand Arthur parvenait enfin à le saisir, il se tortillait dans l'air, effrayé de se trouver soudain hors de son élément, déployant et rétractant ses anneaux en accordéon, à la recherche d'une matière solide, n'importe laquelle, dans laquelle il puisse reprendre son éternel travail de terrassier.

Malgré toutes ces années consacrées aux vers de terre, Arthur n'en avait jamais vu ni touché autant. Il n'y en avait pas deux pareils. Dans quelle autre espèce trouve-t-on des spécimens dont la taille varie d'un à cinq, du vermisseau au serpent ? Il y en avait des sveltes, des gras, des indolents et des teigneux. Leur peau parcourait une large gamme de couleurs, du caramel au fuchsia. Chacun possédait sa propre irisation, déclinant ses nuances de terre de la tête à la queue. Face à l'adversité, certains se carapataient à une vitesse surprenante, d'autres au contraire jouaient aux morts. Pour la première fois, Arthur considérait chaque ver comme un individu singulier, avec son histoire, sa stratégie de survie, ses cachettes souterraines.

En les contemplant de très près, Arthur put distinguer leur bouche. Elle n'avait ni langue ni croc. C'était un simple vide annelé, comme le trou formé par une pelote de fils. Et ce vide était surmonté d'une grosse babine pelleteuse qui venait y fourrer indistinctement ce qu'elle trouvait devant elle, feuille, herbe, charogne, résidus divers. Le ver avalait tout sans rien mâcher, et laissait ensuite son intestin broyer les éléments organiques à l'aide des petits cailloux qui s'y trouvaient mêlés. C'était une membrane ambulante, ingérant et excrétant. Les vers formaient les intestins du sol.

« À quoi pense un ver de terre ? », se demandait Arthur en jetant son butin grouillant dans le seau. Il se trouve plongé dans un monde aveugle, sans odeur, ni forme, ni goût, ni son. Le seul sens qu'il possède, le toucher, doit être formidablement développé. Anneau par anneau, le ver perçoit le moindre changement de température ou d'humidité. Toujours poussant, engagé tête la première dans les concrétions du sol, il balise son territoire selon des zones plus ou moins compactes, plus ou moins friables. Un mètre cube de terre représente un univers dont il connaît les cavités et les recoins. Il sait où il peut se faufiler et quand il doit rebrousser chemin. Il y retrouve même les petites chambres qu'il a aménagées, où il fait macérer ses propres excréments comme des fromages et où il se réunit parfois avec quelques amis choisis, peau contre peau, pour passer les saisons inclémentes. De même que les grands espaces avec leurs géométries figées nous ont appris à raisonner de manière causale, le ver pense selon les catégories de la masse et de la résistance.

Comment l'être humain, avec son cerveau infiniment plus performant que les pauvres ganglions cérébroïdes du lombric, avait-il pu être assez stupide pour annihiler, en les broyant et en les affamant, des milliards de milliards de vers de terre au cours des dernières décennies ? Dans quelles muettes souffrances, blessés, exsangues, étaient-ils morts ? Qu'ils soient ou non utiles à l'homme et à ses cultures, ne possédaient-ils pas le simple droit de vivre ? Là où Arthur était habitué à dénoncer un scandale, celui de l'appauvrissement des sols, il découvrait à présent un crime dont l'ampleur lui donnait le vertige et dont l'impunité l'effarait. Sous les épis blonds bien alignés de M. Jobard, il ne pourrait plus voir autre chose qu'une gigantesque fosse commune.

Arthur mit alors un mot sur son sentiment. C'était un génocide. Ou plutôt, puisque désormais la loi reconnaissait ce délit, un écocide : la destruction irrémédiable d'un écosystème par la main de l'homme.

C'est alors qu'apparut à Arthur, avec une sorte d'évidence morale, la solution à son conflit de voisinage. Son père avait commencé à rédiger des conclusions en défense en prévision de l'audience. Il expliquait que la hauteur de deux mètres n'ayant pas encore été atteinte par la haie, l'action en justice n'avait pas lieu d'être, le Code civil indiquant une limite réelle et non potentielle. Par ailleurs, rien ne prouvait que cette haie allait pousser un jour. Puisque le droit faisait fi de l'ordre naturel, autant pousser cette logique à son terme. L'avocat était fier de son stratagème et confiant dans la jurisprudence. Arthur avait remercié son père sans enthousiasme. Il restait amer à la perspective d'une victoire par argutie, aussi vétilleuse que l'accusation de M. Jobard, et qui ne grandissait aucune des deux parties.

Cette partie de chasse lui inspirait un bien meilleur argument. M. Jobard s'était rendu coupable d'écocide et Arthur n'avait fait que prendre des mesures conservatoires pour minimiser le sinistre. Au besoin, Arthur contre-attaquerait en déposant sa propre plainte. S'il obtenait gain de cause, le destin des vers de terre changerait du tout au tout. Ils deviendraient une espèce protégée, impossible à tuer au même titre que le loup ou le grand tétras. En tuer un seul, même un petit, un tout gris, déclencherait des poursuites pénales. Plus aucun agriculteur ne pourrait cultiver ses champs de manière conventionnelle sans être déféré devant les tribunaux. Ce ne serait plus une question d'écologie mais de justice. Arthur deviendrait un héros.

La nuit tombait, rendue plus opaque par les nuages. Arthur alluma sa lampe frontale et se mit en route pour rejoindre ses compagnons, son seau déjà bien rempli. Sur cinq hectares, il finirait bien par les trouver. Il marcha en ligne droite, sans se soucier des ronces qui s'accrochaient à ses vêtements. Il prenait de grandes inspirations en se gavant des phytoncides émis par les arbres, ces molécules bienfaisantes dont ses cours de microbiologie lui avaient appris l'existence. La vie nocturne s'éveillait dans la forêt. Les chouettes effraies prenaient leur envol en poussant de longs chuintements et les rongeurs se carapataient dans les fourrés. Arthur se sentait apaisé.

Cette ambiance lui rappelait une scène de livre. Une battue au loup, l'hiver, quelque part dans un village perdu des Alpes. Des centaines de villageois en armes avançant dans la neige et agitant leurs crécelles. La traque qui progresse, lentement et inexorablement. L'ambiance légère de bonne camaraderie. La bête qui se révèle par son absence, qui s'exprime par son silence, qui s'impose par ses ruses. La peur qui surgit, absurde et tyrannique. Les flambeaux qu'on apporte à la tombée de la nuit. Le découragement qui point. Les traces qui se précisent. Le cercle des hommes qui se referme du côté de la muraille. La bête acculée, tranquille, attendant son destin. La paix, soudain. Le commandant de louveterie qui s'avance et tire deux coups de pistolet en même temps. Le sang sur la neige. La mort. Et cet affreux sentiment que l'essentiel, dans toute cette mise en scène, était de se divertir.

Ce soir avec les vers de terre, pensa Arthur, c'était pareil, et c'était tout l'inverse. Il ne s'agissait pas de la mort mais de la vie. Cette obsession du meurtre, cette esthétique du néant, c'était le luxe des époques paisibles. À présent, le néant menaçait pour de bon, celui d'un monde stérile, desséché, vitrifié. On n'avait plus le temps, on n'avait plus le droit de s'ennuyer. La question n'était pas de se divertir mais d'agir. Il fallait vivre, vivre et faire vivre.

Arthur aperçut au loin une première lueur. En s'avançant, il s'étonna qu'elle restât immobile. Il ne voulait pas appeler, de peur de troubler les chasses nocturnes qui se déroulaient férocement autour de lui. Ses yeux s'étaient habitués à l'obscurité et il se faufilait aisément à travers mille nuances d'ombre. Il contourna un bosquet de bouleaux, hautes silhouettes légèrement blanchies au milieu des hêtres plus sombres. Il découvrit alors Salim assis par terre, le visage rivé à son portable.

– La pêche est bonne ? demanda Arthur en masquant son agacement.

– Attends, attends, répondit Salim sans le regarder. Je réponds à cet enfoiré qui prétend que l'insécurité augmente. C'est incroyable cette mauvaise foi, ces mensonges populistes. Il suffit de regarder les chiffres de la police ! Je vais mettre le lien.

– C'est vraiment urgent ?

– Si on laisse passer ça, ensuite on connaît le raisonnement. Qui est responsable de l'insécurité ? Les immigrés. Ça finit toujours par nous retomber dessus.

Arthur hocha la tête sans conviction. Il y a encore un an, il aurait volontiers partagé l'indignation de Salim. Mais aujourd'hui, les combats des hommes entre eux lui semblaient sans grande importance.

– Enfoiré ! s'exclama Salim en tapotant.

– Et qui est cet enfoiré ? demanda Arthur pour faire mine de s'intéresser.

– Le ministre de l'Intérieur. Je vais lui mettre ses propres chiffres sous le nez. Ah, ah ! Il est baisé !

Arthur ressentit pour Salim une forme de dégoût. Le faible contre le fort, c'est bien. Mais le faible du faible, perdu dans la nuit normande avec ses trente-cinq followers, contre le fort du fort, premier flic de France ? Où est le courage de celui qui n'a rien à perdre ? Salim ne faisait de mal qu'à lui-même, ver de terre se dressant au milieu d'un champ pour arrêter la charrue. Arthur n'y voyait pas seulement une dépense d'énergie inutile, dommageable, mais aussi une facilité morale. La meilleure forme de politique, à cette heure dans cette forêt, ne consistait-elle pas à contempler les bouleaux ?

En démocratie, pensa Arthur, le pouvoir accorde à ses opposants le plus vicieux des privilèges : l'illusion de la révolte. Une révolte tolérée, confortable et donc bénigne. Au moins, en Russie ou en Chine, on joue sa liberté sur un tweet. Ici, on se contente de l'épuiser.

– Je milite, tu sais, précisa Salim comme s'il suivait les pensées d'Arthur. Je suis responsable de notre cellule de Saint-Firmin.

Quelle cellule, de quel groupuscule voué à quel immanquable échec ? Arthur s'éloigna sans demander de précisions. Salim représentait tout ce qu'il ne voulait pas devenir. Arthur retrouva son énergie en écoutant les feuilles crisser sous ses pas. Il entendit seulement un dernier écho du duel pathétiquement inégal qui se déroulait derrière les bouleaux. « Et toc, mon quarantième follower ! »

Arthur marcha une bonne dizaine de minutes sans trouver personne. La nuit ne lui faisait pas peur. Le temps médiéval des loups et des ogres était révolu, remplacé par la conscience plus ancienne encore de trouver dans cet espace touffu un refuge contre les prédateurs. Réunis par la nuit, les arbres coalesçaient en masses compactes d'où émergeait un moucharabieh de branchages, une architecture complexe qui transformait la forêt en palais oriental. Arthur s'y sentait protégé.

À la paix de cette déambulation solitaire succéda l'inquiétude que ses compagnons aient déserté leur poste. Les craintes d'Arthur furent renforcées lorsqu'il croisa Léa, l'air gêné, qui lui tendit son seau. Elle renonçait. Le lieu était selon elle parcouru par de très mauvaises vibrations. Elle avait l'impression que quelque chose rôdait autour d'elle, homme, bête ou esprit peu importe, elle se sentait menacée et regagnait son ashram. Avec sa gentillesse habituelle, elle remercia Arthur pour l'expérience. Il n'insista pas.

Quelques dizaines de mètres plus loin, Arthur vit une lumière qui ondulait au rythme du pas. C'était Matthieu.

– J'ai fini, claironna-t-il en brandissant lui aussi son seau. J'en ai bien pris deux cents.

S'il disait vrai, Arthur était comblé. Il le remercia et Matthieu reprit sa route à grandes enjambées, dans la direction où était partie Léa. Il restait donc dans la forêt, sans compter le twitto frénétique, Kevin et Anne.

Arthur ne put s'empêcher de se remémorer les circonstances de sa rencontre avec Anne. Il savait très bien ce qu'il avait été à l'époque : un second choix. L'image de Kevin et Anne au début de la battue, leurs mains se touchant sur le manche de la fourche, lui traversa l'esprit. Il la chassa en secouant la tête. Il passa sa main sur l'écorce du premier arbre venu. Plongé dans l'obscurité, Arthur découvrait toute la richesse du toucher. Il sentit des reliefs prononcés. Il appuya ses caresses : les stries s'entrecroisaient pour former des losanges, un motif de tapisserie patient et régulier. « Rhytidome à crevasses longitudinales », pensa-t-il mécaniquement en se remémorant ses cours. C'était sans aucun doute un frêne. Ses rides montraient qu'il avait passé sa première jeunesse, mais son tronc restait encore fin, au point qu'un homme aurait presque pu l'enlacer. Il devait avoir un demi-siècle. Autant dire qu'il sortait de l'adolescence, encore gringalet, prêt à entamer cent ou deux cents ans de vie adulte, si tant est qu'une croix négligemment tracée d'un coup de pinceau ne vienne signer un arrêt de mort prématuré.

Arthur continua à parcourir l'écorce délicatement, du bout des doigts, peau contre peau. Il se reprocha ses soupçons vulgaires, ce sentiment de jalousie qui avait miné la relation entre ses parents, ce désir de possession si lamentablement humain. Il reprit sa cueillette. Les feuilles tombées au pied du frêne lui offrirent un gisement d'anéciques. Même pas besoin de coup de fourche : les vers se trouvaient là en quantité, adonnés avec insouciance à leur festin nocturne. Ils prêtèrent à peine attention au remue-ménage d'Arthur. Ils devaient se sentir protégés des oiseaux par la nuit et se gobergeaient à même le sol, ne prenant même pas la précaution élémentaire de transporter les feuilles dans leurs galeries souterraines. Même les animaux les mieux programmés biologiquement ont des moments de paresse. Certains faisaient l'amour, se collant visqueusement l'un à l'autre, parfois enjambés par un troisième qui se traînait goulûment vers une feuille particulièrement appétissante. D'autres restaient immobiles, comme endormis en pleine digestion. Sexe et ripailles. C'était une orgie où seul comptait le plaisir immédiat. La nature s'affranchissait des lois de survie les plus élémentaires. Arthur n'eut qu'à se servir. Entre ses doigts, les vers remuaient à peine, repus et indifférents à leur propre sort.

Alors qu'il jetait les derniers lombrics dans son seau, Arthur interrompit son mouvement et se redressa. Son oreille désormais accoutumée au murmure de la forêt avait perçu un bruit insolite. Comme un hoquet, clairement distinct du chant des oiseaux nocturnes. Peut-être le grommellement d'un sanglier, l'aboiement d'un chevreuil ? Non. Le bruit revenait avec trop de régularité, toutes les quatre ou cinq secondes. Sa sonorité rauque dégageait une nervosité communicative. Quelle créature, quel revenant pouvait bien gémir dans le bois de Saint-Firmin ? Une dryade condamnée à errer à la recherche d'une forêt intouchée par l'homme ? Un ancêtre de M. Jobard, désespéré par sa progéniture ? Une sorcière de village lançant des sortilèges auxquels plus personne ne croyait ?

Arthur s'approcha de la source du bruit. Il devait s'arrêter fréquemment pour écouter. Diffracté par les branches des arbres, le son lui jouait des tours. Il prit plusieurs fois de mauvaises directions. À minuit passé, il commençait à fatiguer et ne trouvait plus du tout amusant de se frayer un chemin dans les ronciers. Il trébuchait fréquemment et manqua de s'étaler par terre. Il persista néanmoins, intrigué. Il sentit enfin qu'il s'approchait du but.

C'était Anne qui sanglotait, assise sur un tronc tombé, sa chevelure noire rabattue sur son visage comme une capuche. Arthur était à la fois rassuré et un peu déçu. Il redoutait une dryade et n'aurait qu'une scène de ménage.

– Kevin n'est plus avec toi ?

– Ton Kevin ! C'est tout ce que tu trouves à dire ?

« Mon Kevin ? », se demanda Arthur. Il trouvait le possessif plutôt flatteur.

– Qu'est-ce qui t'arrive ? Tu t'es perdue ? Tu as froid ? Tu n'as pas trouvé de vers ?

– Tu es vraiment trop con, dit Anne d'une voix soudain plus posée, comme s'il ne méritait même pas ses larmes. Tu ne vois rien.

– Voir quoi ?

– Voilà, c'est ce que je dis.

Arthur s'installa à côté d'elle et tenta de l'enlacer. Elle se dégagea. Il soupira. Il détestait ces conversations saturées d'affects, dont Anne l'avait jusqu'à présent épargné.

– Tu ne vois pas que je suis en échec. En échec total.

– De quoi parles-tu ? Le travail que tu as fait dans la ferme est incroyable. Personne n'aurait appris si vite... Bien sûr, il reste quelques finitions et le problème de la chaudière, mais...

– La chaudière ! ricana-t-elle. De toute façon, ta haie n'aura pas poussé avant cinq ans.

– Si tu veux parler des vers de terre, dit gravement Arthur, je pense que cette fois je suis sur la bonne voie.

– Tu plaisantes ?

– Ça prend plus de temps que prévu, j'avoue. Mais on y arrivera.

– Non, mais tu plaisantes ? Je m'en contrefous, de tes putains de vers de terre ! Je ne peux pas croire que je suis là, à vingt-cinq ans, en pleine nuit, dans le trou du cul de la Normandie, à ramasser des vers de terre pour un loser au RSA !

Elle donna un coup de pied dans son seau. Arthur alluma sa lampe frontale et se précipita pour ramasser la terre éparpillée.

– Il y en avait beaucoup ? demanda-t-il avec inquiétude.

– J'en sais rien, tu demanderas à ton Kevin.

Arthur ne s'énerva pas, trop absorbé par sa mission. Il récupéra les vers à pleines poignées, mit ses seaux en sécurité, puis éteignit sa lampe et revint s'asseoir sur le tronc.

– Mais enfin, c'est notre rêve à tous les deux.

Un rêve né à l'improviste, pour la séduire, elle la militante. Mais cela, elle n'aurait jamais besoin de le savoir.

– Tu voulais mettre en place une cellule de vie... insista Arthur.

– Voilà, c'est fait. Et après ?

– Après, rien. On vit dans la cellule de vie.

– Je te rappelle que je suis surtout venue pour écrire.

– Tu me disais que tu progressais sur ton intrigue.

Arthur avait-il jamais cru à la vocation littéraire d'Anne ? Il s'était bien gardé de se poser la question. Cette délicatesse était devenue, par la force des choses, de l'indifférence.

– Je dis ça, oui. Pendant des mois, je me le suis dit à moi-même. La vérité, c'est que je n'ai pas écrit une ligne. Entre le bricolage, les courses, le potager, les journées passent. Je ne sais pas comment elles passent, mais elles passent. Je vais m'enterrer ici à passer de l'enduit.

Arthur ne comprenait pas. Le bricolage, les courses, le potager, c'était l'existence dans toute sa force et sa simplicité. Une existence qu'Anne semblait jusqu'ici embrasser avec ravissement.

Suffisait-il d'un moment d'abstraction, une nuit dans la forêt, pour qu'elle se renie ainsi ?

– Mais on a une belle vie, ici, protesta-t-il. Une vie simple et saine. On s'aime. Je suis sûr que tu peux trouver trois heures par jour pour...

– Et tu veux que j'écrive sur quoi ? Sur les coloris de peinture de Leroy Merlin ?

Arthur toucha des doigts la mousse gorgée d'eau qui avait envahi le tronc. C'était comme un coussin préparé pour la nuit. Avec Anne, il savait que les mots ne servaient à rien. Mais il ne pouvait pas s'empêcher d'en égrener.

– Tout est inspiration autour de nous. Regarde les arbres, apprends à les palper, à les sentir. Il y a de quoi faire cent bouquins ! Sinon, ajouta-t-il en cherchant à détendre l'atmosphère, tu n'as qu'à écrire sur les vers de terre...

– Tu ne me fais pas rire. Kevin, lui, il avance. Ça marche, son truc.

Et voilà que surgissait ici, à la place d'une dryade timide aux cheveux en feuille de chêne et aux doigts longs comme des branches, le pire de tous les monstres, qu'Arthur avait vaincu d'un mail à son directeur de thèse : l'ambition.

– Kevin fait du business, dit Arthur d'un ton méprisant, comme pour rappeler à Anne ses propres principes.

– Peut-être, mais ça marche.

La lune perça soudain à travers les nuages, éclairant le visage d'Anne. Ses yeux étaient rougis et son regard mauvais. Pour la première fois, il la trouva laide.

XII

– Détends-toi. Fais un geste plus personnel. Le doigt sur le nez, par exemple. Relève un peu le coude. Voilà, c'est mieux ça mon coco, c'est top top top !

Voilà une heure que Kevin, bon garçon, prenait la pose dans un studio du Marais, toujours vêtu de son éternel T-shirt gris. Mathilde, la chargée de communication de Veritas que Philippine avait engagée pour sa gouaille combative, avait décroché le portrait de dernière page de *Libé*. En plus de l'entretien, le journaliste avait arrangé une séance avec un « photographe de renom », selon ses termes. « Il faut ab-so-lu-ment le faire, c'est canon », avait insisté Mathilde alors que Kevin rechignait à passer encore une journée hors de l'usine.

Cheveux gras, barbe fournie, chemise à carreaux et Dr. Martens élimées, le photographe de renom cachait ses cinquante ans sous une allure de hipster et tournicotait sans relâche derrière son appareil. Il était entouré d'une jeune assistante indienne à la beauté timide, à qui il s'adressait en anglais et qui manipulait en silence lumières et panneaux réflecteurs, ainsi que de deux amis ou collègues dont Kevin ne comprit pas la fonction et qui restèrent là comme au spectacle, en commentant de temps à autre. Mathilde, soucieuse d'éviter un « coup fourré » qu'elle était bien la seule à pouvoir imaginer, s'était également invitée et venait régulièrement inspecter les images sur l'écran de l'appareil.

Ce n'était pas ainsi que Kevin avait imaginé une séance photo. Ses seules expériences de portrait, pour les besoins de l'école et des clubs de sport en début d'année, avaient été d'une remarquable brièveté. Assis, sourire, clic, merci. Sa beauté rendait l'opération aisée pour tout le monde. Ici au contraire, elle dérangeait, forçant le photographe de renom à toutes sortes de stratagèmes pour rendre « moins lisse » ce jeune entrepreneur à la mode. Il accablait Kevin d'une litanie ininterrompue d'injonctions contradictoires : ne penser à rien, imaginer quelque chose de positif, sourire, ne pas montrer les dents, regarder dans le coin mais sans bouger la tête, s'appuyer sur le tabouret tout en restant debout, et surtout, surtout, rester naturel, un excellent conseil dont toutes les conditions étaient réunies pour qu'il fût parfaitement inapplicable.

Kevin prenait comme toujours son mal en patience. Il sentait ses lèvres trembler à force de faire semblant de sourire. Il voyait bien que le photographe de renom s'agaçait de son absence de coopération. « C'est froid, c'est trop froid », pestait-il. Il se concentra durant les dix premières minutes, s'efforçant de respecter les consignes, et puis abandonna la partie en se contentant d'obéir machinalement. Le photographe de renom le comprit parfaitement et se mit à manipuler Kevin comme un pantin, lui redressant un bras ou lui pinçant le menton. Il poussait des soupirs ambigus, fatigue, agacement, désir refoulé ? « Doucement », plaidait Mathilde comme si l'on risquait d'abîmer son client et mascotte. Kevin se laissait faire, tout à son rôle de pur objet qu'il ne détestait pas.

Il en profita, entre deux flashs, pour faire le bilan de ces derniers mois. Le succès de la levée de fonds, et surtout la participation de Sequoia Capital, avait surpris les cercles économiques et excité la curiosité des médias. En un temps record, Philippine avait sous-loué des locaux dans le VIIIe arrondissement et embauché une trentaine de personnes au siège, tandis que Kevin faisait construire à marche forcée de nouvelles lignes de vermicompostage et déposait les demandes d'homologation pour les biostimulants. Il y avait désormais sur place, à Mantes, une petite équipe permanente composée de deux ingénieurs et de trois techniciens. Kevin continuait à superviser les activités de l'usine mais sa présence continue cessa vite d'être requise. En revanche, Philippine l'appelait de plus en plus à la capitale pour représenter Veritas à des dîners ou devant la presse. Elle avait bien compris l'atout majeur que constituait l'histoire de Kevin dans une société qui se rêvait méritocratique. C'était l'enfant de Limoges que les dîneurs du Tout-Paris voulaient fêter pour prouver qu'il y avait, finalement, une justice sur terre, et que personne n'avait rien à se reprocher.

Philippine suggéra à Kevin de déménager à nouveau. Il ne se fit pas trop prier. Il avait toujours une histoire en cours avec Paris. Il fit des adieux lapidaires au Barbier, vexé comme il s'y attendait.

– Péché d'orgueil ! lança-t-il à son jeune client en coupant son agneau.

Kevin changea de quartier et de perspective. Il loua un trois-pièces dans un immeuble haussmannien près du parc Monceau, à quinze minutes à pied des bureaux de Veritas. Son enrichissement soudain, étrange, et encore largement virtuel, lui permettait au moins d'être seul au petit déjeuner. Pour le reste, les soixante-dix mètres carrés étaient bien trop vastes pour lui, dont toutes les possessions tenaient toujours dans une grosse valise ; il laissait une pièce entièrement vide et campait dans une autre, avec son vieux sac de couchage posé sur le matelas nu et un carton retourné en guise de table de chevet. Les moulures au plafond, qu'il examinait longuement avant de s'endormir, le laissaient perplexe. L'agent immobilier avait bien insisté sur leur caractère « historique ». Kevin tenta d'abord d'y déchiffrer des formes cohérentes avant de conclure à de simples petits pâtés, comme ceux qu'on fait sur la plage mais en plâtre. Il n'y voyait d'historique que la crédulité humaine.

Kevin n'aurait pas vraiment su dire comment ses journées étaient remplies. Il passait d'un rendez-vous à l'autre avec une sorte de nonchalance affairée. Il rencontrait des chercheurs pour améliorer Vino Veritas, tout en attendant le retour d'expérience d'Arthur qui avait épandu le biostimulant conformément au dosage imaginé en labo. Il déjeunait avec des investisseurs, des banquiers, des gestionnaires de patrimoine qui voyaient en Kevin une promesse de profit encore très incertaine et lui infligeaient de longues tirades sur les taux d'intérêt. Il s'entretenait avec des associations de défense de l'environnement qui le soupçonnaient de servir le greenwashing des industriels et s'interrogeaient sur le bien-être des lombrics. Il assurait la formation liminaire d'une horde de communicants, chargés de mission, spécialistes du marketing, responsables de relations publiques, chief operating officers et autres blablateurs qui avaient rejoint Veritas et n'avaient jamais vu un ver de terre de leur vie. Il prenait des petits déjeuners dans les hôtels de luxe avec des éditorialistes économiques en peine d'inspiration qui lui demandaient ce qu'il pensait de la mondialisation. Il accompagnait Philippine en visite chez de potentiels clients, en particulier les directeurs des services administratifs des collectivités locales, terrifiés par la prochaine entrée en vigueur de la loi qui leur imposerait de recycler les déchets organiques. Il rassurait en visioconférence les équipes « innovation » de L'Oréal qui commençaient à s'impatienter. Kevin avait l'impression de répéter à peu près toujours la même conversation, sur le même sujet, avec le même enthousiasme de commande.

– On va essayer un truc, s'exclama le photographe de renom en sollicitant soudain toute l'attention de Kevin. Mets ton menton sur le dos de ta main. Comme le penseur de Rodin, si tu vois ce que je veux dire.

Kevin ne voyait pas du tout. Il baissa pesamment son menton contre sa main.

– OK, laisse tomber, soupira le photographe de renom.

En relevant la tête, Kevin surprit l'air amusé de l'assistante. Il lui sourit.

– Voilà, bien le sourire, allez on tient, on tient !

Elle avait les yeux verts du Rajasthan, si pâles au milieu de ce visage brûlé qu'ils semblaient presque aveugles. Kevin se renfrogna, suscitant un soupir désapprobateur du photographe de renom. Même cette femme-là, il se sentait incapable de l'aimer. Durant ses premières semaines de vie parisienne, il avait repris quelques-unes de ses anciennes habitudes dans les boîtes du Marais où il lui suffisait d'apparaître quelques minutes pour faire son choix parmi les prétendants. Il s'était vite rendu compte que, même en l'absence de colocataires pour lui renvoyer une image déformée de lui-même, il ne pouvait échapper à une identité qui ne lui convenait nullement. Il ne partageait ni les manières, ni les combats, ni les goûts de ses compagnons de lit. Il se rabattit alors sur quelques filles mais sans parvenir à nouer la moindre relation. Les gestes de tendresse les plus simples, comme de saisir une main en marchant dans la rue, relevaient pour lui d'un pénible simulacre. D'applis de rencontre en dîners embarrassés, la drague le fatiguait. Il en conclut avec un certain soulagement que, à l'instar des vers de terre, il était condamné au célibat.

Philippine le rejoignait parfois le soir pour prendre sa dose de sexe, sans jamais rester dormir. À force de se goinfrer de ses grains de café chocolatés, elle avait pris un peu d'embonpoint. Kevin la trouvait moins jolie mais plus confortable. Il jugea finalement leur arrangement très commode et décida de s'en contenter. Quant à Philippine, elle n'avait pas de temps à perdre dans les histoires d'amour ; elle parlait des affaires de Veritas en se déculottant et en se rhabillant, s'interrompant à peine pour jouir. Kevin n'aurait pas été surpris si, à plat ventre sur la table du salon, elle pensait encore à son chiffre d'affaires. Leurs gestes étaient désormais bien réglés, épurés même. Pas une caresse qui ne fût strictement nécessaire.

Au bureau, le partage des tâches qui s'était instauré dès leur rencontre continuait à prévaloir. Philippine élaborait la stratégie et Kevin dirigeait l'opérationnel. Leurs discussions consistaient essentiellement à se tenir l'un et l'autre au courant de leurs progrès respectifs. Ils échangeaient les infos et les fluides avec la même satisfaction mutuelle, sans éprouver le besoin de se connaître davantage.

Une seule chose chiffonnait Kevin. Philippine avait promis à L'Oréal de traiter cinq cents tonnes au cours de la première année. Or pour le moment, l'usine n'avait été capable de réceptionner que quarante tonnes, réparties sur les deux nouvelles lignes de vermicompostage. Kevin projetait d'ouvrir encore deux autres lignes, presque deux fois plus grandes, et munies de capteurs d'humidité et de densité qui permettaient de déclencher automatiquement la coupe du compost parvenu à maturité. Il avait même noué un partenariat avec Soltech, la start-up découverte lors de la remise des diplômes et dont il s'était tant moqué avec Arthur. Leur produit n'était peut-être pas adapté à un sol complexe, mais largement suffisant pour du compost.

Hélas, le chantier prenait du retard. Les rails ayant été commandés dans la précipitation, il était difficile de trouver des trémies aux dimensions adéquates ; Sofia, l'ingénieure responsable des opérations sur le site, s'était résignée à commander des modèles ordinaires et à bricoler des soudures compliquées. De plus, le réglage des capteurs n'était pas encore au point ; les premières expériences avaient produit un terreau qui contenait encore de nombreux vers, ce qui imposait d'ajouter une interminable étape de tri manuel. Dans l'urgence, Kevin s'était joint à l'équipe, passant deux jours à ôter un à un les vers du compost. Ce fut une tâche plutôt paisible, presque méditative hors du tourbillon parisien, qui lui rappela les week-ends où, gamin, il éliminait les pommes de terre pourries au moment de la récolte. Pour l'équipe, cette pêche aux vers de terre valait tous les séminaires d'intégration. Mais à ce rythme, L'Oréal pouvait encore attendre dix ans. Et Kevin commençait à craindre sérieusement que Veritas ne puisse honorer ses contrats, alors même que Philippine accumulait les engagements auprès des entreprises et des collectivités pressées de trouver une alternative plus économique à la méthanisation.

– Très bien, mon coco, je ne te fais pas souffrir davantage. De toute façon, tu es mignon comme tu es, ne t'en fais pas.

Le photographe de renom baissa son appareil et fit défiler quelques photos parmi les centaines qu'il avait prises. Penchée par-dessus son épaule, Mathilde exprimait bruyamment ses préférences, qu'il mettait un point d'honneur à ignorer.

– *You can pack*, ajouta-t-il négligemment à l'attention de son assistante, sans même lui accorder un regard.

Kevin sortit de sa torpeur. Il voulut retrouver le regard aveugle de l'Indienne, mais elle lui tournait désormais le dos, occupée à remettre les appareils dans leurs housses.

– Merci bien, articula-t-il maladroitement, comme à la fin d'une coupe de cheveux.

Il entendit un ricanement étouffé du côté des deux spectateurs.

*

Le portrait de *Libé* représenta un tournant pour Kevin et pour Veritas. Intitulé « Le ver à moitié plein », il passait rapidement sur les aspects industriels du vermicompostage, au prix d'ailleurs de graves exagérations, comme l'affirmation que les lombrics pouvaient « engloutir *tous* les déchets », ou même de contrevérités patentes, le journaliste affirmant que Veritas avait obtenu « des millions de dollars d'une banque américaine ». Mathilde assura à Kevin, qui s'étonnait d'une telle légèreté, que ces détails ne portaient absolument pas à conséquence, et qu'au regard du traitement médiatique d'usage, il n'avait pas le droit de se plaindre. L'essentiel était que le papier souligne les vertus écologiques de l'entreprise (« une solution pour la planète », clamait l'intertitre) ainsi que la personnalité hors norme de son cofondateur, qui échappait miraculeusement aux sarcasmes anticapitalistes de *Libé*. Il faut dire qu'à cette époque, les militants d'Extinction Rebellion devenaient envahissants ; pas une journée ne passait sans un collage de mains ou un sit-in spectaculaire pour dénoncer l'inaction climatique. Personne ne comprenait où cela pourrait bien mener. Même à *Libé*, les éditorialistes commençaient à en avoir assez. Aussi les profils comme celui de Kevin, avec leur catalogue de solutions ennuyeuses mais concrètes, revenaient-ils soudain en grâce.

« Mi-éphèbe, mi-garçon de ferme, concluait le journaliste, à la fois brillant et taiseux, Kevin est la preuve vivante que notre ascenseur social, si souvent coincé aux étages du haut, se remet parfois en mouvement. Certains doivent payer pour leur nom.

Kevin, lui, a vengé son prénom et tous ceux qui le portent. Enfin un entrepreneur qui ne se prend pas pour le sauveur de l'humanité... mais qui pourrait bien le devenir ! » « Encore cet ascenseur ! », pensa Kevin. La photo lui plaisait davantage. Il semblait se gratter le nez en regardant au plafond. Au moins, le photographe de renom avait été fidèle à sa promesse d'enlaidissement.

En achetant *Libé* au kiosque le jour de sa parution, une première pour lui qui lisait rarement la presse et jamais en format papier, Kevin ressentit une gêne étrange. Le personnage qui y était décrit en dernière page lui ressemblait incontestablement. À s'y méprendre. Mais il dégageait une cohérence qui n'était jamais venue à l'esprit de Kevin, lui qui s'était toujours laissé happer par les événements. C'était comme si on l'avait soudain mis dans la prison de papier d'un destin. Et puis, quelle inconvenance de s'étaler ainsi dans les foyers partout en France ! Il imaginait sa tronche sous les pelures de patate ou consumée par les flammes dans une cheminée. Il aurait voulu mettre une bulle sur sa photo, comme dans les BD : « Désolé, je ne fais que passer, demain je m'en vais. »

En revanche, dans l'open space de Veritas, l'excitation était à son comble. Kevin s'en étonna auprès de Mathilde.

– Il y a tant de gens qui lisent ce journal ?

Mathilde le regarda sans rien dire, éberluée. Il semblait sérieux.

– Mais non, plus personne ne lit *Libé*.

– Alors...

– Plus personne sauf les autres journalistes. Ils vont se jeter sur toi. Un entrepreneur validé par les gardiens du temple libertaire, c'est de l'or. J'ai déjà reçu deux messages : BFM et la matinale d'Europe 1. Tu vas devenir une star.

Mathilde s'empara de son téléphone qui vibrait en permanence.

– Cela dit, poursuivit-elle, je vais mettre la matinale de RTL en stand-by. Au cas où on décroche celle d'Inter. Ça te va ?

Kevin voulut répondre oui oui, par habitude. Pour une fois, il se retint.

– Par rapport à nos capacités de traitement, je ne sais pas si c'est le bon moment de...

Philippine, surgie de son bureau vitré, interrompit brutalement la conversation.

– Inter, génial ! Et sur les réseaux sociaux, ça prend ?

– Au taquet. Le community manager a bien fait le taf. On a déjà deux mille vues sur Insta et cinq mille sur LinkedIn. Étant donné notre positionnement, le différentiel est normal. Il y a des gens qui font des commentaires à côté de la plaque sur l'économie circulaire, mais bon, du moment que c'est positif... Les autres postent des photos de vers de terre et ricanent. Ça fait toujours du reach.

Mathilde montra à Philippine un montage représentant la tête de Kevin sur un corps de ver de terre, avec comme légende : *Pour prendre l'ascenseur social aujourd'hui, il faut creuser profond. @Libe @Kevin #verdeterre*

– Les gens sont tellement prévisibles... grinça Philippine. On leur fournit bien gentiment de quoi se foutre de notre gueule, et ils sautent sur l'occasion. Allez-y les gars, marrez-vous bien. Plus ils nous prennent pour des cons, plus on les traite comme des cons.

– C'est un peu ça le jeu, oui, dit Mathilde pour faire plaisir à sa patronne.

Kevin possédait un vieux compte Facebook qui réunissait ses parents et une poignée d'amis, ainsi qu'un Instagram datant de ses années d'AgroParisTech et un Twitter qu'il utilisait de manière passive. Les seuls influenceurs qu'il suivait étaient géodrilologues. Mathilde lui avait laissé le Facebook « pour les trucs perso » et avait pris en main tout le reste. « À partir de maintenant, l'avait-elle prévenu, on s'occupe de tes éléments de langage. » Kevin, qui n'avait jamais trop aimé parler, ne voyait aucun inconvénient à ce qu'on le fasse à sa place.

Mathilde n'avait pas exagéré. Du jour au lendemain, Kevin devint un entrepreneur écolo à la mode. Tout le monde le voulait dans son émission ou à sa table. Il découvrit à grande vitesse les coulisses de la ville : les salons de maquillage des télés où on le poudrait comme une cocotte avant d'entrer en plateau, les chambres à coucher qui servaient de vestiaire dans les appartements trop étroits, les musées vides privatisés pour tel ou tel gala, les jardins suspendus nichés derrière les portes cochères anonymes des immeubles, les hôtels particuliers des cabinets ministériels où on l'invitait à brainstormer sur des plans de transformation de l'économie française en quinze chapitres, les terrasses des sièges sociaux où il était de bon ton d'admirer la vue avant de parler affaires, les clubs privés où se déroulaient les cérémonies de remise de Légion d'honneur. Kevin se sentait comme un touriste à qui l'on offre un tour VIP.

Philippine avait pour lui des préventions de mère ou plutôt de chaperonne. Elle lui offrit sa première et dernière cravate : un jeune startupeur possédait certes le privilège exorbitant de conserver jean et T-shirt mais il existait certaines circonstances précises, comme une table ronde à l'Automobile Club, dans lesquelles le cool devenait négligé.

– Ça ne te va pas du tout, dit-elle le plus sérieusement du monde en observant sa créature ainsi fagotée.

Philippine le guidait, l'accompagnant parfois tout en restant aussi effacée que possible, d'une discrétion qui confinait à l'incognito. Certains étaient parfois surpris d'apprendre que le fameux Kevin n'avait pas gravi sa montagne de vers de terre entièrement seul et que sa cofondatrice n'était autre que la cousine d'untel, la fille des voisins de l'île de Ré, l'ancienne copine de classe d'unetelle à l'École alsacienne. Ils semblaient un peu déçus, comme si on leur avait vendu une trop belle histoire et que, sans surprise, il y avait un truc.

Bon gré mal gré, Kevin ajoutait chaque jour des noms aux contacts de son téléphone et, sur les conseils de Mathilde, acceptait machinalement les centaines de demandes LinkedIn. Sa repartie restait limitée mais son aplomb solaire suffisait à le rendre populaire. Il se trouva intégré à toutes sortes de réseaux qui remplissaient ses soirées en conférences-débats et apéritifs dînatoires d'où il repartait avec toujours dans la bouche le même goût de champagne chaud et de petits fours gélatineux. Lui qui n'avait jamais cultivé d'amitiés fortes, à l'exception de celle d'Arthur, se trouvait soudain pris dans d'innombrables boucles Telegram et enseveli de smileys jaloux dès que son nom apparaissait dans la presse. Les relations les plus vagues lui envoyaient des messages outrageusement familiers. C'était comme si on le connaissait depuis toujours. Un jour, il avait poussé la bonne porte et, surprise ! tout le monde est copain, on se tutoie, on s'embrasse, on se papouille. Loin de l'univers compassé qu'il s'était imaginé, Kevin trouvait dans l'élite parisienne une forme de camaraderie depuis longtemps disparue des campagnes où il avait grandi, une entraide d'autant plus chaleureuse qu'au fond personne n'avait besoin de rien.

Cette tribu avait ses rites. Il fallait d'abord préciser de quel clan on était l'émissaire. Après quelques minutes de conversation, on s'enquérait invariablement, par des voies plus ou moins détournées, de son niveau d'études.

– Agro.

– C'est une grande école, ça ?

Oui, avait-il appris à répondre, c'est une grande école. Pas aussi grande que Centrale, Normale, Polytechnique, l'ENA, HEC, ou le graal, la coiffe à double plume : X-Mines. Mais une grande école quand même, avec une adresse sur le plateau de Saclay et un nom qui devenait très à la mode. C'était le clan venu de la forêt lointaine, dont on enviait le sang frais et les mœurs rustiques, même s'il n'était pas encore tout à fait intégré aux familles régnantes.

Deuxième question :

– C'est pas le truc avec les bifurqueurs ?

Il ne fallait tout de même pas exagérer. L'environnement, oui très bien. Les gauchistes, non merci. « Ce n'est pas comme ça qu'on fait avancer les choses. » Kevin opinait du chef. Au fond, il était d'accord, et il n'allait pas s'excuser si ses opinions rejoignaient ses intérêts.

Kevin dut également s'habituer aux codes de la tribu, assez simples mais peu explicites. Clamer la mort du patriarcat mais attendre tout de même que la maîtresse de maison ait saisi sa fourchette avant d'entamer son plat. Placer des mots anglais avec un air de regret, comme si on ne pouvait faire autrement. Afficher un mépris blasé pour les politiciens tout en commentant leurs moindres frasques. Revendiquer avec fierté ses racines provinciales, limougeaudes dans le cas de Kevin, ce qui aurait bien fait rire ses parents qui étaient de nulle part et fiers de l'être. Toujours se présenter par son prénom, signe de modestie entre gens connus ou qui pensent l'être. Citer des auteurs radicaux à condition qu'ils soient morts et donc inoffensifs. Ne jamais porter une ceinture noire avec des chaussures claires, quand bien même les tenues les plus débraillées étaient permises voire encouragées. Ricaner dans les restaurants prétentieux où les menus indiquent « titiller les papilles » pour « entrée » et « fraîcheurs gourmandes » pour « plat principal ».

De manière plus générale, critiquer dans les moindres détails tous les attributs de la réussite, afin de bien montrer qu'on les possède. Ne pas parler d'argent, y compris et surtout du montant de la levée de fonds, pour maintenir l'illusion que celui-ci ruisselle naturellement et pour tout le monde. S'indigner des inégalités avec une tristesse fataliste. Rire aux blagues de cul les plus triviales mais baiser le moins possible. Et surtout, surtout, le premier des codes : feindre de croire qu'il n'y en avait pas, qu'on se rencontrait tous par le plus grand des hasards et qu'on s'acoquinait de manière parfaitement spontanée.

Kevin se coula sans difficulté dans ce nouveau moule, comme il l'avait toujours fait dans les différents milieux qu'il avait traversés. Il ne trouvait pas celui-ci plus idiot qu'un autre. Seulement peut-être un peu plus pervers dans la négation perpétuelle de sa propre existence.

À la sortie de la matinale d'Europe 1, Kevin reçut une vingtaine de messages en allumant son téléphone. Ils sonnaient les uns après les autres, comme aux machines à sous quand on aligne les trois bananes. Cette matinale, à laquelle Mathilde avait fini par se résoudre, avait été maintes fois reportée pour cause de guerre, de décès d'acteur célèbre ou d'annonce gouvernementale sur la réforme des retraites, autant d'actus que Mathilde ne pardonnait pas à leurs auteurs, coupables de retarder la révélation du vermicompostage. Kevin se sentit à l'aise durant les sept minutes que durèrent l'entretien mais ni avant ni après. À peine fut-il installé sur sa chaise, le micro ajusté à hauteur de sa bouche par une paire de bras tatoués, que la présentatrice profita d'une pub pour lui résumer froidement ses questions ainsi que les réponses qu'elle attendait. Puis, après une interview très bienveillante, elle reprit le fil des infos sans lui accorder un regard quand il quitta le studio.

Comme s'il fallait que les micros soient ouverts pour qu'elle soit aimable.

Parmi les messages de félicitations que Kevin avait encore la naïveté de penser sincères et auxquels il répondait nonchalamment depuis le taxi envoyé par la rédaction, se glissa un texto plus laconique de Sofia : « Viens à l'usine dès que tu peux. » Il l'appela immédiatement. « On en parlera sur place », répondit-elle seulement à ses demandes d'explication. Sofia n'était pourtant pas de nature à paniquer. De dix ans l'aînée de son patron, elle avait suivi la même formation avant d'occuper divers postes de cadre dans l'agro-industrie. C'était une professionnelle austère qui, loin d'être séduite par Kevin, semblait le traiter comme un gosse trop chanceux. Face à elle, celui-ci redoublait toujours de sérieux, en tâchant de ne pas s'emmêler dans les termes techniques.

Kevin dérouta son taxi vers la gare Saint-Lazare et prit le premier train de banlieue vers Mantes, un tortillard qui le mit au supplice. Il tâcha en vain d'imaginer ce qui pouvait aller de travers. Les lombrics ne tombent pas malades, se reproduisent sans mal et restent dans leur coin de terre sans aucune envie de vadrouiller à l'air libre, bref ils se débrouillent tout seuls. Cette économie de moyens faisait toute la beauté du lombricompostage, comme Kevin l'avait encore répété à l'antenne.

Sofia l'attendait sur le ponton. Sans même le saluer, elle l'entraîna à l'intérieur. La troisième ligne semblait prête. Encore vide, elle déployait jusqu'au bout du hangar ses formes métalliques monumentales. La trémie était en place, bien ajustée, sans qu'on puisse deviner le travail de soudure. La peinture verte toute fraîche témoignait d'un souci esthétique bien inutile et d'autant plus appréciable.

– Beau travail, remarqua Kevin en passant.

Sofia ne releva pas.

– On a remarqué depuis quelques semaines une baisse continue de la production. Il n'y a plus rien qui sort des lignes. On nourrit tant qu'on peut, mais c'est comme si les vers faisaient grève.

– Il y a un problème avec les déchets de L'Oréal ?

– C'est ce que j'ai cru au début, mais je les ai expérimentés sur les mini-composteurs et tout marche bien.

– Et la température...

– On est à vingt degrés, interrompit-elle agacée. Ce matin, j'ai enfilé la combi et j'ai tout remué. J'ai trouvé plein de galeries.

– C'est bizarre. Les épigés n'en creusent pas, normalement.

– Exact ! Alors j'ai commencé à donner des coups de fourche un peu partout. Et il y en a un qui est sorti.

– Un ver ?

– Un rat. On a réussi à le choper.

Elle retourna du bout du pied le cadavre, transpercé au niveau de l'abdomen. Sa queue, au moins aussi longue que son corps, dessinait comme un point d'interrogation. Ses doigts roses et ridés ressemblaient à ceux des bébés. « 99 % de gènes en commun », pensa Kevin avec dégoût.

– Il y en a des dizaines, peut-être des centaines, poursuivit Sofia. Toutes les lignes sont envahies.

Kevin ne supporta pas la vue du ventre blanc et rond, repu de vers, de ses vers. Il jeta un coup de pied haineux dans le cadavre. Il aurait eu envie de broyer ces rats, comme on pendait autrefois les taureaux ou les cochons qui tuaient les enfants. Il se sentait coupable et impuissant. Devant lui, silencieusement, l'hécatombe continuait. À ce moment précis, combien de vers étaient-ils en train de périr sous les dents des rongeurs ? Il les imaginait, alertés par les mouvements de la terre autour d'eux, se lançant dans des fuites éperdues, croyant le sol infini. Mais non, il n'y avait pas d'issue et les voilà pris au piège, rattrapés, torturés, déchirés, cisaillés, engloutis, digérés.

– On ne peut pas attraper les rats un à un, ni évidemment mettre de poison au milieu de notre compost. La seule solution, c'est de tout vider et de racheter des souches de lombrics.

– C'est un travail de dingue ! Il y a une centaine de tonnes là-dedans.

– Et mettre des grillages antirongeur.

– J'aurais dû y penser avant, maugréa sombrement Kevin.

– On en avait parlé à mon arrivée, mais vous étiez si pressés, tous les deux.

En pleine crise, Sofia aurait pu lui épargner ses reproches. Ils n'en étaient pas moins légitimes. Elle avait voulu sécuriser les lignes et Philippine s'y était opposée en pestant contre toutes ces précautions inutiles.

– Ça prendra des semaines avant de reconstituer la colonie, précisa Sofia.

Le reste de l'équipe s'était réuni en arc de cercle autour d'eux, tête baissée. Kevin comprit alors de quoi il s'agissait. Ce n'était pas une perte mais un deuil. Les lignes grouillantes de vie s'étaient transformées en cercueils. Au fil du temps, ces vers qu'on ne voyait pas, qu'on n'entendait pas, qu'on ne sentait pas, étaient devenus des compagnons. Ils emplissaient l'usine d'un silence particulier, comme une foule qui prie. Sans heurt ni drame, ce silence s'était mué en absence. Kevin comprit que ses troupes lui demandaient ce qu'on attend des parents d'un défunt : le premier sourire.

Il le leur accorda avec sa grâce instinctive et trouva quelques mots simples qui suffirent pour les remettre en mouvement. Puis il prit une pelle et entreprit avec eux l'ingrat travail de croque-mort qui consistait à vider les lignes.

XIII

En ce début d'automne, dans la ferme de Saint-Firmin, le moral déclinait avec les jours. Le père d'Arthur avait refusé de prendre en charge l'accusation d'écocide formulée par son fils envers M. Jobard. Il ne souhaitait pas compromettre sa réputation d'avocat dans une cause politiquement astucieuse mais juridiquement indéfendable. « Le droit, ce n'est pas du théâtre », avait-il osé lui répondre, lui qui avait construit sa carrière en mettant en scène ses plaidoiries.

– Alors les sans-papiers, les prostituées, les salafistes, ça t'intéresse de les défendre, mais pas les vers de terre ?

– Les vers de terre en tant que tels ne sont pas des sujets de droit. À ce que je sache, ils n'ont jamais porté plainte. On peut le regretter, mais c'est ainsi.

– Et puis ils ne parlent pas à la télé, n'est-ce pas ?

Les relations entre le père et le fils, qui n'avaient jamais été très chaleureuses depuis la mort de la mère d'Arthur, s'étaient alors interrompues. Arthur avait décidé de rédiger lui-même une demande reconventionnelle, nom juridique de la contre-attaque, où l'accusé devient accusateur et le requérant suspect. Arthur se présentait comme la victime d'une action délictueuse : il n'aurait jamais eu à planter cette haie si M. Jobard n'avait pas arraché les siennes et pollué les sols alentour. De plus, Arthur préparait un courrier à l'attention du procureur de la République pour dénoncer l'écocide de son voisin. Il lancerait ainsi trois actions parallèles, civile, pénale et médiatique.

Arthur passa des soirées entières plongé dans des manuels de jurisprudence pour tâcher de mettre sur sa colère les mots que la société et ses juges pourraient comprendre. Dans la pièce voisine, Anne travaillait sur son roman, dont elle refusait de révéler ne serait-ce que le sujet. D'après ce qu'Arthur pouvait entendre, elle soupirait beaucoup et tapait très peu. Quand ils se rejoignaient au lit, il se sentait empli d'aigreur, elle de frustration, et leurs corps sagement emballés dans leurs pyjamas s'éloignaient d'un même mouvement.

Quant aux vers de terre, ils boudaient toujours. Arthur en tenait toutes les semaines un recensement précis, en employant la méthode la plus rigoureuse : creuser un mètre cube de terre et compter. Pas de coup de fourche, pas de moutarde : il voulait un résultat exact, à l'unité près, quand bien même cela lui prenait une bonne journée de travail, assis en tailleur, les doigts dans la terre. Son blog était désormais suivi par une demi-douzaine de chercheurs de l'Inrae et il avait à cœur de leur imposer le respect. Hélas, force était de constater que son entreprise de revitalisation des sols n'avançait toujours pas. Le décompte des vers restait désespérément stable. Parfois, Arthur en trouvait une dizaine de plus. L'espoir le portait jusqu'à la semaine suivante, mais jamais la tendance ne s'était confirmée. Ni le biostimulant de Kevin ni la tentative de réinoculation au printemps n'avaient porté leurs fruits. Arthur se sentait à bout de ressources. La doche revenait, toujours plus drue et conquérante, affichant son échec à la vue de tous. C'était comme si cette terre était perdue pour toujours. Comme si la vie, échappant aux lois de la science biologique, refusait d'y revenir.

Léa, qui passait régulièrement à la ferme malgré l'hostilité perceptible d'Anne, expliquait les difficultés d'Arthur par une « intentionnalité trop étroite ».

– Tu essayes de forcer les choses. Le jour où tu cesseras de les vouloir, elles viendront d'elles-mêmes.

Les commentaires de ses anciens futurs collègues de l'Inrae étaient moins métaphysiques mais tout aussi inopérants.

C'est la sécheresse de l'été qui a dû les tuer.

Le sursemis ne peut pas fonctionner sans un peu de labour.

Il faudrait voir s'il n'y a pas un historique d'agrostis stolonifère dans cette prairie. Ça tue les autres herbes.

Si le sol est trop compacté, les lombrics exogènes n'ont pas pu creuser. Ils sont morts étouffés.

Tu en as introduit quelques centaines. C'est beaucoup trop peu. Il faudrait essayer avec quelques milliers.

Sur un sol argileux, c'est plus long, évidemment.

Pourquoi ne pas essayer le bois raméal fragmenté ? C'est une méthode qui cartonne. Ça fait revenir les champignons tout de suite.

Les lombrics indigènes en zone boisée ne sont pas forcément adaptés aux champs. On ne connaît pas assez les caractéristiques des sous-espèces.

Sans parcelle témoin, on ne peut pas faire d'analyse sérieuse.

C'est peut-être le trèfle. Moi, j'aurais plutôt mis des haricots en légumineuses.

Il y a sans doute une rémanence des pesticides. Et donc pas ou peu de champignons mycorhiziens. Sans champignons pour finir le travail de décomposition, je ne vois pas ce que les lombrics pourraient faire tout seuls. Perso, je laisserais encore le sol se reposer quatre ou cinq ans.

La seule conclusion certaine, c'était que les vers récoltés durant la battue, loin de se reproduire dans leur nouvelle terre, avaient fui ou péri. De faim, de chaleur, d'écrasement, de solitude, qui pouvait le dire ? En les déposant dans les trous qu'il avait creusés, Arthur les avait condamnés à mort, enterrés vivants. Lui qui se voulait le héros des vers de terre était devenu leur bourreau.

La seule éclaircie sur le plateau était le potager. En appliquant scolairement les techniques désormais bien rodées de la permaculture, Arthur était parvenu à assurer une production substantielle. Durant l'été, Arthur et Anne s'étaient rapprochés de l'autonomie alimentaire. Les œufs du poulailler leur fournissaient les protéines animales dont ils avaient besoin. Ils vendaient leurs surplus à la Lanterne et dégageaient ainsi l'équivalent d'un troisième RSA, qu'Arthur thésaurisait pour les mois d'hiver. S'inspirant de Thoreau qui dans son livre détaillait le prix de tout, Arthur tenait sur son blog des comptes très exacts de ses heures de travail, de ses dépenses et de ses recettes. Il voulait démontrer que l'on pouvait vivre assez facilement à l'équilibre, en réduisant ses besoins à l'essentiel et en échangeant *a minima* avec ses voisins proches, dans une forme très rudimentaire de division du travail. « Avec cent mètres carrés de terrain et deux heures de travail par jour, concluait-il, chacun peut se nourrir. Le reste, c'est du bonus. Il faut réhabiliter les physiocrates, ces économistes des Lumières pour qui la terre était la source de toute richesse. » Ces posts de blog, agrémentés de conseils pratiques sur la sélection des graines de salades ou les manières naturelles d'éloigner les limaces, remportaient un succès nettement supérieur aux passages à la fois plus techniques et moins encourageants sur les lombrics. Arthur en avait un peu honte. Ce qu'il écrivait sur le potager n'avait rien d'innovant, c'était peut-être même l'antithèse de l'innovation, l'exposé de connaissances emmagasinées par l'humanité depuis des milliers d'années. Mais à une époque à la mémoire si courte, où le bio restait considéré comme une extraordinaire nouveauté, Arthur se forgeait sa petite communauté.

Vivre à l'équilibre, oui sans doute, Arthur y parvenait. Mais vivre heureux ? Lui s'y trouvait plutôt disposé. Le jour où il verrait le matin, en prenant son café dans la cuisine, une prairie luxuriante où se régaleraient les lombrics, il pourrait se sentir parfaitement en paix. C'était Anne qui renâclait en s'inventant des manques.

*

Une fin d'après-midi, on toqua à la porte. Ce fut Anne qui ouvrit, trop contente d'être distraite de sa vaine recherche d'inspiration. Au ton de sa voix, Arthur comprit que ce n'était pas une visite de courtoisie. Il s'interrompit à son tour et aperçut une petite dame aux cheveux courts habillée de toutes les couleurs, affichant dans sa tenue une gaieté arc-en-ciel que son expression démentait totalement. Elle ne semblait pas très âgée mais ses rides étaient déjà profondes, comme si elle prenait de l'avance sur la vie. Il pensa d'abord à Mme Jobard, qu'il n'avait jamais vue que de loin.

– Je suis assermentée par le tribunal d'instance, expliqua-t-elle à Anne en lui mettant sous le nez une carte plastifiée.

« Une huissière ? », s'interrogea Arthur. C'était peu probable. La procédure suivait normalement son cours, avec une première audience fixée au début de l'année suivante.

– Madame est inspectrice, apparemment, siffla Anne en se tournant vers Arthur. Je ne vois pas pourquoi on m'inspecterait.

Arthur connaissait bien ce ton, qui l'exaspérait. Mise en difficulté, Anne retrouvait immédiatement la morgue de son éducation. Par réaction, il éprouvait une certaine sympathie pour l'inspectrice. Elle ressemblait à Nathalie Arthaud, la patronne de Lutte ouvrière, qui elle-même ressemblait à sa prédécesseuse Arlette Laguiller. Il devait y avoir un gène trotskiste auquel Arthur était sensible.

– Vous pouvez bien entendu refuser l'inspection, dit Arlette, mais vous prenez le risque que votre RSA vous soit retiré, ainsi bien entendu que de payer une amende pour indu et fraude.

Arthur la fit entrer avec davantage d'égards. Elle était dépêchée par la CAF, la Caisse d'allocations familiales, responsable du versement du RSA. Elle leur avait envoyé un courrier il y a une quinzaine de jours les avertissant de sa venue mais, comme le lui expliqua Arthur, personne n'allait jamais relever la boîte aux lettres située au bout du chemin, qui se remplissait exclusivement de catalogues publicitaires et de courriers administratifs. Qu'importe, Arthur était serein. Anne et lui touchaient légitimement ce que les représentants du peuple avaient décidé d'accorder à ceux qui ne percevaient aucun revenu, par malchance ou par choix. C'était leur droit. Il n'en éprouvait ni honte ni fierté. Si l'on savait donner un prix à la régénération d'une terre, pensait-il souvent, c'est la société qui serait son débiteur.

– Vous êtes bien installés, ici, dit Arlette en regardant autour d'elle.

– On a passé un an à tout rénover nous-mêmes.

– Tous les deux ?

– Oui, nous sommes un couple moderne.

– Je vois le genre.

– Quel genre ? réagit Anne sans contenir son agressivité.

Elle portait toujours sa salopette, mais toute propre désormais, et enfilée par-dessus un austère pull à col roulé.

– Le genre bobo à la campagne, répondit sans ménagement Arlette.

– On n'a pas l'air assez pauvres, c'est ça ? C'est pour nous insulter que le contribuable vous paie ?

Arthur tenta de pacifier la situation. Il est vrai qu'Arlette n'y mettait pas du sien. Elle refusa de s'asseoir et entama un monologue d'une voix de répondeur téléphonique.

– Je me dois tout d'abord de vous faire prendre connaissance de vos droits. Droit de vous faire assister lors de l'entretien si vous ne maîtrisez pas la langue française...

– Ça ira.

– Tout le monde n'a pas cette chance. Droit d'apporter toutes les précisions, observations ou demandes de modification nécessaires...

– Encore heureux, dit Anne. On a le droit de parler.

– Droit d'obtenir une copie du rapport d'enquête sur demande écrite adressée au directeur de la CAF.

Sans reprendre son souffle, elle énuméra les pièces justificatives qu'elle souhaitait consulter : pièce d'identité, livret de famille, contrat de location ou de bail, contrat d'assurance habitation, factures d'eau, d'électricité, de gaz, de téléphonie fixe ou mobile, derniers bulletins de salaire et contrat de travail, carte d'assuré social, relevé de compte bancaire ou postal, avis d'imposition, taxe foncière.

– Pour commencer, précisa-t-elle.

– Nous sortons tout juste de nos études. On a eu des contrats de stage, mais pas de travail.

– Je veux bien les voir. Et les diplômes aussi. Avec leur date d'obtention.

Anne resta ostensiblement les bras croisés pour bien montrer que tout cela n'avait aucun rapport avec sa vie à elle. Arthur partit dans la pièce voisine qui servait de bureau et tenta de réunir tous les documents qu'il pouvait trouver. Dans le salon, entre les deux femmes, le silence était total, seulement troublé par le bruit de l'imprimante qui crachait de la paperasse.

Arlette parcourut les feuilles encore chaudes, siglées RÉPUBLIQUE FRANÇAISE, en prenant des notes de manière aléatoire. Arthur eut l'impression qu'elle faisait semblant. Elle cherchait autre chose.

– Quelle est votre situation professionnelle, aujourd'hui ?

– Aucune. C'est bien pour ça qu'on...

– Romancière ! proclama Anne, le regard dans le vide.

– Merci de bien vouloir me fournir vos contrats d'édition. Vous êtes inscrite à l'Urssaf comme artiste-auteur ? Vous avez reçu un échéancier de cotisations ? Êtes-vous dispensée de précompte sur vos droits ?

– Non...

– Vous n'êtes pas dispensée de précompte ?

– Je n'en sais rien ! Je m'en fous ! Je suis romancière ! Comme Yourcenar, comme Beauvoir, comme Sagan ! Elles étaient dispensées de précompte, elles ?

– Je ne peux pas vous dire. Je ne me suis pas occupée de leur dossier.

Anne pouffa en laissant exploser tout son mépris.

– Vous bénéficiez de la Sécurité sociale des artistes-auteurs ? insista Arlette.

– Anne n'est pas encore vraiment... tenta d'expliquer Arthur.

– Vraiment quoi ? s'emporta Anne en se tournant vers Arthur. Je ne suis pas vraiment romancière, c'est ça ? C'est ce que tu penses, alors. Ce que tu as toujours pensé.

Sa voix se brisa et elle s'effondra dans le Chesterfield face à la cheminée, en cachant son visage dans ses mains.

– Si vous le voulez bien, dit Arlette, nous allons nous cantonner aux sujets purement administratifs.

Arthur commençait vraiment à apprécier Arlette.

– Vous n'avez donc pas signé de contrat d'édition ?

Anne resta muette. On ne voyait plus que sa chevelure bouclée qui s'étalait sur le dossier du canapé.

– On peut dire ça, répondit Arthur. Anne est une romancière en devenir.

Il entendit un soupir rageur du côté du canapé mais décida d'en terminer d'abord avec l'inspection, qui lui semblait plutôt en bonne voie.

– Bon, dit Arlette d'un ton encourageant en remettant machinalement en ordre le tas de feuilles. Il faudrait tout de même régulariser la situation de votre habitation, qui si je comprends bien appartient à votre père.

– Oui, mais il est d'accord...

– Justement. Vous devriez signer un commodat.

– Un quoi ?

– Un contrat de location à titre gratuit.

– OK, sourit Arthur.

Pressé d'en finir, il prit le parti de s'amuser de tous ces raffinements classificateurs conçus par la bureaucratie pour encadrer, discipliner, régulariser la vie. Au fond, pensa-t-il avec indulgence, tous ces gens ont peur. Peur de ce qui s'exprime, de ce qui déborde, de ce qui est. Ils sont comme les agris avec leurs pesticides : ils voudraient travailler sur une surface bien lisse et bien nette ; ne manipuler que des éléments connus et maîtrisés en suivant des protocoles infaillibles ; et voir pousser devant eux des citoyens parfaitement alignés, semblables à des épis de blé. Ils ne comprennent pas l'intérêt des vers de terre comme nous.

– Une dernière chose...

Arlette s'illumina soudain, l'œil brillant.

– Quelle est la nature de votre relation ?

Arthur demeura perplexe. La question pouvait en effet se poser. Mais il n'allait certainement pas entreprendre une thérapie de couple avec Arlette.

– Comme vous le savez, poursuivit-elle, le RSA est une allocation qui varie selon la composition du ménage. Vous recevez aujourd'hui, conformément à vos déclarations respectives, deux RSA à taux plein. Or, s'il s'avérait que vous formiez un foyer au sens social du terme, le montant perçu devrait être conjugalisé.

– Je ne vous suis pas bien. Nous ne sommes ni mariés ni pacsés.

– Je sais et je ne le remets pas en cause.

– Je vous en remercie, dit ironiquement Arthur.

– Néanmoins, je trouve ici des indices de concubinage. Si c'était le cas, vous vous exposeriez à un redressement de l'ordre de plusieurs milliers d'euros.

Toutes les bonnes dispositions d'Arthur envers Arlette s'effondrèrent. C'était le moment qu'elle guettait. La fausse empathie bourgeoise, très peu pour elle.

– Qu'entendez-vous exactement, demanda Arthur en conservant son calme, par des « indices de concubinage » ?

– C'est très simple. La loi est heureusement claire sur ce point. D'abord, vous vivez sous le même toit.

– Comme beaucoup de gens, amis ou colocs...

– Par ailleurs, Mademoiselle a indiqué que vous aviez rénové cette maison tous les deux. Vous le confirmez ?

– Oui, et alors ?

– Vous participez donc en commun aux charges du ménage. Indice supplémentaire.

– Vous n'êtes pas sérieuse...

Arthur entretenait encore l'illusion que l'être humain puisse percer sous l'inspectrice. Or ce qui la rendait humaine, pleinement humaine, c'était précisément la délectation qu'elle mettait à exercer son pouvoir administratif.

– Enfin, je me dois de vous poser une question un peu délicate. Partagez-vous le même lit ?

– Ça suffit ! hurla Anne en se levant brusquement. Casse-toi !

Anne empoigna le tisonnier de la cheminée et avança d'un pas déterminé, la poitrine soulevée par la haine, vers Arlette qui restait impassible. Arthur s'interposa.

– Je prends ça comme une réponse positive, conclut Arlette. Je vous remercie. J'ai tout ce qu'il me faut. Je vous souhaite une bonne soirée.

En une seconde, l'arc-en-ciel s'évapora. Anne demeurait face à Arthur, son tisonnier à la main. Elle le dévisageait avec la même colère. Il s'approcha à pas lents, les mains à moitié levées, adoptant naturellement les gestes que l'on fait pour désarmer un forcené.

– Anne, c'est moi, tout va bien, elle est partie.

Elle recula brusquement et leva le tisonnier. Il s'arrêta net.

– Tout ne va pas bien, pas bien du tout.

Sa voix était tombée. Elle parlait avec un calme encore plus terrifiant.

– Je n'ai jamais été aussi humiliée.

– Il ne faut pas le prendre comme ça. C'est ce qu'ils veulent. Ne leur donne pas cette victoire.

– Tu as fait de moi une mendiante.

– De quoi parles-tu ? En tant que citoyens, nous avons des droits et...

– Une mendiante et une boniche.

– Tu ne penses pas ce que tu dis.

Il se sentait gêné pour elle. Il n'allait certainement pas se lancer dans la litanie si commune de qui fait quoi.

– Les débuts sont plus difficiles que prévu...

– Les débuts ? Ça fait deux ans. Mes copines de Sciences Po sont assistantes parlementaires. Et moi...

– Toi, tu accomplis ton idéal à toi. Notre idéal. On aura bientôt notre Walden.

– Et on fera quoi dans notre Walden ? On se regardera dans le blanc des yeux, au coin du feu ?

– Exactement.

Arthur n'y croyait plus lui-même. Ces jours-ci, il parvenait à peine à regarder Anne dans les yeux. Alors, pour les cinquante prochaines années...

– T'es vraiment un loser.

– Tu m'as déjà dit ça. Tu te trompes. On n'est un loser que si on accepte les critères établis par la société.

– Tu n'as même pas réussi à faire ce pour quoi on était venus ici. Même les vers de terre refusent de te suivre.

– Peut-être que Léa a raison. J'essaye trop. Je n'ai pas encore assez l'esprit loser, en fait...

Anne secoua la tête en soupirant. Arthur sut alors que leur histoire était terminée. Avec de la haine, on pouvait encore sauver l'amour. Mais quand la haine devenait pitié, plus rien n'était possible. Il sentit poindre avec angoisse sa vieille ennemie, la solitude.

– Je ne suis pas une cassos, murmura Anne pour elle-même. Je suis romancière.

– Ça reste à prouver.

Perdu pour perdu, il exerçait son tout dernier privilège, celui de la franchise. Anne semblait tétanisée, figée dans sa position belliqueuse avec son tisonnier ridicule.

– Tu n'as pas écrit plus de mots que je n'ai ressuscité de vers de terre. On est quittes. Il faut croire, ajouta-t-il méchamment, que les mots aussi poussent mal sur un sol trop dur.

Anne resta encore interdite quelques secondes puis brusquement, en rassemblant toute sa force, lui asséna un violent coup sur le buste. Il n'eut pas le temps ni peut-être l'envie de se protéger. Le tisonnier s'abattit en plein sur ses côtes. Il s'effondra de douleur, sans un cri, la respiration coupée, en emportant comme dernière image d'Anne un visage de tueuse.

*

Quand Arthur revint à lui, il vit Matthieu. Il avait fait un feu et se tenait debout dans la pièce, un verre à la main. Arthur sentit un coussin sous sa tête et une couverture sur lui. Sa chemise était déchirée sur le côté. Il voulut faire un mouvement pour se relever mais poussa un gémissement de douleur.

– Bouge pas, dit Matthieu en s'approchant.

Il porta le verre aux lèvres d'Arthur en lui soutenant la tête. Arthur reconnut l'odeur puissante du calva.

– Ça peut pas te faire du mal.

– Un médecin... réclama Arthur.

– Mais, non ! T'es fou ! Tu vas attendre la nuit aux urgences de Caen sur une civière.

– Je vais être paralysé.

– Ah, ah ! Quelle blague ! Tu as une ou deux côtes cassées, au pire. Tu vas dérouiller pendant quatre ou cinq semaines, mais ça se remet tout seul. On va pas appeler le docteur pour ça. Mon paternel s'était pété cinq côtes en tombant d'une meule. Ça ne l'avait pas empêché de faire la traite, matin et soir.

Arthur reprenait peu à peu ses esprits. Il n'avait jamais entendu Matthieu parler autant.

– Anne ?

– Je l'ai conduite à la gare. Elle m'a dit que tu l'avais bien cherché. Après, moi, je ne juge pas.

Arthur commença à sangloter. Il se sentait abandonné, cassé, incapable de poursuivre sa vie ici. Il n'était pas loin de donner raison à Anne. Un loser. Le plus simple, le plus naturel serait de rentrer au bercail. De prendre lui aussi le train pour Paris. De revenir, tête basse, à l'Inrae.

Chaque hoquet lui déchirait les entrailles, comme si on y enfonçait une lame de couteau. Il sécha vite ses larmes.

– Reprends une goutte, dit Matthieu.

Par petites gorgées régulières, Arthur vida un bon quart de la bouteille en écoutant le feu crépiter. Matthieu le veillait sans rien dire, en tisonnant les braises de temps à autre. La nuit était déjà tombée. Ce serait bientôt les premières gelées.

Arthur se laissa engourdir par la chaleur de l'alcool. Ses sentiments décantaient. Cette rupture amenait une certaine clarification. Il n'était plus en vacances prolongées à la campagne avec sa copine. Il devait soit prendre sa mission au sérieux, soit partir.

Assis au fond de son fauteuil, Matthieu était retombé dans sa torpeur habituelle. Paisible, massif, immuable. Avec cette faculté innée de ne penser à rien qui exigerait pour Arthur et ses semblables plusieurs années de stages de méditation. Arthur se représenta un instant le plateau de Saclay, le RER, les labos, les déjeuners à la cantine entre collègues. Ce n'était plus envisageable. Ce qui avait commencé comme une gageure post-adolescente était devenu sa raison de vivre. Il fut gagné par une certaine excitation à l'idée de l'épreuve qui s'annonçait. Il allait enfin se mesurer à lui-même.

– Ils ont raison, dit-il enfin. Je devrais inoculer davantage de vers. Peut-être acheter des souches. Et combiner le ray-grass avec des haricots.

Matthieu grogna.

– Non ?

Il grogna à nouveau. C'était non.

– Laisse-la tranquille, ta terre.

– Mais il ne va rien se passer !

– Voilà. Rien du tout.

Arthur se redressa avec peine. Il regarda à travers le trou que Matthieu avait découpé dans sa chemise : sa peau ressemblait à une galaxie vue au télescope, violette au centre, là où Anne avait frappé, puis dégradée en cercles de couleur concentriques.

– Je vais t'apporter du fumier la semaine prochaine. Avec toute la litière des brebis, j'en ai des tonnes dont je ne sais pas quoi faire. On va t'en étaler une bonne couche sur tes deux hectares. Comme une crème sur un gâteau.

– Bonne idée, oui. De la matière organique.

– Les vers sont comme tout le monde. Ils viennent là où ils peuvent bouffer.

XIV

– Ce n'est pas une grève qui va gâcher notre week-end, déclara Philippine d'un ton martial.

Leur train pour Verneuil-sur-Avre ayant été annulé, Philippine déploya son ingéniosité coutumière pour dénicher une compagnie de chauffeurs de luxe qui bravait les pénuries d'essence.

– On mettra ça sur le compte de la boîte. De toute façon, vu le genre des invités, on peut considérer que c'est un déplacement boulot.

Ils partirent donc le samedi matin en direction du Perche où Madame RSE, leur soutien le plus important chez L'Oréal, les avait invités à passer une nuit. Ils s'installèrent dans la Tesla chargée au maximum. Le chauffeur, Yacine, était vêtu d'un costume impeccable et faisait preuve d'une courtoisie savamment dosée, prêt à feindre la complicité quand le client était d'humeur bavarde mais aussi à endosser le rôle de serviteur muet et obséquieux si nécessaire. Personnellement, il s'en fichait, l'essentiel était de recevoir ses cinq étoiles. Il comprit vite à qui il avait affaire et sélectionna une playlist des sonates de Mozart en fond sonore.

– Je vais passer par Concorde pour éviter les cortèges, expliqua-t-il en devançant les reproches. La CGT va partir de Villiers et monter vers Clichy. On perd vingt minutes mais on est sûrs de ne pas être bloqués.

– C'est fou d'emmerder les gens comme ça, lâcha Philippine. Vous, bon, vous avez une électrique, mais vos collègues, ils ne peuvent plus travailler !

Yacine hocha vigoureusement la tête. Il avait appris à épouser les opinions de ses clients. Il leur donnait ainsi, gratis, le sentiment réconfortant de se trouver du bon côté de l'histoire, en communion avec le prolétariat immigré. Une fois, il avait transporté un chroniqueur radio qui, une demi-heure plus tard à l'antenne, l'avait cité à l'appui de son raisonnement. Yacine avait bien rigolé. Il trouvait étrange cette manie des riches de vouloir à tout prix invoquer la justice au service de leur confort. Ils pourraient se contenter de défendre leurs intérêts, personne ne leur en voudrait.

– L'avantage, continua Philippine après un temps de réflexion, c'est qu'il y a moins de circulation.

– Tout à fait, ça devrait être fluide.

La Tesla glissa sans bruit à travers la France en colère. Derrière leurs vitres teintées, Kevin et Philippine virent les poubelles qui s'accumulaient dans les rues, les cars de CRS garés à la queue leu leu en attendant l'affrontement, les magasins aux rideaux de fer tirés, les manifestants en gilet jaune qui occupaient les péages, les affiches et les banderoles recouvrant les ponts et les intersections. Même sur les routes de campagne, ils durent franchir quelques barrages bon enfant, en s'acquittant d'un coup de klaxon. Des militants d'Extinction Rebellion se mêlaient aux protestataires comme ils le faisaient désormais à chaque occasion, interprétant toutes les misères du peuple à l'aune de la crise écologique. Au centre des bourgs, les boulangeries en faillite, aux vitrines occultées par des coups de peinture blanche, donnaient la mesure des ravages de l'inflation.

– C'est tellement triste, un village sans croissants, commenta Philippine. Je ne sais pas comment font les gens pour vivre là.

Ils passèrent devant un dernier barrage bien peu menaçant, où deux retraités bavassaient thermos à la main en tenant négligemment une pancarte sur le pouvoir d'achat, et arrivèrent enfin, cinquante mètres plus loin, devant un portail en bois bardé d'acier. Philippine fit un coucou à la caméra de vidéosurveillance, le mécanisme d'ouverture se mit en marche et la Tesla fit crisser ses pneus sur l'allée de gravier qui menait au manoir. De part et d'autre se découvrait un espace aménagé de manière élégante et bucolique, des prairies où paissaient des ânes, des vergers en fleurs, des ruisseaux enjambés par des ponts de pierre, des granges à foin réhabilitées avec soin, et même un vieux four à pain dont la cheminée était envahie par le lierre. On devinait dans le fond l'ancienne butte féodale, aujourd'hui recouverte d'un bois de feuillus.

– C'est juste à droite, indiqua Philippine.

– Tu es déjà venue là ? lui demanda Kevin, surpris.

– Quelquefois, oui, répondit-elle en rougissant légèrement.

– Mais... tu connaissais déjà...

– C'est une amie de mes parents.

– Je comprends mieux.

– Il n'y a rien à comprendre ! Nous sommes passés par tous les process habituels de L'Oréal. Le monde est petit, voilà tout.

Ils roulèrent au-dessus des anciennes douves, remplies d'une eau saumâtre, et débouchèrent dans la cour. La façade, haute de seulement un étage, était celle d'une grosse bâtisse fortifiée. Ses fenêtres à meneaux donnaient une impression d'opulence seigneuriale, sans la prétention d'un château. De chaque côté partait un mur d'enceinte surmonté d'échauguettes et prolongé par des ailes d'habitation sans doute bâties plus tardivement. On devinait à l'extrémité le toit effilé d'une tourelle, comme une flûte à champagne à l'envers. Madame RSE, postée sur son perron, descendit la volée de marches avec la componction d'un chef d'État venant accueillir un homologue.

– Ma chérie ! s'exclama-t-elle en voyant Philippine qui s'élançait hors de la voiture.

Kevin remercia Yacine et confirma l'horaire de retour.

– Quelle baraque de dingue, lui dit-il pour finir.

En exprimant avec autant de candeur son émerveillement, Kevin espérait convaincre Yacine qu'il n'appartenait pas à ce monde-là, ce monde de dingue. Pour toute réponse, Yacine afficha un sourire commercial. C'était trop tard. Il y appartenait.

– Pas trop galère, avec les grèves ? demanda Madame RSE.

– Un cauchemar, répondit Philippine.

– Tu verras, ça vaut le coup. Devine qui j'ai invité !

Philippine prêta une oreille attentive.

– Bon, tu sais que je siège au conseil d'administration de la French-American Foundation ?

Philippine ne savait pas mais n'en fut pas surprise. Madame RSE participait à tant de fondations et de think tanks ! La French-American Foundation, c'était un cercle d'influence qui sous prétexte de liens avec les États-Unis cooptait la jeune élite française. Tous les ans était sélectionnée une dizaine de « Young Leaders » trentenaires, promis sauf accident de parcours à de hautes responsabilités. Bien des patrons, ministres et même présidents en avaient fait partie.

– Alors, continua Madame RSE en battant des mains, j'ai eu l'idée d'inviter toute la nouvelle promo ce soir ! Que des jeunes.

Philippine sembla un tantinet déçue. Elle préférait les vieux qui avaient déjà réussi.

– Mon cher Kevin... reprit Madame RSE en lui tendant la main, on se tutoie à présent, n'est-ce pas ?

Comme il acquiesçait, la poignée de main se prolongea en une paire de bises. Kevin se sentit enveloppé par un lourd parfum vanillé.

Madame RSE les accompagna jusqu'à leurs chambres respectives. Ils cheminèrent dans une enfilade de pièces meublées avec une élégance rustique, bien adaptée à l'histoire agricole du manoir : chandeliers en fer forgé, vieux pressoirs convertis en guéridons, bibliothèque en planches de chêne massif, armoires normandes monumentales, tables de ferme aux pieds creusés par des générations de dîneurs, chaises rempaillées à grands frais...

– Que du recyclage ! commenta fièrement leur hôtesse. Des trucs chinés. C'est incroyable, ça ne vaut plus rien. Un buffet Henri II en noyer, avec ses colonnes annelées, ses corniches dégradées, ses feuilles d'acanthe, ses bas-reliefs et ses médaillons sculptés, des centaines d'heures de travail d'ébénisterie, un luxe inouï, ça part pour la moitié du prix d'un meuble Ikea en mélaminé.

– Les gens ne connaissent plus la valeur des choses, déplora Philippine sans y jeter un œil.

Ils pénétrèrent dans l'arrière-cour où l'on pouvait apercevoir l'ensemble des bâtiments, disposés en arc de cercle. Madame RSE en profita pour décrire ses récents travaux d'aménagement. Le principal privilège de celui qui reçoit est de pouvoir assommer ses hôtes avec des problèmes de plomberie.

– Ça m'a coûté un bras, mais tout a été refait de manière durable, en utilisant des matériaux biosourcés. C'est désormais une maison à énergie positive. Toutes les fenêtres ont été double-vitrées. Les toilettes sont alimentées par l'eau de pluie et les radiateurs par une pompe à chaleur. Il y a des panneaux solaires de l'autre côté du toit qui produisent dix kilowatts et aussi une éolienne derrière la tourelle, qu'on ne voit pas d'ici, heureusement !

– Oui, c'est assez moche, renchérit Philippine.

– Même principe pour le terrain, évidemment : zéro pesticide, zéro engrais. Seulement du compost et le fumier des ânes qu'on fait sécher. Vous irez voir le potager : il suffit largement à notre consommation ici ; le surplus est donné à la cantine de l'école d'à côté. Tout en permaculture, bien sûr. Vous allez être contents tous les deux, il doit y avoir des tonnes de vers de terre !

– Je vais aller voir ça, dit Kevin qui commençait à prendre le pli des mondanités. Je vous en... je t'en apporterai pour l'apéro. C'est plein de protéines.

Madame RSE s'esclaffa de bon cœur.

– Sur les toasts, ce sera parfait ! Bien sûr, reprit-elle sur un ton plus sérieux, l'agriculture régénérative que nous pratiquons ici exige davantage de main-d'œuvre. Et vu le niveau des charges, l'entretien représente chaque mois une petite fortune... Mais j'assume tout ! On ne pourra pas dire que je n'applique pas ce que je prône. C'est un manoir cent pour cent responsable. Quand je pense aux procès en greenwashing que je dois subir dans la presse...

Elle poussa un profond soupir, prenant à témoin Kevin, Philippine et le monde entier de l'ampleur des sacrifices auxquels elle consentait et de l'injustice qu'elle subissait en retour. Puis elle les conduisit dans l'aile sud, consacrée aux invités. Elle désigna leurs chambres et déclara avec autorité : « quartiers libres ! », avant de tourner les talons.

Un peu barbouillé après le trajet en voiture et redoutant de voir Philippine surgir dans sa chambre, Kevin partit se promener dans le jardin. Il remonta le ruisseau principal et gagna le verger. Il marchait sur un tapis multicolore. Les fleurs de printemps se dépêchaient d'éclore avant que les feuillages des fruitiers ne leur fassent de l'ombre. Kevin parvint jusqu'à l'endroit où l'eau jaillissait du sol, canalisée par des bassins en granit et rigoles en bambous. Le débit important indiquait des nappes phréatiques bien remplies. En contre-haut se découvrait un large espace d'un demi-hectare environ dévolu à la culture sur buttes, une vieille technique récemment remise à la mode par les adeptes du sans-labour. L'empilement de bois mort, d'écorce et de fumier formait des banquettes pyramidales qui se prolongeaient sur des dizaines de mètres et où les graines étaient directement enfouies. C'était un champ à l'envers, où les sillons auraient été retournés comme des gants et que l'homme visitait en Lilliputien.

Kevin circula entre les buttes, délimitées par des rondins de bois et alignées en ménageant par endroits des passages. Il n'en avait jamais vu autant et si bien disposées. Elles avaient été récemment couvertes de paillis, à la fois pour nourrir le sol en azote et pour limiter la pousse d'adventices. Un pays de cocagne pour les vers de terre ! Malgré la saison, de nombreuses feuilles étaient déjà sorties de terre. La chaleur nourricière de la butte compensait la météo. Kevin reconnut des petits pois, des salades, même quelques patates. Plus loin, deux cabanes de jardinage remplies d'outils témoignaient d'un entretien régulier et méticuleux. Il hocha la tête d'un air de connaisseur. Du très bon travail.

Kevin ne put résister à la tentation de plonger sa main dans la terre noire et humide. Il s'enfonça sans résistance, jusqu'au poignet. Il resta ainsi un moment, malaxant la matière grumeleuse. C'était chaud, encore plus chaud que le soleil sur sa peau, d'une chaleur de sauna, moite et engourdissante. Il se laissait prendre par cette matrice originelle, sans aucune envie d'en ressortir. Cette sensation lui en rappelait d'autres. Des chairs qui s'amollissaient de l'intérieur, qui ruisselaient sous ses doigts, qui l'entraînaient dans leurs replis secrets. Tout l'inverse de ses rapports avec Philippine, toujours si sèche, presque douloureuse. Kevin poussa un soupir. Il avait besoin de cette tendresse. Il jeta un œil aux alentours pour s'assurer qu'il était seul et s'enfouit plus profondément dans la terre en y introduisant tout l'avant-bras. Il la doigtait avec ardeur, s'enivrant du plaisir imaginaire qu'il lui donnait, le bassin collé à la butte.

Kevin sentit un grouillement autour de sa main, puis un contact hésitant et visqueux. Il se recula légèrement et prit de longues respirations, s'efforçant de demeurer immobile pour donner confiance au ver qui escaladait sa main, sans doute attiré par les sels minéraux qu'exsude la peau humaine. Faute de mieux, Kevin apportait ainsi sa petite contribution à l'écosystème. Le mot dut circuler dans les galeries qu'il y avait là un suc rare et succulent, disponible à volonté. Kevin fut bientôt assailli par toute une colonie de vers serpentant goulûment sur sa paume. Les vers suçaient sa peau de leurs bouches sans dents comme autant de ventouses miniatures. Il se laissa masser longuement, écartant les doigts pour leur ouvrir de nouveaux chemins. Quand enfin il retira sa main, elle était luisante de mucus.

Kevin retourna vers le ruisseau pour se calmer. Il s'assit entre les joncs qui le bordaient et trempa sa main dans l'eau froide, puis l'essuya sur les touffes d'herbe grasse. La rumeur du courant berçait ses pensées. Tout semblait ici harmonieux, prospère et vertueux. Madame RSE, en dépit de son parfum vanillé et des lieux communs qu'elle enchaînait sans interruption, avait raison de dire qu'elle mettait ses principes en application. Au fond, réfléchit Kevin, elle avait réussi à faire ce dont rêvait Arthur.

Tout l'après-midi, il vit arriver depuis sa fenêtre de chambre les Young Leaders. Sentiment rare chez lui, il était intimidé. Ils étaient plus âgés que lui, mais pas suffisamment pour qu'il puisse se réfugier derrière le statut commode du petit jeune. Ils avaient tous l'air si souriants, si confiants, si alertes avec leurs valises format cabine festonnées des cartes Gold des compagnies aériennes. Kevin entraperçut une silhouette qui ressemblait à Thomas Pesquet. « L'astronaute ? se demanda-t-il à voix basse. Mais qu'est-ce qu'il fout là ? » Il ignorait que les héros des journaux eussent aussi une vie réelle, et encore moins qu'il pût y jouer un rôle quelconque.

Un couple avait emmené ses jeunes enfants et leur nanny philippine qui avait visiblement pour consigne de leur parler anglais. Kevin les regarda jouer dans l'arrière-cour. La nanny les surveillait d'un œil distrait tout en visionnant une série sur son téléphone. Empaquetés dans leurs vêtements Bonpoint, pantalons en velours côtelé et chemises à carreaux, ils couraient comme tous les enfants, se chicanaient comme tous les enfants, pleurnichaient comme tous les enfants, mais reprenaient vite leurs esprits, comme s'ils avaient déjà conscience que rien ne pouvait être très grave.

– *Move on*, dit la sœur à son frère qui protestait à cause d'un ballon dégonflé.

Au moment d'aller dîner, Kevin ôta son T-shirt gris et enfila une chemise, sa seule chemise, qu'il avait soigneusement pliée pour ne pas la froisser. Il savait que désormais sa beauté ne suffisait plus. Quand il franchit la porte du salon où bruissait déjà la conversation des Young Leaders, Madame RSE lui tendit une flûte de champagne et le prit délicatement à part.

– Mon cher Kevin, je ne veux pas gâcher la soirée en parlant boulot...

Kevin se crispa. Il savait que le rythme de traitement des déchets avait considérablement ralenti après l'épisode des rats. Quel retard avait exactement été accumulé, il n'aurait pas pu le dire. Philippine avait pris en charge ce qu'elle appelait la comptabilité et qui relevait, selon elle, des aspects commerciaux. Elle assurait désormais directement l'interface avec L'Oréal et coordonnait l'arrivée des camions à l'usine avec Sofia. Kevin pouvait ainsi se concentrer sur l'assemblage des nouvelles lignes, le perfectionnement de Vino Veritas et bien sûr les médias.

– Le problème a été résolu, dit-il précipitamment, et nous allons bientôt lancer...

– Quel problème ? Je veux juste te dire que notre expérience avec Veritas a été jugée très concluante, dit Madame RSE. La proof of concept est validée. Nous sommes prêts à passer à la prochaine étape.

Kevin demeura interdit. Madame RSE leva sa flûte en le regardant dans les yeux.

– Un vrai partenariat ! Pour trois mille tonnes de déchets par an, venus de toutes nos usines d'Europe. Je suis si contente. Ce sera un modèle pour toute l'industrie.

Ils trinquèrent aux vers de terre. Philippine les rejoignit, tout sourire. Kevin n'en demanda pas davantage. Il était prêt à mettre les bouchées doubles.

Ils rejoignirent les invités à l'autre bout du salon. Une douzaine de jeunes gens étaient avachis sur des canapés bas et profonds qui semblaient très difficiles à quitter. En face d'eux, une bûche se consumait lentement dans une cheminée en granit équipée d'un insert dernier cri. Au passage, Kevin examina la bibliothèque en planches de chêne qui couvrait le mur du fond. Elle était remplie d'albums sur la peinture, de beaux livres illustrés, de vieux bouquins de brocanteur reliés en cuir, de manuels de jardinage et d'une poignée de livres contemporains, romans primés et essais à gros tirage. Depuis sa rencontre avec Arthur, Kevin était capable de reconnaître la bibliothèque de quelqu'un qui ne lisait pas.

Les Young Leaders se connaissaient déjà entre eux et se lançaient des vannes. Ils saluèrent Philippine et Kevin avec une cordiale simplicité. Ils étaient bien sûr au courant de leur spectaculaire levée de fonds. Ces premiers succès rendaient Philippine et Kevin assez normaux aux yeux de gens qui ne l'étaient pas. Ils auraient toute leur place dans le clan.

Le grand sujet du moment était la grève. Chacun racontait ses exploits pour contourner les blocages. La palme revenait à Victor qui s'était posé avec son hélicoptère dans une prairie permanente que Madame RSE laissait à l'état sauvage. Créateur d'un fonds d'investissement spécialisé dans les énergies renouvelables, Victor avait passé son brevet de pilote deux ans auparavant et s'était acheté son propre appareil, « pas beaucoup plus cher qu'un Porsche Cayenne », précisait-il modestement. Le reste du groupe le chambrait sur ses émissions carbone. Victor, mi-sérieux mi-ironique, soutint qu'un hélicoptère consommait moins d'essence qu'une voiture si l'on prenait en compte non pas la distance mais le trajet. Éclat de rire général.

– C'est quoi, cet élément de langage pourri ?

– On n'est pas chez Élise Lucet ici, tu peux dire la vérité.

– Pareil pour le harcèlement sexuel, il faudrait prendre en compte le trajet de la main vers les fesses, pas la distance. C'est bien trouvé.

– Mais je vous jure, se défendit Victor. Il suffit de comparer la consommation d'un point A à un point B. L'hélico prend une ligne droite. Donc même s'il émet davantage de CO_2 au kilomètre, il gagne au final.

– Et donc avec ton fonds, tu finances des hélicos pour sauver la planète ?

– L'hélico pour tous ! Super slogan.

– Tu as touché les cent euros de chèque énergie verte, j'espère ?

– Vous me faites tous chier, conclut Victor en s'enfonçant dans les coussins.

– Ah voilà, on te retrouve !

– Et toi, Thomas, tu en dis quoi ? Niveau trajet, la fusée c'est encore plus économique, non ?

– Il paraît qu'Hidalgo veut mettre des fusées électriques en libre-service.

– Ça serait du co-rocketing.

C'était donc bien Thomas Pesquet, l'astronaute à qui la France entière demandait comment on fait pipi dans l'espace. Il se comportait lui aussi en bon camarade.

– Pour la petite minorité qui ne possède pas d'hélico, cette grève est quand même emmerdante. Et surtout, obsolète. Vous savez ce que m'a sorti un syndicaliste FO sur le plateau de BFM ?

La parole fut monopolisée par un certain Gaspard, un essayiste qui se piquait d'être médiatique mais dont Kevin n'avait jamais entendu parler. Gaspard s'indigna d'un débat télévisé qui visiblement n'avait pas tourné à son avantage et se lança dans une histoire de « changement de paradigme » qui rappela à Kevin le discours incompréhensible du chargé de mission de la BPI. Le ton devint sérieux un moment.

– On va encore avoir l'air de cons à l'étranger.

– Les Français ne connaissent pas leur chance.

– Ils ont tout et ils râlent.

– Ils détestent le changement.

– À chaque fois qu'on leur propose une réforme intelligente, ils bloquent le pays.

Kevin n'avait pas d'avis tranché sur la grève. Ses parents n'avaient jamais participé au moindre mouvement social. Sans emploi stable, ils ne se sentaient nullement concernés par la hausse des salaires ou l'âge légal de départ à la retraite. Ils savaient qu'ils étaient pauvres et qu'ils le resteraient. Pour eux, faire grève représentait un luxe définitivement hors de portée, réservé à ceux qui avaient un contrat en CDI, possédaient leur propre maison et partaient en vacances en Espagne au mois d'août.

En revanche, ce qui l'étonnait dans cette discussion, c'était cette manière de parler des Français à la troisième personne. Ses parents n'auraient jamais fait ça.

– La richesse, dit soudain Philippine de sa voix rauque, c'est nous qui la créons, et ce sont eux qui la détruisent.

Un silence embarrassé s'installa, dont Madame RSE profita pour remplir les flûtes vides. Philippine venait de franchir la ligne très fine, presque imperceptible, qui séparait la satisfaction méritocratique du mépris de classe. On mettrait ce faux pas sur le compte de sa jeunesse. Quelques regards se tournèrent vers Kevin qui resta impassible, soucieux de ne pas se désolidariser ouvertement de sa cofondatrice.

Victor sortit alors une sorte de tabatière qui déclencha des exclamations soulagées. Il l'ouvrit cérémonieusement. Dans les rainures du plateau en bois étaient disposés une dizaine de joints déjà roulés.

– Tu nous gâtes !

– Tu nous surestimes, surtout.

– Je comprends mieux pourquoi tu prends l'hélico. C'est pour éviter les tests salivaires !

Victor se tourna vers Madame RSE d'un air interrogateur. Elle fit une moue acrobatique, lèvres pincées, sourire contenu, regard faussement sévère. Les Young Leaders attendaient ses paroles comme des écoliers fautifs devant leur maîtresse.

– Je vais vous chercher des cendriers, lâcha-t-elle après avoir fait durer le silence.

Tous applaudirent. Victor mit deux premiers joints en circulation. Ici comme dans les cages d'escalier de Seine-Saint-Denis, une même éthique s'appliquait : il fallait faire tourner. La discussion se scinda en petits groupes. Kevin parla lombrics avec son voisin immédiat, un chirurgien proctologue qui en échange lui montra des photos de ses opérations.

– Toi et moi, on fait dans le dégueu, commenta-t-il. On remue la merde que personne ne veut voir. Parmi mes patients, il y a des malades, bien sûr, ils n'y sont pour rien, les pauvres. Mais pas que. Il y a aussi une bonne proportion de pervers. Tu n'imagines pas tout ce que les gens se mettent dans le cul. Pas plus tard que la semaine dernière, j'ai sorti un éventail. Et tout ça, remboursé par la Sécu, bien sûr.

– On sait à quoi ressemble le trou de la Sécu, maintenant, se risqua Kevin.

Le chirurgien lui tapa sur l'épaule et s'empressa de s'approprier la plaisanterie pour la répéter aux autres. Kevin en profita pour attraper des bribes de conversations. D'après ce qu'il entendait, il y avait là, en plus des quelques consultants et financiers auxquels on ne pouvait échapper, une éditrice en vue, un chef tout juste étoilé, un officier de commando marine, une architecte d'origine iranienne, une commentatrice sportive qui revenait de la Coupe du monde de foot, un député de l'opposition... Leurs titres très sérieux étaient démentis par leurs têtes de jeunes, assez jeunes en tout cas pour avoir encore envie de se moquer de leurs aînés. Quelques-uns étaient accompagnés mais la plupart étaient venus seuls, comme s'ils venaient chercher la bande de potes que leur carrière ne leur avait jamais laissé le temps d'avoir. Kevin se dit que, si Veritas marchait aussi bien que l'espérait Philippine, il pourrait lui aussi postuler.

Une clameur s'éleva, peu à peu reprise par tout le groupe.

– Mélanie ! Mélanie ! Mélanie !

Une grande fille blonde un peu malingre se leva, l'air puni.

– Bon, d'accord... dit-elle.

Elle passa dans le hall d'entrée et en revint avec un violon. Elle marchait maladroitement, comme si elle cherchait à corriger une boiterie.

– Elle est premier violon au Philharmonique de Radio France, murmura le chirurgien à l'oreille de Kevin. Tu vas voir, ça déchire.

Mélanie rejeta sa chevelure sur le côté, cala le violon contre son cou et frotta quelques cordes pour accorder son instrument. Kevin comprit ce qui l'intriguait sur son visage pourtant gracieux. Ses traits étaient dissymétriques. Une moitié de bouche partait d'un côté, un sourcil de l'autre, comme reflétée par un miroir déformant.

– C’est un stradivarius, au moins ? ricana Gaspard.
– Oui, répondit-elle nonchalamment. Maintenant, vos gueules. Je vais vous faire un truc facile, sinon vous n’allez pas comprendre.
– Dis tout de suite qu’on est des ignares.
– La « Chaconne » de la *Partita n° 2* de Bach.
Les Young Leaders hochèrent la tête d’un air entendu et ravi. Kevin se sentit pris au dépourvu. Il ne savait pas quelle attitude adopter. La musique n’occupait pas la moindre place dans sa vie. Quand il voulait se distraire l’oreille, il mettait seulement du bruit en arrière-fond en se laissant bercer par les algorithmes de streaming.
Kevin jeta un œil sur Philippine et se redressa en prenant une mine concentrée. Les premières notes lui apparurent comme des points d’interrogation. Il ne comprenait rien. Il trouvait la mélodie brouillonne, pénible même, comme si ni Bach ni Mélanie ne savaient où ils allaient. Il décida de prendre son mal en patience, comme il savait si bien faire. Il tira sur le joint et le passa à Philippine.
Puis soudain, au bout de quelques minutes, le violon s’emballa. Les notes montaient un escalier à toute vitesse, retombaient par terre, recommençaient. L’expression de Mélanie était douloureuse, encore plus tordue que tout à l’heure. Kevin avait l’impression gênante de voir une jolie fille constipée sur le siège des toilettes. « Ça doit être ça. C’est parti ! », se dit-il. Mais non. Tout s’éteignit et les points d’interrogation surgirent à nouveau. Kevin remarqua Gaspard qui vérifiait discrètement ses messages sur son téléphone. Au moins, il n’était pas le seul ignare.
Le deuxième joint lui arriva entre les mains. Il en prit quelques bouffées. La tête commençait à lui tourner légèrement. C’est alors que les notes reprirent le même escalier, mais cette fois

sans tomber. Arrivées au sommet, elle se mirent à tourner en boucle. *Mezzo voce* d'abord, puis de plus en plus fort. Mélanie ne grimaçait plus, ses doigts parcouraient les cordes sans effort apparent, comme si elle faisait semblant de jouer et que le son s'était détaché de tout support physique. Légèrement penché sur son instrument, son visage semblait enfin harmonieux.

Kevin se sentit traversé de frissons de la nuque à l'anus. Il s'affala dans le canapé, la tête renversée en arrière, délicieusement terrassé. Le même thème se répétait, montait encore dans les octaves, accélérait. La bouche pâteuse, le corps alangui par la drogue, l'esprit à la dérive, Kevin eut alors l'impression de voir le son, comme si ses sens se mêlaient les uns aux autres. Ce n'était pas une image ni une hallucination, mais une incarnation aussi vivace qu'indescriptible. Il vit devant ses yeux le cri haché d'un fou plus sage que les sages, d'un sage plus fou que les fous, et qui désespérait d'être compris. Parfois Mélanie s'attardait sur une basse, coup de frein grave et traînant, retour à la raison commune, mais le fou toujours s'échappait et repartait de plus belle, galopant dans les rues, s'égosillant devant des volets fermés. Il détenait un message dont personne ne voulait, *vox clamans in deserto*. Il fallait donc qu'il meure. Kevin désirait autant qu'il redoutait ce moment : l'effondrement, l'exécution, l'accord terminal. Mais il ne venait jamais. Au contraire, la musique se compliqua d'une deuxième voix qui hurlait la même histoire, puis d'une troisième, peut-être même d'une quatrième, Kevin était perdu. Le message résonnait en écho contre des murs sans oreille, manège de notes qui tournait à toute vitesse, revenant sans cesse à son point de départ. Le fou dansait sur lui-même. Il ne voulait pas disparaître. Il avait renoncé à perdre espoir.

Kevin sentait ses membres lourds. Ce supplice était délicieux. Il observa Mélanie. Sa peau était pâle, couleur pierre de lune.

Elle fermait à moitié les yeux. Elle savait ce qu'elle faisait. Les Young Leaders semblaient tous pétrifiés. Même Gaspard avait lâché son téléphone. Une poignée de retardataires prirent place sur les chaises du fond. Kevin ne distingua que leurs silhouettes, dont celle furtive d'une femme brune aux cheveux bouclés qui se cacha vite derrière les autres.

Kevin avait bien compris désormais que la conclusion était impossible. Il n'y aurait pas d'effondrement ni d'accord terminal. Petit à petit, épuisé, le fou se tut. Les voix disparurent une à une. Ne resta plus dans la pièce qu'une lamentation pure et désespérée qui s'accrochait de manière impardonnable à la vie. Puis elle-même s'effondra dans un interminable trille, derniers soubresauts du fou à terre, points de suspension prolongeant un message indéchiffrable.

La suite ne fut qu'une longue et inutile consolation. Kevin retrouva les points d'interrogation du début, que Mélanie semblait désormais dessiner avec une certaine lassitude. Il les trouva hypocrites. À quoi bon se poser des questions quand on est incapable de comprendre les réponses ?

Chacun reprenait ses esprits. Quelques chuchotements se firent entendre. Kevin se tourna vers Philippine, qui s'était enfoncée elle aussi dans le canapé. Il vit une larme sur sa joue. Une seule larme, toute ronde, qui descendait lentement en traçant son sillon humide. Kevin n'en revenait pas.

– Ça va ? lui demanda-t-il à voix basse en posant une main sur son poignet.

Elle se dégagea vivement et s'essuya la joue.

– Oui ça va, laisse-moi.

Kevin répéta son geste plus fermement. Cette fois, elle ne résista pas. Elle écarquillait les yeux, les dents serrées, pour contenir ses larmes.

– Moi aussi, dit-il, cette musique...

– Ça n'a rien à voir avec la musique.

Il effleura doucement son avant-bras nu.

– Je suis contente pour le contrat avec L'Oréal, murmura-t-elle.

Il retira sa main, accablé.

– Mon père va peut-être réaliser que je ne suis pas si conne, continua-t-elle pour elle-même.

Par délicatesse, Kevin ne réagit pas. Il ne voulait pas lui donner l'impression qu'il pourrait profiter de cette confidence qu'elle regrettait sans doute déjà. Il lui laissait la latitude de croire qu'il n'avait rien entendu, rien compris ou rien retenu.

Mélanie laissa retomber son archet sur le côté et salua avec une pointe d'ironie, comme si ce classique des conservatoires n'en méritait pas tant. Kevin eut un bref accès de jalousie. Pas pour l'Orchestre de Radio France ; simplement parce qu'elle savait lire les notes. Il commençait à sentir le manque de tout ce qu'il n'avait jamais appris.

– Bravo !

– On n'arrivera jamais à se lever après ça.

– Les canapés Roche Bobois, c'est terrible.

Mélanie se faufila dans un coin, de nouveau bancale et empruntée.

– Il en est où le joint ?

– C'est Gaspard qui s'est endormi dessus.

– Il doit chercher l'inspiration.

Madame RSE les invita à passer dans la salle à manger. Elle avait fait préparer un dîner végétarien uniquement composé des légumes du jardin. Tout le monde la félicita pour cette idée charmante. Les Young Leaders s'extirpèrent péniblement des canapés et se dirigèrent de manière désordonnée vers la porte en continuant à bavasser. Kevin échangea quelques mots avec le chirurgien et se retourna pour trouver Mélanie. Il aurait bien aimé passer le dîner à ses côtés. Lui demander à quoi elle pensait quand elle jouait la « Chaconne ». À rien ? à Dieu ? à ses problèmes de facturation et de numéro SIRET ?

Au lieu de Mélanie, il vit Anne.

Elle cherchait manifestement à l'éviter. Piégée par son regard, elle se dirigea lentement vers lui.

Anne ! Kevin l'avait identifiée instinctivement mais sans parvenir à bien reconnaître son visage, comme un ami qui a soudain vieilli. Elle avait ôté son labret et tous ses piercings, remplacés par un pendentif en diamant. Elle ne portait plus sa salopette mais un cache-cœur en soie qui soulignait avantageusement sa poitrine. Ses talons lui donnaient une cambrure de yuppie.

Ils rougirent tous les deux, comme des copains de bistrot qui se retrouvent dans la queue d'une soupe populaire. Kevin savait qu'elle était rentrée à Paris mais n'avait pas cherché à avoir de ses nouvelles depuis.

– Qu'est-ce que tu...

Anne accompagnait son nouveau patron, un Young Leader qui avait fondé un cabinet de conseil en communication de crise. Kevin l'avait à peine remarqué. Les autres l'appelaient Lupus pour ses canines acérées. Il avait beau s'en défendre, il avait la tête de l'emploi.

– Et vous êtes...

Non. Elle l'affirma fermement, avec une expression de dignité outragée où Kevin retrouva ses airs militants. Il n'insista pas.

– La dernière fois qu'on s'est vus...

Dans une forêt, oui. À quatre pattes, à ramasser des vers de terre. Ils sourirent. S'ils ne s'étaient pas embrassés cette nuit-là, c'était uniquement parce que Kevin était parti.

Madame RSE interrompit leurs retrouvailles. Elle s'était postée à l'arrière et pressait son petit troupeau de rejoindre la table. Philippine, curieuse, profita du mouvement pour s'immiscer. Kevin présenta les deux femmes l'une à l'autre. Elles se saluèrent froidement. En entrant dans la salle à manger, une vaste cuisine de ferme habillée de faïence, Kevin tenta de se décaler de manière à s'isoler avec Anne à table. Philippine comprit immédiatement son manège et changea de direction sans demander son reste. Elle glissa simplement à l'oreille de son cofondateur :

– Je te laisse tranquille. Si tu veux la baiser, surtout ne te gêne pas. La com de crise, ça peut nous servir un jour.

Kevin crut surprendre dans le regard de Philippine une tristesse qui l'étonna.

Durant le dîner, Kevin et Anne prêtèrent distraitement l'oreille aux conversations, où il fut question des derniers potins entendus à Davos, d'une nouvelle marque de chaussettes en coton bio *made in France*, des mérites comparés de Megève et de Zermatt pour les vacances d'hiver, de l'avenir du métavers et de la protection des fonds marins. Tout cela entrecoupé des plaisanteries les plus incorrectes. Dans ce cénacle choisi d'où rien ne filtrait jamais, on pouvait se débonder et donner libre cours aux propos désormais interdits en société. Le député de l'opposition interpella d'ailleurs Gaspard au milieu du dîner :

– Tu n'écriras rien sur nos délires, promis ?

Gaspard sourit mais ne promit rien.

Entre deux blagues de cul, chacun faisait son marché. L'éditrice suggéra au chef de coécrire un livre avec l'essayiste ; l'essayiste convainquit le député de déposer un amendement sur le droit animal ; le député mit l'officier sur la liste des prochaines auditions devant la commission de la Défense nationale ; l'officier proposa à la journaliste sportive de couvrir un entraînement de fusiliers marins ; la journaliste sportive invita l'un des financiers à participer à une conférence qu'elle animait sur le business du foot ; le financier insista auprès de Philippine pour participer à la prochaine levée de Veritas ; Philippine, toujours préoccupée d'elle-même et hypocondriaque au dernier degré, exigea du chirurgien un bon contact pour une mammographie de contrôle ; le chirurgien, avide d'expériences que son salaire de l'hôpital public ne lui autorisait pas, obtint de Victor une place dans l'hélicoptère pour le retour ; Victor demanda des conseils à l'architecte sur un investissement qu'il hésitait à conclure dans une entreprise de construction d'immeubles bas carbone ; l'architecte persuada la violoniste de jouer pour l'inauguration de son dernier bâtiment ; la violoniste arracha la présence de Thomas Pesquet à son prochain concert de charité pour les enfants ukrainiens ; Thomas Pesquet discuta de son projet d'autobiographie avec l'éditrice. Tout le monde semblait ravi et postait des photos tout sourire sur la boucle WhatsApp du groupe.

Kevin ne posa aucune question à Anne sur sa reconversion. Il savait désormais comment fonctionnaient les réseaux des anciens de Sciences Po. Anne n'avait pas dû chercher très longtemps pour trouver un emploi bien payé qui ne demandait aucune compétence particulière. Il comprenait bien ses raisons et ne songeait pas à la juger. Ce fut elle qui se perdit en justifications, tout en mâchonnant sa salade de pissenlits. Elle lui expliqua que ce poste lui permettrait de mener son combat pour l'égalité hommes/femmes au travail, en forçant les entreprises emportées dans une tourmente médiatique à opérer des transformations profondes.

– Tu ne me crois pas ?

– Ce n'est pas la question. Je trouve formidable que tu y croies, toi.

Kevin était charmé. La candeur d'Anne n'avait décidément pas de limites. Elle pouvait s'appliquer aussi bien à sa tentative d'installation néorurale à Saint-Firmin qu'à son embauche dans un cabinet de com.

– Attends, tu as un bout de pissenlit sur la joue.

Il le lui retira délicatement et effleura ses lèvres d'un doigt. Elle entrouvrit la bouche. Kevin la regarda pensivement tandis que les Young Leaders riaient tous à une sortie scatologique du chirurgien. À travers Anne, il se sentait en famille, relié à Arthur. S'il voulait avoir un jour des enfants qui disent « *move on !* », il lui faudrait bien faire un choix. De toute façon, qui croyait encore en l'amour de nos jours ?

XV

Le printemps était revenu sans même qu'Arthur s'en aperçoive. Son terrain était toujours aussi moche. Les ronciers avaient repris leur vigueur. Il suffisait de donner un coup de pied par terre pour voir s'élever un nuage de poussière. Arthur avait fait un pointage de vers de terre pour la forme : le compte restait d'une stabilité désolante. Sur son blog, il avait rédigé quelques lignes définitives.

« Au bout de deux ans, je peux l'affirmer : le sol est mort. Pas appauvri, pas détérioré : mort de chez mort. Impossible de le ressusciter. Le fameux complexe argilo-humique dont on nous bassinait dans les études d'agro ? Une rigolade. Il n'y a plus de champignons pour décomposer les matières organiques, plus de racines pour casser la roche, plus de lombrics pour raccorder le tout et faire remonter les nutriments. Le Papi nous parlait tout le temps de "sa terre". Mais quelle terre ? Elle est devenue minérale. Comment voulez-vous que je redonne la vie à des pierres ? Je ne suis pas Dieu. Et encore, même Dieu, il a créé l'homme à partir d'argile. Prométhée, Allah, Khnoum, Parvati, Viracocha, ils sont tous d'accord pour une fois : pour souffler la vie, pour pétrir le Golem, il faut de la glaise, de la boue, de la merde, quelque chose d'élastique et de spongieux. Il n'y a plus rien de ça sur le plateau.

Ce vers idiot d'Éluard : "La Terre est bleue comme une orange." Finalement, notre siècle lui donne raison. L'homme a pelé la Terre comme on pèle une orange. Il en a ôté le zeste. Ne reste plus qu'un caillou aux reflets d'argent.

Évidemment, pour cacher cette faute immense, on maintient l'illusion en déversant des engrais tous les ans et en faisant pousser des maïs OGM. Les citadins passent en voiture et voient des champs qui ondulent sous le vent, ils sont contents. Les agris nourrissent le monde, ils sont contents. Les rendements baissent un peu ? On remet un coup de pulvé. Et puis un jour, dans quelques années, peut-être quelques décennies, c'est-à-dire une seconde à l'échelle géologique, il n'y aura plus assez de pétrole pour toute leur chimie. Alors on découvrira, comme je l'ai découvert ici à Saint-Firmin, qu'il n'y a plus de terre. Les rendements, ces chers rendements qui étaient censés croître à l'infini, ne vont pas baisser : ils vont s'écrouler. Rien, zéro quintal à l'hectare. Le roi est nu. Qui vont-ils nourrir avec ce sol dur comme du béton ? Personne.

Ils diront : et si on remettait des vers de terre là-dedans ? Bon courage, les amis. Les lombrics n'aiment pas qu'on les bouscule, voyez-vous. Le temps de les convaincre, ce sera la famine. L'apocalypse alimentaire. Le changement climatique, les raz-de-marée, les sécheresses et les inondations, c'est un amuse-bouche, ça ne touche pas à l'essentiel. Ce qui fait notre humanité, ce n'est pas la température. C'est le sol. Imaginez un été où les céréales refusent de pousser. Où les graines restent toutes ratatinées dans le bunker qu'on appelle encore un champ. Juste un été. Les vaches, moutons, poulets, toute notre viande sur pied sera la première sacrifiée. Menu végétarien pour tout le monde. Grognement du peuple. On videra les silos pour faire du pain. Quand les réserves seront épuisées, émeutes. Resteront encore quelques légumes sous serre : on s'entretuera pour un poireau. Imaginez l'hiver suivant, quand les nappes phréatiques cesseront de se remplir, l'eau de pluie ne s'écoulant plus à travers une terre devenue minérale. On ouvre le robinet : plus rien. On va voir le voisin : rien non plus, c'est bizarre. On attend une journée. Pas deux. Les villes se dépeupleront en quelques heures dans un chaos indescriptible. Il n'y aura plus personne pour entretenir les réseaux de téléphone, d'Internet et d'électricité. La planète plongera dans le noir. Les maîtres du monde, ceux qui possèdent un potager et un puits, repousseront les hordes chapardeuses de cadres, d'ingénieurs et d'ouvriers chassés des villes.

Les Romains le savaient bien : *Homo* vient d'humus. *Homo* vit d'humus. Puis *Homo* a détruit humus. Et sans humus, pas d'*Homo*. Simple.

Vous aurez donc compris que, pour ma part, je renonce. J'ai été jusqu'au bout de mon expérience et j'ai constaté que nous étions déjà condamnés. Nous profitons encore un peu, ivres morts, du sursis que nous donnent les dernières gouttes de pétrole. Des matières organiques décomposées durant trois cents millions d'années dans les bassins sédimentaires, et bues en deux siècles, à pleines rasades.

Quant à moi, je vais sauver ma peau, pour ce qu'elle vaut, en cultivant mon jardin. Et peut-être la vôtre, si vous suivez mes conseils au potager. »

Sans surprise, ce post valut à Arthur plusieurs milliers de nouveaux abonnés, et même une reprise sur le site de *Reporterre*. En revanche, pas un seul commentaire de ses anciens futurs collègues de l'Inrae. Il avait basculé dans un autre monde.

Arthur se demanda si Anne lirait ce texte. Il ne pouvait s'empêcher de l'imaginer devant son écran, impressionnée et conquise. Il refusait de comprendre pourquoi elle avait fui.

La conclusion était tout sauf métaphorique. Potager et poulailler représentaient désormais pour Arthur un moyen essentiel de subsistance et sa seule source de revenus, quelques centaines d'euros par mois. Il avait retourné les virements de son père depuis leur fâcherie au sujet de l'écocide. Il ne voulait plus dépendre de ce jouisseur orgueilleux qu'il avait toujours appelé par son prénom, rentier de l'antiracisme, révolté à vingt ans peut-être, aujourd'hui confit dans son image de justicier, incapable de comprendre les nouveaux combats. Plus profondément peut-être, il craignait de finir comme lui, exalté par sa cause au point de chérir l'injustice qui la rendait possible. Son père avait besoin du racisme pour exister. Arthur, lui, n'aurait jamais besoin des pesticides. Il désirait sincèrement la victoire.

Par ailleurs, la CAF avait signifié à Arthur l'arrêt du versement de son RSA, une sanction d'autant plus inopportune qu'il était désormais officiellement célibataire et aurait eu droit au taux plein. Arthur ne se sentait cependant ni l'envie ni le courage de reprendre les démarches. Il préférait planter des patates que de revenir mendier à Caen devant Arlette et ses semblables. Il voulait disparaître au regard de l'administration. Ne plus être enregistré nulle part, ne plus être redevable à quiconque. Ne plus taper de numéro d'identification ni de mot de passe. Vivre ou survivre en toute discrétion.

Dans sa soudaine solitude, Arthur ne pouvait plus guère compter sur le réconfort de la bande de la Lanterne. L'épicerie avait été inspectée, sans doute sur dénonciation. Les deux gendarmes, des jeunes de la région qui sortaient de leur école de formation, avaient constaté l'exercice illégal de la profession de débitant de boissons, un délit de nature pénale et passible de prison ferme.

– Mais on boit seulement des bières entre amis, avait plaidé Maria.

– Des bières achetées et bues sur place ? Il vous faut la licence III.

– On ne le fait pas pour s'enrichir. Ça met un peu de vie dans le village.

– Vous devrez recevoir vos amis chez vous, à l'avenir.

Plutôt compréhensifs et embarrassés, les deux gendarmes avaient accepté de fermer les yeux à condition que cesse cette grave atteinte à l'ordre public. Maria avait gardé de son enfance en Roumanie une crainte aiguë de la police. Elle ne voyait aucune limite à l'arbitraire d'État et pensait que le pire était toujours possible. Elle prit donc la menace très au sérieux et rangea définitivement les tréteaux. Elle essaya bien d'organiser quelques apéros à la maison avec la bande, mais sans succès. Une invitation, des horaires, un huis clos : dans une ambiance aussi formelle, plus personne ne trouvait rien à se dire. Très vite, ils arrêtèrent de se voir. Salim se répandit en tweets pour expliquer que l'État fasciste brisait la sociabilité spontanée.

Seule respiration dans la monotonie de son quotidien : Arthur passait régulièrement l'après-midi chez Matthieu pour apprendre la menuiserie. Leurs sujets de conversation se limitaient au travail de l'aubier ou au maniement de la scie sauteuse. Arthur appréciait d'autant plus ces moments qu'ils lui permettaient de concentrer sa pensée sur une seule tâche. Face à une planche de chêne brut, au milieu des odeurs de copeaux, les doigts pleins de sciure fraîche, il oubliait toutes les tragédies du monde. Le contact avec le bois lui donnait un sentiment d'équilibre. Au début pourtant, il se sentit gêné à l'idée de découper un cadavre, dont les cernes montraient la phénoménale volonté de vivre qui l'avait habité. En le ponçant puis en le vernissant, il empêchait ce cadavre de revenir alimenter le sol de sa lente putréfaction. Il le momifiait, interrompant le cycle naturel.

Puis Arthur trouva dans ce dialogue entre la vie et la mort, rabot à la main, une forme de sublimation. Si l'arbre tirait sa force de la photosynthèse, alors l'ébéniste donnait à une lumière déjà vieille de plusieurs décennies une forme quasi éternelle, celle d'un nichoir ou d'une chaise. La seule chose qui le peinait véritablement, c'étaient les chutes de bois, vouées à l'indignité de la crémation.

Un matin qu'il déterrait des radis, Arthur surprit un sifflement au loin. « C'est encore Jobard qui fait passer ses machines », se dit-il sans y accorder d'importance. Comme le bruit ne cessait pas, il voulut s'approcher de sa source, mais étonnamment le volume restait constant. Arrivé au niveau de la haie, il se retourna pour pisser. Il se rendit alors compte que le sifflement tournait avec lui. Il courut, s'arrêta : le sifflement l'accompagnait, ne le lâchait plus. En fait, il venait de l'intérieur de lui-même, de son oreille gauche très exactement. On aurait dit que son propre corps se dégonflait lentement, comme un ballon crevé. Passé le premier moment d'incertitude, Arthur retourna à l'intérieur de la ferme et mit la musique à plein volume. L'algorithme de Deezer s'alimentait toujours des playlists de hip-hop affectionnées par Anne et bientôt les paroles d'Eminem retentirent dans la campagne. Arthur passa une bonne demi-heure à les écouter. Elles rayonnaient d'une forme d'anarchie sauvage qui correspondait bien à son état d'esprit ces jours-ci.

To all the people I've offended, yeah, fuck you too
To all the friends I used to have, I miss my past
But the rest of you assholes can kiss my ass

Hélas, dès qu'Eminem se tut, le sifflement reprit le dessus. Ni plus ni moins fort. Une sorte de sonnerie ininterrompue, d'alarme perpétuelle. Abattu, Arthur eut à peine la force de monter se coucher. Il se dit qu'il n'arriverait jamais à s'endormir. Il enfonça son oreille gauche dans l'oreiller : peine perdue.

Il s'endormit quand même. Quand il se réveilla le lendemain, le sifflement se réveilla avec lui.

Arthur se résolut à aller voir un médecin. Le premier généraliste disponible qu'il trouva sur Doctissimo était à une heure de route, dans un village de la plaine de Caen. Pour économiser l'essence, Arthur prit un bus régional qui passait deux fois par jour à Saint-Firmin. Le temps était bien la seule chose qu'il possédait en abondance.

– De simples acouphènes. Je pourrais vous envoyer faire des examens complémentaires chez un ORL, mais ça ne servira pas à grand-chose.

Le jeune médecin à la carrure sportive, tout juste installé à la sortie de l'internat, avait l'air déçu. Encore une pathologie bénigne. Les gens se plaignaient vraiment de tout et n'importe quoi.

– Il y a un traitement ?

– Je pourrais bien vous dire de mettre un appareil auditif, mais c'est très cher et ça marche mal. Sinon, faites de la méditation. Au pire, je peux vous prescrire des antidépresseurs.

– Mais ça disparaîtra au bout d'un moment ?

– Généralement, non. Il faut vivre avec.

– Jusqu'à la fin de ma vie ?

Arthur se sentit envahi par une soudaine angoisse. Si on lui avait annoncé un cancer, il aurait au moins eu un espoir de le vaincre. Cette chose-là était bien plus désespérante. À la fois ridicule et incurable.

– Et c'est dû à quoi ?

– Une petite perte d'audition. Le cerveau cherche à compenser le son qu'il ne perçoit plus. Vous avez été exposé à des décibels élevés ? En boîte de nuit, par exemple ?

– Impossible.

Arthur s'étonnait qu'on puisse encore l'imaginer en boîte, tant il avait l'impression de porter sur lui son destin de petit paysan misanthrope.

– Alors c'est lié au vieillissement.

– Je n'ai pas encore trente ans !

– Vous êtes un peu en avance, c'est vrai. Vous avez votre carte Vitale pour le règlement ?

Dans le bus du retour, Arthur s'apitoya sur lui-même, la tête contre la vitre. Il découvrait dans sa chair sa propre finitude, qui jusqu'à présent n'avait été pour lui qu'un objet de réflexion très théorique. Il était encore jeune bien sûr mais prenait déjà le chemin d'une longue, très longue dégradation. Son corps commençait à se casser par petits morceaux. Même sa mélancolie, il ne pouvait la savourer tranquillement. Le sifflement lui rappelait en continu son malheur, comme un mauvais génie lui susurrant des litanies de reproches. Vivre avec, vraiment ? Pendant des jours, des mois, des décennies ?

Arthur se rappela la définition de la santé par un chirurgien d'avant guerre, René Leriche : « la vie dans le silence des organes ». Il avait dû lire cette citation dans un livre de Canguilhem et en était resté marqué. Eh bien voilà, il ne connaîtrait plus jamais le silence des organes. Il avait perdu la santé, cette heureuse ignorance de nos maladies présentes ou futures. Il regarda les autres passagers du bus avec envie. Eux pouvaient se reposer, rêvasser, gamberger. Oublier un moment qu'ils étaient mortels.

Qui pourrait même le plaindre ? Arthur était un handicapé sans handicap, un souffrant sans souffrance.

Arthur consulta quelques sites et pages Facebook où l'on discutait acouphènes. Il se rendit compte combien sa condition était d'une banalité rébarbative, affectant dix ou quinze pour cent de la population. Chacun décrivait un sifflement, un murmure, une basse continue, un grésillement ou un bourdonnement. Arthur se retrouvait dans une communauté de sexagénaires qui comparaient leurs audioprothèses. Il avait l'impression d'être face à des dizaines de docteurs Knock : ça vous gratouille ou ça vous chatouille ? Ça siffle ou ça grésille ? En dépit de quelques astuces d'ordre prophylactique, écouter des bruits blancs ou étirer la mâchoire, Arthur conclut vite qu'aucun traitement ne marchait. Les illusions renouvelées des internautes étaient à la mesure de leur désespoir. Les acouphènes représentaient un mal aussi commun, dérisoire et insoluble que la condition humaine.

Arthur abandonna donc la voie médicale et chercha plutôt conseil auprès de ses amis philosophes. Depuis qu'Anne était partie, il avait pris le temps de sortir des cartons et de trier les quelques centaines de classiques qu'il avait emportés au moment du déménagement. Cet échantillon de livres sélectionné par la postérité pouvait suffire à une vie de réflexion. Arthur passait désormais les soirées en leur compagnie. Il s'imaginait comme Montaigne dans sa tour, ouvrant un volume ou un autre au gré de ses envies, « écorniflant par-ci par-là, des livres, les sentences qui lui plaisaient ». Il aurait pu paraître surprenant, à l'ère de TikTok, de voir ce jeune homme feuilleter Malebranche dans son Chesterfield. C'est pourtant ainsi qu'Arthur se sentait le moins malheureux. Qui sait, peut-être un jour joindrait-il ses mots aux leurs. Pour le moment, il s'en estimait bien incapable et cantonnait son blog aux travaux du potager.

Pour apprivoiser ses acouphènes, Arthur commença par les Grecs. Dans sa théorie de la musique des sphères, Pythagore prétendait que le cosmos émet un son, y compris sur terre ; un son si homogène et continu qu'il est impossible de l'entendre. Comme un ronronnement de frigo qu'on ne remarque plus, sauf s'il s'arrête, le bruit du monde nous bercerait depuis notre naissance, si bien assimilé par notre corps qu'il deviendrait inaccessible à notre conscience. Perspective intrigante et même réjouissante, nous reliant à l'univers par-delà le tâtonnement des sens.

Pythagore offrait à Arthur une solution toute simple : transformer les acouphènes en musique des sphères pour les rendre inaudibles. Il s'appliqua d'abord à les ignorer, tâche paradoxale, impossible presque, comme de ne penser à rien. Arthur misa sur la menuiserie, une activité capable d'absorber entièrement son esprit ; en effet, il passait parfois plusieurs heures sans ressentir aucune gêne, mais il suffisait qu'il se félicite de la réussite de son stratagème pour que le sifflement réapparaisse à l'identique. La pornographie lui faisait un effet similaire mais plus bref, et il ne pouvait pas se branler toute la journée. Arthur se demanda si, dans les moments où il n'y accordait aucune attention, le sifflement *existait*. Était-il émis par son cerveau puis ignoré par le même cerveau ? Ou le simple fait de ne pas l'entendre suffisait-il à l'abolir ?

Toujours est-il que, les semaines et les mois passant, Arthur se débattait avec lui-même sans progrès véritable. Il ne trouvait de répit que dans le sommeil. Chaque nuit, il retrouvait l'insouciance. À chaque réveil, la sonnerie reprenait. Au moins ses rêves lui offraient-ils l'illusion d'une vie normale. Il prit l'habitude de dormir souvent et longtemps. Il multiplia les siestes, se laissant engourdir au point que la notion de journée devenait confuse. Les jours qui s'allongeaient, le pollen qui transformait l'air en gigantesque partouze, les oiseaux qui s'attelaient à la construction de leurs nids, rien des promesses de l'été n'allégeait la peine d'Arthur. Au contraire, la gaieté ambiante aiguisait sa frustration d'être mis à l'isolement dans une prison sonore.

Arthur essaya aussi le stoïcisme. Épictète, Sénèque, Marc-Aurèle. Un esclave, un politique, un empereur. Sans doute les trois états les moins enviables de l'humanité : aucun pouvoir, pas assez de pouvoir, trop de pouvoir. Et toujours, la solitude. Pas étonnant qu'ils aient cherché une solution à la question de la souffrance, physique aussi bien que morale. Mettre à distance. Se représenter soi-même comme un autre. Contrôler l'idée qu'on se fait des affects qui nous assaillent. Et toujours avoir en tête que la mort peut, à tout instant, nous délivrer. « La clé des champs », écrivait Montaigne en proie à ses crises de gravelle.

Arthur trouva dans les écrits des stoïciens non pas un réconfort ni une consolation, mais une raison de résister, de s'endurcir. Cette méthode possédait néanmoins un inconvénient de taille : la pensée de la mort ne le quittait plus. Il se figurait toute la journée sa propre disparition. L'idée du néant l'effrayait et l'attirait. Il prenait ce vertige pour ce qu'il était : non pas la peur de tomber, mais l'envie de sauter.

Arthur s'interrogea sur les moyens les plus efficaces à sa disposition. Il ne voulait pas se rater comme Sénèque, qui après s'être tranché les veines dut affronter une agonie interminable. Ni se préserver comme Montaigne, trop jouisseur pour être très sérieux sur le suicide, et incapable de mettre fin à ses jours quand la maladie le tortura. À la campagne, la pendaison restait très prisée par les agriculteurs ; chacun connaissait un ami ou un ami d'ami qui y avait eu recours. Mais Arthur se sentait trop maladroit. À tous les coups, il raterait son nœud et ne parviendrait qu'à se casser la figure.

Arthur s'orienta alors vers les pilules. Il installa TOR sur son ordinateur, un réseau informatique permettant un anonymat quasi total, et se promena sur le dark net à la recherche de substances létales. En deux clics, la loi française disparaissait et on se retrouvait dans un espace de liberté sans frein où tous les trafics devenaient possibles. Le Nembutal semblait très à la mode chez les personnes âgées mais agissait trop lentement. Arthur se laissa plutôt tenter par le cyanure, d'autant qu'il lui rappelait une histoire de famille. Pendant la guerre, le père du Papi faisait partie d'Hector, un réseau de résistance du Calvados rattaché à la France libre. Arrêté et torturé à la Gestapo de Caen, il croqua une capsule de cyanure plutôt que de dénoncer ses camarades ; la mythologie de Saint-Firmin voulait que cette action héroïque ait sauvé le débarquement. Le cyanure jouissait donc localement d'une excellente réputation. La modernité étant passée par là, on ne trouvait plus sur le dark net de capsules mais seulement de banals petits comprimés blancs semblables à de l'aspirine.

Un peu gêné tout de même de recourir à la chimie, Arthur se renseigna sur la manière de fabriquer du cyanure à partir de noyaux d'abricots ou même de pépins de pommes. Il trouva des recettes convaincantes, mais l'amygdaline ainsi produite nécessitait d'être digérée avant de se métaboliser en poison. Il renonça à la mort bio, trop laborieuse, et commanda par la poste les petits comprimés blancs. Deux semaines après, ils étaient livrés. Quand Arthur voudrait arrêter le sifflement une fois pour toutes, il saurait quel tiroir ouvrir.

Restait la question du corps. Le matin, Arthur se regardait nu dans la glace en imaginant ce qu'il adviendrait de cette chair assez quelconque, pâle et velue. Il se voyait desséché, durci, verdi. La perspective d'un cercueil l'ennuyait. Trop claustrophobique. La crémation ? Deux cent cinquante kilos de carbone envoyés dans l'atmosphère. À quoi bon mener une existence aussi sobre que la sienne pour tout gâcher au dernier moment ? Arthur s'intéressa alors à une nouvelle méthode venue des États-Unis et tout juste autorisée en France, l'humusation, c'est-à-dire la transformation du cadavre en humus. Revêtu d'un linceul biodégradable, le corps est déposé à même le sol puis recouvert d'un tumulus de matières végétales savamment dosées. Bactéries et champignons se régalent pendant plusieurs mois, accélérant la décomposition des chairs. À mi-parcours, un croque-mort New Age vient récupérer et broyer les os. Au bout d'un an ne subsiste qu'une petite butte noire et humide, seule trace d'une existence dérisoire. Les héritiers récupèrent quelques mètres cubes d'excellent engrais qu'ils peuvent répandre où ils le souhaitent, pour le plus grand bonheur des vers de terre. Ainsi l'homme, plutôt que de s'échiner en vain à monter au ciel, peut-il paisiblement retourner à la terre, suivant le chemin de milliards de créatures chaque jour, et fournir à la nature de quoi poursuivre son improbable aventure dans un coin de notre galaxie.

Cette solution parut évidente à Arthur. Il ferait don de son corps au plateau, ultime tentative de régénération du sol. À tout hasard et pour éviter les mauvaises surprises, il écrivit ses dernières volontés dans un PDF sécurisé par un mot de passe. Au moment de l'envoyer à son père, il hésita. Par orgueil, celui-ci aurait été capable de faire donner une messe à Saint-Germain-des-Prés, puis direction le cimetière. Arthur préféra envoyer le mail à Kevin. Il expliqua d'un ton léger qu'il s'agissait d'une précaution tout à fait hypothétique, et précisa que le mot de passe se trouverait dans la boîte à thé au-dessus de la cheminée. Ainsi tout était bien réglé. Arthur pouvait à présent se risquer à vivre un peu plus, pour voir, sans obligation. « Tu aurais pu mettre directement le testament dans la boîte à thé », répondit pragmatiquement Kevin.

Ces dispositions redonnèrent à Arthur le minimum d'entrain nécessaire pour se lever le matin. Maintenant qu'il avait sous la main la clé des champs, comme disait Montaigne, chaque jour devenait une prime offerte par le temps. Rien de tel que de se préparer à la mort pour ne plus la désirer.

Un après-midi, alors qu'il livrait à la Lanterne un premier cageot de pommes de terre nouvelles, Arthur croisa Léa qui venait y acheter du gingembre pour ses décoctions. Comme il n'était plus question de prendre une bière, Léa invita Arthur chez elle. Il déclina poliment. Il se satisfaisait à présent d'un dialogue muet avec les amis morts de sa bibliothèque. Elle insista, sur le ton d'une thérapeute inquiète. Il abdiqua et la suivit d'un pas lourd, décidé à ne rien lui confier. Il avalerait son infusion de sureau et partirait.

Rien n'avait changé dans l'ashram. Ils s'assirent en tailleur sur les coussins. Il observa sans rien dire son visage impénétrable de Vierge à l'Enfant. Elle se laissa dévisager sans ciller. Elle semblait habituée à ces silences. Ce fut Arthur qui craqua et entama la conversation avec des questions de convenance.

– Ça marche vraiment très fort, lui répondit Léa. Mon agenda de séances est complet sur deux semaines.

– Juste avec Saint-Firmin ?

– Non. Le bouche-à-oreille fonctionne bien. À présent, mes patients viennent de cinquante kilomètres à la ronde.

– Tu leur fais quoi, au juste ?

– Ils se plaignent de mille petites douleurs alors que tous leurs problèmes viennent de la tête. Je les écoute, je les apaise et je rééquilibre leur énergie interne.

Arthur peinait à imaginer tous ces Normands taiseux allongés à écouter des gongs. Il ne put retenir une moue sceptique.

– Je sais bien ce que tu penses, monsieur le raisonneur. Je vais peut-être te surprendre : je suis d'accord. Les plantes, les instruments, les massages de l'oreille, ce sont des prétextes. Ce qui est fondamental, c'est le temps. J'offre aux gens un temps qui leur appartient pleinement, dans une discrétion absolue.

Avec ou sans parole. Dans ce temps-là, ils se reprennent en main. Rien de nouveau sous le soleil. Il y a eu les curés, les chefs de section du Parti communiste, les psys. Ils incarnaient la croyance de leur époque : Dieu, le Peuple, le Moi. Aujourd'hui, c'est le tour de la Nature. Alors les gens comme moi prennent le relais.

– Je ne te connaissais pas aussi désabusée.

Elle secoua la tête.

– C'est tout l'inverse. Tu pourrais en profiter aussi, Arthur, mais je vois que tu es dans un état de résistance extrêmement forte. Je n'essayerai même pas. Je ne peux que te plaindre.

– Je n'ai pas besoin de pitié. Ni de gongs.

Arthur redoutait désormais d'écouter des sons, qui dirigeaient inévitablement son attention vers le sifflement.

– Parfois aussi, ajouta-t-elle le plus simplement du monde, je pratique la méditation orgasmique.

Arthur écarquilla les yeux. Il avait toujours imaginé Léa comme une sorte de créature asexuelle, divinement épargnée par la libido.

– Notre société rend les gens malades de désir. C'est le nœud le plus enfoui, le plus serré, le plus douloureux. Ils me parlent de choses et d'autres, ils tournent autour du pot, alors qu'il n'ont que ça en tête, toute la journée. Donc je prends mon épée de Damoclès et je tranche dans le vif. Depuis que j'ai compris ça, j'ai porté mon art au niveau où il doit être.

« Comme les curés, les chefs de section du Parti, les psys », pensa Arthur. Il se remémora certaines scènes à Saint-Firmin dont le sens lui apparaissait désormais évident.

– Tu couches avec eux ?

– Mais non ! Pas besoin.

– Qu'est-ce que tu leur fais, alors ?

– C'est compliqué. Il y a plusieurs chemins. Un peu comme dans le tantrisme.
– Matthieu ? demanda-t-il.
– Lui, c'est différent. Je ne le prends plus en séance. Il veut quelque chose de plus, que je ne peux pas lui donner.
Arthur comprenait mieux le succès de Léa.
– Je ne suis pas une pute, tu sais.
– Ça ne me serait jamais venu à l'esprit.
– Cela dit, ça ne me gênerait pas. Mais il y a une différence fondamentale.
Il éprouvait pour elle une considération nouvelle.
– Les putes excitent le désir, encore et encore. Moi, je l'affine jusqu'au point où il s'éteint. C'est toute une technique. Au début, les patients sont méfiants, et puis ils en redemandent. Quand ils reviennent dans leurs lits, avec leur femme, leur mec, leur vibromasseur ou leur oreiller, j'espère qu'il en reste quelque chose. Si seulement on savait faire l'amour correctement dans ce pays, il y aurait moins de problèmes.
Arthur resta interdit. C'était un sujet auquel il n'avait jamais réfléchi et que ses amis les auteurs morts mentionnaient à peine, ou alors à travers des circonvolutions embarrassées. Deux mille ans de philosophie, débordant de libre arbitre et de loi morale, sans un mot sur la préoccupation principale de l'humanité. Quel gâchis ! D'accord, il y avait eu Freud, mais après ? On avait cantonné le sexe à la psychanalyse. Rangé dans une boîte à part.
– Je ne sais pas pourquoi je te raconte tout ça. Peut-être que moi aussi, il me faudrait une séance...
Arthur lui prit gentiment la main.
– Du coup, rigola-t-elle, j'ai plein de fric. Je ne sais vraiment pas quoi en faire maintenant que j'ai fini les rénovations. J'en donne un peu partout, à qui me demande. Si tu es en galère, tu me dis.

Il secoua la tête. Quelle galère ? Il avait encore un toit sur la tête et de quoi manger à sa faim, ou presque.

– Il n'y a vraiment rien à faire avec toi, soupira-t-elle. Tu es coincé de chez coincé.

Arthur pensa qu'il avait bien fait d'attendre avant de se pendre. Il n'aurait jamais connu Léa telle qu'elle était, splendide.

– Bon, reprit-elle d'un air plus contrarié, je voulais surtout te voir à propos de M. Jobard.

– Il n'y a rien à en dire.

– Je suis au courant de toutes vos histoires.

Arthur imagina le culbuto dans cette pièce, en pleine méditation orgasmique. Il voulut se lever. Léa lui empoigna l'épaule et le força à se rasseoir. Il se demanda d'où lui venait une telle poigne. Elle paraissait si frêle.

– Écoute ! Il est aussi emmerdé que toi.

– Oh, le pauvre ! Qui a envoyé un huissier ? Lui ou moi ?

– Si tu ne l'avais pas snobé dès le début, on n'en serait pas là.

– Quoi ?

– Tu arrives de Paris avec ta meuf qui n'a jamais mis les pieds hors du bitume...

– Anne possédait une grande conscience écologique ! protesta Arthur sans conviction.

– On l'a vue à l'œuvre... Et donc tu t'installes, tu ne dis pas bonjour, tu tournes ostensiblement le dos à ce brave homme qui est non seulement ton plus proche voisin mais aussi le meilleur ami de ton grand-père.

– Tu plaisantes ! Papi le détestait. Jobard lui a piqué ses terres.

– La vérité, c'est qu'il les lui a rachetées alors que personne n'en voulait, à un prix au-dessus du marché. En d'autres termes, il lui a offert sa retraite. Tout le monde le sait à Saint-Firmin. Ton grand-père avait tellement honte qu'il vous a bidonné cette histoire de dispute.

Arthur resta silencieux. Il se souvenait en effet de soirées dans son enfance où toute la famille était invitée chez Jobard, et réciproquement. On discutait des récoltes, on jouait aux dominos et on buvait du calva.

– Jobard ne s'est jamais trop entendu avec ton père mais il vous aimait beaucoup, ta mère et toi, poursuivit Léa. Il vous baladait dans les champs pour vous montrer les choses de la nature. À ce qu'il m'a dit, vous alliez pêcher dans l'Orne tous les trois.

À l'évocation de sa mère, morte trop tôt d'un cancer invasif, Arthur sentit ses yeux s'embuer. Il se rappelait les pliants, les hameçons qui lui faisaient peur, les vers de terre qu'on ramassait en tapant du pied, et l'ennui si tiède et doux auprès de sa mère, ces moments de grâce soustraits aux fureurs paternelles. Il voulut répondre mais sa voix s'étrangla.

– Quand il t'a vu revenir avec ta moustache et tes convictions, en petit agronome pédant, tu peux imaginer ce qu'il a ressenti.

– C'est lui la victime, à présent ! J'y crois pas !

Si, il y croyait. Arthur était assez intelligent et honnête pour adopter une autre perspective. Le tout était à présent de la réconcilier avec la sienne. Il se leva sans que Léa s'y oppose, tournicota dans la pièce. Attrapa un maillet au hasard et, s'approchant du gong central, donna un coup de toute sa force dans le soleil cuivré. Le son résonna en vagues puissantes. Il chancela et retourna se lover dans son coussin comme un chat dans son panier. Léa s'était bouché les oreilles avec ses doigts. Ils attendirent plusieurs minutes que s'épuise le ressac du gong.

– Désolé...

– Si ça peut te faire du bien !

C'était le cas. Même le sifflement s'était interrompu pendant quelques secondes, terrassé par le gong. Quelques précieuses secondes de répit.

– Bon, admettons. De toute façon, ce type est un pollueur. La planète...

– Arrête avec tes généralités ! Jobard fait partie d'une génération perdue, piégée par les banques et les fédérations agricoles. Mais lui a eu le courage de se poser les bonnes questions. Il est en pleine transition vers une agriculture raisonnée.

– Bullshit ! C'est le terme inventé par l'agro-industrie pour se donner bonne conscience.

– N'empêche qu'il diminue ses intrants, année après année. Qu'il laboure moins profond, centimètre par centimètre. Qu'il couvre son sol avec des engrais verts en hiver. Qui sait ? C'est peut-être d'abord sur son terrain que reviendront les vers de terre.

Elle le provoquait. La détermination d'Arthur vacilla.

– C'est un bon gars. Va le voir. Prenez un verre. Tirez-vous la bourre sur l'amendement des sols. Faites la paix. Il retirera sa plainte sur-le-champ. Vous avez mille choses à vous apprendre, l'un et l'autre.

Arthur voulut mentionner l'écocide mais il n'osa pas. Pourtant, ses conclusions en défense étaient prêtes, sa lettre au procureur aussi. Il se sentait bête.

XVI

Kevin picorait nerveusement des cacahuètes en regardant les bulles monter dans son verre de San Pellegrino. Il avait demandé à sa collaboratrice de lui trouver un « petit restau » pour son déjeuner avec Arthur. Résultat, elle avait réservé le Petit Lutetia, une ancienne brasserie de la rive gauche rendue prétentieuse et insipide par le génie maléfique du nouveau propriétaire, l'un des deux frères Costes. Cette dynastie de restaurateurs était spécialisée depuis plusieurs décennies dans le saccage des établissements parisiens les plus mythiques, transformés en temples du faux luxe avec serveurs recalés du mannequinat, playlist tambourinante et desserts noyés de chantilly. Affichant burrata des Pouilles, spaghetti au homard et saumon miso, la carte ressemblait désormais à celle de n'importe quel café d'aéroport. Le foie de veau avait été conservé à perte, comme vestige. Le succès du Petit Lutetia *new look* avait été immédiat parmi les acteurs branchés, les touristes crédules en recherche d'authenticité reconstituée et les épouses de banquiers après leur matinée shopping au Bon Marché. Sa déchéance était d'autant plus criante que le décor restait inchangé, nappes blanches, banquettes en cuir et peintures champêtres, comme un rappel insistant qu'il aurait pu en être autrement.

C'était donc le pire endroit pour inviter Arthur. Kevin, qui commençait à prendre ses aises de patron, envoyait des WhatsApp ulcérés à sa collaboratrice, avec emojis pour paraître sympa quand même.

Je t'avais dit petit restau 😠

C'est référencé comme bistrot traditionnel 🤪

Les secrétaires ont beau avoir été rebaptisées collaboratrices et tutoyer leur employeur, elles n'en restent pas moins inchangées à travers les siècles, toujours jeunes et féminines, toujours à servir de défouloir.

Kevin posa son téléphone sur la table d'un air dépité. Après tout, mieux valait assumer. Son existence se déroulait désormais sur un long fleuve Costes. Il ne connaissait pas de petit restau et n'avait pas à rougir de sa réussite.

Il s'examina dans la glace en face de lui. Il connaissait désormais la valeur de ses pommettes à flanc de coteau, de ses lèvres faites pour le plaisir. Les rides qui se formaient discrètement sur son front n'altéraient pas encore sa finesse éphébique. Il fallait qu'il en profite. Ce genre de beauté ne durait pas. Elle se dégradait non pas en vieux lion mais en vieux beau.

La porte du restaurant s'ouvrit. À la vue de la chemise à carreaux d'Arthur, le maître d'hôtel se précipita pour lui bloquer le passage. Arthur désigna du doigt Kevin.

– Sympa, ici, dit-il en s'asseyant.

– Ce n'est pas moi qui ai choisi, se justifia Kevin.

Arthur abandonna immédiatement toutes ses bonnes résolutions. Son cœur battait fort.

– Je rigole. Ça m'a l'air beaucoup mieux que mon ordinaire, patates, oignons, tomates et œufs brouillés. Le régime de saison. Et aussi du pain que me donne mon voisin Louis.

– Au moins, tu manges bio.

– Bio de chez bio. Mais deux fois par jour, sept jours sur sept, on se lasse un peu... Je n'étais pas revenu à Paris depuis une éternité. Pas désagréable, finalement. On se réhabitue très vite.

Kevin se sentit soulagé. Que craignait-il, au juste ? Ils commandèrent une bouteille de brouilly et trinquèrent aux vers de terre, comme autrefois sur la terrasse d'AgroParisTech. Kevin demanda avec insistance des nouvelles de Saint-Firmin.

– Échec sur toute la ligne, résuma Arthur d'un ton léger. Sentimental, économique, agricole.

Kevin fit mine de regarder le menu.

– Ne t'en fais pas, continua Arthur pour le mettre à l'aise, je suis heureux là-bas, avec mes poules et mes livres.

– C'est l'essentiel.

– C'est ce qu'on dit, oui. Je me suis réconcilié avec moi-même. Et avec beaucoup de choses.

– Tu pourrais partir ?

– Je n'en sais rien. Pour aller où ?

Kevin prit bonne note. Voilà qui augurait bien de la suite. Alors qu'il s'apprêtait à prendre la commande, le serveur leva soudain son crayon et se figea. Une secousse invisible parcourut la salle, gagnant les tables les unes après les autres. Un silence bref, presque indécelable, puis un murmure et des grincements de chaise. C'était Thomas Pesquet qui entrait.

« Tu sais bien, l'astronaute ! »

« Tu crois ? Il fait plus gros en vrai. »

« La personnalité préférée des Français. »

« Mais non, c'est Jean-Jacques Goldman. »

Des téléphones portables se levèrent. Quelques-uns tentèrent de voler un selfie, visage déformé en gros plan, une mèche de Thomas Pesquet tout juste visible dans un coin. Un quadra en costume cintré et aux poches sous les yeux, genre avocat d'affaires sous cocaïne, se leva et lui demanda un autographe pour son fils qui l'avait vu sur la couverture de *Sciences & Vie Junior*. Thomas Pesquet se prêta au jeu avant d'être escorté par le maître d'hôtel qui brandissait sa serviette blanche comme pour chasser les moustiques autour de son hôte célèbre. Kevin reconnut l'éditrice des Young Leaders qui l'accompagnait. Il baissa la tête sans oser les interpeller, surtout de peur qu'ils ne le snobent. Pourtant, en passant derrière sa chaise, Pesquet lui agrippa l'épaule d'une main ferme.

– Comment ça va, Kevin ? Bien remis de ce week-end de folie ?

Kevin bredouilla.

– À plus !

Pesquet disparut au fond du restaurant et tous les regards se concentrèrent désormais sur Kevin, touché par la grâce.

« Ce n'est pas le gars avec les vers de terre ? », demanda une voix hésitante.

« Essaye de le googler. »

Kevin resta droit sur sa chaise, sans se retourner, l'air impavide, comme il savait si bien faire en cas d'incertitude. Le bruissement habituel du restaurant reprit et le serveur, sorti lui aussi de sa stupeur, nota la commande.

– Tu es une vraie star, à présent ! s'exclama Arthur en feignant gentiment d'être impressionné.

– C'est vraiment une coïncidence...

Kevin prit une gorgée de rouge pour se laisser le temps de réfléchir.

– Je ne suis pas devenu un connard, tu sais.

– Même si tu dois beaucoup en fréquenter.

– Oui, même.

Kevin pesait chacun de ses mots. Arthur se tut, l'encourageant tacitement à continuer. Kevin lui fit un exposé simple et factuel du développement de Veritas, à peine interrompu par le serveur qui leur souhaita « bonne dégustation » pour souligner qu'on se trouvait dans un restaurant Costes, pas dans une vulgaire brasserie où l'on se permet des familiarités telles que « bon appétit ». Dans une société où l'on croit avoir vaincu la faim, il ne s'agissait plus de manger mais simplement de goûter.

Kevin raconta tout : la levée de fonds, les contrats, les clients, les objectifs. L'usine de Mantes ne pouvait plus suffire à traiter les commandes qui s'accumulaient. Kevin avait repéré un site dans le Limousin, à une cinquantaine de kilomètres du village de ses parents. Une trentaine d'hectares de pâtures et de friches cédées par un éleveur à la retraite et qu'il cherchait à reconvertir en vermicomposteur géant. Il devait présenter à la communauté de communes l'intérêt économique du projet et surtout convaincre la DREAL, la direction régionale de l'environnement, de sa valeur écologique. Ensuite, tout serait possible : des centaines de lignes de traitement de déchets, des milliards de milliards de lombrics en train de se gaver en permanence.

– Des épigés, précisa Arthur.

– Oui, bien sûr, moins nobles que tes anéciques...

– Je n'ai pas dit ça !

Arthur avait dévoré son tartare à toute vitesse et bu les trois quarts de la bouteille, comme les paysans qui s'empiffraient pendant les fêtes avant de retourner à leur quotidien frugal. Il se renversa d'un coup sur la banquette, repu.

– Tu es devenu un vrai capitaliste, alors. Un capitaine d'industrie !

– C'est une manière de voir. Je pourrais aussi te dire, comme aux journalistes, que je suis en train de sauver la planète. La vérité est entre les deux.

– Kevin, on est copains. Ce n'est pas la peine de me balader. Je suis content pour toi si tu fais du fric.

Kevin rassembla tout son courage. Il était toujours parti du principe qu'Arthur avait raison, sans jamais opposer de véritable résistance à ses arguments. Sauf cette fois. Il ne devait pas, il ne pouvait pas céder.

– On va recycler une dizaine de millions de tonnes par an. Sans dépenser un gramme de carbone. Je ne sais pas ce qu'il te faut de plus.

– Admettons. Ne pensons même pas aux émissions des camions, à la construction des routes de desserte, à l'artificialisation des sols. Ne tentons même pas d'inverser le raisonnement, en se demandant si l'on ne pourrait pas plutôt réduire nos déchets. Je t'accorde tout ça.

– Alors ?

– Alors la planète, elle est foutue de toute façon. Je l'ai vu de mes propres yeux. Il n'y a plus de sols. Il leur faudrait une longue diète d'humanité. Ce n'est pas près d'arriver. Pas avant qu'on meure tous de faim, en tout cas. Ensuite, il suffira de quelques millions d'années pour reconstituer la faune et la flore. Comme après une ère glaciaire. Il y aura plein d'espèces nouvelles. Ce devrait être intéressant, mais il n'y aura plus personne pour écrire des rapports.

– On n'a jamais nourri autant de monde sur cette planète...

– Au prix de quoi ? 75 % des terres émergées sont dégradées. 95 % d'ici 2050 selon l'IPBES.

– Selon qui ?

– Un truc international sur la biodiversité. On en avait parlé en cours d'agroécologie, tu ne te rappelles pas ? Pollution, déboisement, culture intensive : le sol est grillé. Moins il produit, plus on le dope. C'est un cercle vicieux. On s'achète un peu de temps pour continuer tout ça, dit-il en montrant les tables voisines, la burrata des Pouilles et les crevettes de Patagonie. Quelques dizaines d'années, peut-être. Bonne dégustation !

Kevin reposa sa fourchette. Sur le plan théorique, il voulait bien admettre toutes ces vérités, presque des banalités pour un étudiant en agro, mais il n'avait plus trop l'occasion d'y penser. Il se resservit de la San Pé pour se laisser le temps de réfléchir.

– Et on fait quoi ? Rien ?

– Je n'ai pas dit ça. L'impératif catégorique du père Kant reste valide. Il faut faire ce qu'on aimerait que les autres fissent. C'est la morale de l'intention. Même si d'un point de vue conséquentialiste, ça ne servira à rien.

– Arthur… je ne comprends pas.

– Comment dire ? Je suis certain que mon action est inutile, mais je la mènerai quand même à terme.

– Au cas où ?

– Non. En dépit de tout.

– Comme le colibri qui vient verser quelques gouttes d'eau sur la forêt en flammes ?

– Tu ne vas pas me ressortir les métaphores foireuses de Pierre Rhabi ! La générosité est une perversion proprement humaine. Dans la nature, il n'y a rien de tel. Je préfère l'histoire de l'écureuil que raconte Thoreau. L'écureuil chasse les larves et les insectes. Il ne cherche pas particulièrement à faire le bien de la forêt. Il fait son job d'écureuil, c'est tout. Au passage, il sauve les graines dont lui-même se nourrit. Et il poursuit sa petite routine sans se préoccuper de savoir si les châtaigniers produiront toujours des fruits l'année suivante. Advienne que pourra ! Moi aussi, je fais mon job, mon job d'humain sur son lopin de terre, et j'évite de regarder trop loin. Depuis que j'ai compris ça, je me sens plus léger, sautillant comme un écureuil. Je suis même prêt à me rabibocher avec mon voisin.

– Le gros Jobard ?

– Il n'est pas si terrible. Juste un peu con, comme tout le monde.

Le serveur, extrêmement attentif à l'ami de Thomas Pesquet, vint débarrasser sans délai.

– Desserts ?

– Pavlova, dit Arthur.

– Deux.

– Foutus pour foutus, autant se régaler !

Kevin concentra son regard sur le ramasse-miettes qui allait et venait sur la nappe. Il voulait être certain d'avoir bien compris les méandres de la pensée d'Arthur pour le prendre dans ses propres filets.

– Et dans le cadre de cette action, disons, à la fois vaine et nécessaire...

– C'est exactement ça.

– ... dans ce cadre, donc, le critère d'efficacité est-il toujours valable ?

Arthur réfléchit. Il ne s'était pas posé cette question.

– En d'autres termes, reformula Arthur, suis-je tenu de diminuer marginalement l'inutilité profonde et irrémédiable de mon existence ?

– Exactement.

– J'imagine que oui. C'est un peu le sens de l'évolution naturelle. La vie effectue un travail colossal pour s'adapter, pour progresser, alors même qu'elle disparaîtra dans quelques milliards d'années, cuite à l'étouffée par le soleil transformé en géante rouge. Mais elle progresse quand même, que faire d'autre ? Les oiseaux ne se disent pas : de toute façon c'est mort, arrêtons de pondre.

Kevin poussa un soupir de soulagement.

– Donc pour diminuer marginalement cette inutilité, que vaut-il mieux faire ? Couvrir la France de vermicomposteurs, ou essayer de remettre trois lombrics dans un champ ?

Arthur attaqua sa pavlova sans rien répondre. Il bâfrait en répandant de la chantilly sur sa moustache désormais très épaisse, nietzschéenne presque. Kevin ne l'avait jamais trouvé aussi touchant.

– Tu ne veux pas m'embaucher, quand même ? finit par demander Arthur.

– Si.

Kevin sentit son estomac se tordre. C'était comme une demande en mariage. Il reprit précipitamment la parole par peur d'une réponse trop rapide et définitive.

– Je t'explique. Nous avons besoin d'un directeur de la R&D pour reprendre en main la mise au point du biostimulant.

– Vino Veritas ?

– Oui. Jusqu'à présent, les essais ne sont pas très concluants et les homologations traînent...

– Je confirme. Sur le plateau, ça n'a rien changé.

– Ton environnement était un peu extrême. On a obtenu de meilleurs résultats sur des sols moins abîmés. Rien de spectaculaire cependant. C'est une question de dosage et d'affinage. Sans doute rien de très sorcier, mais il faut y passer du temps et y consacrer beaucoup de matière grise. C'est la clé de la rentabilité de la boîte et du succès tout court. Avec les milliers d'hectolitres que nous pourrions produire et vendre chaque année, imagine...

– Le fric ?

– Le fric, oui, sans doute, et aussi les sols, Arthur ! Quoi de mieux pour les régénérer qu'un biostimulant cent pour cent organique ? Soixante-quinze pour cent des terres émergées sont dégradées, tu m'as dit. Soit. Avec Vino Veritas, on passera peut-être à soixante-quatorze pour cent. Ton existence deviendra marginalement moins inutile.

– Pourquoi moi ? Je suis dans mon trou à Saint-Firmin, débranché du circuit académique. Personne ne me connaît. Il doit y avoir des tas de brillants agros à Paris qui rêveraient de ce boulot.

Kevin savait qu'en aucun cas Arthur ne devait percevoir la moindre trace de complaisance. Pourtant, ce n'était que ça. Un cadeau pour Arthur, pour lui-même, pour eux deux.

– Dans ton trou, comme tu dis, tu as acquis une expérience et une légitimité que personne d'autre ne possède. Je n'ai pas besoin d'un énième laborantin. Il me faut à la fois un savant capable de lire une formule chimique et un praticien les mains dans la terre. Je ne vois pas grand monde.

– Je te confirme que la pseudo-science de labo est largement responsable des conneries de ces cinquante dernières années. Le sol est beaucoup trop complexe pour se résumer à quelques manipulations sur une paillasse. On ne connaît à peu près rien des bactéries qui le composent. Il faut aller sur le terrain, toujours et encore.

– Voilà. Et puis...

– Et puis ?

Arthur avait reposé sa cuillère.

– Et puis, on pourrait boire des bières après le travail.

Il sourit.

– Il y a encore deux mois, je t'aurais dit non tout de suite. Je ne t'aurais pas dit non d'ailleurs, je t'aurais craché à la gueule et je serais parti.

– Je m'étais largement préparé à ce scénario, le plus probable en effet.

– À présent... je suis entré dans une phase de résignation tranquille. Je me dis que tout ça n'a pas beaucoup d'importance. Et j'avoue, j'avoue que les soirées sont parfois longues.

– Tu ne perdras rien. Il te restera toute ta vie pour vivre en ermite. C'est peut-être le meilleur choix, je n'en juge pas. Mais tu peux encore te donner quelques années pour en être certain.

Kevin sut au regard d'Arthur qu'il s'était trop avancé. Il changea immédiatement d'approche.

– Ma partenaire est au courant, bien sûr. Philippine serait ravie de t'accueillir dans l'équipe.

– À ce propos, vous...

– Pas vraiment. Plus maintenant, de toute façon.

Kevin mentait par anticipation. Philippine venait toujours le titiller de temps à autre. Il n'y trouvait plus aucun plaisir mais n'avait pas encore eu le courage de se refuser. Il en gardait un sentiment lancinant de flétrissure, presque de honte. Arthur était bien la dernière personne avec qui il aurait partagé ces histoires.

Le serveur vint leur proposer l'inévitable café gourmand, secret de la rentabilité d'un restaurant.

– Pour se faire plaisir, ajouta-t-il machinalement.

Ils prirent une assiette pour deux, comme un vieux couple.

– Je sais que ce n'est pas la question, ajouta Kevin avec embarras, mais je te le dis quand même : on peut t'offrir des parts dans l'entreprise et un salaire très confortable.

– Je vais réfléchir.

C'était gagné. Kevin se détendit et laissa Arthur lui exposer sa découverte de Spinoza. « *Deus sive natura* », Dieu ou la Nature, Dieu et la Nature, Dieu c'est la Nature. La puissance, la nécessité, l'immanence. Kevin hochait la tête sans même chercher à comprendre. Il n'avait jamais mené une conversation aussi épuisante et se sentait assommé. « Béatitude », expliquait Arthur. C'était le mot. Kevin était béat. La perspective de retrouver Arthur à ses côtés éclairait son existence d'une joie dont il réalisait soudain combien il avait été privé.

Kevin se laissait bercer par la démonstration d'Arthur sur les trois formes de connaissance. Il surprit le rire de Thomas Pesquet au fond de la salle. Les Young Leaders et toute cette faune lui semblaient désormais bien lointains. Il s'était pris à leur jeu faute de mieux alors qu'au fond, il ne désirait que ces moments-là, cette amitié-là, éternellement recommencée. Il y avait suffisamment de livres dans l'histoire de la philosophie pour que ce monologue à deux dure toute une vie.

Kevin coupa en deux parties aussi égales que possible le mini-éclair au chocolat. C'est alors que son téléphone vibra sur le bord de la table. Un nom s'afficha en grand sur l'écran : *Anne.*

Arthur s'interrompit net.

Brusquement tiré de sa léthargie, Kevin se précipita sur le téléphone et l'enfouit dans sa poche.

– Je répondrai plus tard.

Ses joues d'ordinaire si pâles s'étaient empourprées. Il n'aurait pas pu faire pire aveu. Arthur le dévisageait avec horreur.

– Tu couches avec Anne ? demanda Arthur d'une voix blanche.

– Non !

Il mentait à peine. Il ne ressentait aucun désir particulier pour Anne. Mais il fallait bien faire semblant pour vivre avec elle, comme il s'y efforçait depuis quelques semaines. Pour accomplir ce rêve idiot d'une union bourgeoise avec des enfants qui disent « *move on* ». Kevin était réveillé à présent, il renonçait volontiers à toute cette folie. Plus jamais ! Il reprendrait sur-le-champ son vagabondage.

– C'est ce qui devait arriver depuis le premier soir, poursuivit Arthur. Je suis trop con.

– Non, non, ce n'est pas ça qui devait arriver !

Kevin ne pouvait pas aller jusqu'au bout de sa pensée. Pourtant, il ne voulait qu'Arthur, avec ses idéaux, ses doutes, ses phrases. À travers Anne, c'était encore lui qu'il cherchait.

– Alors, c'était ça le plan. Me faire tenir la chandelle. Vous deviez vous sentir un peu mal de m'abandonner à Saint-Firmin. Alors vous avez trouvé une solution. Un lot de compensation. Comme ça, on était quittes.

– Pas du tout !

Anne ne se sentait absolument pas merdeuse. Au contraire, elle était débordante de bonne humeur, infiniment soulagée d'avoir quitté Clochemerle, comme elle disait. Elle sortait tous les soirs avec ses copines de Sciences Po ou ses collègues du cabinet de com. Elle ne disait jamais un mot d'Arthur.

– Je vous souhaite d'être heureux tous les deux. À bien y réfléchir, vous êtes faits l'un pour l'autre. Tous les deux ambitieux et sans scrupules.

– Arthur, je t'en supplie, écoute-moi...

Heureux ? Sûrement pas. Kevin s'ennuyait déjà à mourir. Il partait tôt au siège de Veritas le matin pour éviter le petit déjeuner en tête-à-tête, à discuter des courses ou des projets de week-end.

– Je t'écoute.

– Je... je suis triste.

Triste de ce gâchis immense alors qu'ils étaient si proches de la béatitude, une bière sans fin sur la terrasse à regarder la nuit, sans horaire ni vigile. Tellement triste. Il ne trouvait rien d'autre à dire.

– C'est tout ? Moi, non. Je ne suis pas triste. Je suis complètement lucide. Tu es juste un connard, comme tous les autres connards dans cette connarde de ville !

Arthur avait haussé la voix. Quelques clients lui jetèrent un regard mauvais. Kevin connaissait ces énervements incontrôlables et s'attendait au pire.

– Quand je pense que j'ai pu hésiter... me laisser embobiner... merci d'avoir appelé, Anne ma chérie.

Arthur se retourna vers les tables d'à côté.

– Qu'est-ce que vous avez à me zyeuter, vous, les connards ? Dépêchez-vous de saucer votre assiette, continuez vos petits débats stériles sur la finance et la politique, profitez-en bien, jusqu'à la dernière goutte ! C'est bientôt fini, les conneries des connards ! Vous vous souviendrez de vos repas chez Costes quand vous ramperez sur les routes. Et moi je me souviendrai de vous quand vous me quémanderez du pain et de l'eau.

Après un premier moment de stupéfaction outrée, les clients replongèrent dans leur assiette, comme dans le métro quand on attend, les yeux rivés sur son téléphone, que le SDF ait terminé sa litanie. Le serveur courut vers Arthur et l'empoigna fermement, tout ami de l'ami de Pesquet qu'il fût.

– Monsieur, s'il vous plaît. Je vous raccompagne.

– Rassurez-vous, je me casse ! Vous ne me reverrez plus, jamais plus parmi vous !

Arthur fut vigoureusement conduit vers la sortie. Kevin vit disparaître sa chemise à carreaux à travers la porte, que le serveur claqua sèchement derrière lui.

Kevin se vit alors dans la glace, le visage décomposé, les yeux rouges, moche. Il resta ainsi immobile, incapable de bouger ni de penser. Le téléphone se remit à vibrer dans sa poche. Anne devait avoir oublié ses clés.

Au bout d'un moment, il sentit une pression sur son épaule. Il sursauta.

– À une prochaine !

C'était Pesquet qui partait tranquillement au milieu d'une nuée de téléphones levés.

XVII

Arthur était rentré à Saint-Firmin la rage au ventre. Le long trajet en train depuis Montparnasse, dans un tortillard roulant au colza (« encore une belle arnaque », pensa Arthur), lui avait permis de mettre ses idées au clair. Il n'était plus question de patience ni de réconciliation, notions judéo-chrétiennes puant la paresse et la compromission. Arthur se reprochait amèrement de s'être laissé amadouer, par Léa comme par Kevin. Désormais, il voulait en découdre. Punir les connards du Petit Lutetia et tous les autres, que leur orgueilleuse insouciance rendait fautifs, coupables, impardonnables. Ce n'était plus l'heure de discuter, de convaincre, de supplier. Il fallait frapper. Tel était le sens de l'évolution naturelle : résister aux espèces invasives ; éliminer ceux qui s'opposent à la vie ; détruire les destructeurs. Puisque le système ne changerait jamais, on devait le briser. Si on y parvenait assez tôt, il y avait peut-être encore une chance de sauver la nature de l'humanité, et l'humanité d'elle-même. C'était en tout cas la seule voie possible. Il n'y avait plus à hésiter.

Pour commencer, Arthur envoya en recommandé au juge sa demande reconventionnelle, et au procureur une plainte pour écocide. Il diffusa sur son blog les deux textes, assez similaires, accusant nommément M. Jobard d'avoir détruit de manière grave et irréversible l'écosystème du plateau. Les arguments juridiques étaient noyés dans un flot de références agronomiques et de considérations politico-philosophiques. Arthur était conscient que la justice n'y donnerait pas suite et prit soin de faire parvenir sa plainte à la presse, locale comme nationale, à la fois par courrier et par e-mail. Il n'y avait plus qu'à espérer qu'un soir dans une rédaction, une fois bouclées les actus du jour, un journaliste moins pressé que les autres prendrait au sérieux cette déclaration de guerre des vers de terre contre les agriculteurs.

Arthur n'eut pas le moindre regret. Jobard était peut-être un bon gars, comme le prétendait Léa. Et alors ? Combien de bons gars avaient-ils fourni les régiments d'idiots grâce auxquels on avait impunément asservi les paysans, brûlé les sorcières, enchaîné les Noirs, exploité les ouvriers, exterminé les Juifs et chassé les peuples autochtones ? Les bons gars sont des criminels qui ne s'assument pas. Jobard avait des remords, flairait l'air du temps, faisait quelques gestes de bonne volonté, abandonnait un ou deux pesticides. En vérité, rien n'était moins raisonnable que cette agriculture raisonnée. C'était la bannière de ceux qui savaient ce qu'il fallait faire et faisaient semblant de le faire. Arthur aurait presque été plus compréhensif avec un bon vieux céréalier de la plaine sincèrement persuadé des vertus de la chimie.

Jobard n'était pas le seul. Sans doute. Il paierait pour les autres. Pas de quartier.

Pressé de partager sa colère et de fomenter des projets révolutionnaires, Arthur s'était mis à fréquenter Salim. D'abord, il fallait bien l'avouer, par défaut. Il boudait Léa, qui de toute façon se faisait très discrète depuis que le gouvernement avait lancé une campagne publique contre la naturopathie, demandant aux plateformes numériques de déréférencer ou d'exclure la quasi-totalité des praticiens. Maria s'était métamorphosée depuis la visite des gendarmes et ne voulait plus entendre parler de renversement de qui que ce soit ni d'alternative à quoi que ce soit. Matthieu avait été repris en main par sa femme qui soupçonnait des choses pas nettes dans l'ashram et le gardait tous les soirs à la maison, où il se consolait devant des jeux vidéo. Quant à Louis, il se faisait vieux, comme il disait lui-même. La bande de la Lanterne était officiellement dissoute. Les vers de terre avaient été rattrapés par les grosses charrues de l'ordre établi.

Seul Salim n'avait pas changé un mot à son discours. Il continuait inlassablement de prêcher l'abolition du capitalisme et avait triomphalement franchi la barre des cent followers. Comme c'était la saison des pommes, il était occupé dans les vergers et passait à la ferme au coucher du soleil. Arthur sortait le cidre maison que Louis faisait fermenter tous les ans et dont il distribuait le surplus à quelques connaissances du village (« à condition de me rapporter les bouteilles »). Aucun danger d'être saoul. Le cidre se prêtait idéalement à de longues conversations politiques, même si Salim, qui se cassait le dos toute la journée à transporter des sacs de jute, commençait à développer un certain ressentiment envers les pommes et leurs dérivés.

Arthur dut vite admettre qu'il avait totalement sous-estimé Salim, ce qu'il mit sur le compte de vieux préjugés de classe, de race, de tout ce qu'on veut. Entre deux tweets, Salim avait développé, dans le domaine étroit mais inépuisable de la pensée révolutionnaire, une culture encyclopédique. Surtout, il avait tracé sa propre voie, évoluant d'un sous-courant à l'autre avec application et rigueur. Il avait délaissé le trotskisme lambertiste pour la théorie critique de l'école de Francfort, l'estimant mieux adaptée au monde du travail contemporain où le sujet produit sa propre aliénation – jusqu'à Hartmut Rosa aujourd'hui, dont il appréciait l'appel au « ralentissement ». Il avait ensuite découvert l'écologie politique d'Ivan Illich et d'André Gorz, qui lui avait permis de réinscrire la question de l'exploitation dans un rapport au monde plus large. La réification du travailleur allait de pair avec l'exploitation de la nature comme matière première inerte. Lutter contre la bureaucratie, réhumaniser les échanges intersubjectifs devenait une précondition à l'éradication du productivisme et à l'émergence d'une écologie véritable. « Là a commencé ma dérive libertaire », confia-t-il à Arthur avec le plus grand sérieux.

À présent, le père spirituel de Salim s'appelait Murray Bookchin. Arthur eut honte de reconnaître qu'il n'en avait jamais entendu parler. Il avait passé trop de temps avec Montaigne et Marc-Aurèle. Salim lui prêta quelques livres déjà bien écornés qu'il avait récupérés auprès des très clairsemés réseaux anarchistes de Normandie. Il se sentait d'autant plus proche de Bookchin que sa pensée avait grandement inspiré le municipalisme libertaire du PKK, le mouvement indépendantiste kurde, au point de guider l'organisation de villages autonomes dans le Rojava. Bien qu'il n'ait jamais mis les pieds en Turquie, dont il n'avait hérité ni la langue ni la nationalité, Salim ne pouvait que sympathiser avec la minorité opprimée dans le pays de ses parents.

Salim s'exprimait lentement, en pesant chacun de ses mots et en citant ses sources. Comme souvent les autodidactes, on le sentait anxieux à l'idée d'écorcher un nom ou de dénaturer un concept. Il était aussi scrupuleux dans ses phrases qu'impulsif dans les tweets qu'il rédigeait sans cesse. Il suivait l'actualité politique avec ferveur, y compris dans le détail des débats parlementaires, et ne manquait jamais une occasion d'exprimer son désaccord. Il avait une théorie pour ça : « le feu perpétuel ». À force d'être soumis à des rafales de colère venues de tout le pays, le pouvoir s'effondrerait de lui-même.

Arthur trouva dans Bookchin la structure doctrinale qui lui manquait. Le concept d'écologie sociale réunissait le respect absolu de la nature avec la décentralisation maximale des processus de décision, la commune représentant l'échelon primordial de la société. Il n'y aurait plus de nations, seulement des ensembles autogérés fonctionnant en démocratie directe. Pour autant, Bookchin ne rejetait pas la technologie et ne prônait ni le retour universel à la terre ni le harakiri de l'espèce humaine. Il considérait que l'humanité devait s'organiser de manière conforme à ses dispositions naturelles, c'est-à-dire par l'association, le consensus et l'entraide. De même que la nature tendait intrinsèquement à la liberté, l'émancipation individuelle ne pouvait venir que d'une relation apaisée à l'environnement. S'intégrer à son écosystème, c'était aussi construire la forme optimale de sociabilité. Loin de les étouffer, les communautés favoriseraient ainsi l'émergence des personnalités singulières. Cet anarchisme pastoraliste correspondait bien à la philosophie de vie d'Arthur. Il aurait parfaitement pu s'appliquer à Saint-Firmin, une fois éliminés les Jobard et autres parasites.

En parallèle de son cheminement théorique, Salim avait déjà à son actif toute une histoire militante. Il avait vite déserté les syndicats traditionnels, y compris les plus durs, qui sous couvert de changer le monde se couchaient à la première hausse de salaire. Il avait participé aux meetings de quelques partis anticapitalistes, pour se rendre compte qu'ils voulaient prendre le pouvoir et non l'abolir. Il aurait bien rejoint une ZAD s'il y en avait eu dans la région. Hélas, les pâturages normands ne prédisposaient guère à la révolution. Il avait aussi pensé aux black blocs de Caen, mais la perspective de se retrouver une barre de fer entre les mains le terrifiait. Il s'était alors impliqué dans d'innombrables groupuscules éco-anarchistes. Ceux qu'il n'avait pas quittés de son propre chef s'étaient dissous d'eux-mêmes après de violentes disputes internes. Salim en avait conclu que la propension à scissionner était inversement proportionnelle à la capacité d'influence réelle. Il se trouvait donc aujourd'hui en manque de structure un tant soit peu collective. Il avait renoncé à haranguer les autres saisonniers à l'heure de la pause, comme il le faisait à ses débuts. Ses convictions lui valaient toujours les pires attributions de terrain pour la récolte. On l'envoyait dans les vergers en pente où les pommes roulaient jusqu'en bas.

Avec Arthur, Salim avait enfin trouvé un camarade de lutte de son calibre, pacifique et fiable. Pas un dégénéré en manque d'adrénaline. « Deux, c'est le début de quelque chose », répétait-il d'un air mystérieux.

L'agitation d'Arthur avait augmenté le volume de ses acouphènes. Mais loin de le désespérer, le sifflement agissait désormais sur lui comme un excitant qui le poussait à l'action. Pour le moment, celle-ci se cantonnait à l'écriture de son blog. Il en avait fait une tribune presque exclusivement politique. Les conseils sur le paillage n'apparaissaient plus que sporadiquement parmi ses diatribes anarchisantes. Il rodait ses arguments, répondant systématiquement à ses abonnés toujours plus nombreux. Il avait bien perdu quelques mamies qui consultaient « En vers et contre tous » comme une alternative à Rustica, mais il gagnait peu à peu toute une communauté écolo-libertaire en quête d'une voix, et pour qui son statut d'ingénieur agro défroqué valait toutes les médailles.

À la ferme, Arthur concentrait ses efforts sur le potager. Il l'avait peu à peu transformé en une véritable entreprise de maraîchage qui s'étendait sur un petit are, mêlant légumes sous serre, culture sur butte et paillage au sol. Il avait soigneusement délimité des rangées à l'aide des vieilles tuiles récupérées dans la grange, ce qui donnait une impression de netteté assez réconfortante au milieu du chaos de ses pensées. Avec l'aide de Louis, il avait installé des citernes de récupération d'eau de pluie qui fonctionnaient par simple gravité et assuraient la majeure partie de l'irrigation. Il prenait soin de faire germer ses graines en pot durant les premières semaines avant de les confier à la terre, augmentant ainsi leurs chances de survie. Il appliquait méthodiquement les formations qu'il avait reçues à AgroParisTech, alternant ses cultures selon la spécialité de chacune des plantes : feuilles, graines ou racines. Il ne s'était pas lancé dans l'agroforesterie à la mode, se contentant des techniques déjà bien rodées. Toute son application assez scolaire réussissait au-delà de ses espérances. La Lanterne ne suffisant plus à écouler sa production, il fournissait une fois par semaine la biocoop de Caen en produits frais. Sa réputation croissait dans les environs, au point que des inconnus venaient parfois acheter des choux, des patates ou des carottes directement à la ferme. Avec des coûts à peu près nuls et des dépenses personnelles insignifiantes, Arthur se sentait sinon riche, du moins prospère ; en tout cas, assuré de subvenir à ses besoins.

La biocoop le poussait à s'inscrire en tant qu'exploitant agricole pour régulariser leurs relations contractuelles ; même Maria, devenue très légaliste, trouvait leur petit marché noir de plus en plus risqué. Mais Arthur refusait obstinément de se mettre en règle. Il n'avait besoin d'aucun cahier des charges pour garantir la qualité de ses produits. Et l'expérience du RSA lui avait suffi. L'État l'avait ruiné et humilié. Il n'allait pas à présent lui verser le moindre centime. Comme son héros

Henry David Thoreau qui refusait de payer ses impôts à un État fédéral esclavagiste, Arthur ne voulait pas contribuer à la vaste machine de surveillance des citoyens et de destruction des sols. Les fonctionnaires étaient à ses yeux des collabos de l'agro-industrie, de mèche avec la FNSEA. Il n'allait certainement pas payer leurs salaires.

Seule Maria tentait encore de raisonner Arthur. Elle défendait la sociale-démocratie. Pleurnichait sur les services publics, la solidarité, la participation citoyenne, toute la soupe conceptuelle classique des universitaires de la gauche réformiste. Arthur ne supportait plus ces discussions. Il ne reconnaissait ni la République, paravent des intérêts de la classe dirigeante, ni les prétendus services publics, simples appâts pour contrôler la population. Impressionnée par sa radicalité, Maria abandonna peu à peu la partie. Elle lui demanda seulement de venir très tôt le matin avec ses cageots, pour éviter les regards indiscrets.

Hormis le potager qui représentait un élément essentiel de son autonomie, Arthur abandonna tout autre projet de culture. Il ne voulait plus interférer avec le mouvement de la vie, fût-ce pour l'épauler. L'homme était trop faillible, sa science était trop neuve, son horizon trop limité pour que ses actions soient pertinentes. Arthur laissa donc les deux hectares de champ à l'état de friche. La forêt finirait bien par se reconstituer au bout de quelques décennies et les vers de terre y retourneraient tout seuls. Si on lui en laissait le temps, la nature réglerait par elle-même le problème qu'il s'était échiné en vain à résoudre.

Au début de l'automne, Arthur ne put tout de même s'empêcher de remarquer que les lombrics faisaient des sorties de plus en plus audacieuses hors de leurs galeries, le clitellum turgescent, rouge vif, allumé pour l'amour comme une lanterne à la porte d'un bordel. Un soir, il ressortit sa lampe frontale et parcourut le potager pour en avoir le cœur net. Il vit alors au sol des dizaines de couples tellement absorbés par leur affaire qu'ils ignoraient superbement sa présence. Leurs queues étaient toujours enfoncées dans la terre, prêtes à rembobiner tout le corps dans les profondeurs du sol en cas de danger. Pourtant, les vers enlacés les uns aux autres ne semblaient plus trop préoccupés par leur survie. Ni les vibrations des pas d'Arthur ni la lumière de sa lampe ne les dérangeaient. Arthur en toucha quelques-uns du doigt, en s'excusant à voix basse de ce geste déplacé : pas de réaction. Seul un couple se détacha avec un bruit de ventouse, comme deux amants surpris et honteux. Les autres devaient considérer que leur désir primait sur toute autre considération. Arthur s'allongea sur le ventre au milieu d'un rang d'oignons verts, non pas en observateur mais en voyeur, curieux de découvrir *in vivo* les subtilités de l'érotisme lombricien, dont il n'avait qu'une connaissance théorique et assez confuse.

Ce qui le frappa d'abord, ce fut l'immobilité. Il y avait là deux beaux anéciques au corps brun, tête-bêche, accrochés l'un à l'autre par leur clitellum respectif qui sécrétait un mucus gluant. Leurs quinze premiers anneaux étaient collés ensemble, à l'exception de la tête qui se tournait pudiquement sur le côté. Ces bêtes qui rampaient sans répit à la recherche de nourriture s'étaient soudain immobilisées. À la différence des humains qui se tortillent en tous sens, les anneaux avaient cessé de se contracter et noircissaient calmement de plaisir. Pas de caresses, pas de coups de reins. Arthur trouva cette manière de faire beaucoup plus judicieuse. Pourquoi l'amour devrait-il être une lutte essoufflée et grimaçante ? N'est-il pas mieux servi par cette union placide et langoureuse ?

Marcel Combe avait évoqué la reproduction homosexuelle des lombrics. Effectivement, leurs organes mâles doivent déverser leur semence dans la spermathèque de leur partenaire, une sorte d'espace de stockage provisoire avant la fécondation. Les vers éjaculent l'un contre l'autre, l'un dans l'autre, et de préférence au même moment. Mais ce que Marcel Combe n'avait pas compris et qu'Arthur constatait clairement à présent, c'était l'unité profonde des deux amants, formant une chair nouvelle par-delà toute différence sexuée. Les humains ne jouissent que dans le va-et-vient, chacun de son côté. Ils ne se rapprochent que pour s'éloigner. Les vers, de leur côté, s'unissent dans une étreinte totale, sans ménager le moindre espace entre eux. Une écume mousseuse les recouvre peu à peu. Ils tirent par-dessus eux cette couette blanchâtre pour se confondre en un unique organisme, ni mâle ni femelle. Voilà le parfait androgyne, celui dont rêvait Platon. Un trésor de mollesse.

Arthur s'abîmait dans cette contemplation. Il avait tout son temps : la copulation lombricienne pouvait durer plusieurs heures. Il sentait sous lui son sexe bandé mais restait immobile, le bassin rivé au sol. Il ne voulait pas que ce moment finisse.

Il pensa à Kevin. Il avait eu tout le temps de ruminer leur rupture brutale au Petit Lutetia. Plusieurs sentiments se mêlaient en lui de manière contradictoire. La jalousie avec son cortège d'images crues. La colère, celle qui ne passe pas, lancinante, impuissante. Et aussi un regret diffus, celui d'être parti trop vite, de ne pas avoir ménagé une place à la complexité des sentiments.

Arthur posa sa joue contre le sol. Les tiges d'oignon lui chatouillaient les lèvres et diffusaient une légère odeur de cuisine qui se mêlait au parfum poivré de l'humus. Il se sentait lourd, rivé à la surface comme un astronaute de retour sur Terre. Il avait envie d'être enserré, enterré, écrasé à même la matière organique.

Il se rappela sa toute première conversation avec Kevin. Il les voyait à présent devant lui, ces êtres hermaphrodites, choisissant leurs partenaires parmi tous les vers possibles, sans aucune considération de genre. Comme si des profondeurs de la Terre sourdait une sorte d'indistinction originelle. N'était-ce pas, réfléchit Arthur, le sens de la Genèse ?

« Le Seigneur Dieu modela l'homme avec la poussière tirée du sol ;
Il insuffla dans ses narines le souffle de vie,
Et l'homme devint un être vivant. »

De quel homme s'agit-il ? De l'homme couillu, célibataire et masturbateur ? Certainement pas : Dieu n'aurait pas eu cette cruauté. D'autant qu'il laisse Adam seul un bon moment, prenant le temps de fabriquer jardin, arbres, fleuves, oiseaux et bêtes sauvages. Il lui demande même de commencer à travailler. Un peu. D'entretenir le jardin. Autrement dit, quand Ève surgit, Adam n'est pas encore laboureur mais déjà jardinier, au fait des tailles et des bouturages.

Arthur en conclut que l'homme tiré de l'humus par Dieu, c'est l'Homme d'avant le partage des sexes, l'homme universel de Machiavel, l'homme sans manque ni désir. Et quand Ève est finalement créée à partir d'une côte d'Adam, Dieu opère aussi sur son protégé une petite opération chirurgicale.

« Il prend une des côtes d'Adam
Et referme les chairs. »

En refermant les chairs d'Adam, Dieu doit en profiter pour lui installer son organe. Il fait ça en vitesse : le résultat est assez grossier. Pas étonnant si, le jour du péché, Adam et Ève rougissent en se regardant.

« Ils découvrent qu'ils sont nus,
Cousent des feuilles de figuier
Pour se couvrir les reins. »

Les voilà hétéros. Alors, forcément, ils galèrent.

« Maudit soit le sol à cause de toi !

À force de peines tu en tireras subsistance tous les jours de ta vie.

Il produira pour toi épines et chardons et tu mangeras l'herbe des champs. »

C'est exactement là qu'en était Arthur. Sur un sol maudit, au milieu des épines et des chardons. Tout devenait limpide.

Arthur replongea dans sa contemplation. Autour du clitellum de chaque ver se développait à présent une sorte de manchon couleur crème : le futur cocon. Il durcissait insensiblement, formant une paroi protectrice au milieu de cette glu informe.

Après un temps incalculable et délicieux, Arthur vit les vers entamer un léger mouvement en glissant l'un contre l'autre. Ils se décollaient à regret, par à-coups. Arthur savait ce que cette manœuvre signifiait. On approchait du dénouement. Arthur se déculotta alors d'un geste hâtif et fourra son sexe directement dans le sol meuble du potager. Il sentit contre lui le grain humide de la terre. Plus aucune image ne lui traversait la tête. Il était en pleine extase chtonienne. Il n'avait besoin de personne d'autre. Il faisait l'amour avec l'univers. Il jouit presque immédiatement, sans remuer. Il gémit de bonheur.

Les vers s'extrayaient délicatement du cocon qu'ils avaient eux-mêmes fabriqué autour de leur corps. Ils procédaient doucement pour ne pas le briser. Dans le même mouvement, ils allaient y déposer leurs propres ovules en ouvrant leurs pores femelles, et y relâcher la semence contenue dans la spermathèque. Une fois le ver entièrement sorti, le cocon se refermerait sur lui-même. Les bébés lombrics se formeraient là-dedans, *in vitro*, et avec un peu de chance les larves en émergeraient après quelques semaines. En attendant, chacun des vers, imbu de sa double parentalité, reprit sa route. Ils rentrèrent dans leurs galeries respectives pour récupérer de cette nuit folle où ils avaient à la fois éjaculé et pondu.

Arthur se retourna péniblement, les couilles vers les étoiles.

– Ni Dieu ni maître, murmura-t-il avant de s'assoupir.

XVIII

C'était le grand jour. Veritas avait été sélectionnée parmi les start-up du « Next40 », ce classement mis en place par le ministère de l'Économie pour valoriser les jeunes entreprises destinées à prendre un jour la relève des papis du CAC 40. Veritas avait même reçu le prix de l'environnement, en grande partie grâce à la présence dans le jury de Gaspard, qui n'y connaissait absolument rien mais que Philippine avait inondé de messages. Les deux lauréats, cofondateurs de Veritas, étaient invités à déjeuner à Bercy avec le ministre de l'Économie. Philippine y voyait l'occasion rêvée de régler leurs problèmes administratifs.

Ce matin-là, Kevin avait enfilé le costume demi-mesure qu'il s'était commandé sur les conseils d'Anne. Depuis sa rupture si dramatique avec Arthur, sa relation avec elle s'était raffermie. Il avait accepté ce destin de couple tranquille. Il n'y voyait tout simplement plus d'alternative. Pouvait-il espérer mieux que cette fille jolie, gaie, militant durant son temps libre pour un monde plus juste ? Il se rendait bien compte qu'Anne s'efforçait de l'apaiser. Quand l'envie de tout envoyer paître le reprenait parfois, elle trouvait les mots et les gestes pour éteindre son feu vagabond, comme elle avait longtemps consolé Arthur de ses insuccès. Seule différence, elle avait abandonné toute velléité de bricolage et replongeait entre les murs de l'appartement dans une féminité très classique, comme on remet en cachette une vieille fringue plus du tout à la mode mais tellement confortable.

Kevin s'était ainsi accoutumé aux week-ends parisiens : shopping, manif, apéro. Il n'avait plus aucune objection à ce que sa vie entière leur ressemblât.

En arrivant au bureau, Kevin était surtout préoccupé par l'agencement des lignes de vermicompostage superposées qui devaient être installées dans la future usine du Limousin. L'ingénieur en charge du projet allait lui présenter ses premiers plans. Ce serait une étape cruciale dans l'industrialisation du vermicompostage, permettant de réduire par un facteur de trois ou quatre l'emprise au sol. Les vers de terre déménageraient en HLM, rejoignant ainsi les poissons en aquaponie dans leurs fermes urbaines ou les cochons chinois dans leurs tours de béton.

Kevin traversa l'open space. Il salua comme tous les jours la trentaine de collaborateurs qui s'étaient assigné d'eux-mêmes des places fixes, au grand désespoir de Philippine qui prônait le « flex office ». Ils le chambrèrent sur son allure de banquier. Kevin cherchait encore une repartie quand il entendit un remue-ménage dans le bureau de sa cofondatrice. Il s'approcha. La porte s'ouvrit soudain et Sofia en sortit en trombe, manquant de le renverser.

– Bon débarras ! cria Philippine depuis son antre. On ne veut pas de traîtres, ici.

Sofia saisit son sac qu'elle avait posé sur une des tables et fonça jusqu'au vestibule sans accorder un regard à personne. Kevin courut à sa poursuite sans hésiter, comme il avait toujours couru après les animaux blessés. Il n'eut pas à aller très loin. Il la trouva recroquevillée sur une marche de l'escalier, les yeux secs, tâchant de reprendre sa respiration. Il s'assit à ses côtés.

– Eh bien voilà, je vais pouvoir passer mon profil LinkedIn en vert : « *open to work* ».

– Ne dis pas ça. Tout le monde peut se fâcher. Surtout Philippine. Je vais arranger...

– Non. Je ne remettrai pas les pieds dans cette boîte.

La cage d'escalier de cet immeuble d'habitation envahi par les cabinets d'avocats et de dentistes faisait penser à des coulisses de théâtre. Tapis rouge, appliques dorées imitant des flambeaux, grille d'ascenseur en fer forgé, mauvais tableaux du vieux Paris. Sofia ressemblait à Antigone après le démaquillage.

– Je lui ai dit que je savais, continua-t-elle. Évidemment, que je savais ! Tant que ça restait discret, pour des petites quantités, je pouvais comprendre et fermer les yeux. Je ne suis pas conne, je sais comment marche un business. Mais à présent, ce n'est plus possible. Même l'équipe se doute de quelque chose.

– Savoir quoi ?

Sofia le regarda, interloquée.

– C'est la meilleure !

Elle éclata de rire.

– Non mais regarde ta tête !

Son hilarité devint incontrôlable. Les larmes lui montaient aux yeux.

– Au moins, vous m'aurez bien fait marrer, tous les deux. Et toi alors, tu es vraiment le bon pigeon !

Kevin lui tendit un mouchoir sans mot dire.

– Mon pauvre petit héros entrepreneur, dit-elle en s'essuyant le contour des yeux. Donc tu ne sais pas où vont les camions de déchets ?

– À l'usine... murmura-t-il sans conviction.

– Oui, à l'usine, pour les photos. Les autres sont détournés vers l'incinérateur de Thiverval. C'est le plus proche depuis que Guerville a fermé. Une grosse demi-heure de route. Et là, que du bonheur : quatre fours, qui crament chacun dix tonnes par heure.

Dix tonnes. Soit en une journée, l'équivalent d'une ligne de vermicompostage sur un an.

– C'est autre chose que les vers de terre ! continua-t-elle. Et ça ne coûte rien du tout. La France, championne d'Europe de l'incinération !

Kevin sut immédiatement qu'elle disait vrai. Il était accablé mais aussi soulagé. Tout s'éclairait à présent.

– Comment crois-tu qu'on a réussi la phase-test avec L'Oréal ? Après la connerie des rats, il nous aurait fallu six mois de plus, au bas mot.

Kevin n'avait jamais compris comment l'équipe était parvenue à respecter les délais. Il avait mis cet exploit sur le compte de nouveaux vers plus goulus, en refoulant ses doutes.

– Alors Philippine, la super businesswoman, elle n'a pas hésité. Elle a été voir le patron de la boîte de transporteurs. Elle lui a offert un bon deal. C'est sur la ligne « frais généraux » du bilan.

Kevin se prit la tête entre les mains. Il connaissait les performances de l'incinération : plus d'une tonne de CO_2 émise par tonne de déchets brûlés.

– Et depuis, disons que les habitudes sont difficiles à perdre. C'est si facile ! Et ça permet de satisfaire tellement de nouveaux clients ! Pourquoi se priver ?

Kevin desserra sa cravate qui l'étranglait. Il se sentait tellement merdeux dans ce costume, à jouer la comédie.

– Pour L'Oréal, passe encore, on n'avait vraiment pas eu de chance. Mais à présent, la proportion qui part à Thiverval devient insoutenable.

– Combien ? parvint-il à articuler.

– Les deux tiers, facilement. On est devenu une entreprise de blanchiment. Ou plutôt de verdissement.

Sofia passa gentiment son bras autour des épaules de Kevin, pétrifié. Elle le secoua comme un enfant.

– Eh, c'est toi le millionnaire ! Et c'est moi qui suis au chômage ! Je ne vais quand même pas te consoler.

La première pensée de Kevin ne fut ni pour ses investisseurs, ni pour ses clients, ni pour les journalistes, tous trompés. Ce fut pour Arthur. Il l'aurait tué.

– Toujours est-il que je ne peux plus continuer à vous couvrir. D'abord, c'est dégueulasse. Ensuite, ça devient voyant. Enfin et surtout, avec les contrats bien juteux que vous avez signés à tour de bras, je ne vois pas comment on pourrait arrêter la machine. La fraude fait désormais partie du modèle.

Elle l'embrassa sur la joue et partit.

« Fraude ». Kevin mit un certain temps pour associer le mot à ses actions. Un mot sale, minable, puant les petits calculs et les gros mensonges. Kevin savait que la fraude était un crime. Il n'avait pas peur à la perspective de tout perdre. En revanche, il avait honte. Il avait trahi sa jeunesse, sa beauté, son insouciance.

Il entra sans frapper dans le bureau de Philippine. Elle était assise à son ordinateur à échanger des e-mails avec le cabinet du ministre.

– Il y aura aussi le type des taxis volants au déj. Ça va être sensass !

En voyant la grimace de Kevin, elle changea de ton.

– Tu as parlé avec cette folle ?

Kevin posa ses poings fermés sur le bureau et se pencha vers Philippine, l'air menaçant.

– Ne t'inquiète pas, dit-elle précipitamment. Elle a signé une clause de confidentialité. Elle ne dira rien.

– J'espère bien qu'elle dira quelque chose, et qu'on te pendra sur la place publique !

Philippine leva les yeux au ciel, comme s'il lui fallait gérer un contretemps pénible et inutile. Elle mit son écran en veille et pivota sur sa chaise.

– Je n'ai pas eu le choix. J'ai voulu te protéger.

– Tu avais parfaitement le choix et la dernière chose que tu chercherais, c'est à me protéger. Tu te sers de moi depuis le début. Pour l'idée. Pour les médias. Pour la baise.

– Sur ce dernier point, je pense que nous sommes quittes. Sale mufle !

La dernière fois que Philippine s'était offerte à lui, c'était dans ce même bureau, un soir qu'ils étaient restés à examiner les comptes mensuels. Elle s'était mise cul nu comme d'habitude, à plat ventre sur la table de réunion, en renversant dans son impatience un de ses sachets de grains de café. Elle avait attendu. Kevin l'avait regardée avec dégoût. Puis il était parti sans bruit.

– Écoute-moi pour une fois, pour la première et la dernière fois, dit Kevin en retenant sa colère. Je vais partir de ce bureau. Je vais envoyer un e-mail à tous nos contacts, internes et externes, sans exception. Je leur raconterai tout.

Philippine sembla un instant effrayée. Puis elle retrouva son calme.

– Avec quelle preuve ?

– Sofia...

– C'était un burn-out.

– Les camions...

– Si quelqu'un est responsable des opérations ici, ce serait plutôt toi. Je pense que tu auras du mal à faire gober ta version. Et franchement, qui va-t-on croire ? Le gars du Limousin dont l'histoire était un peu trop belle pour être vraie ? Ou la gentille fille à papa manipulée par la horde de mâles dominants autour d'elle ?

Kevin faisait un effort considérable pour ne pas la gifler. Elle contracta son visage comme pour anticiper le coup. Il finit par se reculer.

– Tu as raison, dit-elle, ça n'arrangerait pas ton cas. C'est toi qui vas m'écouter maintenant, Kevin. Assieds-toi.

Il se laissa tomber sur le fauteuil à roulettes.

– On ne va quand même pas se menacer, toi et moi, reprit-elle sur un ton plus doux. On est copains. C'est vrai que j'aurais dû t'en parler. Je suis désolée. Sincèrement.

Kevin émit un vague grognement. Philippine avait rallumé ses yeux, qui le fixaient sans ciller.

– Notre technique marche. Ta technique, celle que tu as mise au point. On connaît désormais le rythme de traitement et les rendements en compost. Quand l'usine du Limousin sera ouverte, il n'y aura plus aucun problème. D'ici là, il faut s'arranger. Encore quelques mois, au pire, un an. Avec le cash qu'on a en réserve, on pourra lancer la production très vite dès que tous les permis seront délivrés.

– Je ne vois pas de quelle production tu parles. On a menti. Il faut tout arrêter.

– Ne fais pas la tête, partner ! C'est de bonne guerre. Comme on dit dans la Valley : « *Fake it until you make it.* » On n'a fait de mal à personne.

– L'incinération, c'est le pire des...

– D'accord ! Ça représentera quoi, au final, ce qu'on a brûlé ? Une goutte d'eau dans l'océan du carbone. Alors que notre projet, il va changer le monde pour de bon.

Kevin fit la moue.

– Le monde du déchet, en tout cas. Veritas va justement mettre fin à tous ces fours à merde répugnants. On ne peut pas se faire hara-kiri, si près de la réussite ! Je dirais même qu'on n'en a pas le droit. Moralement.

Kevin se sentit fléchir. Il aurait voulu s'appesantir sur cette idée. « Moralement. » Au Petit Lutetia, Arthur lui avait parlé de deux types de morale, l'une intentionnelle, l'autre conséquentialiste. Mais il ne se rappelait plus bien. Il changea de stratégie.

– Pourquoi tu nous as mis dans ce pétrin, pour commencer ? Tu ne pouvais pas juste dire la vérité à L'Oréal ?

Philippine retint un sourire. Elle avait gagné. Trop facile.

– Si tu n'avais pas foiré avec les rats, on n'en serait pas là.

Elle poussait son avantage. Elle se faisait plaisir. Kevin bafouilla de stupeur.

– Mais c'est toi qui...

– Ce n'est pas moi qui ai signé les devis. Ne pas mettre de grillage anti-rongeur, c'était une imprévoyance. Je ne t'en veux pas, mais tu ne peux pas le nier. Il a fallu que je rattrape le coup.

Kevin n'avait aucune envie de rentrer dans son jeu. Il passa outre.

– L'Oréal, admettons. Et les autres clients ?

– On ne pouvait pas les mettre sur liste d'attente ! Dans notre business, si tu ne bouges pas, tu es mort.

Kevin chercha vainement une réplique.

– Honnêtement, conclut Philippine, j'ai agi dans le meilleur intérêt de la boîte. Et cette boîte, on sait ce qu'elle vaut, toi et moi. Pour nous, et pour la planète.

Kevin se leva et tournicota dans la pièce. Il savait bien quel était le droit chemin, mais il ne trouvait pas les bonnes raisons pour l'emprunter.

– Kevin, tu es un pur, c'est pour ça que je t'adore. Un hug !

Philippine se leva et l'enlaça. Il resta tétanisé, les bras tendus devant lui, incapable de lui rendre son affection factice autant que d'échapper à son étreinte.

*

Dans le taxi qui les emmenait à Bercy, Kevin se répéta sa ligne de conduite. Il n'allait pas se laisser impressionner. Il se rendait à ce déjeuner par courtoisie, rien de plus. Ses parents avaient toujours tenu les politiques dans un mépris à la fois discret et persistant. Ils n'avaient jamais demandé de cartes d'électeur, ne participaient pas aux réunions publiques et évitaient soigneusement de saluer le maire du village. Qu'avaient-ils à craindre du pouvoir, puisqu'ils ne possédaient rien et avaient besoin de pas grand-chose ?

Assise aux côtés de Kevin, Philippine révisait ses fiches à voix haute. La bio du ministre : fils d'énarques, énarque lui-même, conseiller référendaire à la Cour des comptes, consultant au Boston Consulting Group (« mon expérience dans le privé », aimait-il répéter), conseiller économique à Matignon, député centriste de la troisième circonscription de l'Orne, apprécié localement pour le sauvetage d'un équipementier automobile, ayant connu un moment de gloire nationale en présentant une proposition de loi (rejetée) pour des quotas de femmes dans les investissements à destination des start-up, nommé ministre au dernier remaniement, farouche partisan des politiques RSE pour, selon ses termes, révolutionner le capitalisme.

– Techno classique, progressiste modéré, commenta Philippine.

Elle avait fouillé les profondeurs de Google pour lui trouver quelques passions personnelles : planche à voile, running, échecs. Il avait écrit un livre, *Au cœur du pouvoir*, vendu à trois cents exemplaires et distribué par ses soins à plus de trois mille : chacun de ses visiteurs devait repartir avec un ouvrage dédicacé. Sinon, marié, deux enfants, une maîtresse et des implants capillaires.

– Et ça dirige le pays, soupira Philippine.

Philippine avait aussi fait préparer par Mathilde des éléments de langage. Les chiffres sur Veritas. Les objectifs de l'entreprise. Les mots-clés à ne pas oublier (responsabilité, soutenabilité, inclusivité). Les points précis de blocage à aborder. Et même quelques anecdotes amusantes au cas où la conversation s'enliserait. Les rats, pourquoi pas ?

En arrivant sur le parvis du ministère, ils levèrent la tête vers l'édifice, une sorte de lego géant monté sur pilotis, un côté enfoui dans les profondeurs du XIIe arrondissement, l'autre amarré dans la Seine.

– On comprend mieux pourquoi il est surnommé « le paquebot », dit Philippine.

« Un paquebot échoué », pensa Kevin. Une carcasse couleur de rouille. Un péage de paperasse barrant l'entrée de Paris.

Ils passèrent le contrôle de sécurité opéré par des douaniers en uniforme puis remontèrent l'allée centrale jusqu'à la cour de l'hôtel des ministres, tout au fond. En progressant sur ce chemin en gravier long d'une bonne centaine de mètres, ils baissèrent spontanément la voix. Les silhouettes en costume ou tailleur qui déambulaient d'un bâtiment à l'autre ressemblaient étrangement à l'idée qu'on pouvait s'en faire, visages blafards et parapheurs sous le bras, la tête pleine de propositions fiscales géniales pour épater le chef de bureau. C'était comme une ville futuriste peuplée de gens organisant la vie des autres. Kevin perdait confiance. Lui qui s'était toujours glissé dans tous les milieux avec une grâce silencieuse atteignait là ses limites.

– Je ne sais pas comment font les meufs avec des talons sur les graviers, dit Philippine à qui il fallait reconnaître un rafraîchissant cynisme.

– Mon cher Kevin !

Kevin se retourna. Une des ombres venait vers lui, un sourire inquiétant aux lèvres.

– Vous ne me remettez pas ?

Kevin le reconnut à sa veste de tweed. C'était le chargé d'affaires de la BPI qui lui avait refusé son prêt au tout début. Soixante mille euros. Soit les dépenses hebdomadaires de Veritas.

– Je travaille ici à présent. J'aide l'État à définir sa stratégie d'investissement. Il faut penser la France dans dix ans. C'est passionnant !

Kevin hocha la tête, attendant la suite. Allait-il s'excuser ? Exprimer le moindre remords ?

– Je suis ravi que vous ayez suivi mes conseils, en tout cas. Il faut innover, innover, et encore innover !

Kevin le salua, mentionnant opportunément son rendez-vous ministériel qui ne sembla guère impressionner l'ancien chargé d'affaires.

– Toujours innover ! entendit-il en écho derrière lui.

Kevin pressa le pas. Philippine et lui franchirent les dernières grilles de sécurité et pénétrèrent dans la cour. Le ciel s'ouvrit au-dessus de leurs têtes, encadré d'une kyrielle de drapeaux européens et français. Un maigre bosquet d'arbres planté au milieu renforçait par contraste la minéralité du lieu. Trois C6 noires patientaient devant la haute façade vitrée de l'hôtel des ministres, ainsi qu'une poignée de motards de la gendarmerie. À l'entrée, un huissier en costume gris, barbiche blanche sur un profil d'empereur romain, les accompagna jusqu'aux ascenseurs. Leurs pas résonnèrent entre les piliers de béton du hall. Ils passèrent un sas où les observaient en ronde tous les ministres de l'Économie de la République derrière leurs cadres de verre. Au sixième étage, un autre huissier les attendait, cette fois affublé d'une chaîne en argent, héritage de l'Ancien Régime. Il les conduisit dans un salon d'attente assez miteux, avec deux canapés en skaï et quelques affiches bon marché aux murs, pour égayer. Des brochures administratives sur les financements publics dans l'énergie verte traînaient sur une table basse rayée.

– T'imagines, bosser ici ?

Kevin vit à la tête de Philippine que ses ambitions ne s'arrêteraient pas à Veritas.

– C'est un peu entre la Poste et un palais ottoman.

– Je ne connais pas les palais ottomans, répondit Kevin.

Ils patientèrent. Philippine feuilleta nerveusement une brochure puis ferma les yeux et croisa les bras en faisant les exercices de respiration recommandés par son app de yoga. Aucun bruit ne s'échappait des portes molletonnées. L'heure prévue pour le déjeuner passa. Cinq, dix, vingt minutes. Personne ne vint s'en excuser ou simplement les avertir du retard. Ici, on se pliait au temps de l'État. On n'avait plus d'agenda. On était à disposition. La respiration de Philippine se faisait de plus en plus bruyante, avec de brusques accès d'énervement. Même Kevin sentit ses mains moites et son pouls qui accélérait. Il dut admettre que montait en lui, depuis qu'ils avaient franchi la porte du ministère, une incompréhensible fébrilité. Il s'en voulut terriblement. Il n'avait rien à redouter et peu à espérer. C'était un rendez-vous de courtoisie entre des gens qui n'entretenaient entre eux aucune relation hiérarchique, les uns aux affaires publiques, les autres dans la société civile. Et pourtant, Kevin ne pouvait résister à l'impression d'être convoqué par son patron. Comme si le décor, les huissiers, l'attente, tout avait été pensé pour plonger irrésistiblement les êtres dans l'état qu'on exigeait d'eux : l'allégeance.

La porte s'ouvrit brusquement. Philippine et Kevin se levèrent d'un bond comme deux soldats au rapport. Le ministre passa à toute vitesse devant eux, suivi d'une nuée de conseillers. Son visage était semblable à celui des photos : quelconque. Sans âge, sans relief, sans même un défaut remarquable. Si banal qu'il en devenait indescriptible.

– Bonjour, Monsieur le min... marmonnèrent-ils de concert.

– Allez hop hop hop, on va bouffer là-haut !

Ils le suivirent en trottinant jusqu'à l'ascenseur. Le ministre répondait à ses messages en retard. Il ne semblait pas porter ses interlocuteurs en haute estime.

– Quel con, celui-là ! Et lui, il se prend pour qui ?

– Vous avez des soucis... tenta Philippine.

– Delphine, dit le ministre en se tournant vers sa directrice de cabinet, j'aurai besoin de dix minutes au téléphone avec le PM cet après-midi pour cette histoire de plan de licenciements à la mords-moi-le-nœud.

– PM : Premier ministre, souffla Philippine à Kevin.

– Je vous arrange ça, répondit Delphine.

– Il doit comprendre que je ne vais pas porter le chapeau tout seul. Après tout, c'est sa circo, pas la mienne.

Tous sortirent de l'ascenseur, toujours trottinant. Kevin aurait tout aussi bien pu être invisible. « Je m'en fous complètement, de ce type », se répétait-il. Et pourtant, il trottinait lui aussi.

La salle à manger du septième étage n'avait rien pour mettre à l'aise. C'était comme si on avait installé à la va-vite le mobilier d'un film d'époque, avec console Louis XV et pendule surmontée d'un chérubin en or. Les murs étaient constitués de parois amovibles, prêtes pour le changement de scène. Au fond, on voyait le fleuve à travers la baie vitrée, côté amont, où circulaient les mêmes péniches que Kevin avait appris à connaître sur le ponton de l'usine de Mantes.

Ils s'assirent. Le ministre était toujours absorbé dans ses textos. Maxime, l'entrepreneur qui avait lancé le service de taxis volants entre Roissy et le nouveau vertiport de La Défense, fit son apparition, tout essoufflé. Philippine et lui échangèrent quelques mots à voix basse, soucieux de ne pas déranger le grand homme dans son exercice de défoulement textuel. Un serveur ganté commença immédiatement le service. Kevin regardait les péniches.

Le ministre posa son téléphone et soupira bruyamment.

– Alors, mes jeunes amis, que je suis heureux de vous rencontrer ! Vous allez me changer de tous ces crânes d'œuf... Vous êtes la jeunesse, l'énergie, l'ambition dont ce pays a besoin ! Vous, mon cher Nicolas...

– Maxime, rectifia-t-il d'un air confus.

– Maxime, pardon, Maxime, bien sûr !

Le ministre lui tapota la main.

– Vous, Maxime, vous allez nous envoyer les Français en l'air ! Finis, les embouteillages ! À propos, je dois vous demander une faveur. Il y a un vieil héliport sur le toit de Bercy. Oui, juste là, au-dessus de nos têtes. On n'a jamais réussi à y faire atterrir quoi que ce soit. Un problème de vent, apparemment. Mais avec vos méga-drones, ce devrait pouvoir marcher, non ? Qu'est-ce que vous en pensez ? Ce serait un beau message de modernité : le ministre en taxi volant ! Hein ? Bonne idée, non ? Et vous, ça vous fera une pub d'enfer.

– Oui, oui, il faut étudier ça, absolument.

– Bon, formidable, je vous laisse voir les détails avec Delphine.

Il prit une grande rasade de vin blanc puis se tourna vers Philippine et Kevin.

– Et vous alors, les vers de terre, formidable ! Vous allez faire un carton, un carton recyclé bien sûr !

Philippine rit bruyamment.

– Et puis, comme je dis toujours, il faut la parité chez les fondateurs d'une boîte. Pas vrai ?

Kevin n'avait jamais envisagé ainsi son partenariat avec Philippine.

– Les hommes, souvent, je ne dis pas toujours mais quand même très souvent, ils drivent le business. Les femmes apportent autre chose. Une forme d'honnêteté, je dirais. *No bullshit.* Vous allez dire que c'est caricatural, que je suis un vieux con...

– Mais non... protestèrent Philippine et Kevin d'une même voix.

– ... et pourtant, c'est ce que je constate ! On a quand même le droit de dire ce qu'on voit. La gauche ne comprend pas ça. Ils nient la biologie, c'est très grave, vous savez. Comme disait Camus... on nomme bien ce qu'on... heu... le malheur vient du...

Il se tourna vers Delphine.

– « Mal nommer les choses... », commença-t-elle.

– Oui, voilà. Quant aux vers de terre...

Il s'interrompit soudain. Il cherchait visiblement de l'inspiration sur ce sujet. Philippine se jeta dans la brèche et exposa les avancées de Veritas à une vitesse stupéfiante, sans laisser entre ses phrases la moindre pause où l'on aurait pu lui voler la parole. Kevin se concentra sur son assiette de saumon fumé, s'efforçant de ne pas écouter. Il se demanda s'il était plus grave de mentir à un ministre. Il conclut que non. Plutôt le contraire, même : c'était de bonne guerre. Il vit Delphine consulter son portable et griffonner un mot qu'elle fit passer au ministre avec aussi peu de discrétion que possible.

– Ah, déjà ! s'exclama-t-il d'un air enchanté. Il doit avoir le feu aux fesses. Mes jeunes amis, je suis désolé, je dois prendre le Premier ministre au téléphone dans dix minutes.

– Bien sûr, bien sûr, acquiescèrent-ils en chœur.

Philippine ne cachait pas sa déception. Elle n'était pas encore entrée dans le vif du sujet. Elle aurait dû abréger son introduction. Responsabilité, soutenabilité, inclusivité : c'était très beau mais trop long.

– Je vais encore manger le plat principal sur un plateau devant mes dossiers. Quelle vie ! Je voulais tout de même vous communiquer un message important. Ce gouvernement est l'ami des entrepreneurs. Je compte sur vous pour créer des emplois ici, sur notre sol, et pour promouvoir avec nous la marque France. Bien sûr, si vous avez besoin de quoi que ce soit, vous n'hésitez pas, vous nous contactez. Delphine va vous laisser ses coordonnées personnelles. En cas de contrôle fiscal, de problème de droit du travail ou quoi que ce soit d'autre, n'hésitez surtout pas. Nous ferons le nécessaire. L'administration peut être terriblement bornée dans notre pays.

Le message fut reçu cinq sur cinq par Philippine, dont le visage s'illumina à la perspective de voir s'accélérer les procédures d'homologation. Le ministre se leva et les salua chacun leur tour d'un signe de tête, en prenant soin de bien prononcer leurs prénoms : Philippine, Kevin, Nicolas.

– Delphine, ajouta-t-il, vous n'oublierez pas de leur donner *Au cœur du pouvoir.*

– Merci, merci, répondirent-ils d'une même voix.

En partant, le ministre se pencha vers Kevin d'un air grave et mystérieux.

– Je voulais vous dire un mot en privé...

Kevin se sentit rougir.

– N'oublie pas de lui parler de la DREAL ! lui glissa Philippine.

Le ministre l'entraîna dans un coin de la pièce.

– Voilà, c'est un peu délicat, mais je crois savoir que vous connaissez bien Thomas Pesquet. J'aimerais bien organiser une rencontre au ministère. Vous pourriez arranger ça ?

Kevin resta un instant interloqué. Non, il ne connaissait pas bien Thomas Pesquet. Et non, il ne pouvait rien arranger.

Il n'imaginait pas qu'un ministre rencontre la moindre difficulté à dénicher un 06.

– Oui, bien sûr, s'entendit-il répondre.

– Parfait !

– Je voulais aussi vous signaler que nous attendons une autorisation de la DREAL pour notre méga-usine de vermicompostage dans le Limousin...

C'était Mathilde qui lui avait recommandé d'utiliser ce terme : « méga-usine ». Exclusivement pour les politiques, locaux comme nationaux. Pour la presse, il valait mieux dire : « site de compostage ».

– Ah, la DREAL ! Un cauchemar ! Vous faites bien de me prévenir. Vous enverrez les détails à Delphine et j'en parlerai à mon collègue de l'Environnement. Promis !

Le ministre fila dans le couloir tandis qu'un serveur disposait une cloche en métal sur son assiette fumante et déposait le tout sur un plateau. Avant de venir se rasseoir, Kevin marcha jusqu'au fond de la pièce et colla son front à la baie vitrée. Il entendit que la conversation à table était devenue soudain libre et enjouée. Il aperçut sur la Seine une péniche chargée de sable. Il imagina le marinier à la manœuvre, rompu à cet exercice bien réglé mais toujours impressionnant : transporter sa cargaison sous les ponts de Paris. Passer sans bruit au cœur de la capitale. Bien viser entre les arches. Ne pas répondre aux saluts stupides des touristes. Jeter un œil aux monuments, par en dessous. Ce devait être un moment propice à toutes les fantaisies.

Et lui, Kevin, quelle était désormais sa mission dans la vie ? Arranger le rendez-vous d'un gouvernant pressé avec un astronaute mondain. Philippine lui dirait sans doute qu'il en allait de l'avenir des vers de terre. Il soupira et retourna à sa place pour prendre le fromage.

XIX

Arthur découvrit un matin, par un message de Salim, que *Ouest-France* avait publié des extraits de sa plainte sous le titre : « J'accuse ! Un agro contre les agris ». La version complète était disponible en ligne. Le journal ne prenait pas parti mais présentait le combat d'Arthur comme une affaire sérieuse. Plus de trois mois après ses envois, Arthur ne s'y attendait plus. Il dut reconnaître que les publications régionales avaient encore, comme disait Salim, la capacité de résister au système néolibéral. Tout au long de la matinée, la nouvelle circula sur les réseaux. Arthur croulait sous les messages d'encouragement envoyés par tous les gens du coin. Il ne se faisait pas d'illusion : Jobard devait recevoir les mêmes. Les Normands sont prudents.

À midi, l'Agence France-Presse publia une dépêche : « Une première plainte pour écocide déposée contre une personne physique. » Une heure plus tard, la plupart des journaux nationaux relayaient la nouvelle sur leur site, recopiant peu ou prou le texte de l'AFP. Salim accourut à la ferme.

– C'est le buzz ! hurla-t-il.

Il avait attendu ce moment toute sa vie. Il réquisitionna la salle du bas comme QG de crise, ouvrit son vieux PC qui faisait le bruit d'un lave-linge et déclara les hostilités ouvertes. Il modifia son profil sur les réseaux sociaux pour se présenter en porte-parole d'Arthur, tagua tous les journalistes qui suivaient le sujet et parvint à être retweeté par quelques-uns. Il effaça intelligemment tout son historique.

– Il ne faut pas brouiller le message, expliqua-t-il à Arthur. On élargira le discours le moment venu.

Arthur commença à voir apparaître sur son téléphone les noms de ses anciens amis parisiens et de ses camarades agros. Leurs félicitations étaient mieux tournées mais plus ironiques. Arthur devenait « le Che des vers » ou « le David normand ». C'était comme s'il était soudain réapparu à la surface de la Terre, lavé de ses souillures par la grâce des médias. Sa radicalité, une fois affichée sur le fil d'actu du *Monde*, devenait légitime. Seul Kevin manquait à l'appel. Arthur espérait sans se l'avouer un signe, fût-ce pour avoir la satisfaction de l'ignorer. Rien ne vint. Arthur était célèbre depuis quelques heures, mais toujours aussi seul.

En fin d'après-midi, Jobard démarra son tracteur et fit mine de commencer le labour d'hiver, alors qu'il était beaucoup trop tôt dans la saison. Il voulait prouver à Arthur, au reste du monde et sans doute aussi à lui-même que rien n'avait changé ni ne changerait jamais. Arthur prit quelques photos. La poussière qui s'élevait en épais nuages derrière son engin signait son crime. Une terre bien vivante ne part pas en mille morceaux au premier coup de soc.

Un journaliste du *Point*, plus malin que les autres, avait compris de qui Arthur était le fils et était allé demander son opinion au grand avocat des libertés fondamentales. « C'est une très noble cause, avait-il répondu. Hélas, juridiquement parlant, il n'y a aucune chance. » La citation fit elle aussi son chemin sur la Toile, au milieu de mille théories farfelues. Une des plus populaires décrivait Arthur comme un chercheur d'extrême gauche en congé sabbatique, cherchant à déconsidérer l'agriculture conventionnelle pour nationaliser ensuite les terres des paysans.

Durant les jours et les semaines qui suivirent, Arthur et Salim s'employèrent à bâtir leur communauté, naturellement baptisée « vers de terre ». La saison des pommes étant terminée, Salim s'était installé à demeure, ne repartant chez ses parents que pour la nuit. Il restait collé à son écran du matin au soir, se levant seulement pour entretenir le feu dans la cheminée. Il répondait méthodiquement aux milliers de messages reçus sur l'adresse contact du blog d'Arthur et organisait des cellules d'action régionales. Il identifiait les sympathisants les plus motivés et les appelait individuellement. L'explosion des partis lui permettait de recruter des bonnes volontés tous azimuts. Il entretenait également le contact avec toute une ribambelle de responsables associatifs qui cherchaient à embrigader Arthur dans leurs causes respectives. Salim les écoutait tous mais ne promettait rien à personne.

De son côté, Arthur alimentait son blog de posts très politiques et acceptait presque tous les jours des demandes d'entretien. Il répondait toujours la même chose : l'écocide, les lombrics, la justice. Il suivait à la lettre les conseils de Salim : « Ne pas essayer de faire le malin. Rester focus sur le message. Répéter, répéter, répéter. »

Arthur eut même droit à son portrait en dernière page de *Libé*, évidemment titré « En vers et contre tous ». Le journal envoya un photographe sur place, « de renom », précisait l'e-mail. Arthur et Salim posèrent de strictes conditions. Photo en extérieur devant le champ incriminé. Un jour de mauvais temps, si possible. Et pas de sourire. Ils ne voulaient pas que l'exercice transforme Arthur en benêt rigolard, néorural fleur bleue. Il fallait une image dure, sombre, conflictuelle.

À son arrivée à Saint-Firmin, le photographe avait l'air bien penaud. Ses Dr. Martens n'étaient pas faites pour la gadoue de l'hiver ni sa veste de toile à rayures blanches pour le crachin normand. Il commença par se plaindre amèrement que son assistante n'ait pu faire le déplacement : *Libé* pouvait rembourser un aller-retour, pas deux.

– C'est la crise de la presse, marmonna le photographe de renom en luttant contre le vent pour installer ses réflecteurs.

Arthur et Salim le regardaient se débattre sans rien dire, hostiles.

– Nous sommes assez pressés, osa Salim.

Le photographe de renom abandonna les réflecteurs dans un juron.

– Après tout, si vous voulez avoir une sale tronche, ça vous regarde.

C'était exactement leur intention. Montrer une sale tronche aux bobos écolos lecteurs de *Libé* qui n'avaient jamais mis les pieds à la campagne. Les mettre face à leur insoutenable tartufferie.

– Les mecs qui kiffent les vers de terre, continua le photographe de renom, ils sont quand même spéciaux. J'en avais fait un autre il y a un an ou deux.

Arthur se raidit.

– Ouais, bien ça, le regard mauvais. Autant pousser le truc jusqu'au bout.

Le photographe de renom n'insista pas longtemps. La pluie creusait des rigoles dans ses cheveux gras et il tremblait de froid. Il fit encore quelques prises et repartit à grandes enjambées, tâchant en vain d'éviter les flaques. Ses pas faisaient un bruit spongieux.

– Il mettra des bottes en PVC la prochaine fois, rigola Salim.

Ce portrait bâclé, qui circulerait largement faute d'autres photos d'Arthur, lui donnerait l'image qui lui manquait encore : celle d'un paysan furieux.

Encouragé par Salim, Arthur rédigea un manifeste d'une dizaine de pages qui mêlait habilement la question des sols avec celle de l'oppression politique. Après avoir décrit avec une certaine précision agronomique le drame de la disparition des lombrics et dénoncé les violences administratives dont il avait été l'objet, il passait à un niveau de généralité supérieur. Refusant de réduire l'écologie à un calcul d'émissions carbone, il déplorait l'emprise de l'homme sur les écosystèmes, réduisant comme peau de chagrin les équilibres complexes auxquels avaient abouti des dizaines de millions d'années d'évolution naturelle, au moins depuis la dernière extinction de masse du Crétacé. Il condamnait tout autant l'emprise de l'homme sur l'homme, en évitant toutefois les platitudes néomarxistes sur l'exploitation des uns par les autres. La vérité était que tout le monde s'entrexploitait, par-delà les races, les genres et les classes.

« L'écocide, écrivait-il dans son premier jet, n'est pas limité à la vie des animaux. Il s'exerce avec la même violence sur la vie humaine, émondant les singularités, brisant les coopérations spontanées, étouffant toute joie. Nous bétonnons les terres et les cœurs. La société plante des êtres humains en rangées bien droites, désherbées au glyphosate. Les lois sont nos herbicides, le marché notre labour. Nous abattons les vieux arbres comme nous envoyons nos parents en ehpad ; nous arrachons les adventices comme nous jetons en prison les marginaux ; nous engrillageons les terrains comme nous installons des portiques dans les gares et des caméras dans les rues ; nous bourrons les champs d'engrais comme nous nous gavons d'informations inutiles ; nous encageons les poulets comme nous badgeons les employés ; nous attachons des tuteurs aux jeunes plants comme nous disciplinons les enfants à l'école. La monoculture s'étend sur nos paysages autant que dans nos têtes. Contrôles de traçabilité et contrôles d'identité sont les deux faces d'une même passion pour l'étiquetage. Nous voudrions maîtriser tout, la nature et les hommes, parce que nous ne nous maîtrisons plus nous-mêmes. » Etc.

Arthur proposait ensuite une forme d'éthique, reliant l'éco-anarchisme dont il se réclamait aux thèmes traditionnels de la philosophie stoïcienne. « Le premier acte moral d'une femme ou d'un homme libre est de distinguer, comme le voulait Épictète, l'essentiel du non-essentiel. De définir ce qui lui suffit et de se passer du reste. Son deuxième acte moral est de désobéir à la loi, consciemment et durablement. De rompre le lien d'allégeance que l'on maquille sous le nom de contrat social. Son troisième acte moral est de rééduquer ses sens pour communiquer avec la nature qui nous enveloppe. Une fois ces trois actes fondateurs accomplis, la suite coulera de source. »

Arthur concluait par les conditions d'une transformation collective et formulait un vague appel à l'action. « Tous ensemble », etc. Il était assez content de son effet.

– C'est pas mal, dit Salim en relisant le texte, mais il faudrait enlever les termes techniques au début, et aussi les noms de philosophes, ça perd tout le monde. Surtout, être plus concret à la fin.

Légèrement chiffonné dans son amour-propre d'auteur, Arthur défendit la nécessité d'être précis. D'utiliser des mots justes et des références honnêtes.

– Il ne faut pas prendre les gens pour des crétins. On peut devenir révolutionnaire sans cesser d'être rigoureux.

– D'accord, convint Salim, mais au moins, revois la dernière partie. « Tous ensemble », on fait quoi ? Faucher des OGM ? On n'en est plus là ! Il faut péter le système !

Arthur admit cet argument et ajouta un ultime paragraphe. « J'appelle les vers de terre survivants, tous ceux qui dans notre pays possèdent une conscience claire et une âme valeureuse, tous ceux qui ne veulent pas renoncer à l'humanité en eux et à la nature autour d'eux, à nous rejoindre. Aujourd'hui ignorés, humiliés, écrasés, nous serons demain les artisans du regain. Partout sur le territoire, il nous faut sortir de nos galeries, de nos tas de feuilles et de nos terriers pour détruire la machine qui nous broie. Il nous reste peu de temps. Mais nous avons à nos côtés le meilleur des alliés et le plus irréfutable des arguments : la vie. »

– Mieux ! Je retirerais juste le bout sur la conscience et l'âme. Ça fait un peu catho. Et puis...

Arthur leva les yeux au ciel. Il n'avait pas l'habitude d'être sermonné sur son écriture.

– ... il faudrait une chute un peu cinglante.

Arthur tapa avec agacement : « Longue vie à la vie, mort aux morts-vivants ! »

– Ça te va, cette fois ?

– Parfait. 1-2-2.

– Comment ?

– L'enchaînement de syllabes idéal pour les slogans. Ça donne du rythme. Blanche, croche noire, croche noire, et on recommence. Longue... vie-à... la-vie ! Mort... aux-morts... vi-vants !

– Tiens ! En effet. Longue... vie-à... la-vie ! Mort... aux-morts... vi-vants !

Salim et Arthur chantèrent ensemble pendant une bonne minute. Deux, c'est déjà une petite foule. Ils en avaient des frissons.

*

La publication du manifeste sur le blog d'Arthur ne suscita que peu de réactions médiatiques, malgré les relances acharnées de Salim. Le texte était à la fois long et radical, deux bonnes raisons pour les journalistes de ne pas le lire. Et puis, la presse était déjà passée au buzz suivant : les vacances en jet privé de la ministre de l'Écologie, qui prétendait que c'était le seul moyen de « pouvoir rejoindre Paris à tout moment ».

En revanche, le manifeste circula à toute vitesse sur les réseaux sociaux. Sur la page du blog, Salim comptabilisa plus de cinq cent mille vues en une semaine. Quelques romantiques prirent au mot l'injonction d'Arthur à le rejoindre et débarquèrent à Saint-Firmin. D'abord un, puis deux, au total une bonne douzaine. Il y avait de tout : des retraités de la fonction publique soixante-huitards qui revivaient leurs années hippies, des cadres démissionnaires en quête de sens, des étudiants profitant de leur année de césure pour faire du woofing de ferme en ferme, des cassos qui cherchaient un toit. Arthur rechigna d'abord à les accueillir mais Salim lui rappela qu'un anarchiste digne de ce nom ne pouvait pas se retrancher ainsi derrière l'idée bourgeoise de propriété privée. « C'est quand même chez moi », grogna Arthur qui parvint à négocier une séparation stricte entre son salon et les dépendances à peine chauffées où s'entassaient les « vers de terre » autoproclamés.

Tous voulaient aider, mais en plein hiver le potager ne demandait qu'à se reposer, tandis que les travaux intérieurs exigeaient des compétences dont il s'avéra vite que les cadres et woofers étaient dépourvus. Certains partirent, vite remplacés par de nouveaux venus. Après avoir épuisé les itinéraires de promenade et les sujets de conversation, l'ennui s'installa. Ils en furent réduits à jouer aux cartes comme en caserne et à organiser une cagnotte pour les courses, « chacun selon ses moyens ». Autant dire que les repas communs restaient frugaux. Les retraités soixante-huitards, dont tous avaient escompté la générosité, y contribuaient d'autant moins qu'ils s'absentaient souvent pour aller explorer en secret les restaurants gastronomiques de la région.

Les déambulations de ces vers de terre semi-clochardisés dans Saint-Firmin provoquèrent un vent de panique. En se croisant à la Lanterne, les habitants ne discutaient que des « zadistes du plateau ». Maria faisait tout son possible pour attiser les mauvaises pensées de ses clients. « J'ai toujours dit que ça tournerait vilain, là-haut », expliquait-elle à tout va. Même Matthieu et Louis s'étaient désolidarisés. Ils avaient le sentiment d'avoir été dupés par ce Parisien qui prétendait être comme eux et qui finalement avait fait ce que, eux, ne feraient jamais : du bruit.

Un incident rendit définitivement la population hostile. Un matin, Jobard trouva la façade de sa ferme couverte de graffitis aux rimes faciles : « Jobard connard », « Agriculteur = pollueur », « pesticide écocide ». Malgré la sympathie que certains pouvaient ressentir pour la cause d'Arthur, cette attaque publique mit en branle la solidarité villageoise. Face à un danger venu de l'extérieur, on avait l'habitude de mettre de côté les querelles et de se serrer les coudes. Jobard refusa d'alerter les gendarmes. Cette magnanimité apparente ne fit qu'accroître les tensions. Faute d'action de la puissance publique, il faudrait donc faire justice soi-même.

Ce fut Léa qui, inquiète de toute cette énergie négative, entreprit une médiation salvatrice. Elle se rendit à la ferme. Dès qu'elle aperçut Arthur enfoncé dans le Chesterfield, visage amaigri et barbe touffue, elle comprit que la situation s'était considérablement dégradée depuis leur dernière conversation. Elle ne chercha pas à le raisonner ni à le convaincre de quoi que ce soit. Elle offrit simplement de l'aider. Elle passait plusieurs fois par jour pour mettre de l'ordre dans ce phalanstère à la dérive. Avec la douce autorité qu'elle dégageait naturellement, elle imposa à Salim des horaires de visite plus raisonnables et géra du mieux qu'elle put le petit groupe, créant un semblant d'organisation et de partage des tâches. Dans le village et auprès de ses clients, elle se montra rassurante : il ne fallait pas s'en faire pour cette bande d'idéalistes. Ils mesuraient la colère qu'ils avaient suscitée et ne recommenceraient pas.

Léa n'en croyait pas un mot. Elle sentait bien qu'Arthur avait franchi un invisible point de non-retour. Il évoluait à présent dans un univers nouveau pour lui, sombre, grave et sans compromis, dont il ne reviendrait pas.

Salim fut contacté sur les réseaux par des militants d'Extinction Rebellion. Ils demandaient avec insistance un rendez-vous avec Arthur, « en tête-à-tête et sans téléphone dans la pièce ». Salim hésitait. Arthur le sentait craintif depuis l'affaire des graffitis. Il prit l'affaire en main et fixa lui-même la date et l'heure.

Avec une ponctualité étonnante pour ces joyeux activistes, deux émissaires se présentèrent à la porte de la ferme, un garçon et une fille, genre Bonnie and Clyde. Ils devaient avoir à peine vingt ans et portaient des habits très classiques. Lui arborait une mèche bien peignée, elle s'était couvert la tête d'un béret en laine. Pas de tatouages, pas de piercings, pas de catogan, même pas une petite barbichette. Des visages sérieux. En les voyant, Arthur réalisa qu'il était leur aîné. La nouvelle génération, ce n'était plus lui.

Ils s'assurèrent poliment que le téléphone d'Arthur avait été mis de côté et entrèrent vite dans le vif du sujet, sans même prendre le temps de se présenter. Ils parlaient avec une préciosité surannée, maintenant tout au long de la discussion un vouvoiement qui troubla Arthur mais qu'il se trouva bien obligé d'adopter.

– Vous connaissez Extinction Rebellion, commença Clyde.

– Bien sûr.

– Nous avons suivi votre action avec beaucoup d'intérêt. Vous représentez aujourd'hui la figure émergée d'une mouvance en mal d'incarnation.

Arthur se sentit flatté. Depuis Saint-Firmin, il n'était pas à même de mesurer son influence véritable. N'était-ce pas son rêve depuis le début : devenir un gourou ?

– Vous avez assemblé autour de vous une communauté prête à vous suivre. La difficulté qui se pose désormais est la suivante : pour faire quoi ?

Arthur pouvait difficilement s'en cacher. Il ne savait absolument pas comment répondre à sa bande de squatteurs quand ils lui posaient la question.

– Chacun doit être autonome dans sa recherche de finalité, répondit fièrement Arthur.

Clyde ne releva pas. Il connaissait la théorie.

– Nous aimerions vous proposer une coopération.

Arthur s'était préparé à cette offre. Sa réponse fusa.

– Écoutez, mes jeunes amis, si vous voulez vous coller aux grilles du ministère de l'Environnement, ce sera sans moi. Mon but n'est pas d'amuser la galerie avec des gadgets médiatiques financés par des milliardaires en quête de sens.

Clyde sourit.

– Nous n'en attendions pas moins de vous. Et nous sommes bien d'accord. Cet activisme-là, c'est un paravent pour rassurer le système. Les intellos et les journaleux nous adorent, ils ont l'impression de pouvoir s'engager pour pas cher. De la purée sur les vitres des tableaux, des sit-in sur les autoroutes : rien de bien méchant.

Arthur se sentit décontenancé.

– Ce que je vais vous révéler à présent doit rester strictement confidentiel.

– Évidemment.

– Ce n'est pas si évident. Je vous demanderai de n'en parler à personne, pas même à votre ami Salim.

– Je ne vois pas pourquoi je ferais la moindre cachotterie à Salim. Il est mon premier compagnon de route...

Clyde jeta un regard interrogateur à Bonnie, qui secoua la tête de manière négative.

– Salim a un historique, intervint-elle d'un ton froid. Il a été impliqué dans une demi-douzaine d'organisations. Il les a toujours quittées avec fracas, en vidant son sac sur la place publique et en répandant des rumeurs plus ou moins fondées.

– Il avait trente followers à l'époque...

– Peu importe. Il présente un risque de fuite.

– Vous vous trompez sur sa personnalité. Aujourd'hui en tout cas, il est bien rangé.

– Peut-être, mais nous ne possédons aucune garantie à ce sujet. Nos procédures sont extrêmement strictes.

Des garanties ? Des procédures ? se demanda Arthur. Quelle est cette nouvelle bureaucratie ? Il réfléchit un moment, à la fois irrité par le tour que prenait la conversation, et piqué par la curiosité.

– Bon, d'accord, dit-il en levant les yeux au ciel.

– Vous donnez votre parole ?

– Épargnez-moi ce ridicule.

Bonnie sembla hésiter puis lança à destination de son acolyte un coup de menton approbateur.

– Extinction Rebellion, reprit Clyde, est la couverture version Disneyland d'une organisation beaucoup plus sérieuse : Extinction Revolution. Notre objectif est limpide : l'anéantissement des moyens de production qui nuisent au vivant. Pour cela, un seul chemin possible : la prise de pouvoir politique.

– Vous allez vous présenter aux élections européennes ?

Bonnie soupira profondément.

– Je t'avais dit qu'il n'était pas mûr, glissa-t-elle à Clyde. Nous estimons que la démocratie représentative n'est pas capable d'opérer la rupture nécessaire. Les électeurs sont aliénés par la croissance. L'expression consciente de leur volonté est contrecarrée par le titillement incessant de leurs désirs. Leur peau de lion politique, comme disait Marx, est habitée par leur chair de consommateurs. Ils disent qu'il faut ralentir mais ils achètent le dernier téléphone. Le pétrole, c'est l'opium du peuple.

– Et donc, vous proposez quoi ? La tyrannie ?

– Le constat est simple. D'abord, sans révolution, pas de transformation possible : tout le discours sur la « transition » a pour seul objectif de préserver le *statu quo*.

– D'accord sur ce point.

– Ensuite, le succès d'une révolution, si l'on analyse l'histoire des trois cents dernières années, dépend d'un facteur nécessaire même si pas toujours suffisant : le nombre de morts. La Révolution française, la révolution bolchevique furent de vrais carnages. Mais les gentilles révolutions d'aujourd'hui, type printemps arabe ou révolutions de couleur en Asie, sont vouées à l'échec. Sans effusion de sang, on ne prend personne au sérieux.

– C'est ce que disait Kojève de Mai 68 : il n'y a pas eu de morts, donc rien ne s'est passé. Mais ça m'a toujours semblé un peu radical.

– L'humanité a occis et continue d'occire des centaines de millions d'êtres vivants. Ce n'est pas radical, ça ?

– Bien sûr que si ! Je suis le premier à le dire.

Arthur s'irritait qu'on lui oppose ses propres arguments.

– Pour se racheter, l'humanité devra bien consentir à un certain sacrifice.

– Vocabulaire chrétien !

– Je peux le reformuler dans la langue du matérialisme historique : il n'y aura pas de réforme des consciences sans irruption du tragique.

– Admettons.

– À l'issue de notre révolution, Extinction Revolution - rebaptisée Extinction Now - organisera la destruction de toutes les sources d'énergie : usines, centrales, et même les énergies dites renouvelables. Voyez-vous, nous avons élaboré une doctrine révolutionnaire d'un genre complètement nouveau. Plutôt que de mettre à bas pierre après pierre tout l'édifice, il suffit de retirer sa clé de voûte. Plutôt que de s'acharner à remodeler la société, il faut produire les conditions de sa réorganisation. Créer un choc brutal. Forcer l'humanité à se passer de la drogue qui la ronge. Ce sevrage peut aller très vite. En quelques semaines, nous pouvons mettre définitivement à l'arrêt les réacteurs nucléaires, dynamiter les barrages, crever les gazoducs et abattre les éoliennes. Il y a dans l'effondrement un seuil d'irréversibilité : plus on démolit, moins on est en mesure de réparer. L'enjeu majeur consiste à conserver jusqu'au bout nos capacités à exécuter le plan de démantèlement : ce sur quoi travaillent nos ingénieurs. Il faut que la dernière voiture serve à aller débrancher le dernier générateur. Petit à petit, les lumières s'éteindront, rendant matériellement impossible la survie du capitalisme. Une fois les serveurs qui alimentent l'Internet hors d'état de marche, la société périclitera d'elle-même. Nous débrancherons en priorité les sièges sociaux, les banques et les assurances, surtout les assurances ! Plus d'assurance, plus de risque ; plus de risque, plus de capital ; plus de capital, plus de production. Bien entendu, il y aura des dégâts humains considérables. Imaginez Paris privée d'électricité...

– Au moins, ce sera fait, marmonna Arthur qui avait toujours en tête les scènes apocalyptiques engendrées par la mort des sols.

– Exactement ! La vie humaine ne doit pas être sacralisée ; elle compte tout autant et tout aussi peu que celle des fourmis.

– Et le jour d'après ? Un dictateur éclairé ?

– Non. Le jour d'après, Extinction Revolution entrera dans sa dernière phase : Extinction Extinct. Le gouvernement provisoire s'abolira lui-même et laissera l'humanité se débrouiller. Ce sera le chaos, d'où émergera le pire comme le meilleur. Des mille problèmes qui se poseront sur le terrain jailliront cent mille idées de solutions. Gouvernance politique, satisfaction des besoins primaires, moyens de communication, mœurs et croyances : tout sera à réinventer. Les êtres humains retrouveront leur place dans les écosystèmes locaux. L'évolution naturelle, interrompue par l'ère industrielle, reprendra son cours.

– J'aime bien l'idée. Un plan pour en finir avec les plans.

Bonnie applaudit la formule des deux mains.

– Néanmoins, reprit Arthur, vous n'avez pas répondu à mon objection sur la tyrannie.

– On ne croit pas aux trucs autogérés. Il faut des chefs. On les appelle dans notre jargon les Predators. Une fois la révolution accomplie, ils se retireront.

Arthur perçut de nouveau le fossé qui le séparait déjà de cette génération ayant grandi avec *Comment saboter un pipeline*, le manuel d'insurrection d'Andreas Malm. À son époque, personne ne voulait de chefs. On rêvait encore d'anarchie et de vote par consensus.

– C'est un peu ce que les léninistes voulaient faire avec l'État. Résultat, ils n'ont pas lâché le pouvoir.

– Nous y avons pensé. C'est pourquoi les Predators devront prendre l'engagement ferme de disparaître.

– De retourner à leur potager ?

– Non. De passer à l'état de non-vie.

– De se suicider ?

– C'est un peu anthropocentré comme notion mais oui, on peut dire ça.

– Et s'ils renoncent, cédant au désir bien naturel de persévérer dans leur être ?

Clyde eut un air embarrassé. Bonnie reprit la parole.

– Ils seront abattus par leurs camarades, expliqua-t-elle. Chaque Predator se verra assignés dix Suppressors parmi les membres les moins charismatiques du groupe. Si le Predator est encore en état de vie une semaine après le lancement d'Extinction Extinct, les Suppressors ont pour consigne de passer à l'acte.

– Et qui procède à la sélection des Suppressors ?

– Les Predators eux-mêmes, chacun pour un autre. S'ils ne veulent pas être les seuls à disparaître, ils ont intérêt à bien choisir.

Le silence se fit, seulement troublé par le crépitement familier de la cheminée. Arthur esquissa un sourire. Tout cela ressemblait à un mauvais scénario de science-fiction. Bonnie et Clyde restèrent de marbre. Arthur comprit qu'après la génération des bifurqueurs, mettant en scène leurs idéaux avec plus ou moins de forfanterie, était venue celle des terroristes, comme à Rousseau avait succédé Robespierre.

– Extinction Revolution compte aujourd'hui environ mille membres par pays, très soigneusement et discrètement recrutés, poursuivit Clyde en anticipant les objections d'Arthur. Chacun de ses membres doit pouvoir mobiliser une cinquantaine de sympathisants, en priorité des infiltrés dans l'administration et les grandes entreprises. Bien armés, bénéficiant de l'effet de surprise, prêts à tuer et à être tués, cinquante mille êtres humains peuvent s'emparer des leviers de commande institutionnels dans n'importe quelle capitale d'Europe. Regardez la pagaille qu'arrive à mettre une cinquantaine de black blocs !

– Dans un pays donné, je veux bien. Mais les infrastructures d'énergie et de communication sont interconnectées.

– En effet. C'est la force du système mais aussi sa faiblesse. Si un nombre suffisant de pays bascule, les autres suivront sans même que nous ayons à nous en préoccuper. Voilà pourquoi notre stratégie est de déclencher une action mondiale, partout en même temps. Il y aura un jour J. Un dysfonctionnement planétaire. Ensuite, ce sera quitte ou double.

– D'ici ce jour J, précisa Bonnie, il faut rester discret. Si j'étais vous, j'effacerais les graffitis sur le mur du voisin. On ne veut pas que les gendarmes viennent mettre leur nez dans notre réseau.

Arthur y consentit en maugréant. Bonnie et Clyde, impassibles, paraissaient habités d'une foi absolue dans leur mission. Le monstre froid de l'État écocidaire avait-il engendré des êtres plus froids encore ? Est-ce qu'après eux naîtraient des humains plus humains ? L'espèce retrouverait-elle un jour la joie de vivre ?

Eux aussi l'observaient. Ils attendaient une réponse à la question qu'ils s'étaient bien gardés de lui poser. Toute cette conversation semblait à Arthur à la fois absurde et totalement logique, l'aboutissement rationnel de tout son travail des années passées. Ce qui avait commencé comme un jeu avec Anne était devenu la seule réalité possible. Arthur avait toujours rechigné à tirer les conséquences ultimes de son anarcho-stoïcisme. Extinction Revolution l'avait fait pour lui.

– Je suis des vôtres, dit-il sans trop y réfléchir.

Bonnie lui tendit solennellement la main.

– Bienvenu.

– Que puis-je faire pour vous ?

– Le comité de coordination nous a chargés de vous nommer Predator pour la région France.

XX

– Je vais le pendre par les couilles !

Philippine enrageait. Autour de la table étaient réunis Kevin, Mathilde, ainsi qu'Anne et son patron aux canines acérées, Lupus. À cette heure matinale, il faisait encore nuit dehors et la lumière des spots rendait les visages blafards. Lupus avait apporté un sac de croissants auquel personne n'osait toucher. *Le Canard enchaîné* révélait dans son édition du jour que Veritas, la start-up préférée du gouvernement et des médias, lauréate du prix de l'environnement du Next 40, brûlait une grande partie des déchets qu'elle prétendait composter. Titre de l'article : « Le ver est dans le fruit ». Le rédacteur s'en donnait à cœur joie : « On leur a tiré les vers du nez » ; « après le greenwashing, le wormwashing » ; « vous reprendrez bien un petit ver ? » Entre deux jeux de mots, il fournissait des détails précis et incriminants : le nombre de tonnes concernées, l'adresse de l'incinérateur, le nom des entreprises flouées. Il concluait en félicitant un lanceur d'alerte anonyme, celui que Philippine voulait à présent pendre par les couilles.

Le journal allait être mis en ligne vers midi mais, par une sadique courtoisie, parvenait à ses victimes la veille au soir. Philippine avait organisé en catastrophe une réunion avec le cabinet de com de crise où travaillait Anne. Il leur restait quelques heures pour préparer une réaction.

– C'est comme au foot, expliqua Lupus. Il y a trois scénarios et seulement trois. Esquive, défense et contre-attaque. Mieux vaut en choisir un et s'y tenir le plus longtemps possible : rien n'est plus dommageable que de changer de stratégie en cours de route. Pour décider de la meilleure option dans votre cas, il nous faut quelques éléments. Pour commencer : cet article dit-il toute la vérité, un peu la vérité, ou rien que des mensonges ?

– De toute façon, c'est un journal satirique, dit Philippine, personne n'y accorde la moindre importance. Je ne l'avais jamais lu jusqu'à aujourd'hui !

– Détrompe-toi. Pour les brèves politiques de la page deux, d'accord, tout le monde sait que ce sont des règlements de comptes invérifiables. Mais il s'agit d'un article de page quatre. C'est de là que sont partis l'affaire Stavisky qui a achevé la IIIe République, le scandale des diamants de Bokassa qui a coûté sa réélection à Giscard, l'histoire de l'emploi fictif de Penelope Fillon qui a permis l'élection de Macron. Côté business, Bouygues, Pechiney, Ikea, M6 ou Elf ne sont pas près d'oublier le *Canard*. Étant donné votre exposition médiatique, je peux te garantir qu'il y aura des reprises partout dans la presse.

Philippine s'empara brusquement d'un croissant qu'elle bâfra.

– Je répète donc ma question : cet article dit-il...

– Cet article dit n'importe quoi ! hurla Philippine en postillonnant.

Après avoir jeté un regard en coin à Kevin qui restait coi, Lupus reprit la parole.

– Je voudrais juste clarifier notre position en tant que cabinet. Nous sommes un peu comme des avocats. Notre réputation repose sur notre discrétion. Et nous restons toujours indéfectiblement du côté du client, sans aucun jugement. En revanche, par simple souci d'efficacité, il faut être transparent avec nous.

Kevin intervint, aussi posément que possible.

– Cet article dit très exactement la vérité.

Lupus prit l'air paternel et contrarié d'un médecin à qui on avoue un deuxième symptôme.

– La vérité ! soupira Philippine. Vous voulez savoir la vérité ? La vérité, c'est qu'on vient d'obtenir l'autorisation de construire le méga-site dans le Limousin. La vérité, c'est que nous avons des dizaines de millions d'investissements alignés pour notre prochaine levée de fonds en série B. La vérité, c'est qu'on est sur le point de transformer des millions de tonnes de déchets en compost sans le moindre gramme d'émission carbone. La vérité, c'est qu'on va sauver la planète ! Voilà, la vérité ! Le reste...

Lupus tapota son stylo sur la table avec irritation. Il remontait dans l'estime de Kevin. C'était sans doute un truand, mais un truand très professionnel.

– Philippine, on n'est pas sur un plateau télé ici. On perd notre temps. Donc oui, vous brûlez des déchets ? Combien ?

– Les deux tiers, environ, dit Kevin.

Lupus passa la main dans ses cheveux gominés. Mathilde laissa échapper un cri de stupeur.

– Bon. Et vous savez qui est le lanceur d'alerte ?

– Sofia ? suggéra Mathilde qui avait vite retrouvé son sang-froid.

– Impossible, coupa Philippine. Elle a signé une clause de confidentialité. Et puis, ce n'est pas le genre.

– À mon avis, dit Kevin qui avait depuis longtemps des soupçons, ça pourrait être ce gars de la R&D de L'Oréal. L'ingénieur qui était venu à la première visite. Il posait des questions très précises sur les capacités d'absorption des vers. Pendant des mois, il ne m'a pas lâché. Ensuite, Philippine l'a repris en main...

– Je l'ai surtout mis dans mes spams.

– Il a dû se rendre compte que les chiffres clochaient.

– Comment connaîtrait-il Thiverval ?

– Ce n'est pas très compliqué d'aller papoter avec les transporteurs.

Lupus se frotta pensivement les mains.

– Donc la source serait localisée chez un seul client ? demanda-t-il. C'est au moins ça. Il suffirait de régler le problème avec L'Oréal.

– Ça me paraît jouable, dit Philippine.

Elle s'essuya les coins de la bouche avec une serviette. Elle reprenait contenance.

– Jouable, comment ?

– On connaît bien la responsable RSE, dit Kevin.

– Et puis surtout, lâcha Philippine, mon père est PDG.

Kevin ploya la nuque sous le choc, accablé. Madame RSE n'était donc pas une amie de la famille. C'était une employée de la famille.

– Tu ne portes pas son nom ? interrogea Lupus, visiblement surpris lui aussi.

– Non, répondit-elle froidement. J'ai pris celui de ma mère. Je veux réussir par moi-même ! J'ai le droit, non ?

– Bien sûr, bien sûr. Je trouve tout de même étrange que la presse ne l'ait jamais mentionné. Enfin, pas à ma connaissance.

– Les journalistes sont paresseux.

– Pas tous.

– En effet. Les autres, ceux qui viennent dîner à la maison, sont complaisants. Dans les deux cas, ils se taisent.

– Tu penses donc que ton gentil papa pourrait intervenir ?

– Pour une fois, oui.

– Et que l'ingénieur arrêterait de jouer au lanceur d'alerte ?

– Tout homme a un prix, non ?

Le silence se fit. Certaines choses ne se disent pas. Philippine les disait quand même, sans aucun souci des convenances. Malgré toute sa répulsion, Kevin ne pouvait s'empêcher de l'admirer.

– Je jouerai donc la défense, conclut Lupus. Une défense prudente et mesurée, sans indignation excessive. Reconnaissant d'emblée certaines mauvaises pratiques du passé mais les cantonnant à un cas précis, dans des circonstances exceptionnelles. Un mot d'excuse, un *bad buzz* pendant les semaines qui viennent, et on passe à autre chose.

– D'accord.

– Anne et Mathilde vont travailler sur le texte du communiqué de presse et je vais appeler quelques patrons de rédac pour les prévenir. Ils sont toujours sensibles à ces attentions. Je vous conseille également d'expliquer la situation à vos troupes en interne.

Lupus se leva en souriant.

– Voilà une affaire qui roule !

Avant de sortir de la pièce, il posa une main réconfortante sur l'épaule de Philippine et lui glissa un dernier mot à l'oreille.

– Ce n'est absolument pas urgent, mais il faudra aussi que l'on discute de nos honoraires...

Philippine hocha la tête. Elle se sentait soulagée et reconnaissante. Lupus savait ferrer ses clients au moment opportun.

Kevin se retrouva avec Anne au milieu de l'open space de Veritas qui commençait à se remplir. Les collaborateurs de Veritas allaient et venaient à leurs tâches habituelles sans la moindre conscience de la toile de mensonges que Philippine avait tissée autour d'eux et dont elle allait, encore une fois, sortir indemne, se promenant sur ses propres fils avec confiance et dextérité. Il n'osait pas regarder Anne dans les yeux. Elle n'avait rien dit de la réunion. Il imaginait bien ce qu'elle pouvait penser, elle qui avait battu le tambour pendant plusieurs mois à Sciences Po pour soutenir une proposition de loi protégeant les lanceurs d'alerte.

Mathilde, déjà installée derrière son ordinateur, interpella Anne à travers la salle avec sa délicatesse coutumière et son sens très personnel de la grammaire.

– Tu bouges ton cul ? Il faut qu'on l'accouche, ce communiqué.

– Je dois y aller, dit Anne d'une voix blanche.

Kevin ne voyait pas comment leur relation pourrait survivre à ce désastre. Il ne pouvait s'en prendre qu'à lui-même. Il se sentait immensément triste, moins de perdre Anne que de renoncer à l'idée qu'il se faisait d'une bonne vie, d'un couple honnête et sans histoire. Il n'était pas honnête, et les histoires ne faisaient que commencer.

À sa grande surprise, Anne lui prit la main.

– Ça va aller, souffla-t-elle gentiment avant de rejoindre Mathilde.

Elle n'aurait rien pu dire de pire. Kevin regagna son bureau et se planta devant l'écran de veille de son ordinateur qui dessinait des spirales. Non, ça n'allait pas. Il n'allait pas. Anne n'allait pas. Ce monde n'allait pas.

Ils ne traitaient pas les déchets. Ils étaient devenus eux-mêmes des déchets. Les déchets non recyclables de la machine à produire.

Pour la première fois, Kevin prit une décision. Il ne tergiversa pas. Il ne pesa pas le pour et le contre. Il se contenta de suivre son instinct. Il n'y fut poussé par aucun souci de justice, par aucun sentiment d'héroïsme, mais simplement par un violent dégoût de lui-même. Il voulait redevenir le jeune soleil blond et désirable qu'il avait été. Ne serait-ce qu'un court instant. Ne serait-ce qu'en rêve.

Il démissionnait de cette vie-là.

Kevin mit au point un plan précis qu'il exécuta avec méthode et célérité, sans le moindre regret, en s'assurant que chacune de ses actions serait irréversible. Il appela Sofia. Il partageait avec Philippine le pouvoir de signature sur l'ensemble des contrats. Il pouvait donc l'affranchir, par la grâce d'un document PDF, de sa clause de confidentialité. Elle n'hésita pas longtemps.

Il lui demanda tous les détails. Elle avait conservé une copie des registres des camions, ceux qui avaient livré les déchets à l'usine comme ceux qui avaient continué vers Thiverval. Kevin calcula l'ampleur de la fraude à la tonne près, rédigea un bref mémoire aussi factuel que possible et le signa de sa main. Il le mit en pièce jointe des trois e-mails qu'il programma pour le lendemain matin, l'un pour Philippine où il présentait formellement sa démission de ses fonctions opérationnelles, l'autre à destination de l'équipe où il s'excusait, le troisième enfin à tous les clients, investisseurs et journalistes où il se contentait de décrire les faits. Il n'allait tout de même pas se justifier auprès de gens encore plus pourris que lui.

Kevin quitta les lieux sans un regard pour Philippine. Arrivé chez lui, il résilia son bail par Internet puis fourra son duvet et quelques vêtements dans un sac à dos. Depuis qu'Anne avait emménagé, l'appartement s'était peu à peu rempli. Draps, canapés, meubles, vaisselle, même des luminaires, toutes ces inutilités avaient fait leur apparition. Il les abandonnerait avec bonheur à leur sort. Il les imaginait trimbalés pendant des décennies de déménagement en déménagement avant de terminer dans un grenier, puis dans une brocante et enfin à la déchetterie. Combien de siècles faudrait-il pour que ces objets achèvent de se décomposer et reversent tous leurs atomes à la nature ?

Au dernier moment, alors qu'il s'apprêtait à refermer la porte d'entrée et à jeter les clés dans la boîte aux lettres, il se souvint d'écrire une lettre de rupture à Anne. Ça se fait. Et il le fit, sans gaieté de cœur. Anne avait consacré l'énergie de sa jeunesse, avec Arthur puis avec lui, à Saint-Firmin comme dans l'appartement du parc Monceau, à semer les graines d'une vie équilibrée. Elle était faite pour un bonheur sans excès. Était-ce sa faute si elle tombait sur des illuminés ?

Kevin n'avait jamais été à l'aise avec un stylo. Il ne put rien écrire de ce qu'il voulait lui dire. Il rédigea quelques lignes cruellement banales qu'il conclut par : « Ça va aller. »

Puis il retira tout l'argent qu'il pouvait en billets de vingt euros, éteignit son portable puis marcha vers la gare d'Austerlitz pour prendre le premier train vers Limoges.

*

Kevin avait d'abord eu l'intention de faire escale chez ses parents. Le train pour Limoges était heureusement assez lent pour permettre au voyageur de changer d'avis sur tout. Avançant au rythme des locomotives à vapeur, il tirait péniblement de vieux wagons aux banquettes larges et défoncées dans lesquelles on sombrait davantage qu'on ne s'asseyait. La plupart des passagers semblaient rentrer chez eux, dans un autre siècle.

Quand le train s'arrêta en gare d'Issoudun, Kevin avait abandonné l'idée de passer au village. Il estimait ses parents mais n'avait rien à leur dire. C'était réciproque. Ils avaient élevé avec tendresse un bel oiseau et ne voyaient plus trop l'intérêt de continuer à entretenir toutes ces simagrées d'amour maternel, paternel ou filial. Ils considéraient la famille comme une entité éphémère. Sans doute trouvaient-ils aussi que leur fils tournait mal. Ils avaient entendu parler du méga-site de Veritas, à quelques dizaines de kilomètres de chez eux, qui suscitait déjà des polémiques. Ils ne comprenaient pas bien pourquoi Kevin déployait autant d'énergie à compliquer la vie des autres. Il avait quitté le monde de la bricole et rejoint celui des patrons. La dernière fois qu'ils avaient déjeuné ensemble, c'est tout juste s'ils ne l'avaient pas appelé « monsieur ».

Arrivé à La Souterraine, Kevin avait pris sa résolution. Il partirait vers le sud, en suivant le GR 654 qui le conduirait dans les forêts profondes et montueuses, sur les anciennes voies romaines bordées par les chênes et les charmes. Il passerait à travers les clairières où émergent des ruines de fours à pain et des chapelles couvertes de lierre. Il verrait des salamandres glisser dans un éclair jaune. Il croiserait peut-être des castors, de retour dans les rivières. En passant par la plaine, il s'arrêterait devant des vaches brunes qui le dévisageraient en ruminant. Dans les bourgs, il se glisserait entre les maisons en pierre aux volets fermés. Il irait où ses pas le mèneraient, comme il faisait ado.

En gravissant les rues pavées de Limoges, il réalisa que son sac pesait lourd et tirait sur ses épaules. Il s'arrêta dans le recoin d'une porte cochère et en ôta tout ce qui ne lui semblait pas primordial : costume, paire de mocassins, chemises blanches, livres et divers bibelots. Il les mit en tas et continua sa route : les gens se serviraient. Il était chaussé de mauvaises baskets, mais peu lui importait. Il n'avait pas l'intention de battre des records.

Kevin randonna une dizaine de jours sous un ciel miraculeusement clément. Il marchait pour fuir, d'un pas pressé, comme si chaque foulée mettait davantage de distance entre lui et ses poursuivants imaginaires. Il se ravitaillait dans les épiceries de campagne où l'on trouvait toujours, à côté de la caisse, des produits locaux hors comptabilité : pain, tomme, fruits et légumes. Il logea dans des gîtes, passa quelques nuits à la belle étoile et fut accueilli chez l'habitant. Il suffisait de demander et les portes s'ouvraient. Pas toutes, bien sûr, mais sa jeunesse et sa beauté suffisaient la plupart du temps à vaincre les prévenances. Dans les fermes, on lui donnait la part du pauvre, celle autrefois réservée aux chemineaux et dont la mémoire était restée vive. Il aidait aux tâches quotidiennes et faisait la conversation. Il écoutait des histoires tristes mais pas désespérées. Le métier était dur, comme il l'avait toujours été. Kevin trinquait à l'avenir avec ses hôtes. Puis il jetait son duvet sur un canapé ou dans la paille. La vie lui paraissait délicieusement simple.

En franchissant la Tardoire, dans les environs de Châlus, Kevin s'aperçut brusquement qu'il n'était plus millionnaire. L'effondrement de Veritas rendrait les parts qu'il détenait illiquides et probablement sans valeur. Encore quelques jours auparavant, la valorisation de Veritas dans le cadre de la nouvelle levée de fonds lui conférait une fortune virtuelle de plus d'une dizaine de millions d'euros. Aujourd'hui, il ne possédait plus que son sac et quelques rogatons sur son compte courant. Cette pensée l'intrigua, l'amusa puis le soulagea. Il regarda l'eau couler à gros bouillons devant lui. Le soleil de printemps la saupoudrait de reflets brillants. Kevin inspira à pleins poumons et cracha un bon mollard qui disparut immédiatement dans la rivière. Il retrouvait le privilège de n'être rien. Comment avait-il été assez fou pour y renoncer ?

À partir de Châlus, Kevin ralentit son pas. Il s'apaisait. N'ayant plus rien à perdre, il n'avait plus besoin de fuir. Il s'attarda à observer les finesses du paysage et les manies des hommes. Kilomètre après kilomètre, les collines s'aplatissaient tandis que l'accent des habitants devenait plus chantant, comme des vocalises allant crescendo. La voix du pays se dégourdissait.

Le mauvais temps surprit Kevin à l'entrée du Périgord. Muni d'une simple veste de toile, il manquait de l'équipement le plus rudimentaire pour passer des journées entières sous la pluie. Il avait encore des choses à apprendre pour distinguer l'essentiel de l'inessentiel. Les vêtements chauds et imperméables faisaient incontestablement partie de la première catégorie. Ses pieds étaient trempés et les rafales de vent le faisaient frissonner. Il savait bien qu'il lui faudrait un jour retourner à Paris et affronter les conséquences de ses actes. La météo avait décidé pour lui du moment.

Kevin fit du stop jusqu'à Périgueux et reprit le train. En arrivant en début de soirée sur le parvis de la gare Montparnasse, au pied de la tour hideuse, il ralluma son portable. La pauvre bête, peu habituée à dormir aussi longtemps, mit du temps à reprendre ses esprits. Puis elle commença à piailler sans plus pouvoir s'arrêter. Elle semblait parfois se calmer mais, dès que Kevin pensait la tenir bien en main, les notifications reprenaient leur course folle, l'une chassant l'autre. Au bout de plusieurs minutes, ses couinements devinrent plus sporadiques. Kevin put finalement appeler un de ses anciens colocataires des Buttes-Chaumont qui lui offrit un canapé pour la nuit. Puis il s'installa dans une brasserie et entreprit de recouper ses messages avec les informations qu'il glanait sur Internet.

Le scandale était à la hauteur de ses espérances. Du jour au lendemain, Veritas était devenue le symbole honni du greenwashing. La presse ne tressait jamais de couronnes gratuitement ; elle se réservait le plaisir intense de détester ce qu'elle avait adoré. Gaspard s'était fendu d'un édito dénonçant la « tartufferie verte ». Il faut dire que l'affaire Veritas arrivait à point. Lasse d'applaudir tous ceux qui voulaient sauver la planète, l'opinion publique demandait un sacrifice spectaculaire. Loin de la satisfaire ou de l'attendrir, les aveux de Kevin, largement diffusés, avaient exacerbé la haine à son égard. On pouvait à la rigueur excuser les vraies crapules, ceux qui assumaient jusqu'au bout leur mépris de la société et de ses règles. Mais personne ne tolérait les repentis, à la fois nocifs et idiots, malfaisants et crédules.

Le seul message qui le blessa véritablement fut celui, lapidaire, de Marcel Combe : « Je suis tellement déçu ». Kevin hésita longuement à répondre. Que pouvait-il bien écrire pour s'excuser d'avoir brisé le rêve d'une vie ? Rien. Il se contenta d'effacer le message, comme s'il pouvait éliminer du bout de pouce la tristesse du vieux professeur.

Kevin eut l'impression que depuis la table voisine, on lui jetait des regards en coin. Il crut entendre des ricanements étouffés. Se faisait-il des idées ? Était-il possible qu'au cours de ces journées si douces, en plein compagnonnage avec les écureuils, il fût devenu célèbre, paria à perpétuité ?

Lupus avait dû modifier sa stratégie et passer à la contre-attaque. Sa cible était Kevin. Dans ses différents textes, celui-ci avait tenu à employer la première personne du pluriel. Toutes les fraudes étaient présentées comme une décision collective des deux cofondateurs. « Nous ». Kevin avait voulu assumer son aveuglement, et aussi faire preuve d'un ultime soupçon d'élégance vis-à-vis de Philippine. Il avait surtout été stupide. Derrière le « nous », Lupus dessina sans difficulté un manipulateur sans vergogne. Philippine se répandait en interviews pour expliquer combien Kevin l'avait trompée, utilisée, menacée même. S'il avait envoyé ces messages, c'est qu'elle s'apprêtait à parler, scandalisée par l'étendue du mensonge. Sa disparition soudaine n'était-elle pas la meilleure preuve de sa culpabilité ?

Philippine avait alors tenté de convaincre le Bouddha et les autres investisseurs, qui menaçaient Veritas de poursuites juridiques, de lui laisser une dernière chance. Le conseil d'administration pouvait licencier Kevin, dont elle avait pris soin de ne pas divulguer le mail de démission. Il pouvait surtout le forcer à céder ses parts de l'entreprise pour une bouchée de pain. Le contrat d'association prévoyait en effet une clause dite de *bad leaver* où, en cas de malversation grave, le cofondateur pouvait se voir racheter ses actions au prix nominal - soit quelques milliers d'euros, au lieu des millions de l'actuelle valorisation. Cette manœuvre aurait la double vertu de bannir publiquement le fauteur de trouble et d'augmenter mécaniquement le nombre de parts possédées par les investisseurs historiques. Philippine insistait sur le fait que la technologie de Veritas était désormais au point, le terrain du méga-site sécurisé, et qu'aucun des clients n'avait pour le moment porté plainte. Ce malencontreux scandale, entièrement dû au délire egomaniaque d'un individu, pouvait aussi être l'occasion pour Veritas d'entrer dans une phase plus professionnelle.

Le succès de cette contre-attaque dépendait essentiellement de la décision du Bouddha, qui entraînerait avec lui le reste des financiers. Kevin comprenait des différents messages que Delphine était à la manœuvre depuis Bercy pour faciliter le sauvetage. Il valait mieux qu'une entreprise tout juste récompensée par Bercy ne fasse pas immédiatement faillite, du moins pas tant que le ministre serait en fonction. De discrets signaux avaient même été envoyés à son homologue américain, en vain jusqu'à présent. En dernier recours, la BPI se tenait prête à intervenir.

Insensible aux pressions politiques, le Bouddha ne se pressait pas. Philippine joua alors sa dernière carte. Elle se rendit au commissariat et déposa plainte contre Kevin pour harcèlement moral et sexuel. Elle ne prononça pas le mot de « viol » mais évoqua une relation sous emprise, qui l'obligeait à se soumettre dans les lieux les plus incongrus et les positions les plus humiliantes. Elle laissa même couler quelques larmes sur le plateau de BFM Business. Elle espérait mettre le Bouddha au pied du mur, surtout dans un contexte américain où la parole de la victime est d'or.

Kevin était abasourdi par l'inextinguible machiavélisme de Philippine. Il n'avait pas imaginé un instant que Veritas eût la moindre chance de survivre au scandale. Autant il s'était accommodé de la perspective de tout perdre, autant il rechignait à s'y voir contraint. Il réalisait surtout qu'il allait passer les prochaines années à se débattre dans les rouages de la machine judiciaire, et peut-être sa vie entière à expier les fautes d'une autre. Il n'était pas si facile de fuir. Son sac à dos était désormais lesté de pierres.

Kevin avait tout de même reçu un SMS de Philippine, programmé pour s'autodétruire : *Nothing personal, just business. Love. Ph.* Au bout de dix secondes, le texto disparut. Étrangement, Kevin ne parvint pas à lui en vouloir. Il décida de prendre ce message à la lettre, comme un mot d'amour. En tout cas, l'amour maximal dont Philippine était capable.

Il fallait tout de même que Kevin tentât de rétablir la vérité. Il appela la seule personne qui avait le pouvoir de dénouer les fils si savamment emmêlés par Philippine : le Bouddha. À sa grande surprise, il décrocha au bout de deux sonneries. Le soleil venait de se lever sur Rosewood Sand Hill, ensanglantant les sequoias.

– Kevin ! On parle beaucoup de toi en ce moment.

Dans son mauvais anglais, rendu encore plus hésitant par le téléphone, Kevin exposa sa version des faits. D'un e-mail, le Bouddha avait le pouvoir de mettre Veritas en faillite et d'arrêter là toute cette histoire.

– Kevin, lui dit-il, j'ai bien réfléchi ces derniers jours. La question n'est pas de savoir si je te crois. C'est le cas. Moi, je viens des Appalaches : c'est le Limousin des États-Unis. Je t'ai tout de suite reconnu. Tu es un *red neck*, un plouc comme moi. Autrement dit, un bon gars.

La table d'à côté partit d'un rire bruyant, empêchant Kevin de bien entendre la suite. Il colla le téléphone à son oreille.

– ... si les autres vont te croire. La réponse est non. Il y a aussi une deuxième question : Veritas a-t-elle toujours le potentiel de réussir ? La réponse est oui. Si elle ferme, des concurrents vont immédiatement apparaître. Ils n'auront aucun mal à répliquer vos procédés. Ce n'est pas comme si vous aviez déposé des brevets très sophistiqués.

– Mais tout repose sur des mensonges. Du bullshit.

– Ce n'est pas à un expert des vers de terre que je vais l'apprendre : le monde repose sur du bullshit. Bullshit, wormshit. Le job d'un type comme moi, ce n'est pas de nettoyer la merde mais de l'utiliser pour faire pousser quelques fleurs. Le capitalisme est un tas de déchets. Il y a ceux qui arrivent à en faire du bon compost, et les autres. Je pense que tu peux comprendre ça.

– Mais la justice ? tenta Kevin sans conviction.

– Si tu voulais la justice, tu t'es trompé de métier, garçon. Il fallait ouvrir une microferme agroécologique dans le trou du cul du monde. Tu es venu avec ta jolie frimousse nous demander du fric. Tu as accepté les règles du jeu. Alors même si tu crois que tu vas payer trop cher, dis-toi que ce n'est toujours pas assez cher pour ce péché fondamental : vouloir créer des choses à la place de Dieu.

– Dieu, ou la nature, rectifia Kevin.

– Si ça te fait plaisir.

Kevin pensa à Arthur. Il était trop tard pour le rejoindre.

– Tu vas perdre de l'argent, lança Kevin en désespoir de cause.

Le Bouddha partit d'un rire franc.

– Enfin, Kevin, tu sais comment ça marche ! On met du fric dans n'importe quelle start-up, on fait de la mousse, la valorisation grimpe, et au tour de table suivant on récupère la mise. Pas besoin de résultats.

– Pas besoin de résultats... répéta piteusement Kevin.

Combien de temps ce capitalisme fantôme, gagnant de l'argent sur des entreprises qui en perdaient, pourrait-il perdurer ?

– Je suis désolé pour toi, Kevin. Business is business. Mon avocat m'a déconseillé de te parler. Je l'ai fait quand même, parce qu'il fait beau ce matin et que je me sens de bonne humeur. Je ne le referai pas une deuxième fois.

Au moins, Kevin aurait essayé. À présent, il ne lui restait plus rien à sauver, ni argent ni réputation. Il prenait le chemin de l'opprobre. C'était peut-être mieux ainsi. Il n'aurait plus d'autre choix que d'être libre, vis-à-vis de la société comme de lui-même. Kevin passa déposer son sac à dos aux Buttes-Chaumont puis sortit dans la nuit pour faire l'amour avec n'importe qui.

XXI

C'était le grand jour. Le comité de coordination avait envoyé la veille le message tant attendu, une vidéo de trente secondes sur la formation de l'humus, diffusée dans le monde entier. « Pour avoir une bonne terre, concluait-elle, le secret c'est le repos. » Arthur avait passé la nuit sur son serveur VPN sécurisé. Grâce à un maillage complexe dont chaque section avait la responsabilité, le signal d'Arthur devait mettre en branle des milliers de cellules dormantes partout sur le territoire. Selon ses dernières estimations, il pouvait espérer entre cent et deux cent mille Extinctionnistes dans la capitale. Les actions de sabotage électriques et informatiques avaient déjà commencé pour priver le plus longtemps possible l'État de sa capacité de réaction. À quatre heures du matin, Arthur constata avec satisfaction que sa messagerie ne fonctionnait plus.

En deux ans, Arthur était parvenu à constituer l'une des branches les plus solides au monde d'Extinction Revolution. Les Français avaient indéniablement du talent pour les organisations secrètes et savaient tenir leur langue. À quelques alertes près, rien n'avait été éventé. Le renseignement territorial était toujours concentré sur les sympathiques appels à la grève climatique, qui continuaient à divertir les médias et les politiques.

Au petit matin, Arthur glissa son pistolet semi-automatique dans un holster fixé à sa ceinture. C'était un Beretta assez courant qu'il avait appris à manier pendant l'hiver. Ses acouphènes, poussés au volume maximal par le manque de sommeil, sonnaient l'alerte générale. Il fit quelques pas dehors, sur cette terre qu'il avait vainement tenté de régénérer et où les arbrisseaux poussaient en désordre au milieu des ronces. Il remarqua quelques taches sombres sur le sol mais n'y prêta pas d'importance. Il cueillit les premières mûres de la saison, encore très acides.

Arthur hésita à diriger ses regards vers le terrain de Jobard. Rien qu'à cette pensée, son pouls s'accélérait, sa haine resurgissait, totale, étouffante. Il savait ce qu'il verrait, là où il avait autrefois imaginé une haie touffue et pépiante : un long cimetière de terre retournée, de branchages entremêlés et de racines les pieds en l'air. « La fosse commune », comme il l'appelait. Lui reviendrait alors en mémoire cette si douce journée de printemps où les gendarmes étaient arrivés avec les ouvriers et les pelleteuses pour exécuter la décision du juge. Ce carnage auquel il avait assisté à genoux, impuissant, suppliant, invectivant, pleurnichant. Ce bruit du bois qui casse, du bois qui crie. Ces rires gras des bourreaux qui trouvaient la besogne plus ludique que leurs travaux de terrassement habituels. Cet air satisfait des représentants de l'ordre face au délinquant dûment châtié. Ce message d'excuses pitoyable du journaliste local qui n'avait pas pu venir parce qu'il devait couvrir un accident de camion à Caen. Cette nuit d'horreur où il avait inspecté les dégâts à la lumière de sa lampe frontale, cherchant vainement un survivant à bouturer, parcourant une nature soudain silencieuse, muette d'indignation. Ces jours de deuil où, ivre de rage, il s'était promis une vengeance à la hauteur du crime, sans quartier.

Arthur ne tourna même pas la tête. Il se mit en route dans la vieille Volvo. Il savait qu'il ne reviendrait jamais à Saint-Firmin.

Léa conduisait, une carte routière sur les genoux pour ne pas activer la géolocalisation. Elle désapprouvait plus que jamais le projet d'Arthur, qu'elle estimait trop brutal et de toute façon voué à l'échec. Elle était néanmoins décidée à l'aider jusqu'au bout et à le protéger autant que possible. Non par amour ni même par affection. Elle voyait en lui un sage, un sage déraisonnable mais un sage tout de même, satguru comme disent les hindous, à la fois pur et illuminé. Elle avait refusé de prendre une arme. Elle n'avait rien sur elle, ni argent ni papiers. Seulement une image du Bouddha en guise d'amulette.

Arthur regardait défiler le bitume de l'autoroute avec une colère irrépressible pour les ignares qui avaient saccagé les sols et un mépris total pour les écoponts à l'usage des animaux, dérisoires pansements sur une plaie à vif. Sa seule consolation était d'imaginer cette même autoroute dans quelques semaines, après le déclenchement d'Extinction Now. D'abord, rien, le silence et l'effroi. Une bande de goudron froide et soudain inutile. Puis peu à peu, timidement, les petits mammifères, ceux qui peuvent passer sous les grillages, viendraient poser une patte. Des mulots, des hérissons, des fouines, des renards. Au début, ils n'y croiraient pas : le mur de Berlin était tombé ! Après des centaines de générations à vivre séparés, cloisonnés, ils retrouveraient le libre passage sur leur territoire ancestral. Alors ils feraient circuler l'information et des hordes entières passeraient là en courant. Les sangliers et les chevreuils impatients finiraient par trouer les grillages et toute la faune suivrait. On verrait gambader les faons, sautant allègrement par-dessus les glissières de sécurité. Les hirondelles feraient leurs nids sur les bornes d'appel d'urgence et les escargots décoreraient les péages. Ensuite renaîtrait la végétation. Le lierre grimperait sur les panneaux de signalisation, les herbes se glisseraient dans les fissures de la route, la mousse se répandrait en plaques humides et chatoyantes. Au bout de quelques années, ce serait l'explosion : les racines feraient craquer le bitume de toute part. Trente ans plus tard, on ne verrait plus une autoroute trouée par une forêt, mais une forêt parcourue de quelques miettes d'autoroute. Comme à Tchernobyl aujourd'hui, exemple unique d'une ville moderne laissée en paix par les hommes et reconquise par la nature.

Arthur ne serait pas là pour assister à cette réjouissante transformation. Il avait pleinement conscience que sa vie prendrait bientôt fin. Aujourd'hui, soit il échouait, et il mourrait l'arme au poing plutôt que dans les geôles du régime écocidaire. Soit il réussissait, et il remplirait son devoir de Predator. Il avait glissé dans sa poche intérieure les petits comprimés blancs. Il disparaîtrait comme son arrière-grand-père, en résistant.

Cette certitude absolue de sa disparition prochaine ne le réjouissait guère mais le rendait formidablement libre. Il ne craignait plus rien ni personne.

Arthur avait allumé le vieil autoradio. Sur France Info, la présentatrice s'alarmait des émeutes qui s'étaient déclenchées simultanément dans plusieurs villes asiatiques, les premières à s'éveiller en cette journée historique. À Tokyo, Séoul, Melbourne et même Pékin, des foules extrêmement agressives s'étaient précipitées à l'assaut des bâtiments officiels, prenant de court la police. Contrairement à ce qu'on avait l'habitude de voir depuis près d'un siècle, les manifestants n'étaient nullement pacifistes. Ils tiraient à balles réelles sur tous ceux qui prétendaient leur barrer le chemin. Une certaine confusion régnait sur place, accentuée par la coupure partielle des réseaux de télécommunications. La présentatrice s'interrogeait sur la résurgence de l'extrême droite quand sa voix expira dans un hoquet. Arthur changea de station : on n'entendait plus qu'un grésillement. Il regarda son portable : plus aucune barre de réception. Il poussa un soupir de satisfaction. Les drones brouilleurs d'onde avaient décollé dans toute l'Île-de-France, trente minutes avant l'heure prévue. La révolution était en avance.

– Fais attention, dit Arthur. Ils vont devenir fous sans leurs apps de navigation.

– Il leur restera le GPS. C'est satellitaire.

– Ce n'est pas ça qui leur donnera leur direction. Les gens ne savent plus lire une carte.

En effet, dix minutes plus tard, la bande d'arrêt d'urgence était encombrée de voitures immobilisées. Les conducteurs, debout sur la chaussée, faisaient tournoyer leur téléphone dans l'air en espérant retrouver du réseau.

– À quoi on a réduit les êtres humains, marmonna Arthur. À faire la danse de la pluie.

Juste avant d'arriver porte Maillot, Léa signala à Arthur deux motards de la police qui s'approchaient dans son rétro. Il se recroquevilla d'instinct sur son siège. Les motards les dépassèrent et leur firent signe de se ranger.

– Putain ! Accélère ! hurla Arthur.

– C'est débile. Ils vont nous prendre en chasse.

– Ils m'ont repéré. Les salauds !

Léa obéit sagement et coupa le moteur. Un motard descendit et s'approcha côté conducteur. Arthur avait dégainé son Beretta et le tenait contre son flanc, dissimulé par sa veste.

– À mon signal, glissa-t-il à Léa, tu te jettes en arrière et je le descends.

– Ta gueule. Même pas en rêve.

Léa baissa sa vitre. Le motard leva la visière de son casque. Il portait une moustache blanche en brosse. Un vieux. Arthur se dit que ce serait plus facile.

– Vous pensez rentrer dans Paris comme ça ?

Léa entendit le clic du cran de sûreté qui se détendait. Le visage du policier se figea un très court instant. Puis il reprit le fil de ses propos.

– Vous n'avez pas collé votre vignette Crit'Air sur le pare-brise.

Léa eut un léger rire nerveux.

– Ce n'est pas drôle. C'est obligatoire.

– Excusez-moi. Un oubli...

– Un oubli, c'est ce qu'on va voir ! tonna le policier. Les épaves comme celle-ci, il y a longtemps qu'elles sont interdites en ville. Vous devriez le savoir.

– On vit à la campagne...

– Et vous venez nous polluer ! Si tout le monde faisait comme vous, l'air serait irrespirable.

« C'est la meilleure », pensa Arthur.

– Papiers, s'il vous plaît.

Personne n'avait de papiers ici. Ni Léa, ni la Volvo, ni bien sûr Arthur qui refusait désormais de se soumettre aux méthodes d'identification de l'État oppresseur. Léa tenta un bobard sur sa mère malade qu'ils venaient visiter en urgence à l'hôpital.

– Quel hôpital ?

– Necker, dit Léa au hasard.

– Ça m'étonnerait, ricana le policier. Necker, c'est pour les enfants. Papiers !

Léa fit mine de fouiller les poches de son manteau pour gagner du temps. Arthur s'agitait. Il n'était pas question de passer la matinée au poste. Il était attendu à la Concorde, point de ralliement des Extinctionnistes. S'il fallait tirer pour avoir une chance de rejoindre les camarades, il n'y avait pas à hésiter. Arthur crachota comme un chat en colère. Léa fit mine de ne pas entendre le signal.

– Alors, ça vient ?

– Léa, pousse-toi ! enjoignit Arthur à voix basse.

À ce moment précis, l'autre policier appela son collègue.

– Viens, ça chauffe à Paris !

– Et ces deux zouaves ? Ils n'ont pas de vignette...

– Laisse tomber. On est en alerte renforcée.

– Vous avez de la chance ! regretta le moustachu en jetant un regard sévère à Léa.

Les motos s'éloignèrent. Léa ferma les yeux une minute pour reprendre ses esprits. Puis elle redémarra sans rien dire. Arthur frémit en réalisant qu'Antares et Acropol, les réseaux de télécommunication cryptés de la sécurité civile, fonctionnaient toujours. Ce n'était pas ce que les ingénieurs d'Extinction Revolution avaient prévu.

Les Champs-Élysées étant déjà fermés par des voitures de police, ils prirent les Grands Boulevards, passèrent devant l'Opéra et abandonnèrent finalement la Volvo devant le Louvre envahi par la foule. Ils marchèrent à travers les Tuileries. Il régnait une atmosphère étrangement paisible. Les Extinctionnistes étaient tous casqués et armés, prêts à la guerre. Une odeur de gaz lacrymogène indiquait que des premières échauffourées avaient déjà eu lieu. Les forces de l'ordre, absolument pas préparées à la violence de leurs opposants, avaient dû se mettre à l'abri en attendant les consignes.

Arthur et Léa se dirigèrent vers les grilles du jardin, côté Concorde. La foule se faisait peu à peu compacte. Au passage d'Arthur, le mot passait de bouche en bouche : Predator, Predator ! On lui mettait la main sur l'épaule, on l'encourageait. Predator, Predator ! Cet anglicisme sonnait à présent comme une apostrophe romaine. Predator, Lictor, Imperator ! Arthur ne boudait pas son plaisir. Perchés en haut de la rambarde en pierre, à côté du pilier d'entrée, un petit groupe d'Extinctionnistes lui firent signe de les rejoindre. Arthur en reconnut un, le seul à rester tête nue, qui était responsable de la coordination pour la région Ouest. Il se fraya un chemin sur la rampe de terre qui montait jusqu'à eux. Ils lui remirent un mégaphone et lui proposèrent de haranguer la foule depuis le pilier. Celui-ci était coiffé d'une statue monumentale, un étalon ailé que chevauchait en amazone un éphèbe vêtu d'un simple linge autour de la taille. Mercure montant Pégase. Arthur se hissa au sommet en agrippant Mercure par la cheville. Sous la paume de sa main, le contact du marbre froid lui procura un bref sentiment de quiétude. Il leva la tête et croisa le regard blanc de Mercure, qui avait dû voir passer les charrettes de la guillotine quelques siècles auparavant.

Arthur fit prudemment le tour de la croupe et se trouva face à une houle humaine qui occupait toute la place et débordait dans les avenues adjacentes. La base de l'obélisque était recouverte de slogans : « Extinction Revolution », « Éteignons les Lumières », « Place du Vivant ». Les drapeaux verts qui flottaient partout portaient le logo traditionnel d'Extinction Rebellion, un sablier sur fond vert entouré d'un cercle, mais légèrement modifié : le cercle avait été remplacé par une flèche, signe que le temps était venu de passer à l'action. Arthur se redressa. Une rumeur monta. Était-ce pour lui ? Vraiment ? Il brandit le poing. Ovation. Plus de doute. Arthur alluma le mégaphone. Il n'avait aucune idée de ce qu'il allait raconter, ni aucune certitude qu'on l'entendît, mais il se sentait porté par une force inouïe et les mots sortirent de sa bouche sans qu'il eût besoin de réfléchir, comme s'il récitait le texte d'un autre.

– Camarades Extinctionnistes ! En ce moment même, de Paris à Washington, de Cape Town à Moscou, de Buenos Aires à Tokyo, la planète se réveille ! Notre révolution est enfin sortie de terre, comme un long fleuve souterrain qui perce à la surface et engloutit tout sur son passage. Cette révolution, c'est celle de la vie. Nous venons venger les abeilles, les papillons, les vers de terre. Nous venons détruire leurs routes, leurs antennes, leurs usines. Nous venons sauver l'humanité en nous et la nature autour de nous. Aujourd'hui, nous quittons l'anthropocène ! Aujourd'hui, nous rendons la France au sol qui la porte !

La foule l'interrompit par une clameur confuse. Arthur s'étonnait de la facilité avec laquelle lui venait le rythme des phrases.

– Camarades, cette révolution ne réussira ni avec des bulletins de vote ni avec des fleurs. Nous n'avons plus le temps de plaire ni de convaincre. Notre mandat, nous le tenons de la terre qui saigne, des océans qui se dépeuplent, des rivières qui jaunissent, des arbres qui meurent, des espèces qui disparaissent. Notre pays, c'est la planète ; notre langue, le chant de la nature ; notre leader, la vie elle-même. Notre programme tient en une phrase : éteindre les lumières.

Arthur prenait des accents de prophète. En tout cas, sa rhétorique avait l'air de fonctionner.

– Chacun d'entre vous connaît la mission qui lui a été assignée. Bonne chance à tous. Longue vie à la vie, mort aux morts-vivants !

Arthur répéta plusieurs fois cette dernière phrase avec la scansion que lui avait apprise Salim.

– Longue... vie-à... la-vie ! Mort... aux-morts... vi-vants !

Petit à petit, cet hymne fut entonné par des dizaines de milliers de voix. Arthur posa une main sur la croupe de Pégase derrière lui pour ne pas chavirer. Il comprenait mieux pourquoi, dans la phase Extinction Extinct, les Predators devaient être éliminés.

Il est trop enivrant de se trouver au sommet de la chaîne trophique.

Les Exctinctionnistes se dispersèrent rapidement. Ils se répartirent comme convenu en trois groupes et cheminèrent vers leurs cibles : l'Élysée tout proche et le ministère de l'Intérieur dans la foulée, les Invalides de l'autre côté de la Seine où siégeait le gouverneur militaire de Paris, et le Sénat deux bons kilomètres plus loin, sur la rive gauche. Un quatrième commando, plus resserré, était déjà à l'œuvre sur l'esplanade de La Défense pour s'emparer de la tour EDF. En revanche, l'Assemblée nationale, devant laquelle s'amassaient déjà des camions de CRS, serait superbement ignorée. Il ne s'agissait pas pour Extinction Revolution de revendiquer une quelconque légitimité démocratique, mais de se saisir aussi vite que possible des centres de commandement de la nation. Une fois le président de la République neutralisé, physiquement ou symboliquement, il fallait empêcher le président du Sénat d'assurer un quelconque intérim. Ainsi le pouvoir serait vacant, et l'ordre constitutionnel renversé.

Arthur se laissa entraîner dans le cortège qui se dirigeait vers le palais du Luxembourg. Dès la Seine franchie, ils rencontrèrent un premier barrage. Ils ne firent pas de sommation. La première rangée de CRS fut décimée, les autres se replièrent aussitôt sans riposter. Ni leur équipement ni leurs tactiques n'étaient conçus pour des situations de tirs à balle réelle. Extinction Revolution, ce n'était pas la CGT avec leurs ballons inoffensifs, ni même les black blocs qui se contentaient de péter des vitrines. Ici, personne ne chantait, personne ne vandalisait. En revanche, ils tuaient. Il était probable que le pouvoir politique, percevant encore mal la nature du mouvement, n'ait toujours pas autorisé l'usage d'armes létales.

En remontant le boulevard Saint-Germain, Arthur fut saisi par quelques souvenirs étudiants. Il ne put s'empêcher de penser à la vie si douce qui aurait pu être la sienne, dernière génération peut-être à pouvoir cramer des fossiles dans une relative insouciance, à danser jusqu'au bout de la fête. Tout autour de lui, les immeubles haussmanniens aux intérieurs douillets l'imploraient de tout arrêter, de revenir à la raison, de rentrer à la maison.

Un violent craquement interrompit sa rêverie : une voiture-bélier avait défoncé le porche du ministère de l'Écologie. Une centaine d'Extinctionnistes s'engouffraient à présent dans la cour pavée de l'hôtel de Roquelaure, arme au poing.

– Ne tirez pas ! intima Arthur.

Sa consigne ne servit à rien. Une escouade de gendarmes postés sur le perron derrière des sacs de sable, et sans doute pris de panique, ouvrit le feu en premier. Quelques Extinctionnistes tombèrent au sol. Les autres répliquèrent. Les balles crépitaient comme du petit bois. Rapidement, une explosion mit fin au combat : la première grenade. Les Extinctionnistes poussèrent un cri de joie odieux, semblable à tous les cris de joie de toutes les armées du monde. Ils envahirent le cabinet de la ministre dans un nuage de fumée.

– Prenez-la vivante ! hurla Arthur sans y croire.

Pour toute réponse, il entendit un vacarme de vitres cassées. Le saccage commençait. Arthur imagina, derrière l'hôtel, le vaste jardin au gazon tondu de frais, bientôt transformé en campement provisoire.

Arthur détourna son regard. Conformément à sa feuille de route, il fit signe à son groupe de continuer à avancer. À ses côtés se tenait toujours Léa, toute pâle dans sa robe rouge printanière, marchant de manière somnambulique. Autour d'eux, la plupart des Extinctionnistes étaient vêtus de noir, leurs visages masqués et casqués. Ce n'était plus la foule bon enfant de la place de la Concorde mais une meute sombre et muette, prête à tout déchiqueter sur son passage.

Au croisement du boulevard Raspail, les CRS avaient monté une barricade plus étoffée en alignant des camions grillagés. Dès l'arrivée des Extinctionnistes, ils activèrent les canons à eau et jetèrent des grenades de désencerclement.

– On fait le tour ! cria Arthur en baissant la visière de son casque.

Ils s'éparpillèrent immédiatement tout autour. Ceux qui passèrent à gauche, par la rue de Luynes, contournèrent sans difficulté le barrage et poursuivirent leur route en courant. Les autres, à droite, se retrouvèrent bloqués rue de Grenelle et entamèrent un combat de rue à l'issue incertaine. Les CRS étaient retranchés derrière de lourds boucliers pare-balles et accusaient le choc en tenant leur position. Des policiers du RAID armés de carabines de précision étaient montés sur les toits et mettaient en joue les Extinctionnistes, attendant toujours l'ordre qui ne venait pas. Des renforts se déployèrent dans les rues adjacentes pour fermer la souricière.

Les troupes d'Arthur se trouvaient déjà réduites de moitié. À vue d'œil, ils étaient un millier à s'engouffrer dans la rue du Vieux-Colombier en passant devant le Centaure en bronze de César, dont les énormes couilles semblaient tressauter sous le martèlement des pas. L'état-major d'Extinction Revolution avait espéré un ralliement massif des habitants des grandes villes derrière les drapeaux verts. À Paris du moins, ce n'était absolument pas le cas. Les passants s'enfuyaient affolés et les volets se fermaient au passage des Extinctionnistes. Ils reçurent même des œufs et des bouteilles vides envoyés depuis les balcons. Un magnum de Château Angelus se brisa aux pieds d'Arthur. Les messages diffusés massivement sur Internet avant la coupure du réseau n'avaient visiblement pas suscité l'enthousiasme.

Dans l'encadrement d'une porte cochère, Arthur vit un CRS endormi. Il s'approcha. Sa jugulaire était défaite et son gilet pare-balles entrouvert, comme s'il s'était mis à l'aise pour la sieste. Sur sa poitrine, une tache huileuse noircissait le bleu marine de sa tenue. Ses yeux grands ouverts avaient une expression de surprise enfantine. Il devait se préparer tranquillement à des manœuvres de routine, pour encercler quelques gauchistes, quand il avait été abattu à bout portant. Par qui ? On ne saurait probablement jamais. Le hasard des journées d'insurrection.

Arthur resta un moment interdit. Le visage du CRS, encore empreint des couleurs de la vie, semblait plutôt avenant. On lui aurait volontiers demandé des nouvelles s'il ne s'était pas obstiné à rester immobile, un peu tordu, la mâchoire béante.

– Putain ! s'exclama Léa. C'est n'importe quoi !

Arthur chassa toute pitié de son esprit. Voilà un homme, pensa-t-il, qui aurait pu raser une haie sur un ordre lointain, sans état d'âme. Il était coupable comme tous les autres, coupable d'obéir. Un vrai mort, c'était le début d'une vraie révolution.

En arrivant rue de Tournon, Arthur aperçut le Sénat totalement barricadé par un mur bleu foncé de véhicules, de gyrophares et d'uniformes. Il remarqua deux blindés de la gendarmerie. La bataille s'engageait pour de bon.

– Par le jardin ! lança-t-il.

Dans la précipitation, personne n'avait pensé à fermer les grilles du Luxembourg. Les Extinctionnistes y pénétrèrent par deux portes différentes dans le but de prendre le Sénat à revers. Ils coururent dans les allées et convergèrent au niveau du grand bassin. Ils se retrouvèrent à l'arrière du bâtiment, un véritable palais garni de colonnades et de frontons sculptés. La grande horloge indiquait onze heures. Arthur donna le signal de l'assaut.

Les Extinctionnistes s'avancèrent en désordre. Ils franchirent sans difficulté les grilles basses conçues pour une République en paix. Quelques dizaines de mètres à découvert les séparaient des portes vitrées encadrées de palmiers. Arthur s'avança le premier sur le gravier. Ils ne rencontrèrent aucune résistance, comme si les policiers avaient totalement délaissé cette partie du bâtiment. Arthur remarqua à quelques mètres de lui un parterre de primevères blanches et jaunes parfaitement délimité. Il eut le temps de se dire que ces jardins à la française, corsetant la nature jusqu'à l'étouffement, avaient vraiment fait leur temps. Puis il leva le poing :

– Longue vie...

Il n'acheva pas. Une pluie de balles s'abattit depuis les toits plats du Sénat, tirées en rafales par des fusils d'assaut. Des dizaines d'Extinctionnistes tombèrent immédiatement. L'ordre avait été donné.

– Repli !

Il n'avait pas besoin de le dire. Tous se précipitèrent en sens inverse pour se mettre à l'abri. Arthur vit Léa sauter la barrière devant lui puis courir vers le bassin. Il la suivit. Elle faisait de belles foulées, presque sautillantes, comme une biche qui nargue le chasseur. Soudain elle se rejeta en arrière, les bras écartés. Elle continua sa course au ralenti, par inertie.

– Léa, viens par là ! dit Arthur qui bifurquait vers la fontaine Médicis.

Léa n'écouta pas. Elle allait toujours tout droit. Ses jambes butèrent contre la margelle. Elle chut dans le bassin la tête la première, de tout son long. Elle resta immobile, le visage dans l'eau.

Arthur sauta sans hésiter dans le bassin et s'approcha de Léa. Sa robe imbibée était devenue transparente. Il vit se dessiner sur son dos le tatouage en forme de serpent, une murène enfin rendue à son élément. Arthur retourna Léa et lui sortit la tête de l'eau. Ses paupières étaient à demi fermées.

– Parle-moi !

Elle rouvrit soudain les yeux et dévisagea Arthur.

– Je t'ai déjà dit : c'est n'importe quoi.

Sa voix était étonnamment ferme et claire. Elle émit ensuite un hoquet bref et sonore, comme un rot interrompu. Son visage se figea.

– Léa !

Arthur chercha autour de lui du secours.

– À l'aide !

Personne ne lui répondit. Plusieurs corps étaient étendus dans le bassin, inertes, formant autour d'eux une tache sombre comme des bateaux qui dégazent. Un petit voilier en bois abandonné godillait innocemment au milieu, près de la fontaine. Arthur tomba à genoux dans l'eau. Il n'entendait plus rien, ni les sirènes, ni les fusils, ni les cris. Léa avait été durant ces derniers mois sa seule confidente, son seul appui. Elle était sans armes. Elle tenait seulement l'image du Bouddha entre ses doigts crispés. Elle ne connaissait pas le mal.

– Léa, je suis tellement désolé...

Elle avait un air sévère, plein de reproches. Ce combat n'était pas le sien. Arthur le savait. C'est ce qui la rendait si pure.

– Il n'y avait pas d'alternative... murmura-t-il en se cherchant des excuses.

Arthur était toujours plongé dans une bulle de silence, seulement déchirée par ses acouphènes plus puissants que jamais. Il aperçut des ronds dans l'eau près de lui : un sniper qui jouait aux ricochets. Il ne tenait plus à la vie mais il avait une révolution à terminer. Il voulut prendre Léa avec lui. Il n'en eut pas la force. Il se contenta de la traîner sur le bord et de la sortir de l'eau, pour qu'on ne la retrouve pas gonflée avec cette tête bouffie et clownesque des noyés, elle qui était si fine.

Arthur courut sans se retourner, le buste courbé en avant, et trouva refuge derrière la grotte de la fontaine Médicis, où il fut immédiatement rejoint par une douzaine d'Extinctionnistes. Ils levèrent leur visière en guise de reconnaissance, retrouvant le geste médiéval du salut militaire. Arthur comprit que sa présence aux avant-postes comme son plongeon dans le bassin pour secourir les blessés avaient soudain donné à son rôle de Predator une légitimité qui s'acquiert seulement dans la bataille. Il décida d'oublier provisoirement Léa. Il ferait son deuil plus tard.

Arthur crut apercevoir parmi les Extinctionnistes un visage familier, celui d'une femme toute ridée habillée dans un poncho arc-en-ciel. Il fouilla dans sa mémoire. C'était Arlette, la contrôleuse des CAF. Il lui sourit. Elle baissa la tête, gênée. Arthur se dit qu'elle pourrait bien être une de ses Supressors.

Arthur sortit un téléphone satellitaire de la poche de sa veste et entreprit de contacter les différents responsables de son groupe. Une partie des troupes était rassemblée du côté du terrain de boules, une autre dans les serres, une dernière derrière le théâtre de marionnettes. Arthur ordonna une diversion qui permettrait aux tireurs d'élite d'Extinction Revolution de prendre position sous les balustrades de pierre qui faisaient face aux bâtiments. De là, ils pourraient tenter de nettoyer les snipers du Sénat, avant que le reste des survivants ne tente un nouvel assaut.

La manœuvre commença. Une vingtaine d'Extinctionnistes ouvrit le feu en se dissimulant derrière les statues et les arbres tandis que les tireurs rampaient vers leurs positions. Un essaim de drones vola au-dessus de la fontaine, s'attarda autour d'Arthur et de ses camarades qui tentèrent en vain de les abattre, puis continua sa route à travers le Luxembourg. Petit à petit, les déflagrations cessèrent. Arthur profita de ce calme relatif pour prendre des nouvelles des autres groupes. L'Élysée avait été conquis sans difficulté ; le président restait cependant introuvable, peut-être échappé par l'un des tunnels dont on soupçonnait l'existence. Le gouverneur militaire de Paris s'était rendu mais personne ne comprenait bien son rôle ni l'utilité de sa capture. Le ministère de l'Écologie était la proie des flammes. Quant aux camarades pris au piège rue de Grenelle, ils avaient déposé les armes et s'étaient laissé appréhender.

Dans l'ensemble, Arthur pouvait se féliciter de succès assez rapides et plutôt inattendus. En même temps, il percevait bien une certaine indécision. « Et après ? », lui demandait-on. Leur mission remplie, les Extinctionnistes retrouvaient leurs réflexes d'activistes. Ils vadrouillaient dans la capitale en crevant les pneus des voitures et en fracassant les enseignes lumineuses.

– Dites à tout le monde de rappliquer au Luxembourg. C'est la guerre, ici.

Arthur demanda aux tireurs d'attendre leurs camarades, en espérant déclencher une contre-attaque générale. Les drones continuaient à tourner, rendant toute cachette dérisoire. De manière incongrue, une vieille dame promenant un teckel traversa lentement le jardin, indifférente aux cadavres. Certaines habitudes résistent à tout. Arthur entendit sonner son portable : les réseaux avaient hélas dû être rétablis. Il parcourut rapidement les nouvelles. Le président avait lancé un appel à la nation depuis son bunker. Le décor de l'Élysée était assez bien reconstitué, avec le bureau Louis XV qui incarnait à lui seul la continuité de l'État. Dans sa vidéo, le président fustigeait une tentative brutale de renversement du régime, déclarait la République en péril et assurait que le Sénat, « cœur battant de notre démocratie », serait défendu « quoi qu'il en coûte ». Arthur leva les yeux au ciel. Il lui déplaisait de se retrouver dans la peau d'un terroriste ordinaire. Il se battait pour des idéaux bien plus hauts que la République et la démocratie. L'histoire lui donnerait raison. « J'ai donc décidé, conclut le président, conformément aux pouvoirs que me confère notre Constitution, de décréter l'état de siège dans la ville de Paris. » Arthur savait pertinemment ce que signifiait cette disposition encore jamais utilisée sous la Ve République : le transfert des pouvoirs de police à l'autorité militaire. On allait réquisitionner les troupes pour mater l'insurrection. Dans une heure tout au plus, le Luxembourg serait encerclé par l'armée. Le temps pressait.

Au bout de quelques minutes, Arthur perçut du mouvement du côté de la rue. Au lieu de renforts, il vit les blindés ennemis qui faisaient leur entrée dans le jardin. Deux gros scarabées flambant neufs. Ils roulaient au pas, sûrs de leur force. Sur leur toit, pas de canons mais un lanceur de grenades ainsi qu'un fusil mitrailleur, commandés depuis l'intérieur. Les balles des Extinctionnistes fusèrent, se logeant sans dommage dans la carcasse de métal et rebondissant sur les vitres. Conscients de l'urgence, les tireurs devancèrent les consignes d'Arthur et entreprirent de descendre les snipers perchés sur le Sénat. Quelques-uns tombèrent sur les graviers avec un bruit sourd. Les autres se mirent à l'abri.

– On y va ?

Arthur secoua la tête.

– On ne peut vraiment pas tenter une sortie maintenant, raisonna-t-il.

– Plus on attend, plus ils vont se réorganiser.

– Il faudrait d'abord faire sauter les blindés.

– On n'a pas de lance-grenade ?

– Non. On voulait en acheter et puis, je ne sais pas pourquoi, ça ne s'est pas fait.

– C'est bête.

Extinction Revolution avait beau avoir préparé cette journée aussi soigneusement que possible, ce n'était pas une organisation militaire. Sur le terrain, les lacunes devenaient des erreurs mortelles.

– J'y vais, dit Arlette.

Tous baissèrent les yeux. C'était une opération suicide. Arlette s'empara de deux grenades à main.

– Il faut dégoupiller là...

– Je sais m'en servir, répondit-elle sèchement.

« C'est le bon côté des trotskistes », pensa Arthur. Attendait-on de lui des paroles décisives ? Rien ne lui vint à l'esprit et Arlette partit sans un mot d'adieu, en pestant contre la mauvaise gestion de cette révolution. Même héroïque, elle ne parvenait pas à être aimable.

Arlette se déplaça sans difficulté d'arbre en arbre puis rampa jusqu'à un pot de fleurs géant situé à une vingtaine de mètres des blindés derrière lequel elle resta recroquevillée. Quelques tirs se déclenchèrent sans qu'on sache trop d'où ils venaient ni qui ils visaient. La seule chose certaine à présent, c'est que des deux côtés on tirait pour tuer.

Le fusil mitrailleur du premier scarabée se mit à pivoter en direction d'Arlette. Elle avait probablement été repérée. Ce canon sans canonnier, cette arme sans soldat paraissait douée d'une volonté propre, inflexible, effrayante. Autant on peut accepter d'être abattu par un ennemi qui en portera la responsabilité pour le reste de ses jours, autant cet engin automatique et anonyme poussait l'immoralité du meurtre à d'insondables extrémités.

Arlette bondit alors en poussant un cri guerrier, arlequin admirable et ridicule à la fois. Le fusil mitrailleur la fixa. Il laissa s'écouler une à deux secondes avant de se mettre en marche. Hésitation humaine ? Latence informatique ? Erreur algorithmique ? On ne saurait jamais. Ce temps de retard fut fatal aux blindés. Arlette parvint à s'en approcher suffisamment et à jeter ses pétards entre leurs roues. À peine fut-elle tombée, déchiquetée par les balles, que retentit une double explosion. Au même moment, Arthur entendit une clameur monter depuis les grilles du jardin. Une cohorte de camarades venus des autres groupes les rejoignait. Arthur en avait espéré davantage, mais seules quelques centaines avaient réussi à contourner ou à franchir les barrages. La fumée envahissait les abords du Sénat, brouillant la vue des snipers. Arthur s'empara du téléphone satellitaire et déclencha sans hésiter l'offensive générale. C'était le moment ou jamais. Une fois à l'intérieur du Sénat, dans le dédale des couloirs et des bureaux, le rapport de force s'inverserait.

– En avant ! cria Arthur en se redressant.

De partout s'élancèrent les Extinctionnistes. Ils sautèrent à nouveau par-dessus les petites grilles et, cette fois, parvinrent jusqu'aux portes-fenêtres qu'ils défoncèrent sans difficulté. Dans le large couloir les attendaient, sagement postés, une cinquantaine de robocops de la BRI munis de lourds fusils d'assaut. Le carnage fut immédiat. Les Extinctionnistes répliquaient avec leurs armes de fortune, des jouets en comparaison de l'arsenal des brigades d'intervention. Ils continuaient pourtant à venir en nombre et à s'écraser contre ce mur de feu, s'effondrant au sol les uns sur les autres. Ceux qui parvenaient tout de même à s'infiltrer dans le bâtiment étaient vite neutralisés par des policiers placés en embuscade. Le sang maculait entièrement le dallage en marbre. Une odeur âcre d'entrailles ouvertes commençait à envahir les lieux. Arthur, touché à l'épaule, s'était mis à l'abri derrière une colonnade en pierre. Il voulut ordonner la retraite mais personne ne l'entendait plus. Il y avait comme un hideux désir de mort dans cette foule sauvage.

Arthur comprit qu'il n'y avait plus d'espoir. Il partit lentement, à contre-courant des derniers combattants qui continuaient à se précipiter vers un néant sans gloire. Il porta la main à sa blessure : la balle l'avait seulement effleuré. Il traînait les pieds sans prêter attention aux tirs ni aux hurlements. Il se sentait triste et dégoûté. Il vit Léa dans la position où il l'avait laissée, le visage déjà gris. Il ne put s'empêcher de la trouver grotesque, comme toute cette révolution ratée.

Arthur remarqua alors, assis dans un des fauteuils en fer, un homme qui semblait regarder tranquillement le spectacle. Il se dirigea vers lui, intrigué. L'homme portait des cheveux longs qui ondulaient en désordre. Ses habits étaient poisseux. Peut-être un de ces clochards qui prenaient le soleil dans le jardin, un des rares luxes que personne ne pouvait leur ôter. Il tourna la tête vers Arthur. Leurs regards se croisèrent.

C'était Kevin.

Toute la rancœur accumulée par Arthur au cours des dernières années, ces heures entières passées à maudire l'ami devenu traître s'évanouirent brutalement. Il vint s'asseoir à ses côtés.

– Qu'est-ce que tu deviens ? demanda Arthur comme si de rien n'était.

Arthur le savait parfaitement. Kevin avait été condamné à trois ans de prison avec sursis pour fraude et harcèlement moral. Le caractère sexuel du délit n'avait pas été retenu, faute de preuve. Au moins, il avait échappé à l'incarcération, la hantise de son père.

– Je vivote, dit Kevin. Et toi ?

Une violente déflagration survint à l'intérieur du Sénat. Peut-être un Extinctionniste infiltré qui, en désespoir de cause, faisait tout sauter autour de lui.

– Je mourotte, répondit Arthur.

– On se rejoint, alors.

À travers une fenêtre du deuxième étage fut projeté dans un bruit de verre brisé ce qui devait être un sénateur.

– C'est peine perdue, tout ça, dit Arthur en regardant la scène. Tu avais raison.

– Mais non, c'est toi qui avais raison. Que faire d'autre ?

Les Extinctionnistes avaient enfin reflué du palais et s'éparpillaient en tous sens à travers le jardin. L'un d'entre eux reconnut le Predator et vint lui demander des consignes.

– Battez-vous jusqu'au dernier, commanda Arthur depuis sa chaise longue.

– Pourquoi tu lui dis ça ? demanda Kevin quand l'autre fut parti.

– Ça fera toujours des êtres humains en moins.

– C'est juste.

Des sirènes retentirent depuis le boulevard Saint-Michel. Le vacarme allait croissant. Puis le convoi apparut derrière les grilles. Une quinzaine de camions militaires de transport de troupes, accompagnés par des voitures de police. Ils se répartirent devant chacune des entrées du Luxembourg, bouclant la zone. Arthur tâta sa poche intérieure pour vérifier que les comprimés étaient bien là. Il se sentait plus libre que jamais.

– Belle journée, dit Kevin en renversant sa tête vers le soleil.

Arthur examina ce visage à la fois aimé et détesté. Il tâcha de retrouver sous sa pilosité nouvelle les traits de l'éphèbe. Ceux-ci réapparurent lentement, un à un. Arthur put alors, comme devant une illusion d'optique familière, laisser alterner sous son regard les deux Kevin, celui de la terrasse d'AgroParisTech qui se laissait porter par la vie, et celui du Luxembourg qui, dix ans plus tard, en était revenu au même point. Il regretta le temps perdu. Il posa sa main sur celle de son ami et la caressa délicatement.

– Je suis désolé pour... commença Kevin.

– C'est ma faute... enchaîna Arthur.

Les soldats sautèrent hors de leur camion et se déployèrent en formation de combat, les uns allongés au sol, les autres accroupis, prêts à s'élancer. Un hélicoptère passa en rase-mottes dans un bruit de pales assourdissant, faisant voler les cheveux de Kevin comme un tourbillon de foin dans l'air chaud. Une voix retentit à travers un haut-parleur : « Rendez-vous ! Déposez vos armes et allongez-vous par terre, les mains sur la tête. Vous aurez la vie sauve. » Arthur fit l'effort de se saisir de son satellitaire, répéta à l'attention de ses troupes qu'il n'en était pas question, puis débrancha le téléphone et le jeta au loin.

Les Extinctionnistes couraient dans tous les sens en cherchant des abris. Ceux à qui il restait des munitions les déchargeaient maladroitement en direction des soldats de l'armée de terre qui restaient impassibles. « Vous n'avez aucune chance ! », avertit la voix.

Arthur voulut se lever pour répondre mais, l'adrénaline retombée, sa douleur à l'épaule lui arracha un cri. Il s'agenouilla par terre, recroquevillé sur lui-même. Kevin se précipita pour lui venir en aide. Ne sachant trop que faire, il l'étendit sur le côté, comme on apprend dans les cours de secourisme.

– Ce n'est rien, dit Kevin. On va te soigner.

Cette tendresse accabla Arthur. Comment pouvait-on penser à le soigner, lui qui allait mourir ? Fallait-il lui donner maintenant le regret de la vie ? Kevin s'allongea face à lui dans la poussière. Ils se faisaient face, l'air infiniment sérieux.

« Dernière sommation ! »

Autour d'eux, le silence se fit. Certains Extinctionnistes commençaient à se rendre. Parmi tous les corps étendus par terre, il était difficile de distinguer les cadavres, les renégats et les amis en pleines retrouvailles.

Arthur se colla contre Kevin, buste contre buste, joue contre joue, comme un enfant perdu qui se blottit près de sa mère.

Il prit le rythme de sa respiration, paisible et régulière. Il sentait battre sa paupière. Une caresse du bout des cils, apaisante.

Les soldats commencèrent à investir le jardin sans précipitation, en colonnes, comme sur un théâtre d'opérations extérieur. Il ne s'agissait pas d'une mission de maintien de l'ordre : il fallait éliminer des ennemis. Quelques tirs sporadiques se firent entendre, auxquels répliquèrent immédiatement les rafales des HK 416. De l'autre côté du bassin, un blessé hurla de douleur.

Arthur observa son ami. Ses cheveux d'or étaient devenus une tignasse épaisse et plus foncée, qui par endroits tirebouchonnait en dreadlocks. Il les préférait ainsi, graisseux, malodorants, organiques.

Une troupe d'une cinquantaine d'Extinctionnistes réfugiée dans le théâtre de marionnettes tenta une sortie vers la rue Guynemer. Les balles fusèrent, trouant la première ligne de soldats et criblant au passage la réplique de la statue de la Liberté. L'affrontement se prolongea quelques minutes.

Arthur sentit des bras se serrer autour de lui. Il se mit à pleurer sans bruit ni hoquet. Il laissait affluer toutes les émotions qu'il s'était trop longtemps refusées. Kevin lui essuya le visage avec un vieux mouchoir.

De nouvelles sirènes se firent entendre : les pompiers. Un incendie s'était déclenché dans le Sénat. Des flammes sortaient par les fenêtres de la bibliothèque du premier étage, illuminant les pierres de taille de la façade.

– Tu entends la mésange ? murmura Kevin.

Arthur reconnut le chant aigu à deux tons, annonciateur des beaux jours. Indifférente au massacre, la mésange célébrait le soleil en se cherchant un bon parti. À quoi ressemblait son monde ? À des branches pour se poser, des insectes pour se nourrir, de la mousse et des herbes sèches pour faire son nid, des odeurs et des lumières pour se repérer. Les humains courant quelque part sous la canopée ne représentaient que de vagues formes sans intérêt. Que retiendrait-elle de la bataille du Luxembourg ? Peut-être quelques bouts de tissu pour mieux protéger ses œufs des courants d'air. Arthur trouvait rassurant de penser qu'une perception du monde aussi différente cohabitait avec la sienne, ici et maintenant. La mésange se lançait à présent dans une série de trilles plus graves. Arthur réalisa en les écoutant que ses acouphènes avaient cessé. Son univers redevenait net. Il ne pleurait plus. Il fut envahi d'une joie immense.

– Mésange charbonnière, précisa-t-il.

Le calme était retombé sur le théâtre de marionnettes. Sur le trottoir, les prisonniers étaient alignés sous bonne garde tandis que les infirmiers militaires couraient avec leurs brancards et donnaient les premiers soins aux blessés. Les soldats restaient prudents. Ils s'étaient répartis sur la piste circulaire qui ceinturait le jardin et progressaient pas à pas vers l'intérieur, comme pour une battue. Quand ils arriveraient au milieu, ils trouveraient deux vermisseaux englués l'un à l'autre.

Arthur n'avait aucune intention de comparaître devant le tribunal des hommes, ni surtout de se retrouver derrière des murs de béton. Il fit un ultime effort pour attraper les comprimés. Il s'en fourra trois dans la bouche et les laissa fondre. Il sentit le poison sans goût qui descendait dans sa gorge et déglutit pour être bien sûr d'ingérer toute la dose. Il savait que les convulsions allaient bientôt survenir, puis la chute de tension, puis l'étouffement, puis le coma. Il s'accrocha de toutes ses forces à Kevin.

XXII

Kevin chargea les dix sacs de vingt litres sur le siège passager et mit le moteur en marche. Depuis un an, il vivait dans ce van blanc sans fenêtres, sommairement aménagé. Il avait installé une kitchenette en alu alimentée par deux jerricans d'eau, un frigo à compression, un routeur wifi et un matelas où il avait jeté son éternel duvet. Ses affaires personnelles tenaient dans trois cartons. Il pissait sur le bord des routes et chiait dans les fourrés. Une ou deux fois par semaine, il allait se doucher sur une aire d'autoroute. Il ne comprenait pas comment il avait pu vivre autrement.

Kevin sillonnait ainsi la France d'une ville à l'autre pour convaincre les maires, les adjoints à l'environnement ou les services municipaux de fournir à leurs habitants une solution innovante et écologique de traitement des déchets. Avec les deux cent mille euros que lui avait versés Veritas en échange d'un accord de confidentialité, il avait pu démarrer son ancien projet de vermicomposteurs individuels. Les clients restaient prudents, surtout après le scandale de Veritas, mais il en vendait suffisamment pour payer son essence et ses menus besoins. Il n'avait qu'un seul investisseur, à hauteur de 5 % : le Barbier, ravi de revenir dans le jeu. Derrière le siège conducteur était solidement accroché le vermicomposteur de démonstration, qu'il devait prendre soin de ne pas trop chahuter en conduisant. Au besoin, il se ravitaillait en vers dans les fermes de lombriculture. Il était devenu le VRP des vers de terre, rodé à toutes les réactions et à tous les arguments.

Le soir, Kevin cherchait une route de forêt, un bord de fleuve ou un simple coin au bord des champs pour s'arrêter. Il lui arrivait parfois de dormir sur les parkings ou dans les campings ; il avait aussi eu son lot de propriétaires en colère et d'attaques de chiens. La plupart du temps néanmoins, il parvenait à trouver des endroits passablement bucoliques. Dès que la météo le permettait, il dormait à la belle étoile. Durant ces longues heures d'oisiveté, il se plongeait studieusement dans les livres qu'il avait récupérés chez Arthur, en tâchant de pénétrer la pensée de ces philosophes dont son ami lui parlait autrefois. Ermite déjà ridé au bord d'un chemin, lisant Sénèque à la lumière d'une torche électrique.

Sur son GPS, Kevin tapa Saint-Firmin. Deux heures et vingt-huit minutes de route. « Dans cinquante mètres, tournez à droite », intima froidement le robot. Kevin programma son autoradio sur la chaconne de la partita numéro deux, en mode « repeat ». Durant ces deux heures et vingt-huit minutes, il ne put échapper aux souvenirs qui le hantaient et qu'il aurait tant voulu rayer de sa mémoire. Cette agonie qu'il avait d'abord prise pour une étreinte. Ces yeux révulsés comme ceux d'une fille qui jouit. Sa détresse quand les militaires, accompagnés par leurs gradés, vinrent s'emparer du cadavre du Predator. Ils durent s'y mettre à plusieurs pour dénouer les deux garçons, l'un raidi par la mort, l'autre bandé par l'amour. Pourtant, au milieu de cette peine qui le faisait encore suffoquer, Kevin trouvait un certain réconfort. Dans le chaos du Luxembourg, il avait joué dans sa tête la partition de Bach. Il avait entendu le message du fou, *vox clamans in deserto*. Cette fois, il l'avait compris. Il avait serré son ami de toutes ses forces. Il aurait au moins vécu ça. Un bref moment de fusion.

À son arrivée à la ferme, toute la bande attendait déjà Kevin : Maria avec son air éploré, Matthieu toujours bourru, Louis opportunément muni d'une brouette, et même Salim plutôt radieux qui, au vu de la tournure qu'avaient prise les événements, se félicitait tous les jours de ne pas y avoir participé. Un peu à l'écart se tenait comme convenu un officier de l'antiterrorisme, facilement reconnaissable à son jean délavé et à son air ennuyé.

– Vous m'aidez à décharger ? demanda Kevin sans même les saluer.

Il ouvrit la portière et prit le premier sac qu'il déposa dans la brouette. Louis et Matthieu en sortirent deux chacun. Maria voulut les imiter mais s'effondra en larmes.

– Je ne peux pas !

– Allons, plaisanta gentiment Kevin, voilà du bon terreau...

– Tais-toi ! Je trouve ça... ah ! pire que tout ! Je préférerais encore être cramée !

– C'est ce qu'il voulait.

Une fois sorti libre de ses longues séances d'interrogatoire, Kevin avait suivi les instructions d'Arthur à la lettre. Il avait récupéré le mot de passe du PDF dans la boîte à thé qui était toujours à sa place, au-dessus de la cheminée, miraculeusement épargnée par la perquisition de l'antiterrorisme. Il avait ensuite dû négocier pied à pied la remise du corps, non pas tant avec son père qui ne voulait plus en entendre parler, mais avec les autorités qui redoutaient que le Predator ne devînt un martyr. Kevin s'était engagé à respecter le secret le plus strict et à soumettre toute la procédure à la surveillance de la police judiciaire.

Une fois les sacs chargés, Louis fit pivoter la brouette et la poussa en direction du champ. Les autres suivirent en silence, modeste cortège funèbre. Salim portait une bêche sur l'épaule et Matthieu tenait précieusement entre ses mains un pot en plastique d'où émergeait une branche nue. L'officier fermait la marche en vapotant. Kevin remarqua qu'après toutes ces années d'abandon, le terrain était méconnaissable. Ce n'était pas une riante prairie, mais on ne pouvait plus le confondre avec une friche. Les herbes sèches de la saison précédente, mélangées à des restes jaunis de rumex et de fougères, étaient déjà délogées par de jeunes pousses d'un vert tendre. En cette fin d'été, les colliers de perles rouges des aubépines se mêlaient aux cervelets jaunes des fleurs de panais, juxtaposant les couleurs vives et floues d'un tableau pointilliste.

Au milieu des ronciers s'élançaient droit vers le ciel des frênes au tronc clair, déjà hauts de plusieurs mètres. Ils avaient dû immigrer de la forêt voisine, leurs graines acheminées en contrebande par des samares en forme de pales d'hélicoptère. Les frênes étaient encore des ados maigrelets. Ils se réunissaient par trois ou quatre, en touffes, blottis les uns contre les autres pour affronter les premières années. Des érables champêtres les relayaient par endroits, beaucoup plus touffus, les épaules déjà larges. Çà et là venaient se perdre quelques ormes et sureaux solitaires. Kevin crut percevoir une légère odeur musquée de sous-bois. La nature commençait sa lente métamorphose vers son état normal : la forêt.

Kevin vit passer sous son nez un papillon aux ailes jaunies comme celles d'un vieux livre. Il reconnut les taches noires d'encre baveuse caractéristiques de la piéride du chou. Kevin suivit des yeux ses figures de voltige. Le papillon hésita entre différents bosquets puis alla se poser sur un chardon. La vie était revenue.

Le cortège s'arrêta au niveau de l'ancienne haie dont les vestiges étaient recouverts de lierre. Kevin s'empara de la bêche, fit quelques pas pour choisir le meilleur emplacement et se mit à creuser. La lame s'enfonça facilement dans le sol. La terre était noire et brillante. Elle dégageait une odeur de sous-bois capiteuse. Dans une des mottes qu'il dégageait, Kevin remarqua une belle troupe d'anéciques, grouillants et humides, en pleine forme. Il se retourna vers ses compagnons. Tous regardaient le même spectacle.

– Hé bah voilà, marmonna Matthieu, il suffisait d'attendre.

– Tout vient en son temps, renchérit Louis.

– Il aurait été tellement content, s'étrangla Maria.

Kevin sortit du pot le jeune chêne. Une seule feuille isolée avait poussé comme un drapeau à l'extrémité de la tige. Kevin écarta délicatement les racines compactées et sentit sous ses doigts le chatouillement des radicelles.

– C'est ce qui lui avait toujours manqué, ici, dit Kevin.

– Sûr qu'avec ça, renchérit Louis, plus besoin de haie ! Ce quêne-là n'aura aucune concurrence. Dans quelques siècles, ce sera le roi du plateau. Les branches iront jusqu'à la ferme de Jobard.

Kevin retira quelques cailloux du trou puis ouvrit un premier sac. Maria se signa immédiatement, à l'orthodoxe, de droite à gauche. Il saisit une poignée de terreau, le porta à ses narines et inspira profondément. C'était un fort parfum de sol, dégagé par les actinobactéries qui forment l'humus. Kevin resta pensif un moment. Puis il vida le sac dans le trou, répartit le terreau au fond et installa le chêne sur son nouveau lit. Chacun à leur tour, avec des gestes lents et cérémonieux, tous vinrent déverser le contenu des autres sacs. Kevin compléta avec quelques pelletées de terre en tâchant d'égaliser le sol. Il remarqua un anécique qui se dirigeait déjà vers la manne miraculeuse du terreau.

– Mange, mange, murmura Kevin, ému.

Tous se réunirent en cercle autour de l'arbrisseau qui se tenait droit, se préparant fièrement à sa nouvelle existence. Ses radicelles allaient s'accrocher à la terre. Puis l'échange se mettrait en place. Le chêne fournirait au sol de l'hydrogène et du sucre et en retirerait l'eau, l'azote et les nutriments nécessaires à sa lente croissance. Ses racines étaient comme des cuillères touillant sans fin la soupe de microbes, de champignons et d'insectes minuscules qu'Arthur était devenu.

– Perso, je trouve ça flippant, dit finalement Salim.

– Pourquoi ? objecta Louis. C'est dans l'ordre des choses. Je me rappelle ce que disaient les curés quand on était gosses : « Souviens-toi que tu es né poussière et que tu redeviendras poussière. »

– Et puis cet arbre vivra plus longtemps que nous, que nos enfants et que nos arrière-petits-enfants.

– C'est l'éternité en vrai.

– Mieux que sous une dalle de granit, en tout cas.

Maria chantonna dans sa langue natale. Une prière mélodique et gutturale, un peu hachée. Sa voix fausse la rendait encore plus touchante. Quand elle eut fini, l'officier s'approcha et les dévisagea d'un air menaçant.

– Je vous répète que cette sépulture doit absolument rester confidentielle. Sinon...

– Quelle sépulture ? demanda Kevin. Il n'y a rien ici. Seulement des vers de terre.

L'officier haussa les épaules et s'éloigna dans la fumée de sa vape comme un paquebot qui prend le large.

– Venez prendre un verre à la Lanterne, proposa Maria.

– Je croyais qu'on n'avait plus le droit ?

– Oh, je m'en fous maintenant. On fait ce qu'on veut.

– Je vous rejoins, dit Kevin sans bouger.

Les autres partirent, sauf Louis qui s'immobilisa à quelques mètres de là, les mains dans les poches, le regard levé vers le ciel brouillasseux. Kevin s'agenouilla devant la tige qui semblait si fragile avec sa feuille ridicule. Il imagina comment Arthur allait grandir, année après année, cerne après cerne. Ses bourgeons. Ses fleurs, chatons pendouillant pour les mâles, pistils rougeâtres pour les femelles. Ses glands comme des douilles sur le sol à l'automne. Ses premières branches, partant à l'horizontale dans ce champ sans ombre. Son écorce d'abord lisse puis ridée, fissurée, craquelée. Ses nœuds dans le tronc comme des yeux d'aveugle. Ses hôtes remuant nuit et jour, araignées, fourmis, abeilles, chenilles, écureuils, grimpereaux, geais, rouges-gorges, plus nombreux que les habitants de la plus longue des barres d'immeuble. Son tronc devenu assez épais pour l'enlacer à pleins bras. Ses ramures ombreuses sous lesquelles on pourrait somnoler. Sa transpiration rafraîchissante les jours d'été. Ses fourches pour aller tester la lumière de tous côtés, comme si l'arbre était fait de mille arbres, poussés par boutures successives. Ses branches se redressant vers le ciel pour éviter de faire de l'ombre à celles du dessous. Et enfin sa couronne d'adulte, une houppette parfaitement arrondie, chaloupée par le vent à plusieurs dizaines de mètres du sol.

Relié au monde par les ondes et la lumière, Arthur connaîtra ainsi, par bribes, les mutations d'*Homo sapiens*. Passeront tour à tour à ses pieds les guerriers surarmés protégeant l'eau et le grain, les errants faméliques sevrés de carbone, les druides néo-païens adorant Gaïa, les enfants aux grands yeux et aux pieds plats jouant dans la paix du village, les Minotaures et les centaures mêlant la bête et l'homme.

Un jour, vieux et grinçant, il sera déraciné par un coup de vent trop nerveux. Il chutera d'un coup dans un bruit de tonnerre. Ses branches fracassées s'emmêleront au sol comme une chevelure dénouée. Son corps usé et troué se décomposera lentement, très lentement, pendant des siècles. Il perdra ses rameaux et son écorce. Il se couvrira d'essaims d'abeilles, de mousse luisante et de champignons meringués. Il offrira refuge et nourriture à des milliards de milliards d'insectes. Puis il redeviendra humus.

Finalement, Arthur avait bien réussi son coup. Il avait fait sa révolution à lui.

– Il va pleuvoir, dit Louis. C'est une chance. Même pas besoin d'arroser.

Préparation de copie : Guillaume Müller-Labé
Correction : Sophie Loria
Maquette de couverture : Raphaëlle Faguer
Fabrication : Marine Garguy & Sébastien Dos Santos
Composition et mise en pages : Nord Compo à Villeneuve-d'Ascq
Photograveur : IGS-CP

Photographie de couverture :
France. Isère. Venon. 2019. *Venon's oak tree*

Achevé d'imprimer en France
par CPI Firmin-Didot
en novembre 2023
N° d'impression : 177582